जमुनी

[कहानी-संग्रह]

जमुनी

मिथिलेश्वर

राजकमल प्रकाशन

ISBN : 978-81-267-0160-5

मूल्य : ₹ 695

पहला संस्करण : 2001
तीसरा संस्करण : 2024

प्रकाशक : राजकमल प्रकाशन प्रा.लि.
1-बी, नेताजी सुभाष मार्ग, दरियागंज
नई दिल्ली-110 002
शाखाएँ : अशोक राजपथ, साइंस कॉलेज के सामने, पटना-800 006
पहली मंजिल, दरबारी बिल्डिंग, महात्मा गांधी मार्ग, प्रयागराज-211 001
1, अनमोल सोराबजी संतुक लेन, धोबी तलाव, मरीन लाइंस, मुम्बई-400 002
वेबसाइट : www.rajkamalprakashan.com
ई-मेल : info@rajkamalprakashan.com

मुद्रक : बी.के. ऑफसेट
नवीन शाहदरा दिल्ली-110 032

JAMUNI
Stories by Mithileshwar

आलोचक
की
लोकप्रियता
के
प्रतिमान
डॉ. नामवर सिंह
को सादर

क्रम

छूँछी

सुबह होते ही परानपुर में कानोकान यह खबर फैल गई कि दँतुली चल बसी। अभी कल तक तो वह ठीक थी। उस गली से गुजरते हुए परानपुर के लोगों ने उसे पूर्ववत् नुक्कड़ के पास बैठकर बच्चों के लिए 'सोनपापड़ी' बेचते देखा था। फिर अचानक वह कैसे मर गई ? इस संबंध में उसके आसपास के लोगों का कहना था कि शाम तक वह ठीक थी। बगल के घर से प्राप्त खिचड़ी भी उसने खाई। लेकिन रात में सोई तो फिर सोती ही रह गई। सुबह उसे जगानेवालों ने देखा, वह मर चुकी है।

दँतुली का पूरा नाम क्या था, परानपुर में किसी को ज्ञात नहीं। उसके मुँह के दो दाँत आगे की ओर निकले हुए थे, शायद इसीलिए वह दँतुली बन गई थी। सब इसी नाम से उसे जानते थे। हालाँकि उससे मिलने पर कोई उसे दँतुली नहीं कहता। वह बूढ़ी थी इसीलिए सब उसे बुढ़िया दादी ही कहते। छोटे बच्चों से लेकर बड़ों तक, सबकी वह बुढ़िया दादी ही थी। लेकिन पीठ पीछे उसे जानने के लिए परानपुरवासी दँतुली के नाम से ही उसे संबोधित करते।

परानपुर आरा शहर का एक उपेक्षित मुहल्ला था। उसे मुहल्ला न कहकर अगर गाँव कहा जाए तो ज्यादा उचित होगा। वह गाँव था भी। शहर बढ़ते-बढ़ते वहाँ तक आ गया था। परानपुर के सभ्य और संपन्न कहे जानेवाले लोग उसे छोड़कर शहर के अच्छे मुहल्लों में जा बसे थे। लेकिन वहाँ के गरीब, उपेक्षित और पिछड़े वहीं रह गए थे। उनके साथ उनका वह गाँव भी रह गया था। कच्ची मिट्टी के खपड़ैल के घर, फूँस की झोंपड़ियाँ, पुराने जमाने के दो-एक पक्के मकान, सब यथावत् बरकरार थे। वहाँ के बाशिंदों की भाँति उस गाँव की पुरानी संस्कृति भी बरकरार थी। दाई-बारी, धोबी-कुम्हार, कुली-मजदूर, मेहतर-मिस्त्री, डोम-चमार और पासी-कहार का काम करने वाले उस गाँव के लोग, आम शहरियों की तरह एक-दूसरे से कटकर नहीं, सटकर जीते थे। कमाने के लिए चाहे वे शहर के किसी मोहल्ले में जाते हों, लेकिन शाम को गाँव लौटने पर अपने गाँव के होकर ही जीते थे। जन्म-मरण, शादी-ब्याह और पर्व-त्योहारों के अवसरों पर ही नहीं, सदैव एक-दूसरे के सुख-दुख के साथ होते थे। किसके यहाँ क्या हो रहा है ? किसके यहाँ कौन आया ? किसके यहाँ क्या बना है ? सब जानते

थे। एक-दूसरे का घर और एक-दूसरे का जीवन उनके लिए तनिक भी गोपनीय और अबूझ नहीं था। जो अपने में सिमटकर जीनेवाले थे, ऐसे लोगों का वास इस मुहल्ले में नहीं। शायद इसीलिए ऐसे लोग इस मुहल्ले में थे भी नहीं...।

दँतुली परानपुर की नहीं थी। पिछले कुछ वर्षों से ही वह परानपुर आई थी। वह कहाँ की थी, किसी को मालूम नहीं। अपना वास्तविक नाम-ग्राम उसने किसी को बताया ही नहीं था। लोगों के अनुसार वह कोई 'बड़जातिन' (बड़ी जाति की स्त्री) थी। भोजपुर जिले के किसी गाँव की रहनेवाली...! अपने घर से भागकर उसके द्वारा इस शहर में पहुँचने और फिर परानपुर गाँव तक आने के बारे में भी लोगों की राय अलग-अलग थी। कुछ लोगों के अनुसार वह कम दिमाग की नासमझ औरत थी जिसे पति ने पीटकर घर से भगा दिया था। लेकिन अधिकांश लोगों के अनुसार वह दुःखों की मारी थी। उसका पति मर गया था। उसकी इकलौती बेटी को ससुरालवालों ने जला दिया था। पति की मृत्यु और बेटी की हत्या से वह अपना मानसिक संतुलन खो बैठी थी। इसका फायदा उठाते हुए उसके पति के भाइयों ने उसे पागल करार दे उसकी संपत्ति हड़प ली थी और उसे घर से निकाल दिया था।

उसके बारे में ऐसी चर्चा थी कि शहर में आने के बाद वह परानपुर जैसे इलाकों से अलग, बड़े लोगों के मुहल्लों में ही रहना चाहती थी। शायद जातिगत समानता ने उसे उन मुहल्लों की ओर आकृष्ट किया था। लेकिन वहाँ वह टिक नहीं पाती थी। अपने मकान के ओसारे में या मकान के निकट भी कोई उसे रहने नहीं देता। उनके अनुसार वह अज्ञात स्त्री गुंडों-लुटेरों के गिरोह की भी हो सकती थी या खुद हाथ सफाई करने वाली चोरिन महिला भी। इसके अतिरिक्त वह मजदूरी या चौका-बर्तन का काम भी नहीं करती थी। वह काम उसे पसंद नहीं था। उसकी जाति के लोग ऐसा काम नहीं करते। उसका वह तर्क भी किसी को मान्य नहीं था। इस स्थिति में अपना पेट भरने के लिए वह 'सोनपापड़ी' (बेसन की मिठाई) खरीदकर ले आती और कागज की छोटी-छोटी पुड़ियों में बंद कर उसे बच्चों में बेचती। लेकिन उन बड़े लोगों के मुहल्लों के बच्चे उसकी वे पुड़िया भी नहीं खरीदते। उनके अभिभावक मना कर देते—'गंदी चीज है! ऐसी बाजारू चीजें नहीं खाते...!'

वह वैसे मुहल्लों में काफी समय तक भटकती रही। पर न तो कहीं ठौर पा सकी और न अपने जीविकोपार्जन-भर सोनपापड़ी ही बेच पाती। इसी भटकन के दौरान जाड़े की एक दोपहर वह परानपुर आई थी। यहाँ उसे ठौर मिल गया था और यहाँ के बच्चों में उसकी सोनपापड़ी भी लोकप्रिय साबित हुई थी। यहाँ के लोग भी उसे अजनबी और अपने से दूर हटाते नहीं जान पड़े। किसी ने भी संशय की दृष्टि से उसे नहीं देखा। सबने उसे ऐसे अपना लिया जैसे वह उन्हीं का हिस्सा हो। किसी रोज वह खाना नहीं बनाती तो आस-पड़ोस की औरतें उसे खाना दे जातीं। यह गाँव उसे ऐसा जँचा कि फिर वह कहीं नहीं गई, यहीं की होकर रह गई।

परानपुर में दँतुली किसी के दरवाजे पर नहीं रहती थी। गाँव के उत्तरी छोर पर

स्थित 'गोरेयाथान' (गोरेया बाबा नामक देवता का स्थान) के पास उसने अपना डेरा जमाया था। नीम के एक पुराने वृक्ष के नीचे गोरेया बाबा का चबूतरा था। पर्व-त्योहारों के दिन परानपुर की औरतें गोरेया बाबा की पूजा करती थीं। वह सार्वजनिक स्थल था। 'गोरेयाथान' के पास एक ओर गोरेया बाबा का चबूतरा था और दूसरी ओर परानपुर के कबाड़ों का ढेर। लोग अपने घर का कूड़ा-कर्कट और बेकार हो गए सामान वहीं फेंकते थे। उन्हीं कबाड़ों के पीछे अपने लिए जगह बनाकर वह रहती थी। बारिश के दिनों में किसी के ओसारे में जाकर छिप जाती थी। फिर बारिश छूटते ही अपनी जगह पर आ जाती थी।

दँतुली की मृत्यु के बारे में परानपुरवासियों की अलग-अलग राय थी। कुछ लोगों का कहना था कि चूँकि दँतुली कबाड़ के पास सोती थी, इसीलिए संभव है कि कबाड़ में छिपकर रहनेवाले किसी साँप ने उसे डँस लिया हो या अन्य किसी विषैले जंतु ने काट लिया हो। लेकिन इसके विपरीत अधिकांश लोगों का यह मानना था कि वह अपने आप मरी है। दुःखों की मारी उसकी काया असमय में ही जर्जर हो गई थी। उससे चला भी नहीं जाता था। उसकी आँखों की रोशनी भी जाती रही थी। मुश्किल से अपना क्रिया-कर्म वह कर पाती थी। ऐसे लोगों का कहना था कि दँतुली का मर जाना अच्छा ही हुआ। वह 'भगमानी' (भाग्यवान) थी कि बिना कष्ट सहे गुजर गई। किसी की सेवा नहीं ली। एक गिलास पानी तक नहीं माँगा। ऐसी मौत सबको नसीब हो !

सुबह का उजाला फैलते और दिन की शुरुआत होते ही परानपुरवासी गोरेयाथान जुटने लगे थे। इस बीच मुहल्ले की औरतें पहले ही पहुँच चुकी थीं दँतुली के पास और उसे घेरकर रोना भी प्रारंभ कर दिया था—"एकदम गऊ थी बेचारी...?"

"अरे, अब हम अपने बच्चों को किसके पास सोनपापड़ी के लिए भेजेंगी ? कौन उन्हें दुलार से सोनपापड़ी खिलाएगा...?"

"अरे, गोरेयाथान आने पर अब कौन हमें अशीषेगी ? जी खोलकर दुआएँ देती थी बेचारी। अपनी बहू-बेटी से भी हमें अधिक समझती थी। हमें छोड़कर चली गई एकाएक...!"

परानपुर के मर्द एकत्रित होते ही उसके दाह-संस्कार की तैयारी में लग गए थे। भले ही वह उनकी कोई नहीं थी, लेकिन उनके गाँव में तो रहती थी। खून का न सही, साथ रहने का संबंध तो था ही। फिर यह तो पुण्य का काम था। उनके गाँव की यह पुरानी परंपरा भी थी। गाँव में मरे व्यक्ति की लाश को वह लावारिस की तरह कभी नहीं फेंकते। उन्होंने बड़े लोगों के मुहल्ले में मरनेवाले लावारिसों की दुर्गति देखी थी। वे उसके सख्त खिलाफ थे।

इस अवसर पर परानपुर के प्रमुख व्यक्ति जगन पासी ने गोरेयाथान में एकत्रित लोगों को संबोधित करते हुए कहा—"अब देर करने की जरूरत नहीं। यह हमारी माँ-बहन से कम नहीं है। जिसकी जैसी औकात हो उसी अनुसार चंदा देकर इसका उचित दाह-संस्कार हमें करना है...!"

जगन पासी की बात सुन मुहल्ले के दो नौजवान लच्छू और भीखू तत्क्षण चंदा एकत्रित करने में जुट गए। ऐसे अवसरों के लिए वे बहुत उपयुक्त नौजवान थे। उनकी तत्परता और फुर्ती देखते ही बनती थी। उनसे पहले ये कार्य बुटन और जीतन करते थे। पर उनके बूढ़े होते ही ये कार्य स्वतः लच्छू और भीखू ने सँभाल लिये थे, जैसे इस कार्य का रूपांतरण हो गया हो उनमें।

और अवसरों पर परानपुर के वासी चाहे जितनी कंजूसी करते हों, इस अवसर पर कुछ-न-कुछ अवश्य देते थे। लच्छू और भीखू ने पूरी बस्ती में घूमकर ढाई सौ रुपए एकत्रित कर लिये। उनकी बस्ती छोटी थी और लोग भी गरीब थे। किसी ने दो रुपए दिए, किसी ने चार, किसी ने दस। सबसे अधिक पच्चीस रुपए जयराम धोबी ने दिए। उसकी आय भी अन्य लोगों से अच्छी थी।

अब दँतुली की गठरी-मुठरी की तलाशी ली गई। शायद उसने भी कुछ जमा कर और छिपाकर रखा हो। लेकिन उसके पास वैसा कुछ भी नहीं था। वह जो साड़ी पहनकर मरी थी, उसी के खूँट में (छोर पर) तीन रुपए पचासी पैसे के सिक्के बँधे थे। शायद बच्चों से सोनपापड़ी बेचकर उसने पाया था। इसके अलावा उसके पास फटे-पुराने कुछ कपड़े तथा मिट्टी के दो-चार बर्तन थे। संपत्ति के नाम पर अगर उसके पास कोई चीज थी तो वह उसकी नाक में लगी छूँछी थी। उसके मर चुकने के बाद भी उसकी नाक की वह छूँछी सबको नजर आ रही थी और दूर से ही चमक रही थी।

दँतुली की छूँछी के बारे में परानपुरवासियों का मानना था कि वह उसकी सगुनवती छूँछी थी। शादी में पहनाई गई छूँछी। जब वह घर से चली थी तो इस छूँछी के सिवाय उसके पास और कोई जेवर नहीं था। इस शहर में कष्ट सहकर भी अपनी यह छूँछी उसने कभी नहीं बेची। पहले की बनी, असली सोने की, बड़ी-सी छूँछी, दूर से ही नजर आती रहती थी। परानपुर की कुछ महिलाएँ तो उसे 'छूँछीवाली बुढ़िया' भी कहती थीं।

चंदा एकत्रित करने के बाद कफन लाने और बाँस की अरथी बनाने का काम शुरू हो गया था। ऐसे कामों में अभ्यस्त परानपुर के लोगों ने फटाफट सारी तैयारी कर ली। अब दँतुली को तैयार कर उसे अरथी पर चढ़ाना था। अगर मृतक पुरुष-पात्र होता तो परानपुर के मर्द स्वयं उसे तैयार कर अरथी पर चढ़ाते, लेकिन दँतुली महिला थी इसीलिए उसको तैयार करने का जिम्मा नक्षत्तरी को सौंपा गया। यह कार्य नक्षत्तरी के हिस्से का कार्य था...!

नक्षत्तरी एक विधवा महिला थी। वह काली-कलूटी और कुबड़ी थी। इस रंग-रूप के चलते ही उसकी दूसरी शादी नहीं हुई। गोरेयाथान के पास ही उसका खपड़ैल का घर था। शहर में चौका-बर्तन करके वह अपना पेट भरती थी। दँतुली के आने से पहले वह अपने को बहुत अकेला महसूस करती थी। लेकिन दँतुली के आ जाने के बाद उसका अकेलापन खत्म हो गया था। वह अक्सर दँतुली के पास बैठी रहती थी। दँतुली से उसकी खूब पटती भी थी। इसीलिए परानपुरवासियों ने दँतुली की अंतिम तैयारी का दायित्व भी उसे ही सौंपा था।

परानपुर की बुजुर्ग महिलाओं ने नक्षत्तरी को हिदायत दे दी थी—'नाक से छूँछी निकालकर उसे उसके मुँह में डाल देना। मरी औरत की नाक की छूँछी उसके मुँह में डाल दी जाती है...।'

परानपुर के बुजुर्ग पुरुषों ने भी इस बात का समर्थन किया था। यह परंपरा सिर्फ उनकी बस्ती की ही नहीं थी, पूरे जनपद की थी। छूँछी पहनकर मर गई औरत की छूँछी उसके मुँह में ही डाल दी जाती थी।

देखते-ही-देखते 'मंजिल' (अरथी) तैयार हो गई। 'राम नाम सत्य है' की समवेत ध्वनि के साथ मंजिल उठाकर चल पड़े परानपुरवासी। छठू और संतू ने मंजिल के अगले हिस्से को अपने कंधों पर थाम लिया। वे मंजिल ढोने में माहिर थे। बिना कंधा बदले श्मशान तक मंजिल ले जाते थे। उनके रहते, उस मुहल्ले की कोई मंजिल बिना उनके कंधा लगाए निकली हो, ऐसा कभी नहीं हुआ था। मंजिल के साथ चलनेवाले लोग भी कंधा भिड़ाते रहते थे। भले ही कोई दस डग के लिए ही कंधा भिड़ाए, पर कंधा अवश्य भिड़ाता था। मंजिल में कंधा भिड़ाना पुण्य का कार्य समझा जाता था।

परानपुर से श्मशान घाट की दूरी चार मील थी। शहर के उस पार गांगी के किनारे श्मशान घाट था। वहाँ पहुँचते-पहुँचते दुपहरिया तपने लगी थी श्मशान घाट के पास ही लकड़ियों की दुकान थी। मुर्दा लानेवाले लोग यहीं से लकड़ियाँ खरीद मुर्दे जलाते थे। परानपुर के लोगों ने भी लकड़ियों की खरीदारी शुरू की। कफन और अरथी से बचे रुपयों की लकड़ियाँ खरीदी गईं। लेकिन दुकानदार के अनुसार और बराबर मंजिल ले आनेवाले परानपुर के कुछ निवासियों के अनुसार भी इतनी कम लकड़ियों में एक लाश जल पाना संभव नहीं। और लकड़ियों की जरूरत थी ? प्रश्न था, इसके लिए अब पैसा कौन दे ? वे इतना कर रहे थे, यही काफी था। शरीर से तो वे लगे ही हुए थे। अपनी सामर्थ्य भर चंदा भी उन्होंने दे रखा था। अब कुछ देना उनके लिए संभव नहीं था। इस स्थिति में सबके मन की बात ताड़ लकड़ीवाले से कहा जगन पासी ने—"भाईजी, अब आप ही मदद कीजिए ! आपसे क्या छिपाना ! यह लावारिश औरत है। हम लोग आपस में 'बेहरी' (चंदा) कर इसका 'परवाह' (दाह-संस्कार) कर रहे हैं। जो था, सब आपको दे दिया। अब आप अपनी ओर से मदद कर घट रही लकड़ियाँ दे दीजिए। आप भी इस पुण्य के भागीदार बन जाइए...!"

लेकिन श्मशान के पास रोज मुर्दों का सामना करने वाला वह लकड़ी-दुकानदार तनिक भी नहीं पसीजा—"यह लावारिश है या किसी के घर की, इससे मुझे क्या मतलब ? मैं मुर्दों का वारिस जानने नहीं, लकड़ी बेचने बैठा हूँ। जब लावारिस ही थी तो आप लोग क्यों उठा लाए ? जैसे लाए हैं, वैसे लकड़ियाँ खरीदकर ले जाइए। मैं धर्मखाते में लकड़ियाँ नहीं बाँटता। ऐसा करने लगूँ तो दुकान बंद कर मुझे घर पर बैठना पड़े...।"

जगन को लग गया, यह मुफ्त में लकड़ियाँ देनेवाला नहीं। अपने साथ के लोगों के चेहरे भी उन्होंने पढ़ लिये, किसी को भी अब और खर्च करना गवारा नहीं। अब

उन्होंने लकड़ीवाले से आग्रह किया—"ठीक है। जरूरत-भर तौल दीजिए लकड़ी। आपका पैसा हम दो-एक दिन में भेज देंगे...।"

लकड़ीवाला जगन को पहचानता था। बराबर मंजिल के साथ आने वाले परानपुर के कुछ अन्य लोगों को भी जानता था। यह कहते हुए उसने उधार में लकड़ी दे दी—"जल्दी पैसा भिजवा दीजिएगा। आप लोग बराबर आने वाले ग्राहक हैं, इसीलिए आपकी बात रख रहा हूँ...मैं उधारी का कारोबार नहीं करता...!"

जरूरत-भर लकड़ी पा सब आश्वस्त हो गए। जल्दी से उन्होंने चिता तैयार कर दँतुली को उस पर लिटा दिया। वे सब थक गए थे और उन्हें भूख भी लग आई थी। जल्दी से लाश फूँककर वे घर लौट जाना चाहते थे। लेकिन समस्या यह थी कि दँतुली की चिता में आग कौन लगाए ? परानपुर के लोगों में से उसे जो आग देता, उसे तेरह दिनों तक 'लग्गी-बरछी' लेकर 'तेरही' (क्रिया-कर्म) की रस्म अदा करनी पड़ती। ऐसी लाशों की चिता में वे श्मशान घाट के डोम से ही आग दिलवा देते थे। पर डोम ने भी लकड़ी-दुकानदार वाला प्रश्न खड़ा कर दिया था—"जब हमीं आग देब त पुरहर पइसा भी लेब ऽ।"

परानपुर के लोग फिर चिंता में पड़ गए थे। लकड़ीवाले से तो उन्होंने काम निकाल लिया था। अब इस डोम से कैसे काम निकालें ? उन्होंने डोम से भी सच्ची बात बता दी। पर उसकी सख्ती बनी रही। वह अड़ा रहा पूर्ववत्—"एहिजा चिलार पर हम पुन कमाए नइखीं बइठल। अपना परिवार के रोजी-रोटी खातिर बइठल बानीं। लाश लवारिस ह कि केहू के घरे के, हमरा एहसे कवनो मतलब नइखे। आग दिआई पइसा से मतलब बा !"

लेकिन जगन पासी ने अपने बस्तीवालों को यहाँ भी अधिक देर तक चिंतित होने नहीं दिया। डोम को करीब बुलाकर उसके लाभ की बात को किसी राज की तरह उसे समझाना शुरू किया—"तुम क्या समझ रहे हो कि तुमसे सेतिहा (मुफ्त) में हम आग देने को कह रहे हैं। असली सोने की बड़ी सी छूँछी इसके मुँह में है। पहले की बनी हुई भारी छूँछी। चार-पाँच सौ से कम में नहीं बिकेगी। उसे बेचकर सौ का एक नोट लकड़ीवाले को दे देना और शेष सब तुम ले लेना...।"

जगन की बात सुन डोम की आँखें चमक उठीं। परानपुरा के लोगों को भी यह मार्ग अच्छा जान पड़ा था। अब लकड़ीवाले का कर्ज भी चुक जाएगा। जगन की इस दिमागी चतुराई पर उसकी बस्तीवाले खुश हो उठे।

उत्साहित हो डोम अब दँतुली के पास पहुँच आया था। आग देने से पहले उसने दँतुली के मुँह में हाथ डालकर छूँछी ले लेना चाहा था। ऐसे मामलों में वह यही करता था। लेकिन दँतुली के मुँह में उसे छूँछी कहीं नहीं मिली। उसके मुँह के भीतर वह अपनी अँगुलियाँ दौड़ाता रहा...।

परानपुर के लोगों को यह जानकर बहुत आश्चर्य हुआ कि दँतुली के मुँह में उसकी छूँछी नहीं ? तो क्या नक्षत्तरी ने छूँछी चुरा ली ? उसी ने तो दँतुली को तैयार किया

था। लेकिन नक्षत्तरी तो ऐसी नहीं। दँतुली को तो वह अपनी माँ की तरह मानती थी। कुछ क्षण के लिए डोम की बातों पर उन्हें विश्वास नहीं हुआ। बुटन और जीतन ने तो डोम को हटाकर स्वयं बारी-बारी से दँतुली के मुँह में हाथ डाल छूँछी की खोज शुरू की। इस कार्य में लच्छू भी भिड़ गया...!

चिता पर लेटी दँतुली और उसके मुँह के भीतर हाथ डालकर छूँछी की खोज। जयराम धोबी से जब यह दृश्य देखा नहीं गया तो उसने अपनी नाराज़गी व्यक्त कर दी—''अगर दँतुली किसी की माँ-बहन या बहू-बेटी होती तो क्या मजाल कि इस तरह उसका मुँह फाड़ लोग छूँछी ढूँढ़ते ! किस्मत की ओछी थी, तभी तो मरने के बाद यह दुर्गति...!''

परानपुर के अन्य लोगों के मन में भी ऐसी ही प्रतिक्रिया उठ रही थी। लेकिन कोई रास्ता भी तो उन्हें नजर नहीं आ रहा था। आखिर छूँछी कहाँ चली गई ? बिना कुछ ठोस लिये डोम आग देनेवाला भी तो नहीं।

जगन पासी को अब लग गया कि छूँछी दँतुली के मुँह में नहीं, तो उन्होंने डोम को विश्वास दिलाते हुए कहा—''जरूर इसके पेट में छूँछी चली गई है। तुम आग लगा दो। लाश जल जाने पर राख में ढूँढ़ना। अवश्य तुम्हें छूँछी मिल जाएगी। और अगर नहीं मिलेगी तो हमारी बस्ती में आ जाना, छूँछी का दाम नक्षत्तरी से वसूल कर हम तुम्हें दे देंगे...।''

जगन की बात डोम को जँची। पहले भी दो बार जल चुकी लाश की राख से उसने दो छूँछियाँ प्राप्त की थीं। उसने आग देने से पहले जोर देकर कहा—''ठीक बा। हम आग दे-दे तानी। बाकिर राख में छूँछी ना मिली तो ओकर पइसा मिल जाए के चाही...!''

''मिल जाएगा...। मिल जाएगा...,''—परानपुर के कई लोगों ने एक ही साथ जवाब दिया। उनके जगन दादा ने फिर रास्ता निकाल दिया था। अपने जगन दादा की समझ पर मन-ही-मन वे फिर इठला उठे थे।

डोम ने चिता में आग जला दी। परानपुर के लोग लौट चले। वैसे लाश जलाकर ही लौटने की उनकी परंपरा थी। वे जानते थे, लाश के साथ आए लोगों के लौटते ही डोम पानी डालकर चिता बुझा देता। फिर चिता की लकड़ियाँ खींचकर रख लेता और अधजली लाश गाँगी में फेंक देता। लेकिन इस बार वे आश्वस्त थे, ऐसा नहीं करेगा डोम। छूँछी पाने के लिए वह लाश को अच्छी तरह जलाएगा।

अपनी बस्ती लौटने के बाद परानपुर के लोग सीधे नक्षत्तरी के पास पहुँचे। उसे यह बताते हुए कि छूँछी दँतुली के मुँह में नहीं, उसे डराया-धमकाया कि सीधे मन से वह छूँछी लाकर हाजिर कर दे। जवाब में नक्षत्तरी रोने-कलपने लगी। गोरेयाबाबा के माथे पर हाथ रखकर किरिया खाने लगी—''हे गोरेया बाबा, हमने अगर छूँछी ली हो तो हमें उठा लेना...। नरक में भेजना। हमारी कोई दुर्गति बाकी न छोड़ना...!''

नक्षत्तरी को इस तरह किरिया खाते देख सब अपने घर लौट आए। उन्हें लग गया,

छूँछी दँतुली के पेट में ही होगी। राख में वह अवश्य डोम को मिल जाएगी।

लेकिन दूसरी सुबह बस्ती में डोम के पहुँचते ही परानपुरवासी पुनः आश्चर्य और दुविधा में पड़ गए। डोम ने कहा कि राख में छूँछी कहीं नहीं मिली। उसने बताया कि अपनी पत्नी और बच्चों के साथ राख में वह अच्छी तरह ढूँढ़ चुका है...।

जगन पासी ने समझा-बुझाकर डोम को विदा कर दिया—"तुम निश्चिंत रहो। हम पता कर रहे हैं। पता करके रहेंगे। छूँछी उपराकर उसका दाम तुझे देंगे...!"

उसके बाद जगन पासी के बरामदे में बैठकें लगने लगीं। लेकिन एक राय पर सब सहमत नहीं हो पा रहे थे। हर बार परानपुर के लोगों की राय दो भागों में बँट जाती थी। कुछ लोगों का मानना था कि नक्षत्तरी ने ही छूँछी ली है। वह दँतुली को लाख मानती थी, सोना देखकर उसका मन बदल गया। सुगमता से उपलब्ध वैसी छूँछी वह छोड़नेवाली नहीं...।

लेकिन शेष लोगों का कहना था कि इस तरह जार-बेजार होकर रोने और किरिया खानेवाली नक्षत्तरी ने छूँछी नहीं ली है। डोम को राख में छूँछी मिल गई है। उन सबों को मूर्ख बनाकर वह दोबारा कुछ ऐंठना चाहता है। उनके मुहल्ले की नक्षत्तरी झूठ बोल रही है और श्मशान का वह डोम सच, यह हो ही नहीं सकता। झूठ बोलना तो मुर्दघटिया के डोम का पेशा होता है...।

सच क्या था, किसी को पता नहीं ? फिलहाल सबका संयुक्त सच था कि दँतुली की वह बड़ी-सी चमकदार छूँछी उनकी आँखों के समक्ष नाच रही थी...!

विषवृक्ष

ब्रह्मदेव बाबू ने क्या सोचा था और क्या हो गया ? उन्होंने सपने में भी यह नहीं सोचा था कि कभी ऐसा भी हो जाएगा...। काश ! इसका अनुमान उन्हें पहले होता...!

अपने गाँव के नामी और खानदानी गृहस्थ हैं ब्रह्मदेव बाबू। कभी उनके पुरखे जमींदार और रईस समझे जाते थे। लेकिन जमींदारी और रईसी के खिसकते चले जाने के बाद अब वे सिर्फ नामी गृहस्थ होकर रह गए हैं—बड़े जोतदार और संपन्न खेतिहर। अभी भी वे डेढ़ सौ बीघे जमीन के स्वामी हैं। गाँव का सबसे बड़ा खलिहान उन्हीं का है। गाँव का बड़का बगीचा और रेहू मछलीवाला वह बड़ा तालाब उनका ही है। बोरिंग, ट्रैक्टर, थ्रेसर, पंपिंगसेट...क्या नहीं है उनके यहाँ ! कृषि के आधुनिक वैज्ञानिक प्रायः सभी साधन उपलब्ध। गाँव का प्राचीन शिवाला उनके पुरखों का ही बनवाया है। गाँव की पंचायत उनके दरवाजे ही लगती रही है। गाँव के अधिकांश पर्व-त्योहार उनकी हवेली से ही प्रारंभ होते हैं, चाहे होली का ताल उठाना हो या दशहरे में दुर्गाजी की प्रतिमा की स्थापना, या वसंत पंचमी की कुश्ती या दीवाली का नाटक...। गाँव की सड़क, पाठशाला, डाकघर, चिकित्सा केंद्र और बिजली उनके परिवार की ही देन हैं—उनकी पैरवी और पहुँच की बानगी...। कभी उनके पुरखों के नाम से जाना जाता था यह गाँव। अब उनके नाम से जाना जाता है। लोग पूछते हैं, 'कौन जगतपुर ?'

बतानेवाला गर्व से बताता है, 'ब्रह्मदेव बाबू का जगतपुर।'

इस जगतपुर गाँव में अभी कुछ वर्ष पहले तक ब्रह्मदेव बाबू के दिन खूब मौज-मस्ती में कट रहे थे। हवेली से लेकर खेत-खलिहान तक उनके आदेश पालन के लिए अनेक नौकर-चाकर और बनिहार-चरवाह तैनात रहते थे। अगर वे खलिहान में जामुन वृक्ष के नीचे बिछे तख्त पर गद्‌दे और मसनद के सहारे लेटकर दवनी देख रहे होते तो एक चरवाह उनके पाँव दबा रहा होता। अगर वे हवेली के आँगन में स्नान कर रहे होते तो चापाकल से ठंडा पानी निकालकर एक सेवक उन्हें नहला रहा होता। नहलाने से पहले उस सेवक ने उसके पूरे बदन में सरसों के तेल की अच्छी मालिश की होती तथा नहलाने के बाद उतारे कपड़े को साफ करने में वह लगा होता। अगर वे खेतों की ओर निगरानी में जा रहे होते तो उनके माथे पर छतरी ताने एक सेवक

साथ-साथ चल रहा होता...। कहनेवाले तो यह भी कहते हैं कि अपने सेवकों की जवान बहू-बेटियों पर भी पूरा अधिकार रखते थे वे...। अपने सेवकों के अन्नदाता और आश्रयदाता जो ठहरे...। अपनी जमीन में झोंपड़ी बनाकर उन्हें रहने की अनुमति दे रखी थी तथा अपने यहाँ काम करने के एवज में उन्हें अनाज आदि अलग से दिया करते थे...।

इस संबंध में अपने जमींदार पुरखों की तरह विपुल ऐश्वर्य तो नहीं भोग पाते थे वे। लेकिन बचे हुए धन-दौलत और दास-दासियों का सुख भी बीते हुए जमाने के अनुसार कम नहीं था उनके लिए...।

हालाँकि उनकी यह स्थिति बिल्कुल निर्विघ्न नहीं थी। इसे निर्विघ्न और निष्कंटक बनाया था उन्होंने। उन्हें संपन्न खेतिहर समझ अक्सर उनके यहाँ चोरी-डकैती होती थीं। उनके खेत-खलिहान से अनाज और कृषि के उपकरण गायब कर दिए जाते थे। उनके कुछ बदमिजाज और मुस्टंड बनिहार-चरवाह भी उन्हें धोखा दे देते थे और वादाखिलाफी करते थे। इन सारी चीजों से निबटने के लिए गाँव के तीन पहलवानों को उन्हें अपना लठैत नियुक्त करना पड़ा था—मल्लू, घुरहू और फल्गू को। ये तीनों सिर्फ कहने भर के लिए ही पहलवानी करते थे। इनका असली काम तो चोरी-डकैती, लूट-मार और घरपईसी का था...।

काले रंग का विशालकाय मल्लू सैकड़ों की भीड़ को फाड़कर निकल भागने में समर्थ था। डाकुओं और गृहस्वामी के परिवार से भिड़ंत होने पर वह अगले मोर्चे पर रहता था। उसका प्रहार कभी खाली नहीं जाता था। वजनी-से-वजनी वस्तु लेकर भी वह मीलों दौड़ सकता था। उसके चेहरे और बदन पर भाले और बरछे के अनेक निशान थे। गाँव के बच्चे तो उसे काला पहाड़ समझते थे। उसे देखते ही डर जाते थे...।

घुरहू दुबला-पतला, लेकिन छरहरा था। वह गोरे रंग का एक सजाह नवही था। उसका बदन कसा हुआ था। लंबा फांद फाँदने और ऊँचा उछलने में गाँव में उसकी जोड़ का दूसरा नहीं। एक तल्ला मकान तो वह हाथ के सहारे ही टप जाता। उसके बदन में गजब की फुर्ती थी। गृहस्वामी के जमाने या पुलिस द्वारा छापा मारने पर तत्क्षण वहाँ से भाग निकलता। निशानेबाज भी एक नंबर का था वह। उड़ती चिड़िया पर भी निशाना साध ले तो फिर समझिए वह धरती पर है...।

और साँवले रंग का फल्गु, नाटे कद का एक गठीला मर्द। खलिहान से अनाज के बोझे और कृषि उपकरण गायब करने में पक्का उस्ताद। सेंध के छोटे सूराख में भी चूहे-बिल्ली की तरह बदन सिकोड़कर घुस जाने में माहिर। छप्पर के सहारे आँगन में उतरकर बाहर का दरवाजा खोल देने में सफल। दबे पाँव बिना तनिक आवाज किए चलने में अभ्यस्त। और हत्या के मामले में तो पूरे गाँव में एकमात्र जल्लाद ! बिना उसके हत्या का मामला किसी से निपटता ही नहीं।

ये तीनों एक-दो बार जेल भी जा चुके थे और जमानत पर छूटकर आ गए थे। इनके आने के बाद हर नए वारदात पर पुलिस इनकी खोज में आ धमकती थी। लेकिन

ये जल्द पुलिस की पकड़ में नहीं आते थे।

इन तीनों को अपने लिए उपयुक्त समझ ब्रह्मदेव बाबू ने इन्हें ही अपना लठैत बनाया। ये तीनों भी तो किसी बड़े व्यक्ति के वरदहस्त की प्रतीक्षा में थे। घर बैठे उनका खेवा-खर्च चलने लगे और पुलिस से उन्हें सुरक्षा मिल जाए, यह तो जैसे उन्हें मुँहमाँगा वरदान था। बस, तत्क्षण ब्रह्मदेव बाबू की सेवा में जुट गए वे। उन पर अब अलग से खर्च होने लगा था ब्रह्मदेव बाबू का। लेकिन उस खर्च से कई गुना उनकी अधिक बचत होने लगी थी। इन चोर-बदमाशों ने अपने आप तो उनके यहाँ चोरी-बदमाशी करना बंद कर ही दिया था, औरों को भी उनके यहाँ लूटपाट नहीं करने देने के प्रति तैनात हो गए थे। और फिर चोर-बदमाश चोरी की रक्षा में तैनात हों तो कौन चोरी कर सकता है ? यह इसी का परिणाम था कि उनके खेत-खलिहान में पड़े कृषि-उपकरणों एवं अनाज की बालियों को छूने तक का कोई साहस नहीं कर पाता था। बनिहार-चरवाह भी वादाखिलाफी या धोखेबाजी करने की कोशिश करते तो उनके लठैत उनकी अच्छी खबर लेते, ऐसी कि फिर दोबारा वैसा करने की वे हिम्मत नहीं जुटा पाते। इस तरह अपने सुखोपभोग का स्थायी इंतजाम कर लिया था ब्रह्मदेव बाबू ने। अब वे बिलकुल निश्चिंत और बेफिक्र थे...।

लेकिन यह स्थिति भी देर तक बरकरार नहीं रह सकी थी। ज्यादा लोग अभाव और कष्ट में हों और कुछ लोग सुख और ऐश्वर्य में तो वहाँ अधिक समय तक यथास्थिति बनी नहीं रह सकती। बहुसंख्यक वर्ग का रोष-क्षोभ यथास्थितिभंजक यथार्थ को जन्म दे ही देता है। जगतपुर गाँव में भी ऐसा ही हुआ। वहाँ के बनिहार-चरवाहों के अंदर पता नहीं कैसे और कहाँ से यह चेतना आ समाई कि उनके परिश्रम पर ही राज कर रहे हैं ब्रह्मदेव बाबू ! उनके श्रम के अनुपात में उन्हें जो मिल रहा है वह बहुत कम है...। अब यह सब नहीं चलने देंगे वे। उनकी नजर इस बात पर भी जाने लगी थी कि क्यों इतनी जमीन के स्वामी बने हुए हैं ब्रह्मदेव बाबू, जबकि इसी गाँव में अनेक लोगों के पास एक धूर भी जमीन नहीं...। इस नई चेतना से लैस बनिहार-चरवाहों के बोल-चाल, रंग-ढंग और चाल-ढाल में स्पष्ट परिवर्तन लक्षित कर रहे थे वे। इन बनिहार-चरवाहों पर अपने लठैतों की पकड़ भी अब वे महसूस नहीं कर रहे थे। वे देख रहे थे, इस नई हवा से उनके लठैत भी अछूते नहीं रह पाए थे। उन्हें भी यह लगने लगा था कि उनकी शक्ति पर ही मौज कर रहे हैं ब्रह्मदेव बाबू...। उनके माध्यम से उनके अपने लोगों को ही प्रताड़ित कराते हैं। इसके एवज में जो देते हैं वह तो कुछ नहीं है। लठैत अपनी बेरुखी भी उन्हें जताने लगे थे और गाहे-ब-गाहे उनसे अधिक की माँग करने लगे थे...।

इस स्थिति से निपटने के लिए अब वे कोई और रास्ता अख्तियार करते, इससे पहले ही घट गई वह घटना जिसने उनके वर्तमान को छिन्न-भिन्न कर दिया। उनके सुखी साम्राज्य पर जैसे वज्रपात हो गया। उनके लठैतों, बनिहार-चरवाहों और चोर-बदमाशों ने मिलकर उन्हें लूट लिया...।

वह अगहन का महीना था। धान खेतों में पककर तैयार थे। अब वे कटनी लगवाने की सोच ही रहे थे कि उस रात वह अनपेक्षित घटना घट गई। अपनी ग्रामीण दिनचर्या के मुताबिक उस रात भी दस बजे तक हवेली बंद कराकर अपने परिवार के साथ सो गए थे ब्रह्मदेव बाबू। जब कई लोगों ने एक साथ उनके कमरे में पहुँचकर उन्हें धर-दबोचा तब उनकी आँखें खुल गईं कि वे कोई डरावना सपना तो नहीं देख रहे। लेकिन वह डरावना सपना नहीं, डरावना सच था। उस वक्त रात के बारह बज रहे होंगे। उन्होंने चिल्लाने की कोशिश की। पर लुटेरों ने उनका मुँह चाँप लिया—"चिल्लाकर तुम किसी को नहीं जुटा पाओगे ब्रह्मदेव। बहुत दिनों तक इस गाँव को लूटकर मौज करते रहे। अब सबकी आँखें खुल गई हैं...। चुपचाप पड़े रहो, नहीं तो टुकड़े-टुकड़े हो जाओगे...।"

उन्होंने देखा, बगल के कमरे में सोई पत्नी और बच्चों को भी लुटेरों ने अपनी गिरफ्त में ले लिया था। सचमुच उनकी संख्या काफी थी। वे चिल्लाकर कुछ नहीं कर सकते थे। पूरी हवेली में वे ही नजर आ रहे थे। यह देखकर उनका माथा ठनक गया कि लुटेरों में अधिकांश उनके गाँव के ही थे। उनके कुछ अपने बनिहार-चरवाह और लठैत भी नजर आए जो पहचान में न आने के लिए गलगौंछा बाँधे हुए थे। लेकिन उनकी पैनी आँखों से वे छिप नहीं सके। अपने बनिहार मनरू और लठैत मल्लू को तो उन्होंने साफ पहचान लिया। अब उन्हें यह समझते देर नहीं लगी कि पिछले दरवाजे से हवेली में घुसने का राज उनके बनिहार-चरवाह और लठैतों ने ही बताया है तथा हवेली में लूटने लायक सामान कहाँ-कहाँ हो सकता है, इसका रहस्योद्घाटन भी किया है, इसीलिए घर में घुसते ही लुटेरों ने सामान ढोना शुरू कर दिया था। लेकिन अन्य लुटेरों के साथ उनके अपने सेवकों और कारिंदों ने ऐसा क्यों किया ? इलाके के अन्य बड़े भूपतियों की तरह अपने मातहतों के ऊपर जुल्म-शोषण तो उन्होंने कभी नहीं किया और न इसके पक्ष में ही रहे, इसलिए मुँह चाँपनेवाले लुटेरे ने जैसे ही उनके मुँह से अपना हाथ हटाया, वे पूछ उठे, "हमने तो इस गाँव को कभी नहीं लूटा और न किसी के साथ ज्यादती ही की...सबको अपना परिवार समझा, फिर हमारे साथ यह व्यवहार क्यों...?"

इस पर उनके करीब उपस्थित लुटेरों में से एक ने कहा—"इसीलिए सिर्फ लूटकर ही छोड़ दे रहे हैं, नहीं तो सबसे पहले मारकर ढेर कर देते...।"

इसके बाद एक दूसरे ने कहा—"सारा गाँव सूखे में मर रहा है और तुम चानी काट रहे हो और कह रहे हो कि हमने किया क्या ?"

ब्रह्मदेव बाबू जानते थे कि इस वर्ष सूखा पड़ा था। लेकिन ऐसा सूखा नहीं कि सब कुछ जलाकर नष्ट कर दे। इस सूखे का असर सिर्फ साधन-विहीन लोगों पर ही था, साधन-संपन्न लोगों पर नहीं। उन्हें अहसास हो चुका था कि सूखे के नाम पर उन्हें लूटना तो सिर्फ एक बहाना मात्र है। सच तो यह है कि उनकी पैतृक संपत्ति और सुख-सुविधा लोगों की आँखों में अब खटकने लगी है। बाहर की हवा ने उन्हें लूटपाट

के लिए उकसाया है...।

लुटेरों के कब्जे में वे विवश-लाचार बने हवेली का लूटा जाना चुपचाप देखते रहे। सुबह होने पर यह जानकर उनके दुःखी मन को और धक्का लगा कि हवेली लूटने के साथ ही उनके खेतों में पकी धान की अधिकांश फसलों को भी लुटेरे काट ले गए थे। उनके अंदर का जमींदारी खून अब खौल उठा। वे किसी को नहीं छोड़ेंगे। एक-एक को मजा चखाएँगे। उनके सीधेपन के चलते ही ऐसा हुआ है। अब वे टेढ़ा बनकर भी दिखा देंगे...।

और गाँव के मुख्य-मुख्य अभियुक्तों के साथ अपने बनिहार-चरवाहों और लठैतों पर उन्होंने मुकदमा दायर कर दिया...। लेकिन यह क्या ? मुकदमा दायर करना तो जैसे उनके लिए बर्रे के छत्ते में हाथ डालना हो गया ! रोज उन्हें धमकियाँ मिलने लगीं। उनके यहाँ काम करनेवाले बनिहार-चरवाह और दाई-नौकरों ने आना बंद कर दिया। उनकी शेष फसलों के लिए कटनिहार नहीं मिले। उनके द्वारा बाहर से बुलाए कटनिहारों को गाँव के कटनिहारों ने डाँट-धमकाकर भगा दिया और अंततः उनकी उन शेष फसलों को भी काटकर ले भागे वे...।

अब अपने को रोक नहीं सके ब्रह्मदेव बाबू। प्रतिक्रिया में आकर अपनी जमीन में बसे मातहतों को वहाँ से खदेड़ने जा पहुँचे वे—"मेरी जमीन खाली कर दो...अब एक दिन भी अपनी जमीन में तुम लोगों को नहीं रहने दूँगा...।"

इस पर उनके मातहत डरने-घबराने की अपेक्षा सीधे आ भिड़े उनसे— "चुपचाप यहाँ से चले जाइए, नहीं तो जो आकी-बाकी है, सब पूरी हो जाएगी...इस जमीन में हम वर्षों से रहते आ रहे हैं...यह जमीन अब आपकी नहीं रही...।"

उनके जवाब सुन तो दंग रह गए वे। अपने कानों पर उन्हें विश्वास नहीं हुआ। अगर जमींदारी का जमाना रहता तो इन्हें खंभे से बाँधकर कोड़ों से पीटते। उसके लठैतों को भी बहकाकर अलग नहीं किया गया होता तो उनके द्वारा अभी इनकी झोंपड़ियाँ उखड़वाकर सड़क के किनारे फिंकवा देते...। लेकिन अब समय इतना परिवर्तित हो गया था कि वे कुछ भी कर सकने की स्थिति में नहीं रह गए थे। लूट, असहयोग और विद्रोह-वैमनस्य के बाद अब तो उन्हें अपनी जान पर संकट और अपने बच्चों के अपहरण की चिंता लगी थी। आए दिन उन्हें यह संदेश मिलने लगे थे—"मुकदमा उठा लो, नहीं तो बेमौत मारे जाओगे और तुम्हारे बेटों का अपहरण अलग होगा...।"

सुरक्षा के लिए उन्होंने शहर की दौड़ लगाई। परिणामस्वरूप पुलिस के कुछ जवान उनके दरवाजे पर तैनात कर दिए गए। लेकिन इससे उनकी समस्या का कोई खास समाधान नहीं हुआ। बनिहार-चरवाह और मजदूरों के अभाव में उनकी गृहस्थी ठहर-सी गई थी। पुलिस के जवानों को खिलाने-पिलाने का खर्च अलग से लगने लगा था। वे गहरे संकट में फँस गए थे। एक ऐसे चक्रव्यूह में अपने को उलझते महसूस करने लगे थे, जिससे निकलने के सारे रास्ते बंद नजर आते। बड़े भूपतियों की तरह खेत-बधार बेचकर शहर भाग जाने की स्थिति भी उनकी नहीं थी। वे उतने बड़े भूपति नहीं

थे...। और फिर यहाँ अब उनके खेतों के खरीदार भी तो नहीं। सब गाजर-मूली के भाव उनके खेत लेना चाहेंगे। अगर यही करना था तो बहुत पहले उन्हें यह सब करना चाहिए था। फिर उन्हें यह भी लगता कि जीवन का अधिकांश भाग यहाँ बिताकर शेष भाग उन्हें शहर में रास भी तो नहीं आएगा। अगर वे शहर में नौकरी कर रहे होते तो एक बात होती। डरकर अपना धन-दौलत छोड़ वे शहर भाग जाएँ, यह तो सबसे बड़ी कायरता होगी। उनके खानदान पर कलंक और जीवन से पलायन...। यहीं रहकर उन्हें समस्याओं से जूझना चाहिए...।

और उनका जमींदारी खून फिर गरम होने लगा था। उन्हें लगने लगा था कि ईंट का जवाब जब तक वे पत्थर से नहीं देंगे तब तक कुहासा छँटनेवाला नहीं। आतंक का मुकाबला आतंक से ही हो सकता है...। लोहे को लोहे से ही काटा जाता है...। विष का इलाज बिना विष के संभव नहीं...। ब्रह्मदेव बाबू के मन में भी विष के बीज अंकुरित होने लगे थे। फिर जाने-अनजाने इन्हीं क्षणों में अपने पुत्रों की ओर उनका ध्यान विशेष रूप से जाने लगा था...।

वे काफी समय से महसूस करते आ रहे थे कि उनके पाँचों पुत्रों में सबसे बड़ा समरजीत उग्र, कठोर और विद्रोही स्वभाव का है। कद-काठी में भी वह अपने सभी भाइयों में तगड़ा और गठीला है। किशोर वय को लाँघकर वह युवावस्था में पहुँच रहा था। हवेली की लूट और उन पर उत्पन्न संकट के खिलाफ अंदर-ही-अंदर वह सुलग रहा था। अक्सर रोष में कुछ कहता और कुछ करने को उद्धत होता तो ब्रह्मदेव बाबू उसे समझा-बुझाकर शांत कर देते। लेकिन अब वही समरजीत उन्हें अपनी इच्छाओं और भावनाओं के अनुरूप जँचने लगा था। इस स्थिति में समरजीत के खौलते मन को उन्होंने न सिर्फ तरजीह देना प्रारंभ कर दिया, बल्कि परोक्ष रूप से उसे खूँखार बन जाने का माहौल और साधन भी मुहैया कराना प्रारंभ कर दिया...। एक भैंस का दूध उसे अकेले पिलाने लगे। मांस-मछली और अंडे का प्रबंध अलग। हवेली के अखाड़े में लड़ने और बंदूक चलाने की पूरी छूट दे दी...। अन्य लड़कों को पढ़ा-लिखाकर चाहे कुछ और बनाएँगे वे, लेकिन एक लड़के को तो जायदाद रक्षा के लिए अब उन्हें सिंह बनाना ही है...।

कहते हैं, मनुष्य अपने भाग्य का निर्माता स्वयं होता है। ब्रह्मदेव बाबू को कभी यह बात फालतू लगती थी। पर अब इसकी सत्यता के प्रति उनके मन का संदेह जाता रहा था। वे अनुभव कर रहे थे कि उन्होंने जैसा चाहा, वैसा हो गया था। अपनी इच्छा और उनकी योजना के बिलकुल अनुरूप बन गया था समरजीत। साढ़े छः फीट का गबरू जवान। सिंह की तरह चौड़ी छाती और पतली कमर। लंबा चेहरा। कड़ी-कड़ी मूँछें। बड़ी-बड़ी आँखें। घुँघराले बाल। हाथ-पाँव की मांसपेशियाँ कसी और चढ़ी हुईं। कंधे पर राइफल लटकाकर मोटरसाइकिल पर सवार हो जब वह चलता तो साक्षात् प्रलय की

आँधी मालूम पड़ता। उसे देखकर ब्रह्मदेव बाबू का सीना गज भर चौड़ा हो जाता। अब कोई माई का लाल हो तो उन्हें दबा-सताकर देख ले। बनिहारी-चरवाही के बीच पले लोगों की रंगदारी समरजीत को देखते ही गायब...। क्या खाकर रंगदारी करेंगे वे ? भरपेट भात नसीब नहीं और चले दादागीरी करने...।

हालाँकि इस बीच गुजर गए समय के अनुसार हवेली के जीवन में बहुत कुछ परिवर्तन हो चुका था। उनकी पत्नी दिवंगत हो गई थी तथा समरजीत शादीशुदा भी हो गया था। इस दौरान उनके खिलाफ गाँव में उठी लहर भी थम गई थी। शायद परिवर्तित समय के तहत ऐसा हुआ था। लेकिन उन्हें लगता कि समरजीत की वजह से ऐसा हुआ है...।

समरजीत के तैयार होने तक जितना कष्ट, अपमान और लूटपाट सहा था ब्रह्मदेव बाबू ने सबका गिन-गिनकर बदला चुकाने लगा था वह। अपने जैसे लोगों का एक अच्छा-खासा दल बना लिया था उसने और स्वयं उस दल का नायक बन गया था। फिर तो घटनाओं की शृंखलाएँ बनती चली गई थीं...।

अपने खेत की मेड़ पर भैंस चराते मनरू को पकड़कर हवेली के दरवाजे ले आया था समरजीत—"क्यों रे मनरुआ, अपनी भैंस से क्यों चरा रहा था मेरी फसल...?"

"मैं फसल नहीं चरा रहा था मलिकार...घास चरा रहा था...," गिड़गिड़ा उठा था मनरू।

"वहाँ तुम्हारे बाप का खेत है कि घास चराने गया था। मुझे झूठा बना रहा है कि फसल नहीं चरा रहा था...तेरी ऐसी की तैसी...," और तड़ाक-तड़ाक प्रहार ! मनरू का आह ! आह ! चीत्कार !

"बुला अपने लोगों को...देखूँ कि कौन आता है तुम्हारी मदद करने...," लेकिन कोई नहीं आया। उसकी पत्नी आकर गिर गई समरजीत के पैरों पर—"इस बार जान बकस दीजिए मालिक...आइंदा फिर ऐसा होगा तो जो मन में आए कीजिएगा...।"

उसकी पत्नी पर दया कर छोड़ दिया उसने, नहीं तो बिना उसके हाथ-पाँव तोड़े नहीं मानता।

ब्रह्मदेव बाबू जानते थे, मनरू ने फसल नहीं चराई। यह मनरू पहले उनका बनिहार था। उस लूट में शामिल होकर घर का भेदिया बना था और तकरार के दिनों में काम छोड़कर उनके खिलाफ हो गया था। उसी की सजा उसे दे रहा था समरजीत। फसल चराने का आरोप तो सिर्फ एक बहाना भर था...।

ब्रह्मदेव बाबू का हृदय तो खुशी से बल्लियों उछलने लगा था। ऐसे लोगों को अच्छी सजा दे रहा है समरजीत। उनका कलेजा ठंडा होने लगा था। बेटे ने उनकी शान और आन, दोनों कायम कर दी थीं।

बाद में अपने टोला-पड़ोस के कहने से समरजीत पर मुकदमा दायर कर दिया था मनरू ने। लेकिन अपने प्रसिद्ध वकील को भिड़ाकर मुकदमे से सलट लिए वे...। इस

मुकदमे के माध्यम से समरजीत को इस बात का विश्वास दिला दिया उन्होंने कि निडर एवं निर्विघ्न होकर वह अपना काम करता जाए...अदालती कार्रवाई से निपट लेंगे वे। यह काम तो उनके बाएँ हाथ का खेल है...।

मनरू से हिसाब चुकता करने के बाद फिर दूसरी वारदात। अपनी जमीन में बसे मातहतों के समीप अपने दल-बल सहित जा पहुँचा समरजीत– "कौन कहता है कि जमीन खाली नहीं करेंगे ? परजापवनी जानकर बसाया गया तो अब बड़ी-बड़ी बातें निकलने लगीं...। अभी और इसी समय अपने सामान लेकर दफा हो जाओ यहाँ से, नहीं तो किसी की हड्डी-पसली का भी पता नहीं चलेगा...।"

समरजीत की गरजती आवाज और राइफलों से लैस अपने लोगों के साथ उसकी आक्रामकता देख उसकी जमीन में बसे लोगों के बीच दहशत फैल गई। उन मातहतों की जोरुओं ने समरजीत के सामने हाथ जोड़कर रोना-गिड़गिड़ाना प्रारंभ कर दिया–"हम चले जाएँगे मलिकार, सिर्फ दस दिन की हमें मुहलत दे दीजिए...कोई माँ बननेवाली है तो किसी का बेटा बीमार पड़ा है...तो किसी की बेटी की शादी होने जा रही है...।"

"हम यह सब कुछ नहीं सुनना चाहते," दहाड़ उठा समरजीत–"एकदम अभी और इसी वक्त अपनी जमीन हमें खाली चाहिए...हमने सेवक जानकर बसाया था, अपने हिस्सेदार समझकर नहीं। जब सेवक हिस्सेदार की भाषा बोलने लगे तो कोई सुनवाई नहीं...।"

इसके एक क्षण बाद पुनः अपना आदेश दोहराया समरजीत ने–"यह आखिरी बार कह रहा हूँ...जल्दी निकलकर कहीं रास्ता नापो, नहीं तो फिर मुझे दोष न देना...।"

वे मातहत इस अप्रत्याशित हमले के लिए एकदम तैयार नहीं थे। उनमें से कुछ सोए-बैठे थे, तो कुछ खाना खा रहे थे कि अचानक समरजीत और उसके लोग आ धमके थे और यह फरमान जारी कर दिया था। इस स्थिति में अभी तो वे किंकर्तव्यविमूढ़ बने थे कि समरजीत फिर गरजा–"तो तुम सब ऐसे नहीं मानोगे...!"–और 'धाँय' की तेज आवाज के साथ राइफल के प्रहार से एक झोंपड़ी की छत को उड़ा दिया समरजीत ने...। फिर तो गठरी-मुठरी, हँडिया-तसली, खटिया-मचिया और अपने बाल-बच्चों को लेकर निकल भागने लगे वे...। घंटे भर के अंदर ही उसकी जमीन खाली और झोंपड़ियाँ तहस-नहस...।

उसके बाद फिर तीसरा हादसा ! अपने खेत में धान काटते हुए रँगे हाथों पकड़े गए मल्लू लठैत को गोली मार दी समरजीत ने। आधी रात को धान काटते हुए खेत में ही मल्लू को पकड़ लिया था समरजीत और उसके साथियों ने। फिर वहीं उसे गोली मार दी थी। लेकिन ब्रह्मदेव बाबू को इस रहस्य का पता चलते देर नहीं लगी कि धान काटने नहीं गया था मल्लू। समरजीत और उसके साथी घर से उठा लाए थे उसे और धान के खेत में उसके हाथ में हँसुआ पकड़ाकर गोली मार दी थी। ब्रह्मदेव बाबू के यहाँ का पहला लठैत था मल्लू। उनके यहाँ की उस लूट में तो शामिल था ही, बाद के दिनों में उनको तंग करने और डराने-धमकाने में कोई कोर-कसर बाकी नहीं छोड़ी

थी। ऐसे नमकहरामों को ऐसा ही दंड मिलना चाहिए...।

मल्लू की हत्या के बाद तो जैसे समरजीत से थर्रा उठे लोग। पूरे इलाके में उसके नाम की तूती बोलने लगी। उसके बाद तो फिर जैसे घटनाओं का ताँता लग गया...।

ब्रह्मदेव बाबू की शान-शौकत फिर लौट आई। पहले की तरह सुख-सुविधा और अमन-चैन बहाल हो गया। बनिहार-चरवाह और नौकर-चाकर फिर जी-हजूरी बजाने लगे। उनकी गृहस्थी और खेती-बारी के कारोबार फिर लहलहा उठे। उनके खेतों और हवेली की ओर आँख उठाकर देखने की हिम्मत भी अब किसी में नहीं रह गई। उन्हें लगा, अब उन्होंने स्थायी समाधान पा लिया। वे सब इसी के पात्र थे। सज्जनता से उन्हें रास्ते पर नहीं लाया जा सकता था। देर से ही सही, सफलता का राजमार्ग ढूँढ़ लिया उन्होंने। अब कोई उनकी नींद हराम करने और उनके सुखी साम्राज्य के बीच खलल पैदा करने नहीं आएगा। भाड़े के लठैतों पर विश्वास करके वे धोखा खा गए थे। अंततः वे गैर जो ठहरे। अपने खून की तरह सच्चा हिमायती कोई और हो ही नहीं सकता...! और सचमुच एकदम निश्चिंत हो गए थे ब्रह्मदेव बाबू, इतने निश्चिंत कि बीतते समय के अनुसार उनके नाक से होकर पानी गुजरने लगा और वे लापरवाह बने रहे...!

आए दिन समरजीत के द्वारा घटित घटनाओं और नए-नए कारनामों को वे देखते आ रहे थे—ऐसे-ऐसे कारनामे जो हर दृष्टि से त्याज्य, निंद्य और आलोच्य थे। लेकिन यह सोचकर वे महटिया जाते कि जब सिंह वृत्ति अपना ली है समरजीत ने तो फिर उसके अवगुणों को क्या देखना; कितनी बड़ी सुरक्षा प्रदान की है उसने...। इसके एवज में वह अगर थोड़ा बहक ही गया है तो कोई बात नहीं। लेकिन ब्रह्मदेव बाबू मुगालते में थे। उनकी सुरक्षा और शह पाकर वह तो अब ऐसी प्रचंड आँधी बन गया था कि अपने सामने पड़ने वाली किसी भी चीज को उखाड़ फेंकना जानता था। अपने गाँव के दुश्मनों और प्रतिद्वंद्वियों को पछाड़ने के बाद उसने इलाके के गाँवों में भी लूटपाट और उत्पात मचाना प्रारंभ कर दिया था। बिना कहीं मार-पीट किए या कहीं लूट में गए उसे अब चैन ही नहीं पड़ता था। उसके अंदर का जाग चुका नर-व्याघ्र अब रोज नया आहार चाहता था।

इस संबंध में अब आए दिन उसके नाम नए मुकदमे दर्ज होने लगे थे और पुलिस उसकी खोज के लिए आने लगी थी। उसके नाम बढ़ते जा रहे मुकदमों में ब्रह्मदेव बाबू का खर्च भी बढ़ता गया था। उन्होंने एक दिन समरजीत को समझाया भी—"तुम्हारे ऊपर बाहर लूटपाट के आरोप लगने लगे हैं...मुकदमों का खर्च रोज बढ़ता ही जा रहा है... इस तरह तो हमें लेने के देने पड़ जाएँगे। तुम्हें बाहर यह सब नहीं करना चाहिए। नए मुकदमे बढ़ाना और नए-नए दुश्मन पैदा करना अच्छा नहीं होगा...।"

इस पर कुपित आँखों से उन्हें देखते हुए गरज उठा था समरजीत— "कौन साला कहता है कि मैं बाहर में डकैती करता हूँ। बुलाइए तो उसे अभी मेरे सामने...उस साले की खोपड़ी चकनाचूर न कर दी तो मेरा नाम समरजीत नहीं...।"

उसके चेहरे की चढ़ी हुई त्यौरी और रोषपूर्ण आँखें देख चुप लगा गए ब्रह्मदेव बाबू। अपने मन को यह दिलासा देकर समझा दिया कि बीतते समय के अनुसार स्वयं लूटपाट कम कर देगा समरजीत। शुरुआती दिनों का आवेग-उफान कहाँ रह पाता है बाद के दिनों में ?

ब्रह्मदेव बाबू देख रहे थे, समरजीत अब घर पर कम रहता था। दो-चार दिनों में किसी रात आ गया तो आ गया, नहीं तो बाहर ही रहता था। इस बीच एक दिन बाहर से लौटने पर उनसे रुपयों की माँग की उसने—"मुझे अभी चार हजार रुपए चाहिए...।"

अभिभावक के नाते पूछ उठे वे—"किस कार्य के लिए रुपए माँग रहे हो समरजीत...?"

जवाब में उन पर झल्लाते हुए बोल उठा—"कौन-कौन सा कार्य बताऊँ ? कार्यों का हिसाब लीजिएगा या रुपए दीजिएगा...?"

बस, चुप हो गए ब्रह्मदेव बाबू। इसके बाद सीधे उसके हाथ में रुपए थमा दिए। उसकी झल्लाहट भरी गरम आवाज सुन उसे समझाने की बात खत्म हो गई थी। उसके बाद अब अक्सर ले जाता है रुपए। लेकिन चाहते हुए भी वे नहीं रोक पाते। अपने मन को समझा देते हैं—'लूट की आय तो बाढ़ की तरह आती और चली जाती होगी, इसीलिए रुपयों की जरूरत पड़ जाती है समरजीत को...।'

आगे चलकर ब्रह्मदेव बाबू को यह भी पता चला कि बेतरह शराब पीने लगा है समरजीत। वैसे पिछले कुछ समय से ही वे अनुभव कर रहे थे कि घर-आँगन में उसके घुसते हुए शराब की बदबू आने लगती थी, पर यह देखकर वे कुछ विचलित से हुए कि हवेली के बैठकखाने में भी अब अपने साथियों के साथ बोतलें उड़ेलता रहता वह। उसी बैठकखाने में उसके साथी मांस बनाकर खाते और शराब पीते। कहीं भी बाहर से लौटने पर बैठकखाने में वे सिर्फ यही दो कार्य करते नजर आते, जैसे मांस खाने और शराब पीने के सिवाय और कुछ नहीं करना हो उन्हें...।

शराब के नशे में समरजीत की आँखें अब सदैव लाल बनी रहने लगी थीं। कॉलेज में पढ़नेवाले उसके मझले भाई ने इस तरह बैठकखाने का दुरुपयोग करने पर जब उसे समझाने की कोशिश की तो क्रोध में उस पर उबलते हुए टूट पड़ा वह, "चार दिन का लौंडा तू मुझे समझाने चला है...तेरी यह मजाल...कॉलेज में जाकर अपने को दादा समझ रहा है...!"—और उसे उठाकर इस तरह निर्दयता से पटक दिया कि उसका बायाँ हाथ टूट गया।

इस पर कुछ गरम होते हुए ब्रह्मदेव बाबू ने उसे डाँटने की कोशिश की—"तुम्हारा दिमाग खराब हो गया है समरजीत ? छोटे भाई को भला इस तरह पटका जाता है ? शराब ने तुझे पागल तो नहीं बना दिया ?"

यह सुन मझले को छोड़कर उन पर बमक पड़ा था वह—"लगता है, मेरा नहीं, आपका दिमाग खराब हो गया है। इस लौंडे को डाँटने के बदले आप मुझ पर बिगड़

रहे हैं। चुपचाप हवेली के अंदर इसे लेकर चले जाइए...मैंने इसे अच्छी दवा दे दी है...यह बराबर टुभुकता रहता था...!"

शराब के नशे में उसकी जलती आँखें और क्रूर इरादे देख वे मझले को लेकर हवेली के अंदर चले आए। मझले को ही समझा दिया—"उसे नहीं छेड़ना चाहिए था तुम्हें। देख रहे हो कि शराब में डूबकर मतवाला नाग बना हुआ है...छेड़ोगे तो डँसेगा ही... ।"

फिर अपने मन को भी सांत्वना दिया कि होश में रहते हुए उसने उन्हें इस तरह का जवाब नहीं दिया है। वह तो शराब के नशे में है। इस स्थिति में उसके वचन और कर्म पर विचार क्या ? वह जिस लाइन में चला गया है, उसमें उसे पीने-खाने से नहीं रोका जा सकता... ।

इसके कुछ माह बाद एक रात बैठकखाने से घुँघरुओं की छम-छम की आवाजें भी सुनाई पड़ने लगी थीं, ब्रह्मदेव बाबू को। उनके कान खड़े हो गए थे। तो क्या अब यह सब भी करने लगा समरजीत ? वैसे उन्हें यह उड़ती सूचना मिली थी कि वेश्याओं के कोठों पर वह जाने लगा है। लेकिन यह विषय ऐसा था और समरजीत शराब के नशे में इस कदर धुत रहता था कि चाहकर भी वे उसे इसके प्रति आगाह नहीं कर सके... । लेकिन अब हवेली में भी वेश्याएँ लाने लगा वह !

बैठकखाने के बंद दरवाजे की फाँक से झाँककर देखा ब्रह्मदेव बाबू ने—एक अठारह-बीस वर्ष की सुंदर नर्तकी बन-ठनकर नाच रही थी और उस पर फिदा समरजीत उसके थिरकते जिस्म पर नोटों की बरखा कर रहा था।

एक क्षण के लिए उन्हें यह दृश्य बेहद आपत्तिजनक लगा, आपत्तिजनक और कष्टकर ! हवेली को क्या बना दिया उनकी औलाद ने। फिर अपने मन को समझाया उन्होंने कि उन्हें ऐसा नहीं सोचना चाहिए। बड़े-बड़े राजे-महाराजे नर्तकियाँ रखते थे। नर्तकी रखना सामान्य लोगों के लिए भले ही बदनाम होना और नीचे गिरना होता हो, उनके जैसे लोगों के लिए तो रईसी का प्रतीक माना जाता है... ।

ब्रह्मदेव बाबू ने मन-ही-मन इस स्थिति से भी समझौता कर लिया। वे यह जान चुके थे कि समरजीत पर कहने-समझाने का कोई असर होने वाला नहीं। लेकिन समरजीत की पत्नी नहीं सह सकी यह स्थिति...दूसरी सुबह वह उलझ गई उससे—"मेरे जीते जी इस हवेली में वेश्या लाकर रखोगे...मैं नहीं जानती थी कि तुम इतना नीच और घिनौना काम भी कर सकते हो...मेरे पिताजी जानते होते तो तुमसे शादी नहीं करते...पर मैं ऐसा हर्गिज नहीं होने दूँगी...उस कलमुँही को जलती लुआठी से मारूँगी... ।"

इस पर खौल उठा समरजीत—"तू मेरा सही-गलत देखनेवाली होती कौन है ? मैं तेरा मालिक हूँ या तू मेरी मालिक है ? तुझे खाना-कपड़ा, घर-बार मिल गया, बस चुपचाप पड़ी रह...अधिक चूँ-चपड़ करेगी तो बोलती बंद कर दूँगा... ।"

जवाब में वह भी तैश में आ गई—"कर दो बोलती बंद। अब जीकर क्या करूँगी जब रंडी ही तुम्हारी बियाही हो गई...उसी को कलेजे से चिपकाए रखना। वही तुम्हारा

वंश चलाएगी...।"

यह सुन एकदम आग बबूला हो गया समरजीत—"तो तू नहीं मानेगी!"—और घसीटकर पत्नी को जमीन पर गिरा दिया उसने और लात-घूँसे से उसे पीटने लगा...। उसके डर और आतंक से उसके छोटे भाई चाहकर भी नहीं छुड़ा सके। पत्नी को छोड़कर कहीं उन्हीं पर पिल न पड़े वह...।

ब्रह्मदेव बाबू को तो जैसे काठ मार गया था ! समझ नहीं पा रहे थे कि इस स्थिति में क्या करें वे ? लेकिन अचानक इसी वक्त बैठकखाने से उसके साथियों ने दौड़ते हुए आकर उसे यह सूचित किया कि पुलिस आ रही है। बस, पत्नी को छोड़कर तत्क्षण भाग चला वह...। फिर मिनटों में ही अपने साथियों के साथ नौ दो ग्यारह हो गया। अगर ऐन वक्त पर पुलिस न आई होती तो पता नहीं क्या कर बैठता वह। स्त्री की कोमल जाति। कहीं कुजगह चोट लगती तो फिर मर ही जाती...।

पुलिस से निबटने के बाद समरजीत के इस दुर्व्यवहार और आक्रामक रवैए पर बहुत दुःख प्रकट किया ब्रह्मदेव बाबू ने। लेकिन हार-थककर उसकी पत्नी को ही समझाया—"उसके मुँह न लगो बहू और उसे मत रोको...अब वह किसी की सुननेवाला नहीं...शराब के नशे ने उसे उन्मत्त हाथी बना दिया है...अपने सामने पड़ने वाले को बिना रौंदे वह नहीं छोड़ेगा...।"

पर बहू नहीं मानी। उसी शाम अपने मायके चली गई। उन्हीं की तरह एक अच्छे घराने की बेटी है। कहकर गई है कि फिर दोबारा इस घर में तब तक पाँव नहीं रखेगी जब तक वह रंडी न रखने की कसम नहीं खाएगा...।

समय कैसे पलटा खाता है, इसके जीवंत उदाहरण बनते जा रहे थे ब्रह्मदेव बाबू। उनके सुखी साम्राज्य के बीच अब पुनः विघ्न उपस्थित हो गया था। इस बार का विघ्न बाह्य नहीं, आंतरिक था। अपने खुद के निर्णय की मार झेल रहे थे वे। जिसे रक्षक समझ रखा था उन्होंने, वही भक्षक हो गया था। लठैतों को गैर समझ अपने खून पर विश्वास किया। लेकिन वह तो लठैतों से भी जालिम और बेवफा साबित हुआ। फिर भी उसकी ज्यादतियों को कम करके आँकते और समझते रहे वे तथा हर बार अपने मन को दूसरे ढंग से समझाते रहे। लेकिन उसकी गतिविधियाँ और कारगुजारियाँ तो बढ़ती ही चली जा रही थीं...।

बहू के मायके जाने के तेरह दिन बाद अचानक आधी रात को अपने दल-बल के साथ आ धमका वह और उन्हें सोते से जगाया। रात-बिरात, समय-कुसमय कभी भी आ धमकता था और बिना किसी झिझक-संकोच के सबको जगा देता था। हवेली के शांत-सहज जीवन को विचलित करने वाला उल्कापात बन गया था वह। फिर यह सूचना पाते ही कि उसकी पत्नी मायके चली गई है, वह सीधे बिगड़ उठा ब्रह्मदेव बाबू पर—"बिना मेरी इजाजत के उसे नैहर क्यों भेज दिया ?"

उसका रोषपूर्ण स्वर सुन उसे शांत करने की कोशिश की उन्होंने—"मैंने उसे नहीं भेजा समरजीत ! वह गुस्से में स्वयं चली गई...।"

इस पर उसका क्रोध और बढ़ गया—"तो आप यहाँ बैठकर क्या पिआज छील रहे थे ? क्यों नहीं रोका उसे ? सिर्फ दरवाजे पर बैठकर हुक्म फरमाना, हुक्का गुड़गुड़ाना और छड़ी लेकर टहलना ही जानते हैं ? मैं जानता कि मेरा बाप इतना कायर और बुजदिल है तो उस ससुरी को ताले में बंद कर जाता...।"

ब्रह्मदेव बाबू की इच्छा हुई थी कि डपट दें समरजीत को। दें करारा जवाब। लेकिन जानते थे, वह होश में नहीं रहता। पिता-पुत्र के संबंध का भी खयाल नहीं करेगा...! इसीलिए चुप लगा गए वे। वह देर तक उन पर और छोटे भाइयों पर खौलता रहा। फिर बैठकखाने में शेष रात उसने अपने साथियों के साथ मांस खाने और शराब पीने में गुजार दी। अपने साथ बना-बनाया मांस किसी होटल से लेते आए थे वे। दूसरे दिन सारा दिन बैठकखाने में पड़े रहे। पर दूसरी रात अँधेरा गहराते ही फिर कहीं निकल गए...।

इसके बाद एक सप्ताह के अंदर ही फिर आ पहुँचा वह। उसके पिछले दुर्व्यवहार से अभी ब्रह्मदेव बाबू उभर भी नहीं पाए थे कि यमदूत की तरह फिर कहीं से आ टपका था उनके सामने। इस बार जेठ की चिलचिलाती दोपहरी में आया था वह। तेज धूप और गरम लू के बीच जहाँ सारा गाँव अपने घरों में छिपा था, वहाँ धूल उड़ाते हुए अपने दल के साथ चला आया था वह। इस बार उनसे इस रूप में प्रस्तुत हुआ कि उनके मन का बचा-खुचा धैर्य भी जाता रहा और निराशा, दुख और हताशा के गर्त में औंधे मुँह जा गिरे वे...। बाँध तोड़कर बह चले जलप्रपात की तरह घट गई वह घटना भी...।

इस बार आते ही सीधे ब्रह्मदेव बाबू से जा उलझा वह—"मैं देख रहा हूँ, मुकदमों की पैरवी में आप ढील करते जा रहे हैं...रुपए बचाने के लिए वकील की फीस भरने में कोताही कर रहे हैं...।"

उसका यह आरोप सुन ब्रह्मदेव बाबू ने यह सफाई दी—"यह किसने कहा तुमसे ? मैं तो हर सप्ताह शहर जाता हूँ और वकील को समझा आता हूँ...।"

पर उनकी सफाई का तनिक भी असर नहीं हुआ उस पर—"अगर ऐसा ही होता तो कुंदनपुर के उस खून केस में एंटीसीपेट्री बेल अब तक मंजूर नहीं हुआ रहता ? उस केस में पुलिस क्यों खोजती रहती मुझे ? लग्गी से घास टेरने का प्रयास मत कीजिए...। इतना खेत-बधार रहते अगर मैं जेल चला गया तो फिर समझिए आपकी खैर नहीं...।"

उसकी यह बात सुन तो ब्रह्मदेव बाबू जैसे आसमान से जमीन पर आ गिरे। सीधे-सीधे उनसे आ भिड़ा था समरजीत। उन्हें ऐसा लगा जैसे खूँखार बनाने का दंड उन्हें दे रहा हो। अब उसको कुछ भी जवाब देना उन्होंने उचित नहीं समझा। जब संवाद की भाषा आतंक की भाषा बन जाए तो कोई क्या जवाब देगा ? रात को जब लौटने लगा वह तो उनसे रुपयों की माँग की— "मुझे अभी दस हजार रुपए चाहिए...।"

उसकी यह माँग सुन अचंभित रह गए वे। अभी पिछले दिनों तो ले गया था रुपए। रुपए किसी पेड़ पर तो नहीं उपजते कि जब वह माँगे तो वे देते जाएँ। वे जानते

थे, अपने दोस्तों पर खर्चने, शराब पीने और रंडी को देने के लिए रुपए ले जाता है। बीतते समय के अनुसार लूट के रुपए शायद पूरे नहीं पड़ते उसे...। इस संबंध में उसका रुख और रवैया देख कभी ना नहीं कहते थे। लेकिन इस बार कह उठे—"घर में अभी इतने रुपए नहीं समरजीत...जो था सो तो पिछली बार ही तुम्हें दे दिया था...।"

यह सुन एकदम बिगड़ गया उन पर—"क्या दिया था या नहीं दिया था इसका हिसाब मैं नहीं रखता...। इस समय घर में क्यों नहीं हैं रुपए ? मैंने तो आपसे कहा है कि घर में बराबर रुपए रखा कीजिए। जिसके यहाँ मुकदमे लगे हों उसके यहाँ दस-बीस हजार रुपए बराबर होने चाहिए...।"

इसके बाद उसी लहजे में कहा उसने—"रुपए नहीं हैं तो खजाने की चाबी दीजिए। मैं जेवर आदि ले जाऊँगा...मुझे अभी जरूरत है...।"

इच्छा न रहते हुए भी ब्रह्मदेव बाबू ने खजाने की चाबी उसके सुपुर्द कर दी। अपने सामने उसकी उपस्थिति से अब वे डरने लगे थे। वह सामने खड़ा हो जाता था तो साक्षात् काल मालूम पड़ता था। वे जल्द-से-जल्द उसे अपने सामने से हटा देना चाहते थे, इसीलिए न चाहते हुए भी तत्क्षण आदेश का पालन करते थे। लेकिन अपने ब्रीफकेस में जब जेवर ठूँसने लगा वह तो उनसे नहीं रहा गया—"तुम्हारी माँ के जेवर हैं समरजीत...उनके सुहाग के प्रतीक ! उनकी स्मृति को ताजा रखने वाले और हवेली की इज्जत बढ़ाने वाले...।"

जवाब में उबल पड़ा—"तो आप कहना क्या चाहते हैं ? रोकना चाहते हैं। है हिम्मत तो आइए, रोकिए ? हवेली लूट रहे थे बनिहार-चरवाह तो कहाँ थी आपकी इज्जत ? लगता है, उनकी तरह आपको भी रास्ते पर लाना होगा...!"—और उसके हाथ राइफल पर चले गए थे। ब्रह्मदेव बाबू की तो जैसे बोलती बंद हो गई थी। ऐसा चुपाए कि उसके जाने तक अपना मुँह बंद किए जेवर लेकर उसका पैर पटकते हुए जाना टुकुर-टुकुर ताकते रहे...। जाते हुए सख्त आवाज में आगाह कर गया वह—"घर में रुपए रहने चाहिए...पंद्रह दिन के अंदर मैं फिर आऊँगा...इस बार कोई बहाना सुनना नहीं चाहूँगा...।"

वह आँधी-तूफान की तरह जैसे आया था, वैसे ही चला गया। उसके जाते ही अपने बिस्तरे पर ढह गए ब्रह्मदेव बाबू। उनके अंदर का रहा-सहा धैर्य और सब्र भी जाता रहा। उन्हें लगा, जैसे हवेली पर किसी पिशाच की विकराल छाया मँडरा रही हो...ऐसी छाया, जिससे हवेली को अब मुक्त नहीं किया जा सकता...।

क्या सोचा था ब्रह्मदेव बाबू ने और क्या हो गया ? ऐसी घटना की उन्हें तनिक भी अपेक्षा नहीं थी। अब तक अपने मन को झूठी दिलासा देते रहे थे वे। लेकिन अब दिलासा देने का कोई आधार शेष नहीं रह गया था उनके पास। समरजीत की उग्रता और आतंक के सीधे शिकार हो गए थे वे...।

उन्हें यह समझ नहीं आता कि यह सब कैसे हो रहा है ? क्या समरजीत नहीं जानता कि वे उसके पिता हैं और यह उसकी हवेली है ? इस हवेली और अपने परिवार की रक्षा

के लिए ही वह खूँखार बना है। पर अपना कहर अब इस हवेली पर ही क्यों बरपा रहा है ! जिन खेत-बघारों की रक्षा का दायित्व लिया था उसने, उन खेत-बघारों को ही बिकवाना क्यों शुरू कर दिया ! वे आंतरिक चिंता और गहरे अंतर्द्वंद्व के बीच घिरते चले गए...। कहाँ कुछ गलत हो गया कि सारा खेल ही उलटा पड़ गया। फिर उन्हें स्वतः यह ज्ञात हो गया कि उनकी अपनी अनुभवहीनता, कच्चेपन और गलत निर्णय का ही अंजाम है यह। अपने खुद के बनाए खंदक में आ गिरे हैं वे ! अब वे जिस मुकाम पर पहुँच आए थे, उन्हें सब कुछ साफ-साफ समझ आने लगा था। उन्हें अब यह लगने लगा था कि बनिहार-चरवाहों की ओर से उठी परिवर्तन की आँधी को स्थायी आँधी मानकर उन्हें तात्कालिक प्रतिक्रिया में नहीं आना चाहिए था। वह तो समयचक्र का आवेग-उफान था, जिसे एक निश्चित बिंदु पर पहुँचकर रुकना ही था...।

अब अपने अंदर का सारा गुस्सा उन्हें खुद पर ही आने लगा था। दोष किसी और का नहीं, कसूरवार सिर्फ वे ही हैं...। वे अंदर-ही-अंदर कोसने लगे थे अपने को कि तब क्यों उनकी आँखों पर पट्टी बँधी थी। लठैतों द्वारा धोखा खाने के बाद भी अपने बेटे को लठैत बनाने का निर्णय क्यों लिया ? तब उन्होंने क्यों आधारहीन सोच को महत्त्व दे दिया कि गैर होने के चलते ही लठैत उलट गए, अपना खून नहीं उलटेगा ? काश ! वे उसी वक्त यह जान गए होते कि गुंडे-लठैत किसी के अपने नहीं होते, वे सिर्फ गुंडे और लठैत होते हैं...। वे क्यों यह भूल गए थे कि आग जब जल उठती है तो अपनी परिधि में कोई परहेज नहीं रखती। बाढ़ का प्रकोप अपने मार्ग का कोई घर नहीं बख्शता। नाग अपने पालनेवाले को यूँ ही नहीं छोड़ देता...! विषवृक्ष अपने लगानेवाले को अपने जहरफल से मुक्त नहीं करता...! हैवानियत जब आती है तो सिर्फ हैवानियत के उसूल ही शेष रह जाते हैं और सब कुछ तो उसके दुर्दमनीय प्रवाह में बह जाता है।

लेकिन अब क्या हो सकता है, ब्रह्मदेव बाबू किसी भी निर्णय पर नहीं पहुँच पा रहे थे ? औरों से लड़ने के लिए अनेक मार्ग सूझते थे उन्हें। लेकिन अपने उस बेटे से मुकाबले के लिए अब कोई भी मार्ग नहीं सूझ रहा है उन्हें, जो उनकी इच्छाओं की ही प्रतिकृति बना उपस्थित था...।

रात गुजरती जा रही थी ब्रह्मदेव बाबू की बेचैनी और छटपटाहट बढ़ती जा रही थी। यह रात उन्हें अपने जीवन की सबसे त्रासद और भयावह रात जान पड़ने लगी थी। समय रहते ही उन्हें कोई मार्ग अख्तियार कर लेना चाहिए, नहीं तो समरजीत द्वारा हवेली के मटियामेट होने में अब कोई देर नहीं...। समरजीत से बचाव के लिए मन-ही-मन कई मोर्चे तैयार करते वे। लेकिन किन्हीं दूसरे कारणों से उन्हें ध्वस्त करते जाते...। हर मोर्चे पर अपने को हारते हुए महसूस कर रहे थे वे। निराशा के इस घटाटोप अँधेरे में उन्हें लगने लगा था, शायद अपनी हार का कोई निस्तार नहीं...। औरों की फाँस को अब तक झटक फेंकते वे...। लेकिन अपने खुद के नागफाँस में बँधकर कहीं के नहीं रह गए थे...।

सत की सोर पाताल तक

शाम गहराती जा रही थी और सर्वेशजी के कदम तेजी से आगे बढ़े जा रहे थे। वह जिस क्षेत्र से अपने घर लौट रहे थे वह उनके नगर से कोसों दूर तथा नगर की सुविधाओं से बिल्कुल वंचित गाँवों का उपेक्षित इलाका था। खेत की पगडंडियों के सहारे एक गाँव को पारकर वे दूसरे गाँव के करीब पहुँच गए थे। बताने वालों के अनुसार अब सड़क नगिच (नजदीक) ही है, जहाँ से शहर जाने वाली अंतिम बस उन्हें मिल जाएगी। लेकिन वे समझ नहीं पा रहे थे कि उनके इस 'नगिच' तक वे कब पहुँच पाएँगे ? जहाँ से भी और जिस किसी से भी पूछते, सब यही कहते, 'नगिच' ही है। शायद पैदल चलने वाले ग्रामवासियों के लिए यह लंबी दूरी 'नगिच' ही थी। लेकिन शहरी जीवन में पले-बढ़े वे तो सड़क पर पहुँचते-पहुँचते थक गए थे।

जिस उम्मीद और भरोसे पर आदमी सजग-सक्रिय और तत्पर-गतिशील रहता है, उसके टूटने पर कैसे निस्तेज और बुझा-बुझा हो जाता है, इसका तल्ख अनुभव सड़क पर पहुँचने पर सर्वेशजी को हुआ, जब उन्हें पता चला कि अंतिम बस चली गई है। सड़क के किनारे के एक झोंपड़ीनुमा चाय की दुकान के सामने पड़ी तीन पाँवोंवाली एक टूटी बेंच पर माथा पकड़कर वे बैठ गए। यह किस मुसीबत में आ फँसे ? यहाँ आने की उनकी कतई इच्छा नहीं थी। लेकिन पत्नी अपने तर्कों पर अड़ी थीं—'यहाँ शहर में बैठे रहने और पत्राचार करने से ही बेटी की शादी नहीं हो जाएगी। गाँव-देहात में जहाँ कहीं भी लड़कों की जानकारी मिलती है, तुम्हें जाना चाहिए। लड़की की उम्र बढ़ती जा रही है और तुम हो कि कान में तेल डालकर पड़े हो। उस नारायणपुरवाले लड़के के बारे में मेरे मामा ने कितना पहले तुम्हें बताया था। आज रविवार है। हो आओ वहाँ से।'

और न चाहते हुए भी उन्हें इस बीहड़ में बसे नारायणपुर गाँव आना ही पड़ा था। उधर से तो अपने एक परिचित की जीप उन्हें मिल गई थी जो नारायणपुर से आगे जा रही थी। लेकिन वापसी में अटक गए थे वे। अपनी एम.ए. पास बेटी की शादी देहात में करने के लिए वे तैयार भी नहीं थे। लेकिन लड़का शहर में नौकरी करता था। शादी के बाद अपनी पत्नी के साथ उसे शहर में ही रहना था। उसके पिता गाँव पर रहते और खेती-गृहस्थी सँभालते थे, जो उसकी शादी के नियामक और निर्णायक थे।

पर उनका आना निरर्थक साबित हुआ। पहुँचते ही उसके पिता ने जवाब दे दिया उन्हें—'बेटे की शादी तय हो चुकी। आपको और पहले आना चाहिए था।'

औपचारिकतावश उनसे रात गुज़ार लेने का आग्रह लड़के के पिता ने किया। लेकिन उस आग्रह में जैसी अनिच्छा और शुष्कता थी और वहाँ रिश्ते की संभावना जिस तरह समाप्त हो गई थी उसे देखते हुए अब वह घर उन्हें काटने दौड़ रहा था। वे उलटे पाँव लौट चले अपने शहर। एक अनजान जगह और अपरिचित व्यक्ति के यहाँ रात गुजारने की अपेक्षा अगर विलंब से भी वे अपने शहर पहुँच जाएँ तो बेहतर होगा। लेकिन सड़क पर पहुँचकर उनकी सारी योजना धराशायी हो गई थी। अब वे चाहते हुए भी तत्काल अपने शहर नहीं पहुँच सकते थे।

अँधेरा घिरता जा रहा था। वे जिस चायवाले की दुकान पर बैठे थे, उसने दुकान समेटनी प्रारंभ कर दी थी। उनसे उठने का आग्रह कर उसने तीन पाँवोंवाली उस बेंच को भी झोंपड़ी के अंदर कर दिया। उसके साथ ही अन्य दो झोंपड़ीनुमा दुकानें भी बंद होने लगीं। उनके पूछने पर कि वे रात कहाँ गुजारें, दुकानदारों ने बगल के गाँव की ओर संकेत कर दिया और स्वयं भी दुकान बंद कर तेजी से अपने घर लौट चले। उन भागते दुकानदारों से बातचीत के बाद उन्हें इस दहशतजदा तथ्य की जानकारी भी मिल गई कि पिछले एक सप्ताह के अंदर इस ग्रामीण बस-ठहराव पर तीन-तीन हत्याएँ हो चुकी हैं, इसीलिए अँधेरा होने पर कोई यहाँ नहीं ठहरता।

इस सूचना के बाद सर्वेशजी और अधिक चिंतित तथा भयभीत हो उठे। अब वे क्या करें ? हत्या के इस खौफनाक माहौल में उन अजनबी को उनके हाल पर छोड़ वहाँ के तीनों दुकानदार उनसे कतराकर निकल गए। अब वे अपने को गहरे संकट में फँसा महसूस करने लगे। जिस नारायणपुर गाँव से वे आए थे, रात्रि-पनाह के लिए अब वहाँ नहीं जा सकते थे, क्योंकि वहाँ की दूरी काफी थी। अब तो सामने के गाँव में ही उन्हें पनाह लेना था, जहाँ से लालटेन और ढिबरी की टिमटिमाती रोशनी आ रही थी।

सर्वेशजी का मन तो भय और चिंता से व्यथित था ही, बैग में अपनी टॉर्च न पा पत्नी के प्रति उन्हें खीज भी हो आई। जल्दीबाजी में टॉर्च रखना भूल गईं पत्नी। शहर की पक्की सड़कों पर भी रात में बिना टॉर्च के वे नहीं चलते। लेकिन विकल्पहीन स्थिति में अब अँधेरी पगडंडियों के सहारे सामने के गाँव की ओर बढ़ चले वे। यह कथन अब उन्हें सही लगने लगा था कि विपत्तियाँ और परेशानियाँ आती हैं तो सब एक ही साथ। टेढ़ी-मेढ़ी अनजान पगडंडियों पर वे गिरने-गिरने को हो जाते। ऊपर से साँप-बिच्छू के डँसने और चोर-उचक्कों से भेंट होने का डर अलग। इसके साथ खेत में धान के पौधों के खरखराने, निकट से सियारों के बोलने तथा वृक्षों से उलूकों एवं चमगादड़ों की आनेवाली अपरिचित आवाजों से भयभीत होकर उनका कलेजा जैसे मुँह को आ जाता। वे जल्द-से-जल्द बस्ती तक पहुँचने के लिए लगभग दौड़ते हुए से चलने लगे थे।

वृक्षों की आड़ में, खेतों के किनारे, अंधकार के कोहरे में छिपे एक गँवई घर पर जैसे ही उनकी नजर पड़ी, उनके पाँव ठिठक गए। शायद किसी गाँव में पहुँच आए

वे। लेकिन उन्होंने देखा, वह अकेला घर था। उस घर के आसपास अन्य घर नहीं थे। उससे कुछ दूरी पर बस्ती थी, जहाँ से रोशनी की टिमटिमाहट नजर आ रही थी। उन्होंने सुन रखा था कि अनेक ग्रामवासी अपने कृषिकार्य की सुविधा के लिए खेतों में ही घर बना लेते हैं। उन्होंने सोच रखा था जो पहला घर मिलेगा, वहीं रात गुजारेंगे। वे जानते थे कि अब ग्रामवासी और उनके आतिथ्य-सत्कार पहले जैसे नहीं रहे। लेकिन सड़क पर रात गुजारने से उनका अप्रिय और उपेक्षित अतिथि बन जाना भी उनके लिए ज्यादा सुरक्षित और उपयुक्त था।

एक क्षण तक घर के समीप खड़े होकर वे मुआयना करते रहे और आहट लेते रहे। जब उन्हें लग गया कि अंदर घरवाले हैं तो उन्होंने दरवाजा खटखटाना प्रारंभ कर दिया। लेकिन उनकी खटखटाहट के जवाब में घर के अंदर से कोई प्रतिक्रिया नहीं। घरवालों की जो हल्की आवाजें वह सुन रहे थे, वह भी मौन और गायब। उन्हें यह समझते देर नहीं लगी कि गाँवों के परिवर्तित माहौल का ही यह असर है। सब अपने को भयभीत और असुरक्षित महसूस करते हैं। रात में दरवाजा खोलना नहीं चाहते।

अब खटखटाहट के साथ आवाज भी लगाने लगे थे—"कोई घर में है...भाई साहब ! बंधु ! खोलिए दरवाजा ! मुसीबत में फँसा मैं शहर का निवासी हूँ...।"

लेकिन उनकी आवाज के बाद भी घर के अंदर से कोई उत्तर नहीं। इसके बावजूद वे दरवाजा खटखटाते और आवाज लगाते रहे। अपने प्रत्युत्पन्न मतित्व के अनुसार उन्हें शीघ्र दरवाजा न खुलने और अंदर के तत्काल जवाब न आने से खुशी ही हुई कि इस घर के लोग सज्जन और अच्छे हैं, तभी डरकर दरवाजा नहीं खोल रहे हैं। अगर गुंडे-बदमाशों का यह घर होता तो अब तक कभी का दरवाजा खुल गया रहता। उन्होंने मन-ही-मन यह निश्चय कर लिया कि चाहे जितनी देर लगे, अब उन्हें इसी घर में रात गुजारनी है। कहीं और नहीं जाना है।

दरवाजे पर उनकी अनवरत थपथपाहट और जारी पुकार के कुछ समय बाद दरवाजे की बगलवाली खिड़की से उन पर टॉर्च की रोशनी फेंककर किसी ने उनका मुआयना किया। फिर महिला स्वर में आवाज आई—"कौन हो ? क्यों पीट रहे हो दरवाजा ?"

उन्होंने विनीत स्वर में उत्तर दिया—"मैं एक शहरी हूँ। बेटी की शादी के सिलसिले में नारायणपुर गाँव आया था। वापसी में अंतिम बस छूट गई। रात में शरण के लिए आया हूँ। सुबह तड़के चला जाऊँगा...।"

जवाब में छूटते ही उस महिला ने बेलौस आवाज में कहा—"घर में मर्दाना लोग नहीं। बाहर गए हैं। गाँव में जाकर किसी के यहाँ टिक रहो...।"

लेकिन वे पूर्ववत् निवेदन करते रहे—"मुझे कहीं और न भेजिए। बहुत थक गया हूँ। नौकरीशुदा और बीवी-बच्चोंवाला इंसान हूँ। मुझे घर के अंदर नहीं, ओसारे में या दालान में ही जगह दे दीजिए।"

वह महिला उनकी फरियाद को अनसुनी कर पूर्ववत् सख्त बनी रही—"यहाँ कोई

गुंजाइश नहीं। गाँव में चले जाओ।"

वे हाथ जोड़कर गिड़गिड़ा उठे—"मत भगाइए। मुसीबत में पड़कर आया हूँ। जीवन भर आपका एहसानमंद बना रहूँगा।"

इसके बाद किसी चमत्कार की तरह एक झटके से घर का दरवाजा खुला और किसी पुरुष की बलिष्ठ भुजाओं ने उन्हें खींचकर घर के अंदर पटक दिया तथा घर का दरवाजा बंद हो गया। फिर तत्क्षण दो और पुरुषों के हाथों की बंदूकें उनके गले के पास आ सटीं और क्रूर आवाज उनके कानों में गूँज उठी—"बता, कौन है तू और किसने तुझे भेजा है...?"

एक क्षण के लिए तो सर्वेशजी कुछ भी नहीं समझ सके। जैसे वे सातवें आसमान से गिर आए हों, जैसे धरती उलट गई हो, जैसे कोई अजूबा घट गया हो। वे फटी-फटी आँखों से ताकते रहे। घर के अंदर के दृश्य को देखकर तो उनके होश उड़ गए थे। उस घर के अंदर लालटेन की रोशनी में बेतरतीब दाढ़ी-मूँछवाले सात-आठ नर-पशु उन्हें नजर आए, जिनकी खूँखार आँखें उन पर आ टिकी थीं। उनकी तो जैसे बोलती बंद हो गई थी। यह कहाँ पहुँच आए थे ! यह तो बदमाशों का अड्डा है !

उनका इस तरह मौन हो जाना देख वे नर-पशु पुनः गरज उठे—"जल्दी बताता है कि उस गाँव पर जाना चाहता है। सीधे मन से बता दे कि पुलिस का आदमी है या रघुवर के गैंग का ? किसने भेजा है तुझे ? अब अगर देर की तो बस एक ही झटके में उड़ जाएगी तेरी खोपड़ी।"

सर्वेशजी हाथ जोड़कर गिड़गिड़ा उठे—"मैं किसी का आदमी नहीं, किसी ने मुझे नहीं भेजा है। एक शहरी हूँ। बेटी की शादी के लिए नारायणपुर के चंद्रेश्वर आनंद के यहाँ आया था। अंतिम बस छूट जाने से रात्रि-शरण के लिए यहाँ आ गया हूँ...।"

जवाब में वे फिर दहाड़ उठे—"चालबाज न बन। अगर हमें धोखा दिया और तनिक भी झूठ बोला तो फिर समझ तेरा पत्ता साफ...।"

इस बार और विनीत और विकल आवाज में बिलखते हुए-से कहा उन्होंने—"मैं एकदम झूठ नहीं बोल रहा हूँ...आप लोगों से झूठ बोलकर कहाँ जा सकता हूँ ? विश्वास न हो तो मेरा बैग देख लीजिए...। मेरी बेटी की तस्वीर, कुंडली और बायोडाटा उसमें रखा है...।"

अब उन्होंने उनके बैग और अंग-वस्त्रों की तलाशी ली। उनकी बेटी की तस्वीर और कुंडली देख तथा उसका बायोडाटा पढ़ उनकी बातों पर उन्हें कुछ विश्वास हुआ। उनके पास कोई हथियार आदि भी न पाकर वे आश्वस्त हुए। अब बंदूक की नलियाँ उनके गले से हट गईं और उन्हें खामोश रहने का आदेश दे दिया गया।

वे भय से काँपते हुए, दीवार के सहारे जमीन पर ऊकडूँ बैठे, छिपी नजर से घर का मुआयना करने लगे। कच्चे ईंटों और खपड़ैल छत से बना गाँव का वह एक आम

घर था। वे जिस कमरे में थे, वह घर के निकसार का कमरा था, जहाँ से आँगन और सामने के दो कमरे साफ नजर आ रहे थे। वे जहाँ बैठे थे, उससे कुछ ही दूरी पर शराब की कुछ खुली और अधखुली बोतलें पड़ी थीं तथा खाए जा चुके मुर्गों की टाँगें और हड्डियाँ बिखरी थीं। निकसार के कमरे से बगल के कमरे तक अनेक भयानक हथियार टँगे थे, जिनमें ज्यादा संख्या बंदूकों की थी। सामने के कमरे में एक खटोले पर बैठी और बीड़ी पीती उस महिला पर भी उनकी नजर चली गई। जिसकी आवाज उन्हें प्रारंभ में सुनाई पड़ी थी। वह एक अधेड़ उम्र की महिला थी, जिसके चेहरे पर उन नर-पशुओं की तरह की रुक्षता और आक्रामकता थी। महिला होने की लुनाई और कोमलता का कहीं कोई नामोनिशान नहीं था। उसके पास ही बँधा हुआ आठ-नौ साल का एक मासूम बच्चा भी रो रहा था, जिसे डाँटते हुए वह चुप करा रही थी। वह पहली दृष्टि में ही समझ गए कि इन बदमाशों द्वारा वह अपहृत बालक है, जिसकी मुक्ति के लिए एक अच्छी-खासी रकम इन्होंने निर्धारित की होगी।

सर्वेशजी देख रहे थे, उन्हें खामोश रहने का आदेश दे वे नर-पशु एक जगह बैठकर कुछ गुफ्तगू करने लगे थे। वे लगभग युवा थे। सब चालीस की उम्र के अंदर के ही जान पड़ते थे। अपने खुरदरे हाथ-पाँव और भयावह डीलडौल से वे साक्षात् शैतान की प्रतिमूर्ति दिखते थे। उनकी बातचीत के जो अंश उन्हें सुनाई पड़ रहे थे, उससे यह साफ ध्वनित हो रहा था कि वे उन्हें मार देने का निर्णय कर रहे थे, क्योंकि उन्होंने उनका ठिकाना देख लिया था और उनके कारनामों से वे परिचित हो गए थे।

उनकी यह बातचीत सुन तो वे बेहद घबरा गए थे। उनके हृदय की धड़कनें तेज हो गईं तथा कंठ सूख गया। अब वे नहीं बच सकते। बेटी की शादी के नाम पर ऐसे घनचक्कर में आ फँसे कि निकलने का कोई मार्ग नहीं। बहेलिए के जाल में स्वयं फँस आए पक्षी और बलि के ठीहे तक स्वयं चलकर पहुँच आए बकरे की भाँति वह अपने को विवश-लाचार और असहाय-निरुपाय महसूस करने लगे। आधुनिक वैज्ञानिक जीवन दृष्टि में विश्वास करने वाले वे ईश्वर उपासना से अपने को दूर ही रखते थे। लेकिन अब जाने-अनजाने अपनी जीवन-रक्षा के लिए वे ईश्वर को गोहराने भी लगे थे। भवितव्यता आदमी को कैसे और कहाँ-से-कहाँ खींच ले जाती है, इस सत्य के अब वे भुक्तभोगी थे। वे किसी तरह भी बच जाएँ, इसके लिए उनका मन अत्यधिक बेचैन और अधीर हो उठा था।

उन नर-पशुओं की बातें अब उन्हें एकदम साफ-साफ सुनाई पड़ने लगी थीं। एक का कहना था—"इसे छोड़ देना आफत मोल लेनी होगी...।"

दूसरे के अनुसार—"यह आदमी शहर जाते ही हमारा भंडाफोड़ कर देगा...।"

तीसरे के अनुसार—"काम तमाम में अब देर करना ठीक नहीं।"

चौथे की राय में—"ऐसे मामलों में अधिक सोचना-विचारना क्या ?"

लेकिन पाँचवें की राय उन सबसे पृथक् थी—"यह बेकसूर और सीधा-सच्चा इंसान है। मैं इसको मारने के पक्ष में नहीं।"

इस पर चौथे का जवाब था—"हमें बेकसूर और सीधे-सच्चे से क्या लेना...अपनी गोपनीयता के लिए हमें इसको मारना ही होगा...।"

लेकिन फिर छठे की दलील उनके पक्ष में आई—"यह भूलवश आया है। धमकाने से किसी से कुछ नहीं कहेगा...।"

इस बार तीसरे ने छठे को समझाया—"अभी सब कुछ गछ लेगा। लेकिन बाहर निकलते ही इसे पंख लग जाएँगे...।"

जवाब में पाँचवें ने तीसरे को आश्वस्त किया—"नहीं, यह ऐसा नहीं करेगा...यह ऐसा कर ही नहीं सकता..।"

सर्वेशजी स्पष्ट अनुभव कर रहे थे कि नर-पशुओं में से पाँचवाँ और छठा उनको मारने के पक्ष में नहीं। उन्हें लगा कि अवश्य शहर में बैठी उनकी माँ एवं पत्नी-बेटियों की पूजा-कामना ईश्वरीय शक्ति बनकर इन दोनों के अंदर व्याप गई है, अन्यथा ऐसे क्रूर-कातिल मौके पर किसी को छोड़नेवाले नहीं होते। वे अनुभव कर रहे थे कि उनकी पुत्री का बायोडाटा पढ़ने के बाद से ही उन दोनों नर-पशुओं के भाव बदल गए थे। उनकी बेटी के बायोडाटा में उनके पूरे परिवार का विवरण था। तो क्या वे दोनों उनको जानते हैं ? क्या वे उनके परिचितों में से हैं ? वे अच्छी तरह उन दोनों को देखने लगे। फिर अपने दिमाग पर जोर देकर पहचान-सूत्र खोजने लगे। बस, विद्युत की कौंध की तरह पहचान में आ गए वे दोनों। उनकी पहचान का पूरा संदर्भ क्षण-भर में ही घूम उठा उनकी आँखों के समक्ष...।

वर्षों पहले वे दोनों उनके कॉलेज के छात्र थे। उनमें से एक का नाम लड़कों के साथ मार-पीट और लड़कियों के साथ छेड़खानी की कई घटनाओं के बाद प्राचार्य ने काट दिया था। दोबारा उनका नाम लिखा जा सके इसके लिए किसी शिक्षक को उसकी जिम्मेदारी लेनी थी। लेकिन कोई भी शिक्षक उसकी जिम्मेदारी लेने को तैयार नहीं था। वह सर्वेशजी के पास भी आया था। उन्हें लगा कि बिगड़ैल छात्रों का निष्कासन उनकी समस्या का समाधान नहीं। उन्हें सुधार के अवसर प्रदान कर उनकी मानसिकता बदलने की जरूरत है। यह सोचकर ही उन्होंने उसकी जिम्मेदारी ले ली थी। हालाँकि उनके मित्र शिक्षकों ने उन्हें मना किया था। प्राचार्य ने भी प्रकारांतर से उन्हें संकेत दिया था कि यह तो गुंडे छात्रों को प्रश्रय देना है। उनकी पत्नी और संबंधियों ने भी आपत्ति की थी कि गुंडे छात्रों के संपर्क में आना और उनसे मेलजोल बढ़ाना कतई मुनासिब नहीं। लेकिन उनकी माँ ने उनका हौसला बढ़ाया था—"नेकी करता जा बेटा। नेकी की नियामत भगवान के घर, बदी की कभी बरकत नहीं...।"

उनके द्वारा दोबारा नाम लिखाने के कुछ ही समय बाद उस लड़के ने कॉलेज आना बंद कर दिया था। उनके मित्रों के अनुसार शहर की बैंक डकैती के बाद फरार हो गया था वह। लेकिन उन्हें कोई जानकारी नहीं। वे एकदम पहचान गए थे। यह पाँचवाँ

नर-पशु उनका वही छात्र है। और छठा नर-पशु तो एक निर्धन छात्र के रूप में उनसे मिला था। हर वर्ष की भाँति उस वर्ष भी कॉलेज के सबसे निर्धन दो छात्रों को मदद करने की अपनी विज्ञप्ति उन्होंने जारी की थी। वे हर वर्ष कॉलेज के सर्वाधिक निर्धन दो छात्रों की सहायता करते थे। उनकी विज्ञप्ति पढ़कर ही वह उनके पास आया था। उन्होंने अपनी अनुशंसा से उसकी फीस माफ कराने से लेकर अपने पास से उसके पाठ्यक्रम की पुस्तकें उपलब्ध कराई थीं। लेकिन वह पढ़नेवाला विद्यार्थी नहीं था। उनकी पत्नी, मित्र एवं संबंधियों ने टिप्पणी की थी—"पात्रता का खयाल करके आपको मदद करनी चाहिए। यह तो दादा छात्रों के साथ रहता है। होनहार विद्यार्थी का इसमें कोई गुण नहीं...।"

जवाब में उन्होंने सबको समझा दिया था—"निर्धन छात्र की याचना लेकर आनेवाले विद्यार्थी को मैं कैसे दुत्कार दूँ ?"

उनकी माँ ने पुनः उनका समर्थन किया था—"अपना उसूल न छोड़ना बेटा। धोखा उसने तुझे दिया, तूने उसे नहीं...। तेरा घट कभी खाली नहीं रहेगा...।"

बाद में उस छात्र को अंतिम परीक्षा में न सिर्फ खराब परिणाम हासिल हुआ, बल्कि वह कॉलेज छोड़कर कहीं चला गया। यह छठा नर-पशु उनका वही छात्र है।

अपने उन दोनों छात्रों को पहचानने के बाद डूबते को तिनके के सहारे की तरह सर्वेशजी को लग गया कि शायद अब वे मारे नहीं जा सकते। उनके ये दोनों छात्र अवश्य उनकी रक्षा करेंगे। संकोचवश या भेद खुलने के डर से उनको न पहचानने का नाटक कर रहे हैं। असमय जान उन्होंने भी 'चिन्हारी' करना उचित नहीं समझा। हालाँकि उनके मन के कोने में यह आशंका भी शेष थी कि नर-पशु बन चुके उनके इन छात्रों के अंदर अतीत के मूल्य और नेकी-बदी के मानवीय भाव क्या शेष होंगे ? पशुता आती है और हावी हो जाती है तो अंदर का सब कुछ बहा ले जाती है। कातिल और हत्यारे अपने सगे-संबंधियों तक को नहीं बख्शते, फिर गुरु-शिष्य संबंधों की क्या बिसात ? उन्हें हर्गिज आश्वस्त नहीं होना चाहिए।

लेकिन यहाँ भी चमत्कार की तरह ही उन्होंने पाया कि उनके शिष्य उन्हें न मारने देने के लिए अपने सभी साथियों को राजी कर चुके थे। उन्हें यह लखते देर नहीं लगी कि उनके शिष्य उस जमात के दबंग नर-पशुओं में से थे...। उनके निर्णय का उनके मित्रों के बीच खासा महत्त्व था।

इसके बाद किसी जादू-महल की तरह उनके रात्रि-विश्राम के लिए किस तरह उस निकसार में चारपाई बिछा दी गई, उनके भोजन के लिए किस तरह मुर्गा-भात की थाली उनके समक्ष परोस दी गई, सब कुछ ऐसे घटित हुआ जैसे वे कोई सपना देख रहे हों। उस बंधक बालक को भी उस महिला द्वारा खाना खिलाया जाना उन्होंने देखा। उन्हें निकसार में इत्मिनान से सोने के लिए अकेला छोड़ वे नर-पशु बगल के कमरे में सोने चले गए तथा वह महिला भी उस बच्चे को लेकर सामने के कमरे में चली गई। पर सर्वेशजी सो कहाँ सके ! सर्वथा नए, विचित्र और भयावह अनुभव से वे सारी रात

उत्तेजित और व्यग्र-बेचैन बने रहे...।

सुबह के एकदम तड़के ही वे वहाँ से चल पड़े। उस महिला ने समय से दरवाजा खोल दिया था। सर्वेशजी ने नर-पशुओं को जगाना उचित नहीं समझा। लेकिन उस घर से बाहर निकलकर खेतों की पगडंडियों पर आने के बाद यह देखकर वे पुनः अचंभित हो गए कि उनका वह गुंडा शिष्य, पाँचवाँ नर-पशु खेतों के किनारे एक वृक्ष के नीचे खड़ा होकर उन्हें जाते हुए निर्निमेष दृष्टि से देख रहा था ! तो क्या यह जग गया है ? फिर इतने सवेरे यहाँ छिपकर अकेले में क्यों खड़ा है ? फिर तत्क्षण इस सत्य का भान भी उन्हें हो गया कि उनकी सुरक्षा में उनका यह शिष्य यहाँ आ पहुँचा है कि कहीं घर से निकलने पर उसके साथी धोखे से उन पर वार न कर दें ? इस सत्य से अवगत होने के बाद उनका मन उसके प्रति अतिशय आत्मीयता से भर गया। उन्होंने रुककर उसे भर नजर देख लेना चाहा, लेकिन उनसे आँख मिलते ही माथा झुकाकर वह पीछे की ओर मुड़ गया। अब वे भी सड़क की ओर बढ़ चले।

बस-ठहराववाली सड़क पर पहुँचने पर दूसरे अचंभे की भाँति अपने उस दूसरे निर्धन शिष्य छठे नर-पशु को वहाँ उपस्थित पा वे पुनः भौंचक्के हो गए। वह उस झोंपड़ीनुमा चाय की दुकान के सामने तीन पाँवोंवाली बेंच पर बैठा था। उनको आते देख वहाँ से हट सड़क के एक किनारे खड़ा हो गया। तो क्या इतने सवेरे यह दुकान खुल गई है ? बगल के गाँव से आ गया है वह दुकानदार ? और सर्वेशजी को वहाँ पहुँचकर आश्चर्य का ठिकाना नहीं रहा कि न सिर्फ दुकानदार आ चुका था, बल्कि चाय भी उनके लिए बनकर तैयार थी। उनका मन अपने इस दूसरे शिष्य के प्रति भी स्नेह से भीग गया। उन्होंने मुड़कर उसकी ओर देखा। लेकिन उनसे आँख मिलते ही वह भी माथा झुकाकर वापस लौट पड़ा। अब वे अपने को रोक नहीं सके। उनके ये शिष्य तनिक भी नहीं बदले हैं ! अपने इन शिष्यों को उन्हें नए सिरे से समझाने की जरूरत है। लेकिन इससे पहले कि आवाज लगाकर वे उसे बुलाते, पीछे से आती बस की आवाज ने उन्हें विमुख कर दिया...!

बस में वे रास्ते-भर सोचते रहे, वे तो छूट गए, निकल आए शेर की माँद से। वे खुशकिस्मत थे कि वहाँ उनके शिष्य मौजूद थे। अगर वहाँ उनके वे शिष्य न होते तो ? और इस 'तो' के उत्तर में मौत का खौफनाक अँधेरा उनकी आँखों के समक्ष छा जाता। इसके अतिरिक्त दूसरी तरफ वह अपहृत बालक भी सवाल बनकर उनके समक्ष आ खड़ा होता ! वह कैसे मुक्त हो सकेगा उनके चंगुल से ? उन्होंने उन्हें धमका रखा है कि किसी से कुछ भी नहीं कहना है। भेद खुलने पर वे कहीं भी उनकी हत्या कर देंगे। उनके लिए महटिया जाना ही बेहतर और सुरक्षित रहेगा। लेकिन क्या यह ठीक होगा ? क्या ऐसे अवसरों पर हर बार उनके समक्ष यही सवाल पैदा नहीं हो जाता है । फिर हर बार की तरह अपनी माँ की बातों को याद कर पुनः उनका हौसला बुलंद होना शुरू हो गया। उनकी माँ बराबर कहा करती है—'सत का पक्ष मत छोड़ना बेटा। सत की सोर पाताल तक...!'

नदी की राह में

सउदी अरब से दिल्ली पहुँचते ही आलोकनाथ अपने गाँव लौटने के लिए बेचैन हो उठा। वह सीधा रेलवे स्टेशन की ओर भागा। वहाँ उसे मगध एक्सप्रेस लगी हुई मिली। बस, तत्क्षण उसमें दाखिल हो गया। उसने सोच लिया था कि आरा जाने के लिए जो गाड़ी सबसे पहले मिलेगी, उसी में सवार हो जाएगा। आरक्षण न सही, बैठकर या खड़े होकर भी यात्रा कर लेगा। लेकिन कहीं और रुककर अब तनिक भी समय जाया नहीं करेगा। अपना गाँव, वहाँ के लोग, अपने संगी-साथी, अपना घर-परिवार और पत्नी मालती की बेतरह याद आने लगी थी उसे। जल्द-से-जल्द अपने गाँव पहुँच जाने के लिए उसका मन आतुर हो गया था...।

पूरे सात वर्षों के बाद अपने गाँव जा रहा था आलोकनाथ। सात वर्ष की अवधि कैसे व्यतीत हुई, इसका दर्दभरा इतिहास उसके मन में अंकित है। ऐसा खौफनाक इतिहास जिसके बीच सपने में भी उसे यह विश्वास नहीं था कि कभी अपने मुल्क और अपने गाँव की ओर भी लौटना हो सकेगा उसका ! उसे तो लगता कि सउदी अरब की जेलों में ही मर-खप जाएगा वह। लेकिन अपने परिजनों और अपनी मालती से मिलना शायद शेष था उसके भाग्य में...। संभव है, मालती के प्रति उसके एकनिष्ठ और सच्चे प्रेम की ही यह विजय हो ! या फिर उसकी माँ और मालती की मनौतियों का प्रभाव हो ! उसके लिए अवश्य मनौतियाँ मान रही होंगी वे...! या उसके कुलदेव की विशेष कृपा ! जो हो, उसे तो यह सब कुछ करिश्मे और चमत्कार जैसा ही लगा है...।

कालचक्र की परिधि में घिरकर वह कैसे देश से परदेश पहुँच गया और फिर वहाँ की जेलों में बंद होकर पर-कटे पक्षी की तरह वह कितना विवश-लाचार हो गया, इसे याद कर अजीब लगता है उसे ! वह तो अपने गाँव से मुंबई नौकरी के लिए पहुँचा था। उसे मुंबई ले जानेवाले अजयपाल ने एक कारखाने में नौकरी दिलवा भी दी थी। लेकिन कुछ ही समय बाद सब कुछ तहस-नहस हो गया। वह कारखाना जिस क्षेत्र में था उस क्षेत्र में पहले एक भयंकर सांप्रदायिक दंगा हुआ। लोगों के अनुसार विभाजन के बाद का वह दूसरा बड़ा दंगा था। दंगे की आग अभी शांत भी नहीं होने पाई थी

कि कारखाने के पास एक शक्तिशाली बम विस्फोट हुआ। उस विस्फोट में अनेक वर्करों के साथ कारखाने के मालिक का पुत्र भी मारा गया। उसी दिन से मालिक ने कारखाना बंद कर दिया। कारखाने में काम करनेवाले अन्य कर्मचारियों के साथ वह भी इधर-उधर काम ढूँढ़ने लगा। इस दौरान अजयपाल से उसका संपर्क-सूत्र एकदम टूट गया।

दंगा और बम विस्फोट के बाद अजयपाल से उसकी भेंट ही नहीं हुई। इस बीच मुंबई के अपने नए परिचितों और मित्रों की संगति में वह अधिक धन कमाने के उद्देश्य से एक दल के साथ सउदी अरब चला गया। उसे बताया गया था कि वहाँ काम की कमी नहीं और वहाँ उसे मालामाल होते देर नहीं लगेगी। लेकिन मित्र बनाकर साथ ले जानेवाले लोगों ने उसे जेल भिजवा दिया...।

हालाँकि बाद में उसे सब पता चल गया कि वे लोग एक तस्कर गिरोह से संबद्ध थे। हिंदुस्तान से उसे सउदी अरब लाने का उनका उद्देश्य अपनी तस्करी में उसे मुहरा बनाना भर था। लेकिन सच्चाई जानकर भी पछताने के सिवाय वह कुछ नहीं कर सकता था। दूसरे देश की जेल में कैद होकर तो वह निपट अकेला और असहाय-निरुपाय हो गया था। वहाँ कोई उसका परिचित-हमदर्द नहीं जो उसकी जमानत करा सके और झूठे आरोप से मुक्ति दिला सके। उसने अपने घर पर भी खबर करने की कोशिश की, लेकिन कभी सफल नहीं हो सका...। कहीं किसी को संवाद तक भेजने की इजाजत नहीं थी उसे। वैसे वह जानता था कि हिंदुस्तान के एक गाँव में रहनेवाला उसका साधारण किसान-परिवार सूचना पाकर भी सउदी अरब पहुँच उसे छुड़ा नहीं पाएगा। ऐसी स्थिति नहीं उनकी। इस हालत में वहाँ की जेल के अंदर मानसिक और शारीरिक यंत्रणाओं को झेलते हुए अपने जीवन का एक-एक दिन वह एक-एक वर्ष की भाँति गुजार रहा था कि अचानक उसे रिहा करने का आदेश आ गया। शायद जुर्म साबित नहीं हुआ उसके ऊपर।

वहाँ की जेल से छूटने के बाद अपने देश लौटने के लिए प्रयत्नशील हो गया वह। लेकिन चाहकर भी तत्काल नहीं लौट सका। मार्ग-व्यय के नाम पर कुछ भी तो नहीं था उसके पास। अंततः हिंदुस्तान आनेवाले एक व्यापारी-परिवार की महीनों तिमारदारी कर वह उन्हें खुश कर पाया। तब कहीं उनके साथ दिल्ली लौट सका। उस परिवार ने ही दिल्ली से गाँव जाने के लिए उसके राह-खर्च का इंतजाम किया। वे लोग तो उसकी कर्मठता व ईमानदारी से इतने प्रभावित हो गए थे कि अपने यहाँ उसे नौकरी पर रख लेने के लिए तैयार थे। लेकिन घर से सात साल की बिछुड़न, कष्टकर प्रवास और पीड़ादायक अनुभव के बाद अब बिना अपने घर लौटे और अपनी मालती से मिले वह कोई काम पकड़नेवाला नहीं। उस व्यापारी-परिवार से उसने कह दिया कि घर-परिवार से मिलने के बाद वह कोई निर्णय ले सकेगा...।

घर लौटते हुए आलोकनाथ का मन उस व्यापारी-परिवार के प्रति कृतज्ञता से भरा हुआ था। कितने अच्छे हैं वे लोग ! एक वे धोखेबाज थे, जो मित्र बनाकर उसे ले गए और शत्रु का काम किया और एक ये हैं कि उसे संकटग्रस्त स्थितियों में फँसा देख

उबार लाए। सचमुच दुनिया में हैवान हैं तो इंसान भी हैं। शायद इसीलिए संतुलन बना हुआ है। शायद इसीलिए लाख तबाही के बाद भी यह दुनिया बरकरार है...।

अब तक मगध एक्सप्रेस खुल चुकी थी। आलोकनाथ को अपने बैठने भर की जगह भी प्राप्त हो गई थी। उसने डिब्बे में घुसते ही खाली सीट के लिए अपनी नजर दौड़ाई थी। लेकिन कहीं कोई सीट खाली नहीं। इस स्थिति में कद-काठी और वेशभूषा से ग्रामीण दिखनेवाले एक सज्जन के समीप पहुँच उसने निवेदन किया—"अगर आप थोड़ा खिसक जाते भाई साहब तो मैं भी बैठ जाता...!"

जवाब में उस आदमी ने खिसककर जगह बना दी थी। वह जानता था, डिब्बे में उपस्थित सफेदपोश उसके लिए कभी जगह नहीं बनाते। साफ कह देते—"कहीं और चले जाइए...तबीयत ठीक नहीं, अब और कहाँ खिसकें ?...यहाँ गुंजाइश नहीं निकल पाएगी...। एक और आदमी यहाँ पहले से ही विराजमान हैं...उधर गए हैं...अब आते ही होंगे...!"

इसीलिए आलोकनाथ ने वैसे लोगों से आग्रह ही नहीं किया। उसकी अनुभवी आँखें अब यह जान चुकी थीं कि ऊपर से सफेदपोश लगनेवाले अधिकांश लोग अंदर से सहयोग और सद्भाव की भावना से शून्य होते हैं। अपने आप के सिवाय दुनिया-जहान से उन्हें कोई मतलब नहीं होता...।

ट्रेन में जगह पाकर इत्मिनान होते ही आलोकनाथ का ध्यान फिर अपने गाँव-घर और मालती की ओर चला गया। स्थूल रूप से तो वह अन्य यात्रियों की तरह ट्रेन में बैठा और खिड़की से बाहर गहराती साँझ को देखता रहा। लेकिन मन और चेतना के धरातल पर अपने गाँव पहुँच गया वह। हर बार की तरह इस बार भी गाँव-घर और वहाँ के लोगों के स्थान पर मालती की याद ही उसे विशेष आती रही। सारे दृश्यों को दबाकर या धकेलकर मालती अपने भरे चेहरे और तीखे नाक-नक्श के साथ उसके सामने फिर आ गई थी...। मुंबई की हिंसा और सउदी अरब की जेलों की विभीषिका के बीच मालती का यह लुभावना चेहरा ही उसे जीने की प्रेरणा देता रहा था। सोते-जागते, उठते-बैठते, चलते-फिरते हर वक्त मालती का यह चेहरा उसकी आँखों के समक्ष नाचता रहता और अतीत को सजीव बनाए रखता...।

अपने मामा के गाँव पहुँचा है आलोकनाथ। उन्नीस-बीस वर्ष का खूबसूरत सुडौल नौजवान। मकान के पिछवाड़े मामा के बगीचे में अमरूद तोड़ने पहुँचता है तो पाता है कि उसकी ममेरी बहन सुषमा अपनी एक सहेली के साथ वहाँ पहले से ही उपस्थित है। दोनों उचक-उचककर अमरूद तोड़ने का प्रयास कर रही होती हैं। लेकिन सफल नहीं हो पाती हैं। अच्छे और पके हुए अमरूद फुनगियों पर लटके होते हैं।

उसे देखते ही सुषमा चहक उठती है और अपनी सहेली के साथ उसके समीप आने लगती है—"हमारे लिए भी भैया ! बढ़िया और पके हुए...!"

लेकिन समीप आने पर उसकी सहेली को वह देखता ही रह जाता है। ऐसा निखरा और अनुपम सौंदर्य इससे पहले नहीं देख पाया था वह। उस सौंदर्य में ऐसा चुंबकीय आकर्षण था कि वह चाहकर भी अपनी आँखें नहीं हटा पाता है, जैसे उसके नैन चकोर बन गए हों।

उसे इस तरह अपलक अपनी ओर ताकते देख सुषमा की वह सहेली कुछ लजा-सी जाती है और अपने को संयत करने लगती है। सुषमा उसकी स्थिति ताड़ जाती है। फिर तत्क्षण आलोकनाथ से कह उठती है—"सिर्फ देखते ही रहोगे या अमरूद भी खिलाओगे। तुम्हारे देखने से ही मेरी सहेली का पेट भरनेवाला नहीं...।"

सुषमा की इस बात पर उसकी सहेली और आलोकनाथ, दोनों लजा उठते हैं। अब आलोकनाथ फुर्ती से पेड़ पर चढ़ जाता है और पके हुए अमरूद तोड़-तोड़कर गिराने लगता है। सुषमा की सहेली की उपस्थिति ने जैसे उसे अतिरिक्त रूप से उत्साही और फुर्तीला बना दिया है। पर सुषमा उसे रोक देती है—"हम नीचे का गिरा नहीं खाएँगे। झोले में तोड़कर लाओ...।"

और अपने हाथ में लिया छोटा झोला सुषमा उसकी ओर फेंक देती है। वह अमरूद की डाली पर से ही लपककर झोला थाम लेता है। उसे सुनाई पड़ता है, सुषमा अपनी सहेली से कह रही होती है—"विशुनपुर के मेरे फुफेरे भैया हैं। कॉलेज में पढ़ते हैं। खूब अच्छी कविताएँ लिखते हैं...।"

अब उससे रहा नहीं जाता है। अमरूद की डाली पर से ही वह पूछ उठता है—"सिर्फ मेरा ही परिचय दोगी सुषमा या अपनी सहेली के बारे में भी कुछ बताओगी ?"

जवाब में कहती है सुषमा—"यह मालती है, मेरी सखी ! पड़ोस के रामाधार चाचा की बेटी। हमने इसी वर्ष एक ही साथ मैट्रिक की परीक्षा पास की है...।"

—"तो क्या अब आगे पढ़ने का इरादा नहीं है ?" पूछ उठता है आलोकनाथ। वह तो बातचीत करने के लिए कोई माध्यम खोज ही रहा होता है।

इस प्रश्न का जवाब तो जैसे सुषमा के होंठों पर पहले ही से तैयार था। वह चट कह उठती है—"इस गाँव में मैट्रिक से आगे कहाँ पढ़ पाती है कोई लड़की...।"

उसके जवाब को और अधिक स्पष्ट करते हुए अब मालती भी बोल पड़ती है—"वह तो गाँव में हाई स्कूल खुल गया है, नहीं तो इस गाँव की लड़कियाँ मैट्रिक तक भी नहीं पढ़ पातीं...।"

मालती की आवाज आलोकनाथ के कानों में बाँसुरी की तरह बज उठती है। कितनी प्यारी आवाज है मालती की। उसके नाम और रूप की तरह ही मनोहारी आवाज भी। उसकी आवाज की मिठास को पकड़ने और आत्मसात् करने के क्रम में वह अब और कुछ पूछना भी भूल जाता है। मालती की आवाज की मीठी ध्वनि-तरंगें उसके अंतर में बजती रहती हैं। वह झोले में चुन-चुनकर अमरूद रखते हुए पलट-पलटकर मालती को देखता भी जाता है। उसका मन तो भौंरा बना मालती पर मँडरा रहा होता है। उसके निर्जीव हाथ तो जैसे यंत्रवत् अमरूद तोड़ रहे होते हैं। मालती की औसत लंबाई,

छरहरा और कमनीय बदन, सलोने हाथ-पाँव, मांसल उभार, मोहक आँखें, फुलझड़ियाँ छोड़ता रंग ! उसका ध्यान इस कदर मालती की ओर केंद्रित होता चला जाता है कि अमरूद से भरा झोला उसके हाथ से छूटकर कैसे गिर जाता है, वह समझ नहीं पाता। जब धम्म से झोला गिरता है तथा सुषमा और मालती खिलखिला पड़ती हैं, तब उसकी तंद्रा भंग होती है और वस्तुस्थिति का उसे ज्ञान होता है। अच्छा हुआ वह स्वयं नहीं गिरा। इस स्थिति में वह स्वयं भी तो गिर सकता था। अपने को संयत कर अब वह कहता है—"मैं फिर दूसरे अमरूद तोड़ देता हूँ सुषमा...झोला ख़ाली कर मुझे दे दो...।"

लेकिन इस बार जवाब मालती देती है—"झोले में से तो सिर्फ दो-तीन अमरूद ही बाहर हुए हैं। शेष तो झोले में ही हैं...।"

सुषमा भी मालती की बात का समर्थन करती है—"हम इन्हें खा लेंगे भैया। अब और मत तोड़ो। तुम भी शीघ्र नीचे आ जाओ नहीं तो झोले की तरह कहीं तुम भी न टपक पड़ो।"

इस बार दोनों सहेलियाँ पुनः खिलखिला पड़ती हैं। खिलखिलाती हुई मालती तो जैसे उसके अंदर तक उतरती चली जाती है। उसके रोम-रोम झंकृत हो उठते हैं। वह कहता है—"मैं अपने लिए अलग से तोड़ लेता हूँ सुषमा...।"

लेकिन सुषमा मना कर देती है—"नहीं...इस झोले में बहुत हैं। हम इतना नहीं खाएँगे...।"

वह नीचे उतर आता है। अमरूद से भरा झोला लिये सुषमा और मालती समीप ही खड़ी होती हैं। सुषमा उसकी ओर झोला बढ़ाती है—"तुम अपने लिए ले लो भैया...!"

वह मालती की ओर ताकता है। उसकी आँखें भी यही कह रही होती हैं। लेकिन उससे आँख मिलते ही उसके बदन में जैसे बिजली का झटका लगता है। वह सर से पाँव तक सिहर जाता है। अपनी स्थिति छिपाने के लिए चट बोल पड़ता है—"तुम एकाध दे दो सुषमा ! मैं अधिक नहीं खाऊँगा। सुबह काफी अमरूद खा चुका हूँ !"

इस बार मालती कह उठती है—'आप स्वयं अपने लिए ले लीजिए...।' और झोला उसकी ओर बढ़ा देती है। उसे अपने कानों पर विश्वास नहीं होता है। यह मालती ने कहा है उसे। इस आवाज पर तो वह पहले ही फिदा था। इस आवाज को शिरोधार्य समझ झोले से अपने लिए दो अमरूद निकाल लेता है। सुषमा कहती हैं—"अब तुम जाओ भैया। तुम रहोगे तो मेरी सहेली नहीं खाएगी...।"

सुषमा की इस बात पर लज्जा से मालती के कपोल फिर लाल हो उठते हैं। साथ ही उसके होंठों पर दूधिया मुस्कुराहट की एक रेखा भी तैर जाती है।

आलोकनाथ वहाँ से चल देता है। कुछ आगे बढ़कर पलटकर देखता है। मालती भी उसे कनखियों से निहार रही होती है। उसे लगता है, स्थूल शरीर लेकर बगीचे से निकल आया है वह। लेकिन अपना दिल तो वहीं मालती के पास छोड़ आया है...।

गाड़ी एक झटके के साथ आ रुकी।

आलोकनाथ की मधुर स्मृतियाँ बिखर गईं। वह पुनः अपने वर्तमान में लौट आया। शायद किसी बड़े जंक्शन पर गाड़ी आ लगी थी। उसे जगह देने वाले ग्रामीण सज्जन उतर गए। वे यहीं तक के यात्री थे। उनके उतरने के बाद खिड़की के पासवाली पूरी सीट अब आलोकनाथ के जिम्मे आ गई। अब तक वह बगल से खिड़की के बाहर ताक रहा था। अब खिड़की के बाहर के खुलेपन पर सीधा उसका अधिकार था।

वह देख रहा था, साँझ रात में बदलती जा रही थी। उस जंक्शन के खोमचेवाले चाय, पान, सिगरेट, समोसा की आवाज लगाते हुए प्लेटफार्म पर भागते नजर आ रहे थे। आलोकनाथ ने पहले चाय पी। फिर सिगरेट सुलगा ली। भागती ट्रेन की खिड़की से बाहर सिगरेट का धुआँ फेंकते हुए वह राहत का अनुभव करने लगा। सिगरेट का काला धुआँ खिड़की से बाहर की कालिमा में जज्ब होता चला गया, जैसे बारिश की बूँदें, सागर में जज्ब होती चली जाती हैं...!

मालती से प्रथम परिचय के बाद अपने मामा के गाँव बराबर पहुँचने लगा है आलोकनाथ। मालती को देखे बिना अब उसे चैन नहीं। उससे मिलने और बात करने के लिए बावला बन गया है वह। मालती के मन में भी अपनी प्रबल चाहत का अहसास करा दिया है उसने। शायद इसीलिए आलोकनाथ को आया देख सुषमा से मिलने के बहाने उसके यहाँ जुटी रहती है वह। लेकिन छुप-छुपकर आलोकनाथ को देखते रहने के सिवाय उससे मिल नहीं पाती है। ऐन मौके पर कभी अपने घर से बुलावा आ जाता है उसका, तो कभी आलोकनाथ के मामा-मामी ही बीच में पड़ जाते हैं। सुषमा से उन दोनों की स्थिति छिप नहीं पाती है। अंततः जेठ की एक चिलचिलाती दोपहरी में अपने बगीचे के एक कोने में उन्हें जुटा देती है सुषमा और स्वयं बगीचे के दूसरे छोर पर पहरे में खड़ी हो जाती है कि किसी के आने पर पंछियों को उड़ाने के लिए आवाज लगाकर उन्हें हटा सके...।

एक-दूसरे के समीप पहुँचकर दोनों क्षण-भर के लिए तो अपलक एक-दूसरे को निहारते रहते हैं, जैसे उन्हें अपनी आँखों पर विश्वास ही न हो रहा हो कि सचमुच एकांत में इतने निकट पहुँच आए हैं वे...। फिर अचानक आलोकनाथ की सजगता अतिरिक्त रूप से बढ़ जाती है। पता नहीं, ऐसा अवसर फिर मिले या नहीं, उसे जो कुछ भी कहना-सुनना है, अब देर नहीं करनी चाहिए...। इसलिए बिना किसी लाग-लपेट के वह सीधे अपनी बात कह उठता है—"तुम्हारे बिना अब मुझसे एक क्षण भी नहीं रहा जाता मालती...मैं सदा के लिए तुम्हें अपना बना लेना चाहता हूँ...।"

इस पर अपने अंदर के आवेश और अपनी उद्दाम इच्छा को दबाते हुए कहती है मालती—"लेकिन यह नहीं हो सकता...।"

वह पूछता है—"क्यों ?"

जवाब में फट पड़ती है मालती—"सुषमा से मुझे सब पता चल गया है...तुम लोगों की अच्छी खेती-बारी है, नामी और खानदानी परिवार है...सुषमा ने बताया है कि तुम्हारी

शादी के लिए जो लोग पहुँच रहे हैं वे मुँहमाँगा दहेज देने को तैयार हैं...पर मेरे पिताजी उतना नहीं दे पाएँगे। उनके पास है ही नहीं... ।''

इस पर विश्वास के साथ कहता है वह—''मैं बिना दहेज के तुम्हारे साथ शादी करूँगा। तुम सिर्फ हाँ तो कह दो... ।''

अब अपने मन का संशय व्यक्त कर उठती है मालती—''लेकिन तुम्हारे घर के लोग नहीं मानेंगे... ।''

यह सुन वह निश्चयात्मक शब्दों में उसे आश्वस्त करता है—''मैं सबको मना लूँगा... ।''

''पर एक दूसरी कठिनाई भी है...''—मालती अपने मन की दूसरी शंका भी व्यक्त करती है—''यहाँ तुम्हारा ममहर है। जिस गाँव में ममहर होता है, उस गाँव में शादी नहीं होती... ।''

''मैं उसे नहीं मानता मालती !''—वह साफ शब्दों में कहता है।

''तुम्हारे नहीं मानने से क्या होगा ? हमारे घरवाले, तुम्हारे घरवाले और सारे गाँव के लोग तो मानते हैं !'' मालती अपनी चिंता जाहिर करती है।

''मैं इस अड़चन को भी दूर कर दूँगा...मैं सबको मना लूँगा...मुझे सिर्फ तुम्हारी स्वीकृति चाहिए... ।''—आलोकनाथ के अंदर का प्रेमी मन अपनी अडिगता का पुरजोर अहसास कराने लगता है उसे। उसका दृढ़निश्चय और मजबूत इरादा देख अंदर-ही-अंदर बह उठती है मालती। उसके चेहरे की पुलकन और आँखों का समर्पण भाव छिप नहीं पाता है। बस, आलोकनाथ उसका हाथ अपने हाथ में ले लेता है। दोनों के अंदर की विद्युत तरंगें एक-दूसरे में प्रवाहित होने लगती हैं। अपने मन की अड़चन को सामने रखकर तो मालती आलोकनाथ के प्रेम की परीक्षा ले रही थी। उस परीक्षा में वह सफल हो गया था, इसलिए मालती अब उसकी थी। उसके कोमल हाथ को अपने सीने पर रख पुरुषत्वपूर्ण गर्वोक्ति से कहता है आलोकनाथ—''मुझे तुम्हारी स्वीकृति मिल गई, बस, मैं यही चाहता था... । दुनिया की कोई भी शक्ति अब तुम्हें अपनाने से मुझे रोक नहीं पाएगी। मैं सारी अड़चनों को दूर कर दूँगा...सारी बाधाओं से निपट लूँगा... ।''

अपने घर अनशन पर बैठा है आलोकनाथ।

उसके छोटे से गाँव में आँधी-पानी की तरह खबर फैल गई है कि अपने ममहर की एक लड़की पर रीझ गया है वह। कह रहा है कि उसी से शादी करूँगा, नहीं तो जान दे दूँगा। गाँव में हर किसी की जुबान पर इसी बात की चर्चा है। जितने मुँह उतनी बातें। कोई कहता—''बहुत दिनों से उस लड़की से प्रेम चल रहा था उसका। लड़की के घरवालों ने अब रोक-टोक की है तो शादी पर उतर आया है...!''

किसी के अनुसार—''अब पता चला है कि वह क्यों बार-बार ममहर की दौड़ लगाया करता था... ।''

कोई कहता—"लड़कीवालों ने अच्छा घर-वर देख जानबूझकर अपनी लड़की से उसका प्रेम करवा दिया है, ताकि मुफ्त में शादी हो सके...।"

पता नहीं, आलोकनाथ के पिता होते तो इस स्थिति में क्या निर्णय लेते ? बड़ा भाई पिता का स्थान तो नहीं ले सकता। उसके भैया समझाते-समझाते हार जाते हैं कि उससे भी अच्छी लड़की और काफी तिलक-दहेज लेकर उसकी शादी करेंगे। उसकी शादी के लिए तो अच्छे-अच्छे अगुओं की भरमार लगी है उनके दरवाजे। ममहर का वह गरीब परिवार क्या देगा ? वे लोग तो उसकी जोड़ के भी नहीं। इसके अतिरिक्त ममहर में शादी भी तो नहीं होती...। लेकिन भैया की एक नहीं सुनता है आलोकनाथ। प्रकारांतर से अपनी इस धमकी से भी उन्हें अवगत करा देता है कि अगर इस शादी में अड़ंगा लगाएँगे वे, तो अपने हिस्से का खेत-बघार बाँटकर उनसे अलग हो जाएगा। अंततः भैया को राजी होना ही पड़ता है। रह गई ममहर में शादी होने वाली बात, तो अपने मामा-मामी को मना लेता है वह। इस काम में परदे के पीछे से सुषमा और मालती भी पूरा सहयोग करती हैं। फिर जैसा वह चाहता था, वही घटित हो जाता है। बिना किसी तिलक-दहेज के मालती के साथ शादी होती है उसकी। मालती को दिए वचन के अनुसार लेन-देन के मामले में कहीं कोई अड़चन नहीं आने देता है वह। विभिन्न रस्मों के वक्त लड़कीवालों पर जब भी दबाव डालना चाहते भैया, वह शर्म-संकोच छोड़कर सामने आ जाता है। लड़कीवाले खुश हैं कि जब दूल्हा ही पक्ष में है तो घर के लोगों के ना-नुकुर का क्या अर्थ...?

मालती के यहाँ के रिवाज के अनुसार बारात विदा हो जाती है और अपने चंद परिजनों के साथ वहीं रह जाता है आलोकनाथ। फिर चौठारी की रस्म तक उसे वहीं रुकना पड़ता है। इस बीच मालती से भी नहीं मिल पाता वह। इसके बाद पाँचवें दिन विदाई होती है मालती की। वह अपने परिजनों और मालती के साथ अपने घर चला आता है। दुलहिन बनी मालती आ जाती है उसके यहाँ—उसकी चहेती मालती ! उसके सपनों की रानी ! उसकी इच्छाओं और आकांक्षाओं की साकार प्रतिमूर्ति !

गाड़ी फिर किसी दूसरे जंक्शन पर आ लगी थी। आलोकनाथ ने देखा, इस बार चाय-पान और समोसा के स्थान पर स्टेशन के अधिकांश खोमचेवाले खाने का पैकेट बेचते नजर आए। शायद रात के खाने का वक्त हो गया था। ट्रेन के अंदर भी अपने साथ खाना लेकर चलनेवालों ने उसे ग्रहण करना शुरू कर दिया था।

घर लौटने की खुशी में उसे भूख नहीं। मालती की मीठी याद के बीच तो उसकी भूख जाती रही थी। फिर भी आधा दर्जन केला और एक स्लाइस ब्रेड ले वह भी खाने लगा। यात्रा में बाहर का मिलावटी, बासी और गंदा खाना वह पसंद नहीं करता। ब्रेड और केले का खाना वह सर्वोत्तम मानता है। यह सुपाच्य भी होता है, इससे पेट भी खराब नहीं होता और जल्दी बाथरूम जाने की आवश्यकता भी महसूस नहीं होती। उसके

घुमक्कड़ नाना ने बचपन में ही उसे यह सीख दे दी थी। इस सीख से सचमुच वह अपने को लाभान्वित महसूस करता था...।

गाड़ी अपने गंतव्य की ओर फिर चल पड़ी थी। आलोकनाथ की स्मृतियों ने भी अपनी रफ्तार पकड़ ली थी। मालती से शादी के बाद उसके साथ की वह पहली रात, जो सुहागरात थी, कभी नहीं भूल पाता है वह। वह रात तो एक जीवंत याद बनकर सदैव उसके मन में हरियाली की तरह छाई रहती है। क्यों बीत गई वह रात ? वह रात इतनी छोटी क्यों हुई ? क्यों अपने उन मित्रों से वह शरमा गया उस रात ? अपने उन शरारती मित्रों को झटककर क्यों नहीं तत्काल पहुँच गया मालती के पास ? भाभी और शादी में आई नाते की भौजाइयों की मुस्कुराती आँखें क्यों शर्म की दीवार बन हर बार खड़ी हो जाती थीं उसके सामने...?

सुहागरात की पूर्व बेला में अपने दालान पर बैठा है आलोकनाथ। मालती से मिलने की मधुर कल्पनाएँ सँजो रहा है अपने मन में। इस बीच भाभी ने उसे रात का खाना आदि खिला दिया है। घर में उपस्थित अन्य सदस्य व शादी में आए रिश्ते-नाते के लोग आँगन में बैठकर खा रहे होते हैं। वह प्रतीक्षा कर रहा होता है कि खाना खाकर ये लोग आँगन से हटें तो वह सुहागरात मनानेवाले अपने कमरे में पहुँच जाए, जहाँ दुलहिन बनी मालती उसकी प्रतीक्षा कर रही है। उस कमरे में जाने का रास्ता आँगन से होकर ही जाता है। आँगन के किनारे ही उस कमरे का मुख्य द्वार है। लेकिन जब भी दालान से उठकर आँगन की ओर बढ़ने की कोशिश करता है वह, तो पाता है कि भाभी और घर में जुट आईं भौजाइयों की निगाहें उस पर चली जाती हैं और वे मजाक कर उठती हैं—"क्या बात है आलोक बबुआ...आज जल्दी सोने के लिए बेचैन क्यों हो...? धैर्य रखो...वह उड़कर कहीं भागनेवाली नहीं...हम पहरे पर तैनात हैं...क्या चाँद का टुकड़ा फँसा लाए हो तुम...!"

और लजाकर आलोकनाथ पीछे हट जाता है। परिवारजनों व रिश्ते-नाते के लोगों के खा-पीकर सो जाने पर ही उसे जाना चाहिए...। सबों के सामने जाएगा वह तो क्या सोचेंगे लोग ! इस गाँव में तो किसी ने ऐसा नहीं किया। लेकिन अचानक इसी वक्त उसके मित्र आ धमकते हैं। शरारत के लिए शायद यही रात सबसे माकूल जान पड़ती है उन्हें। मित्रों की घेरेबंदी के बीच फँसकर तो वह और असमंजस का अनुभव करने लगता है। एक दूसरी मुसीबत बन शैतानी करने जुट आए हैं मित्र।' पता नहीं, किस जन्म की दुश्मनी का बदला चुकाने पहुँच आए हैं इस वक्त। सबों को जैसे आज की ही प्रतीक्षा थी...।

बीतती रात को लक्ष्य कर मित्रों से छुटकारा पा घर के अंदर जब भी जाना चाहता है वह त्तो मित्र छेड़ना और शरारत करना प्रारंभ कर देते हैं। बराबर के साहसी, निर्भीक और उत्साही आलोकनाथ को न जाने कहाँ का शर्म-संकोच आ घेरता है। वह इसी प्रतीक्षा में दालान में ही पड़ा रहता है कि मित्र चले जाएँ और घर-परिवार के लोग सो जाएँ, तब वह जाए। इस क्रम में लगभग रात अधिया जाती है। अंततः मित्रों की शरारतों

और छेड़खानियों के बीच ही चल पड़ता है वह। ये हटनेवाले नहीं। इनका लिहाज कर अपनी यह ऐतिहासिक रात नहीं गँवानी चाहिए उसे। पर घर के अंदर अपनी और रिश्ते की भौजाइयों के बोल और तीखी मुस्कुराहटें फिर आड़े आ जाती हैं। लेकिन इस बार उनका खयाल भी नहीं करता है वह और मालती के कमरे में जा पहुँचता है...। वह अब और नहीं रुक सकता है। इतनी देर वह कैसे रुक गया, अब इसी पर आश्चर्य होने लगता है उसे।

अंदर पहुँचकर वह देखता है, स्वर्ग की किसी अप्सरा की तरह नए कपड़ों व नए गहनों में सजी-सँवरी मालती पलँग पर ऊँघ रही होती है। कोने में रखे स्टूल पर जल रही लालटेन को उठाकर पहले वह एक क्षण तक उसे अपलक निहारता रहता है। बहुत भाग्यशाली है वह। स्वर्ग का सितारा तोड़ लाया अपने कमरे में ! क्या शादी के बाद लड़कियों का रूप ऐसा निखर आता है ? मालती अब उसे सुंदर ही नहीं, सुंदरतम जान पड़ती है। मालती की उपस्थिति से उसका यह कमरा कितना स्निग्ध और प्यारा लगने लगा है। उसका मन करता है कि इसी तरह चुपचाप देखता रहे मालती को।

कुछ देर तक मालती को उसके आगमन का पता नहीं चलता है। लेकिन जैसे ही उसकी ऊँघती पलकें खुलती हैं, वह हड़बड़ाकर पलँग से नीचे उतर आती है—''कब आए तुम ? क्यों इतनी देर कर दी ? क्या इसी तरह अकेले तड़पाने के लिए ले आए हो...!''

आलोकनाथ को तत्काल समझ में नहीं आता है कि क्या जवाब दे ! फिर मालती का हाथ प्यार से अपने हाथ में ले पलँग पर उसे बैठाता है और सारी बात कह सुनाता है। इस पर मालती मुस्कुराते हुए कहती है—''तो तुम इतने शर्मीले भी हो, यह तो मैं पहली बार जान रही हूँ...मेरे गाँव आते थे तो ऐसे तो नहीं थे...।''

''मित्रों ने आज बहुत तंग किया मालती...,'' वह सफाई देता है।

''लेकिन प्रतीक्षा करते-करते तो मेरा मूड उखड़ गया है...,'' मालती तुनकती है।

''अब तो मैं आ गया मालती...छोड़ो भी उस बात को...तुम्हारा उखड़ा मूड मैं फिर जोड़ दूँगा...,''—और आलोकनाथ अपनी जेब से सोने की एक खूबसूरत अँगूठी निकालकर पहनाने लगता है मालती को। भाभी ने उसे दिन में दिया था कि बहू को मुँह-दिखाई के रूप में अँगूठी पहना देना।

मालती जान जाती है कि मुँह-दिखाई अँगूठी पहना रहा है अलोकनाथ। वह कहती है—''तुम मुझे मिल गए, सब कुछ मिल गया...अब किसी और चीज की जरूरत नहीं। तुम्हारे चलते ही इस घर में आ गई, नहीं तो मेरे पिताजी के पास तिलक-दहेज के रुपए कहाँ ? मैं तो रोज भगवान को मनाती थी कि इस शादी में कोई अड़चन न आए... भगवान ने मेरी सुन ली...!''—और वह माँ विंध्यवासिनी के चरणों पर चढ़ाया एक शंखहार उसके गले में पहना देती है। शादी तय होने के बाद माँ की मनौती के अनुसार विंध्याचल गई थी वह, तो देवी के चरणों में एक शंखहार चढ़ाया था उसने और उसे जतन से रखा था कि सुहागरात को अपने आलोकनाथ को पहनाएगी।

एक-दूसरे को अँगूठी और हार पहनाने के बाद एक-दूसरे को मिठाइयाँ खिलाते हैं वे। फिर एक-दूसरे को जी भरकर प्यार करने लगते हैं। अब अपने घर के लोगों के बारे में मालती को बताने लगता है आलोकनाथ। हर सदस्य की रुचियों, विशेषताओं और गुण-अवगुण को उसके सामने रखने लगता है, ताकि अगले दिन से इस घर के लिए कतई अजनबी न रहे वह...।

अचानक इसी दौरान आँगन में खुलनेवाली खिड़की और दरवाजे के समीप किसी के होने की आहट उन्हें होती है। उन दोनों के कान खड़े हो जाते हैं। फिर दबे पाँव चलने की आवाज भी आती है। साथ ही फुसफुसाहट का स्वर भी...। आलोकनाथ को अब यह समझते देर नहीं लगती कि उनकी रिश्ते की भौजाइयाँ हैं। उन दोनों की पहली रात की बातचीत सुनना चाहती हैं, ताकि सुबह उसे और मालती को छेड़ सकें...। वह मालती को भी वस्तुस्थिति से अवगत करा देता है। इस तथ्य से अवगत होने के बाद मालती के होंठ मुस्कुरा उठते हैं व उसके चेहरे पर नारीसुलभ लज्जा की लाली दौड़ जाती है। फिर पलँग पर एक-दूसरे से सटकर लेटे हुए वे एक-दूसरे के इतने समीप हो बातचीत करने लगते हैं कि सिर्फ वे ही सुन पाते हैं। कमरे के बाहर कोई आवाज नहीं जा पाती है...।

एकाएक रोशनदान से कमरे में फैलते उजाले को देख वे दोनों चौंक उठते हैं, क्या भोर हो गई ! रात इतनी छोटी कैसे हुई ? आलोकनाथ को अपने मित्रों और भौजाइयों पर गुस्सा आता है। छेड़ने के बहाने उसकी आधी रात बरबाद कर दी उन सबों ने...।

मालती भी भोर का उजाला देख अपनी उन्मुक्तता पर काबू पाने लगती है। कहती है—"अब बाहर दालान पर चले जाओ...घर के लोग जग गए हैं...क्या कहेंगे हमें बंद कमरे में देखकर...?"

"कहने दो जिसे जो कहना है। उनकी कहा-सुनी के चक्कर में ही तो आज की रात बरबाद हो गई। अब मैं किसी की सुननेवाला नहीं...शरारत और छेड़खानी के नाम पर यह उनकी बदतमीजी है। ऐसे लोगों से शरमाना अपना बहुमूल्य समय गँवाना है।"

और मालती के मना करने के बावजूद उसके साथ पूर्वतः लेटा रहता है आलोकनाथ। आँगन में चहल-पहल शुरू हो जाती है। लोगों के चलने-फिरने, बोलने-चलने और घर-गृहस्थी के कार्यों में लग जाने की आवाजें भी सुनाई पड़ने लगती हैं। भौजाइयाँ उसके कमरे की खिड़की के पास आकर चुटकियाँ लेना भी प्रारंभ कर देती हैं—"भोर हो गई आलोक बबुआ...अब तो दरवाजा खोलो...बाहर दालान में तुम्हारे मित्र जुट आए हैं...सब खोज रहे हैं तुम्हें...।"

लेकिन उस पर इसका कोई असर नहीं होता है। ऐसे मूर्ख लोगों की बातों को अब कभी आड़े नहीं आने देगा वह। रात की उनकी साजिश की प्रतिक्रिया में आज दिन चढ़े तक सोएगा। शरमाती और ना-नुकुर करती मालती को भी समझाकर अपने पक्ष में कर लेता है वह। उसे अपनी माँ की आवाज़ साफ सुनाई पड़ती है। उसकी

भौजाइयों से कह रही होती हैं वे—"शादी-ब्याह के रस्म में बहुरिया और आलोक काफी थके हैं...छोड़ दो, उन्हें सोने दो...जब नींद टूटेगी तो वे स्वयं उठ जाएँगे...।"

ट्रेन अपनी पूरी रफ्तार के साथ भागती जा रही थी और आलोकनाथ की आँखों के समक्ष दृश्य-परिवर्तन होता जा रहा था। रात आधी से अधिक बीत चुकी थी। लेकिन उसकी आँखें झपकने का नाम नहीं ले रही थीं। उसके डिब्बे में उपस्थित अधिकांश यात्री अपने सोने भर की जगह बनाकर या तो लेट गए थे या बैठे-बैठे ही सो गए थे। इसके अतिरिक्त जो चालाक और पैसेवाले थे, उन्होंने बगल के स्लीपर कोच की खाली बर्थों पर कंडक्टर को कुछ थमाकर अपना अधिकार जमा लिया था। प्रति बर्थ कंडक्टर पच्चीस रुपए लेता था। गुजरते समय के अनुसार खाली बर्थों को भरने और जो कुछ मिल जाए, प्राप्त करने के लिए उसे पंद्रह रुपए में ही बर्थ देने को तैयार था। लेकिन उसने नहीं लिया। जब उसे नींद आने ही वाली नहीं तो फिर वह बर्थ लेकर क्या करेगा ? उसके स्थान पर खिड़की के पास कोई और आराम से बैठा होता और इस तरह ठंडी-ठंडी हवा लग रही होती तो अब तक कभी का सो गया रहता। लेकिन उसे तो जैसे जागते रहने का वरदान हो ! अपने परिचितों-मित्रों को जब वह बताता है कि पिछले कई वर्षों से वह सो नहीं सका है तो वे आश्चर्य प्रकट करने लगते हैं। लेकिन यह उसका कपोल कल्पित कथन नहीं, सच्चाई है। आँख मूँदकर लेटा रहता है वह। उसका ध्यान और मन अतीत के साथ मालती के पास घूम रहा होता है। इस क्रम में भले ही उसके शरीर को विश्राम मिल जाता है। लेकिन नींद तो कभी नहीं आती उसे। सुबह अन्य लोगों की तरह उठकर अपने काम में भी लग जाता है वह। न सोने की पीड़ा का अहसास उसे नहीं होता है। शायद जागते रहने का अभ्यास हो गया है उसे...।

आलोकनाथ को अच्छी तरह याद है, पत्नी बनकर जब से मालती उसके घर आई थी, तभी से नींद उसकी आँखों से जुदा हुई थी। सुहागरात के बाद से गँवई शर्म-संकोच त्याग मालती के कमरे में ही रहने लगा था वह साथ-साथ। घर-परिवार और टोले-मुहल्ले में टीका-टिप्पणियाँ भी शुरू हो गई थीं उसके खिलाफ—"घर घुसना हो गया है...दिन-रात मेहरारू के कमरे में पड़ा रहता है...।"

गाँव-घर के लिए यह बात खासी आपत्तिजनक थी भी। रिवाज के अनुसार पति बाहर दालान में सोते थे और पत्नियाँ भीतर घर में। जिस किसी दिन पत्नी से मिलने की इच्छा होती थी पति को, तो रात गहराने पर चुपके से वह दालान से घर आ जाता था और फिर सुबह घरवालों के उठने से पहले ही दालान पर हाजिर हो जाता था। लेकिन आलोकनाथ इस रिवाज को भी तोड़ देता है। मालती को छोड़कर एक रात भी नहीं रहेगा वह दालान पर। कुछ दिन तक टीका-टिप्पणी करने के बाद चुप हो जाते हैं घर और टोले के लोग। उनकी बातों पर कान न देकर उन्हें अर्थहीन बना देता

है आलोकनाथ। अब उसकी नई स्थिति सहने-स्वीकारने के अभ्यस्त हो जाते हैं सब लोग...।

लेकिन यहीं से अनिद्रा की बीमारी आ दबोचती है उसे। अक्सर रात गहराने तक उससे बोल-बतियाकर थकी मालती नींद की चपेट में चली जाती है। लेकिन वह सो नहीं पाता है। दिराखे पर जलती लालटेन की रोशनी में वह सारी-सारी रात मालती को निहारता रहता है। नींद में सो गई मालती उसे और अच्छी लगती है। कभी वह मालती के लंबे घने बालों को सँवारता है, तो कभी उसकी मुलायम कलाइयों को सहलाता रहता है। भँवरा बना उसके मुखकमल पर मँडराता रहता है वह सारी रात। उसे विश्वास ही नहीं होता कि इतनी सुंदर पत्नी उसके पार्श्व में सोई है। मालती की सुंदर हथेली को वह अपनी छाती पर रख लेता है। मालती को निहारने और लाड़ करने से उसका मन ही नहीं भरता है। इस दौरान जब कभी जग उठती है मालती तो अपनी नर्म हथेली उसकी आँखों पर रख उसे भी सो जाने का संकेत करती है। वह चाहता है कि उसे नींद आ जाए, पर लाख प्रयास के बाद भी वह नहीं सो पाता है। उन्हीं दिनों से रात में जागने की उसकी आदत उसके स्वभाव में शुमार होती चली गई है।

मालती के लिए रात में जागने के साथ-साथ दिन में गृहस्थी के कार्यों में उसका खटना भी अखरने लगता है आलोकनाथ को। गुजरते समय के अनुसार उसे मालती के शरीर से चावल कूटने, मसाला पीसने और बर्तन माँजने की गंध आने लगती है। अब रात में कुछ देर तक भी नहीं जग पाती मालती। बिस्तर पर आते ही ऊँघने लगती है। थकान से हाथ-पाँव ऐंठते जान पड़ते हैं। उसका चेहरा भी कुम्हलाने लगा है...।

आलोकनाथ जानता है, गरीब घर से अमीर घर में नहीं आई है मालती। मालती के परिवार से उसके परिवार के पास दस बीघे खेत अधिक जरूर हैं, लेकिन इससे जीवन स्तर में परिवर्तन कहाँ है ? उसे अपने वे ग्रामवासी मूर्ख लगते हैं जो अपने से दस बीघे अधिक के जोतदार को धनी समझने लगते हैं। उन्हें जानना चाहिए कि नगर का एक मामूली किरानी भी उन जैसे जोतदारों से अच्छी जिंदगी जीता है और उसकी पत्नी इन गँवई पत्नियों की तरह असामयिक बुढ़ापे की शिकार भी नहीं होती। दो-चार बीघे अधिक खेतवालों के यहाँ तो और परेशानी है। सुविधा-सहूलियत तो कुछ नहीं...।

मालती के नैहर में उसकी चाचियाँ, भौजाइयाँ भरी हुई थीं। कम खेत की वजह से कार्य भी कम थे। उसने घर-आँगन बुहार दिया, भैया, चाचा, बाबूजी के माँगने पर कृषि के सामान आदि दे दिया, बस, हो गया उसका कार्य। लेकिन यहाँ तो दिन-भर खटने का सिलसिला शुरू हो गया था...।

सुबह चौका-बर्तन और रसोई बनाना व सबको खिलाना। दोपहर ढेंके पर धान कूटना। शाम को फिर चूल्हा-चौका और रसोई-पानी। इसके अतिरिक्त घर की सफाई, कपड़े-लत्ते की फिंचाई और तेल लगाने का कार्य अलग...। रिवाज के अनुसार नई बहू होने के चलते सास और बड़ी गोतिनी को तेल आदि लगाना भी पड़ता उसे। रसोई

का भार तो पूरी तरह उसी पर सौंप दिया गया था। नई और छोटी बहू के रहते सास, ननद और बड़ी गोतिनी क्यों रसोई में जाएँ ?

मालती को ज्यादा काम करते और परेशान होते देख आलोकनाथ की छटपटाहट बढ़ती जाती है। गाँव-घर के रिवाज के अनुसार पति को संयुक्त परिवार में दखल देना नहीं होता है, इसीलिए वह काफी समय तक चुप्पी साधे खून का घूँट पीता रहता है। लेकिन एक दिन उसकी चुप्पी टूट ही जाती है—"मालती पर बहुत काम पड़ रहा है माँ...देख नहीं रही हो, उसका स्वास्थ्य कैसे गिरता जा रहा है ? पिछली बार वह मायके गई थी तो उसे देखकर उसके घरवाले रो उठे थे कि कैसी हो गई उनकी बेटी ! वे लोग कह रहे थे कि धनी घर में जाने पर मालती को और अधिक आराम मिलना चाहिए था, लेकिन वह कोल्हू का बैल बन गई है...।"

यह सुन उसकी माँ बिगड़ उठती है—"अभी से ही ससुराल की बात सुनने लगा तू...किस गृहस्थ के यहाँ काम नहीं होता। काम-धाम तो गृहस्थ के यहाँ का सोहाग-भाग है। उनकी बेटी इतनी ही सुकुँवार थी तो क्यों नहीं ब्याहा किसी धन्ना सेठ के यहाँ...। और तू औरत के बीच में न बोला कर...बड़का (बड़े भैया) कभी बोलता है इस मामले में ? तेरी पत्नी खटती है तो कौन बैठा है ? दो-दो पतोह और बेटियों के रहते सारा दिन तो मैं खटती रहती हूँ...मेरा खटना कभी तुझे दिखा, जिसने तुझे जन्म दिया है...और चार दिन की मेहरिया का काम देख कलेजा फट रहा है तेरा...। तेरी तरह बड़का भी बोलने लगा तो कैसे चलेगा यह घर...!"

माँ की बात सुन उसका क्रोध और बढ़ जाता है। इससे पहले कि क्रोध में वह उबल पड़े मालती बीच में आ जाती है—"किसने तुमसे कहा कि मैं काम करते-करते थक जाती हूँ...किस गृहस्थ के यहाँ यह सब नहीं...जाओ इंटरव्यू की तैयारी करो...अगले सप्ताह तुम्हें इंटरव्यू देने शहर जाना है न...?"—और आलोकनाथ को माँ के सामने से हटा दालान के कमरे तक छोड़ आती है मालती। आलोकनाथ जानता है, संयुक्त परिवार में पत्नी की ओर से बोलना अच्छा नहीं होता है। इससे परिवार टूटते देर नहीं लगती। लेकिन संयुक्त परिवार के नाम पर मालती जैसी सुंदर पत्नी असामयिक श्रीहीनता का शिकार हो जाए, यह भी तो उचित नहीं। मालती द्वारा सौगंध देने के बाद इस मामले में स्वयं बोलना तो बंद कर देता है वह। पर मालती को ही समझाता रहता है कि किसी भी कार्य में तत्परता न बरतो। कोई भी काम धीरे-धीरे करो। सुनकर भी अनसुना करती रहो। तुम्हें हर हालत में अपने स्वास्थ्य का खयाल रखना है...।

इसके अतिरिक्त यदा-कदा काम में फँसी मालती को किसी बहाने से बुला लेता है अपने पास और देर तक उलझाए रखता है, ताकि इस अवधि में गृहकार्य से मुक्ति पा सके वह। लेकिन बाद में माँ द्वारा मालती को समझाना भी सुन लेता है वह—"उसके कहे में मत आना बहू...घर चौपट हो जाएगा...बड़की जब से आई कभी एक लब्ज तक न कहा...अपना-पराया की बात इस घर में किसी ने नहीं उठाई।...सब अपने-अपने बारे में सोचने लगें, तब तो इस घर को बिलाते देर नहीं लगेगी। अपनी खेती-गृहस्थी में

खटता रहा बड़का और आलोक को कॉलेज में पढ़ाता रहा...पर पढ़-लिखकर आलोक शहरी होता जा रहा है...मियाँ-बीवी के सिवाय किसी को कुछ समझता ही नहीं...अब इस घर की मरजाद तुम पर है। उसके कहे में तुम कभी मत आना। बाँट-चोट के बाद इस घर की सारी इज्जत चली जाएगी...अभी की नामी गृहस्थ की बहू बाँट-बखरा के बाद कंगाल की बहू कहलाओगी !"

माँ की बातों के प्रभाव में आ जाती है भोली मालती। माँ के चरण छूकर वह सौगंध खाती है—"आप एकदम निफिकिर रहें अम्माजी ! मेरे जीते जी ऐसा कभी नहीं होगा। मेरे चाचा और बाबूजी भी जीवन-भर साथ-साथ रह गए...माँ और चाची मिलकर घर सँभालती रहीं। आप उनकी बात पर ध्यान न दें...वे वैसे ही बोलते रहते हैं...मैं उन्हें समझाऊँगी...!"

लेकिन आलोकनाथ माँ की बात का अर्थ अच्छी तरह जानता है। यह विचार सिर्फ उसकी माँ का ही नहीं, पूरे गाँव के संयुक्त परिवारों का है। इस विचार का उद्‌देश्य परिवार के सदस्यों का सम्यक् विकास नहीं, किसी भी तरह संयुक्त परिवार को टूटने न देना है, चाहे इसके लिए कोई तरुणी असमय में बूढ़ी ही क्यों न हो जाए...?

सारी रात गाड़ी चलती रही। आलोकनाथ उसी तरह बैठा रहा और खिड़की से बाहर देखता रहा। जब भोर की लालिमा के बीच खेत-खलिहान, पेड़-पौधे, नदी-नाले, गाँव-घर सब भागते नजर आने लगे तब उसे लगा कि सुबह हो गई है। अगले स्टेशन पर गाड़ी रुकी तो और साफ हो चुका था। स्टेशन के खुदरे विक्रेता इस बार दातौन और चाय की आवाज लगाते नजर आ रहे थे। मुँह धोकर उसे भी चाय पी लेनी चाहिए। खाना खाने के समय तक तो वह अपने घर पहुँच ही जाएगा।

वह अक्सर नीम और बबूल के दातौन से ही मुँह धोता था। जब तक गाँव में रहा उसका यह नियम अबाध रूप से चलता रहा। लेकिन गाँव छूटते ही सारे नियम छूटते चले गए। उसके झोले में ब्रश और पेस्ट भी मौजूद है। लेकिन ब्रश न निकाल उसने एक आदिवासी लड़की से दातौन खरीद मुँह धोना शुरू कर दिया। वह दातौन नीम या बबूल का तो नहीं था, पर जिस जंगली लकड़ी का था, उसके खट्टे-मिट्ठे गँवई स्वाद से तरोताजा हो गया उसका मन। उसे पुनः याद हो आया अपना गाँव। उसने देखा, दातौन बेचनेवाली वह लड़की कच्ची उम्र की थी। लेकिन अपनी गोद में एक बच्ची भी लिये हुए थी। गौर करने पर उसे पता चल गया कि वह बच्ची उसकी अपनी ही थी। इसी छोटी उम्र में माँ बन गई। क्या जानेगी इस जीवन और जगत का सुख। इसे असमय में माँ बनाने वाला इसका पति अवश्य अशिक्षित, गँवार और जाहिल होगा...।

उसे भी तो उसके घर और गाँव के लोगों ने उकसाना प्रारंभ कर दिया था इसके लिए...! वह पुनः लौट जाता है उस समय में। मालती जब से उसके यहाँ आई है, उसे

पुत्रवती बहू के रूप में देखने के लिए मचल रहे हैं उसके घरवाले। उसके आगमन के एक साल होते-होते तो बोल भी सुनाई पड़ने लगते हैं उसे—"अब तक तो माँ बन जाना चाहिए था आलोक बहू को...क्यों देर हो रही है ? बड़ी बहू तो साल माथ लगते ही हरी हो गई थी...।"

लेकिन आलोकनाथ इन कूपमंडूकों की बातों में नहीं आता है। बिना नौकरी के शादी करके एक गलती के लिए तो पछता रहा है वह। मालती जैसी बहू को दासी बना दिया है उसके संयुक्त परिवार ने। अब उसे माँ बनाकर रही-सही कसर भी पूरी कर लेना चाहते हैं वे। पर इस बार उनकी दाल नहीं गलने देगा वह। शहर के कॉलेज में पढ़ने के बाद इतना बेवकूफ और नासमझ नहीं रह गया है वह। पैंतीस की उम्र में ही पचपन की दिखने वाली भाभी की पुनरावृत्ति नहीं होने देगा। मालती को हर्गिज वह भाभी नहीं बनने देगा...। भैया जैसी लीक पर बँधी पिछड़ी जिंदगी उसे कतई पसंद नहीं...।

ट्रेन एक कॉलेज से होकर गुजरने लगी थी। कॉलेज का मुख्यद्वार और उसमें प्रवेश करते छात्र आलोकनाथ को नजर आने लगे थे। कभी वह भी तो इन छात्रों की तरह एच. डी. जैन कॉलेज, आरा का छात्र हुआ करता था। जिस वर्ष मालती से उसकी शादी हुई थी, उसी वर्ष बी. ए. हिंदी आनर्स की परीक्षा उसने प्रथम श्रेणी से उत्तीर्ण की थी। पहले उसने सोचा था कि कहीं नौकरी लग जाने के बाद ही शादी करेगा। नौकारीशुदा व्यक्ति का सुखी दांपत्य जीवन और किसान परिवार के बेरोजगार युवक की पत्नी की पीड़ा से भलीभाँति परिचित था वह। लेकिन प्रयासोपरांत उसे शीघ्र नौकरी नहीं मिल पा रही थी। इस बीच मालती के प्रणय ने उसे विचलित भी तो कर दिया था। मालती से प्रेम-संबंध के बाद उस नारी-रत्न को पा लेने की प्रबल कामना जाग उठी थी उसके मन में। पता नहीं, ऐसी बाँकी लड़की फिर कभी मिल सकेगी भी या नहीं ? नौकरी के लिए प्रयास करता रहेगा वह। पहले मालती को अपना तो ले !

लेकिन मालती को अपनाने के बाद नौकरी की चिंता के साथ-साथ मालती की चिंता भी सताने लगी थी उसे। मालती का खटना और उसके स्वास्थ्य का गिरना नहीं देखा जा रहा था और उससे। घर-बाहर, खेत-खलिहान हर जगह यही चिंता उसके ऊपर सवार होती चली गई थी कि कैसे मालती को अनुकूल स्थिति प्रदान करे वह।

अनाज अगोरिया के लिए अपने घर के पिछवाड़े के खलिहान में सोया है आलोकनाथ। पायल की हल्की झंकार से उसे पता चल जाता है, मालती उसका खाना लेकर आ रही है। वह जानबूझकर नींद का अभिनय करने लगता है। मालती खाना बगल में रख उसे जगाने के लिए पास बैठ जाती है। बस, वह मालती को पकड़ अपने पास लिटा लेता है। मालती कहती है—"छोड़ो भी...अगर भैयाजी आ जाएँगे तब...?"

वह कहता है—"आज वे खलिहान में नहीं आएँगे, आज मेरे सोने की बारी है...।"

तो इसीलिए नींद का नाटक कर रहे थे। मालती उसे प्यार से झिड़कती है। वह कहता है—"इस बार अवर सेवा चयन परिषद् का मेरा इंटरव्यू बहुत अच्छा गया है

मालती...मेरा मन कहता है, इस बार मेरा हो जाएगा...।"

"तुम्हारे मुँह में घी-शक्कर...!"—यह कहते हुए मालती का चेहरा भी खिल उठता है—"काश! भगवान हमारी सुन लेते...।"

"तब तुम्हें मैं रानी बनाकर रखूँगा मालती...तब तुम्हें कोई खटा नहीं पाएगा और इस तरह तुम्हारा स्वास्थ्य भी खराब नहीं होगा...तुम्हारी जैसी दीपशिखा को तो राजमहल में होना चाहिए था। लेकिन गृहस्थी के इस जंजाल में खींच लाया मैं...पर देर-सबेर तुम्हें अनुकूल स्थिति में अवश्य ले जाऊँगा...इन किसानी झमेलों में तुम्हें बरबाद नहीं होने दूँगा...।"

"अच्छा चलो पहले खाना खा लो...सपनों में उलझकर अपनी सेहत न गँवाओ...तुम जहाँ हो, वहीं मेरे लिए सब कुछ है...जो सामने है उसी पर हमें संतोष करना चाहिए...भविष्य किसने देखा है," आलोकनाथ का हाथ पकड़ वह खाने के पास ला बैठाती है। अवसर अनुकूल देख पिछले कई बार की तरह इस बार फिर वह मालती को अपनी ही थाली में साथ-साथ खिलाने लगता है। बार-बार की भाँति मालती कह उठती है—"घर से कोई आ जाए और देख ले तब...?"

आलोकनाथ कहता है—"तब क्या ? किसी और को नहीं, अपनी पत्नी को खिला रहा हूँ अपने साथ...!"

"पर गाँव-घर के लोग तो इसे अच्छा नहीं मानते। कहाँ गाँव में कोई पति-पत्नी एक थाली में खाते हैं...? अम्माजी कहती हैं कि इससे दोष लगता है पत्नी को...भला पति देवता के साथ एक ही थाली में खाना चाहिए उसे...?" मालती अपने मन का संशय और रूढ़िवादी परंपरा का भय व्यक्त करती है। उसके संशयग्रस्त मन को समझाता है आलोकनाथ—"शहर में तो अधिकांश सभ्य परिवारों के यहाँ मैंने पति-पत्नी को एक साथ खाते पाया है...।"

इस पर कहती है मालती—"वह शहर है। वहाँ की बात छोड़ो...हम जहाँ गाँव में रहते हैं यहाँ तो कोई ऐसा नहीं करता...।"

आलोकनाथ अब अपने को रोक नहीं पाता है—"सवाल गाँव और शहर का नहीं मालती, अपनी समझदारी और जीवन जीने की पद्धति का है...। इन्हीं अशिक्षितों और जाहिलों ने गाँव को गँवार बना दिया है व शिक्षितों और समझदारों ने शहर को सभ्य बनाया है।"

"अच्छा बाबा खाती हूँ, तुमसे बहस करने में नहीं जीत पाऊँगी। लेकिन कान खोलकर सुन लो, सबों के सामने नहीं, इसी तरह अकेले में ही खाऊँगी...!"

"लेकिन नौकरी लगने और शहर में तुम्हें ले चलने के बाद तुम्हारी यह शर्त नहीं मानूँगा...।"

"मत मानना।"

इसके बाद साथ-साथ खाते हुए फिर नौकरी पर मालती को ले जाने के सपने बुनने लगता है आलोकनाथ। पता नहीं, ऐसा हो पाएगा भी या नहीं इस संशय के रहते हुए

भी उसके सपनों में तैरने लगती है मालती...। उसकी आँखों की चमक और चेहरे की मोहकता बढ़ती जाती है...। आलोकनाथ को लगता है, जब नौकरी की कल्पना मात्र से ही ऐसा खिल उठती है मालती, तब नौकरी पर साथ रहते हुए तो एकदम विहँसती और दमकती रहेगी ! उसके घर को स्वर्ग बनाए रखेगी। उसे हर हालत में नौकरी से जुड़ जाना है। गाँव की किसानी से तो शहर की चपरासगिरी भी बेहतर है...।

सुबह के प्रथम चरण में ही गाड़ी आरा आ पहुँची। आलोकनाथ फुर्ती से उतर गया ट्रेन से। आरा आने के एक स्टेशन पहले से ही गाड़ी से उतरने के लिए तत्पर और बेचैन हो गया था वह, ताकि चढ़नेवालों की भीड़ के धक्कमपेल से पहले ही उतर जाए।

अपने जिले की जमीन पर पैर रखते ही उसका हौसला फिर बुलंद हो गया। वह आँखें फाड़े देखने लगा चारों तरफ। कहीं कुछ नहीं बदला था। चिरपरिचित प्लेटफार्म ! चिरपरिचित रास्ते ! उसका जिया-भोगा शहर। अपने विद्यार्थी जीवन के छः साल गुजार चुका था वह इस शहर में। गाँव में रहते हुए भी परिवार के सदस्यों के इलाज और आवश्यक वस्तुओं की खरीदारी के लिए अक्सर आता रहा था यहाँ। उसके गाँव का प्रमुख हाट-बाजार यह शहर ही तो है ! उसे लगा, जैसे उसके अंदर से उसका गँवई मन कह रहा हो—'अब कभी परदेश मत जाना आलोक। परदेश का सोना और अपने देश की माटी बराबर। गाँव की खेती-बारी को ही नए सिरे से चमका देना था फिर अपने इस शहर आरा में ही आकर कोई कारोबार कर देना। परदेश के सुख से अपने देश का दुःख भी बेहतर...।'

आलोकनाथ तेजी से प्लेटफार्म लाँघते हुए बिहारी मिल बस स्टैंड की ओर चल पड़ा। अपने गाँव जाने के लिए बस, टैक्सी, टेकर, जीप, टैंपू वहीं से मिलेंगे उसके ! पेट्रोल पंप तक उसके पहुँचने तक एक मिनी बस सवारियों से भरकर तैयार थी। उसके बाद एक दूसरी गाड़ी का नंबर था। लेकिन दूसरी गाड़ी के भरने की प्रतीक्षा के लिए उसके पास धैर्य कहाँ ? यह जानते हुए कि इस बस में जगह नहीं मिलेगी, बस खुलते हुए दौड़कर चढ़ गया वह और गलियारे में खड़े अन्य यात्रियों की तरह पाइप पकड़कर खड़ा हो गया। यहाँ से नजदीक ही है उसका गाँव। घंटे-डेढ़ घंटे का रास्ता है...।

बस की खिड़की से भागते एक-एक गाँव को पहचान रहा था वह। बीस-पच्चीस मिनट के बाद ही शिवालावाला शक्करडीह आ गया उसके सामने। इस गाँव की गली-गली से परिचित है वह। यही है अजयपाल का गाँव। उसे मुंबई ले जानेवाले अजयपाल यहीं के निवासी हैं। अनेक बार उनके गाँव जा चुका है वह। जिस कारखाने में उसे काम मिला था, उस कारखाने में बड़ा बाबू थे अजयपाल। उनकी बदौलत ही नौकरी मिली थी उसे। लेकिन मुंबई के उस दंगे और विस्फोट में पता नहीं जीवित हैं या मारे जा चुके अजयपाल ? उसके बाद से उनसे भेंट ही नहीं हुई उसकी और न उनका अता-पता ही वह पा सका। अब गाँव जाने के बाद उसे सब पता चल जाएगा।

उसके गाँव में बहन ब्याही है अजयपाल की। बस से पीछे छूटते उस गाँव को निर्निमेष दृष्टि से निहारने लगा था वह...। अजयपाल की याद ताजा हो आई उसे...।

इंटरव्यू देते-देते थक गया है आलोकनाथ। पर कहीं नौकरी नहीं मिल पा रही है। अपने सपनों पर पानी फिरता महसूस करने लगा है वह। अपनी हर असफलता पर मालती के चेहरे की निराशा पढ़ और व्यथित हो जाता है। यहाँ गाँव में रहकर और मात्र इंटरव्यू देकर नौकरी नहीं पा सकेगा वह। किसी महानगर में जाना और दलाल को पकड़ना होगा...। अजयपाल के नाम की चर्चा पहले ही से है उसके इलाके में। रुपए लेकर मुंबई के एक कारखाने में नौकरी दिलाता है वह। उसने सोचा था कि स्वयं प्रतियोगिता परीक्षा पास कर नौकरी हासिल कर लेगा। अजयपाल जैसे दूसरे रास्ते का सहारा कभी नहीं लेगा। पर शीघ्र ही उसे लग जाता है कि विज्ञान और तकनीकी विषयों की डिग्री न लेकर हिंदी आनर्स की पढ़ाई पढ़ मार खा गया है वह। अब अजयपाल के अतिरिक्त और कोई चारा नहीं है उसके समक्ष...।

वह दौड़ लगाने लगा है अजयपाल के गाँव की। मुंबई से उसके आते ही उसके यहाँ दरबार लगाने जुट जाता है...। उसकी व्यग्रता देख एक दिन एकांत में ले जाकर कहता है अजयपाल—"अब बहुत मुश्किल हो गया है आलोक। कोई अधिकारी छूँछा सलाम सुननेवाला नहीं। ऊपर से नीचे तक सबका शेयर बँधा हुआ है। पच्चीस-तीस हजार से कम का प्रश्न ही नहीं...तुम्हारे बगल के गाँव के उस चौधरी को तो पैंतीस हजार खर्च करने पड़े थे...पर तुम तो मेरे नतहर के हो...तुम्हारे गाँव मेरी बहन ब्याही है...तुम्हें सिर्फ पंद्रह हजार का ही इंतजाम करना है...तुम्हारे लिए मैं लड़ूँगा...कहूँगा कि मेरा अपना भगीना है...!'

लेकिन पंद्रह हजार का इंतजाम भी आलोकनाथ जैसा किसान परिवार कहाँ से करे ? इतनी बड़ी राशि गाँव में उधार-पैंचा देने के लिए भी कोई तैयार नहीं होता है। अंततः उसके यहाँ यह निर्णय होता है कि गोंयड़ के पास का एक बीघा खेत रेहन कर दिया जाए। नौकरी पाने के बाद पैसे चुकाकर रेहन छुड़ा लेगा आलोकनाथ...।

मालती से अब हर रात इसी विषय पर चर्चा शुरू हो गई है उसकी—"एक मन करता है कि तुम्हें जाने दूँ और एक मन करता है कि नहीं जाने दूँ, रोके रहूँ अपने पास। उतनी दूर और अनजान जगह में तुम्हें भेजते हुए मेरा मन घबरा रहा है...।"

"तुम ऐसे घबराओगी तो कैसे जाऊँगा मालती ! नौकरी के लिए तो परदेश जाना ही पड़ता है। वह जगह अनजान कैसे है जब अजयपाल वहाँ नौकरी करता है। उसके साथ ही जाना और साथ ही रहना है...।"

"वहाँ जाने पर मुझे भूल न जाना। सुनते हैं, मुंबई में ऐसी-वैसी छोकरियाँ भरी हुई हैं, जो किसी भी मर्द-मानुष का दिल फेर देती हैं...!"

"तुम मेरे बारे में ऐसा सोच कैसे रही हो मालती ? क्या मेरे प्रेम पर तुम्हें विश्वास नहीं ? मैं तुम्हारे लिए ही मुंबई जा रहा हूँ...सिर्फ तुम्हारे लिए...। मुंबई पहुँचने और नौकरी पाने के बाद मेरा पहला काम यहाँ से आकर तुम्हें ले चलना होगा...!"

अजयपाल के साथ मुंबई जाने की अंतिम रात। उसके साथ सारी रात जगी रहती है मालती। उसकी आँखें भरी हुईं और चेहरा आर्द्र है—"एक तुम ही तो इस घर में मेरा इतना खयाल करते हो...अब जा रहे हो तो न जाने क्या होगा ? तुम्हारे लाड़ की बदौलत ही इस घर में टिकी रही ! तनिक भी विलंब न करना...पहुँचते ही चिट्ठी भेजना...संकट में विंध्याचल माई को जरूर गोहराना...!"

आलोकनाथ अनुभव करता है, बिछुड़न का दुःख और आगत भविष्य के सुख के मध्य डूबती-उतराती नजर आती है मालती। मालती से जुदा होते हुए मर्द होकर भी उसका कलेजा पानी-पानी हुआ जा रहा है। लेकिन मालती को मालती बनाए रखने और अपने लाड़ को उसके असली मुकाम तक पहुँचाने के लिए उसे जाना ही है...।

भागती बस की खिड़की के बाहर देखता जा रहा था आलोकनाथ। शक्करडीह के बाद के गाँव भी पीछे छूटते चले जा रहे थे। परिचित खेत-बघार और इलाके नजर आते जा रहे थे। खेतों में काम करने वाली और सड़क के किनारे के अपने घरों के सामने खड़ी-बैठी इलाके की औरतें भी नजर आती जा रही थीं...। पीछे से या बगल से देखने पर कभी-कभार कोई औरत मालती जैसी उसे जान पड़ती। लेकिन चेहरा सामने आते ही उसका मन भिन्ना उठता। यह तो मालती के गोड़ के धोवन बरोबर भी नहीं। मुंबई से लेकर सउदी अरब तक और फिर दिल्ली से यहाँ तक जितनी औरतें नजर आईं उसे उनमें से मालती की समतावाली कोई नहीं दिखी। कोई लंबी होती तो कोई नाटी। कोई मोटी तो कोई पतली। कोई गोरी होती तो उसके नाक-नक्श ठीक नहीं होते। किसी के नाक-नक्श अच्छे होते तो रंग स्याह होता। किसी के हाथ सलोने होते, तो पैर बेडौल और बदरूप। किसी की आँखें सुंदर होतीं तो नाक चिपटी। किसी के होंठ पतले होते तो दाँते छितरी और निकली हुईं। मालती जैसा दूधिया रंग, दमकता चेहरा, साँचे में ढले अंग, औसत लंबाई और छरहरा होते हुए आकर्षक और मांसल शरीर उसे कहीं नजर नहीं आया। सही अर्थों में सर्वांग सुंदरी है मालती...। उसे लगता, अपनी जैसी मालती सिर्फ अकेली नार है। अपने परिचितों-मित्रों से जब वह ऐसा कहता तो वे हँस उठते—"तुम पत्नी-प्रेम में पागल हो गए हो, इसीलिए वह तुम्हें ऐसा लगती है...तुमने अभी सुंदरता देखी ही कहाँ...?"

लेकिन उसे लगता है, उसके भाग्य से जलने और ईर्ष्या करनेवाले मित्र ही ऐसा कहते हैं...।

जैसे-जैसे बस आलोकनाथ के गाँव के करीब पहुँचती जा रही थी, उसके मन की विकलता मालती से मिलने के लिए और बढ़ती जा रही थी। बस जब उसके गाँव के किनारे के पीपल वृक्ष के नीचे आ रुकी तो भीड़ भरे दरवाजे से शीघ्र उतरने में देर का अनुमान कर विद्यार्थी जीवन की तरह वह ड्राइवर के पास वाली खिड़की से फाँदकर नीचे उतर गया। अपने गाँव की मिट्टी और चिरपरिचित हवा-धूप का स्पर्श पाते ही उसका मन युवावस्था की तरह हुलस उठा।

उसका घर सड़क के इस बस-ठहराव से साफ दिख रहा था। थोड़ी ही दूर पर नीम गाछ के नीचे आँगन में गड़े महावीरी झंडेवाला वह खपड़ैल का मकान उसी का तो है। उसकी इच्छा हुई कि बचपन की तरह छलाँग लगाकर एक ही दौड़ में पहुँच जाए अपने घर। लेकिन फिर उसे लगा कि इस अवस्था में यह ठीक नहीं होगा। ऐसा देख क्या सोचेंगे उसके ग्रामवासी ?

अब वह तेजी से अपने घर की ओर कदम बढ़ाते हुए आँखें फाड़े देखता जा रहा था कि घर के आसपास कहीं दिख जाए मालती। कितना अच्छा होता अगर सबसे पहले मालती पर ही उसकी नजर पड़ती। वह रास्ते से ही यह मनाता आ रहा था कि गाँव पहुँचने पर सबसे पहले मालती ही उसकी नजर के सामने आए। पता नहीं, ईश्वर उसकी यह मनौती पूरी करेंगे भी या नहीं...?

लेकिन यह क्या ? बस से उसके उतरते और अपने घर की ओर बढ़ते हुए जैसे ही गाँववालों ने उसे देखा, पूरे गाँव में जैसे भूचाल आ गया...! चिल्लाते हुए इधर से उधर दौड़ पड़े लोग—"आलोकनाथ जिंदा है...लौट आया अपने घर...!"

उसने महसूस किया, शायद गाँव के लोगों ने उसे मरा हुआ समझ लिया था, इसलिए उसके लौटने की अनहोनी है उनके लिए...।

बिजली की तरह यह खबर सनसनाती हुई क्षण-भर में ही गाँव के इस छोर से उस छोर तक दौड़ गई। फिर घर में सोए-बैठे, खेत-खलिहान में काम करनेवाले, नदी-बगीचे की ओर गए लोगों में से जिसने जहाँ भी सुना, वहीं से दौड़ लगा दी। झुंड-के-झुंड औरत-मर्द चल पड़े आलोकनाथ को देखने...।

अपने दरवाजे तक आलोकनाथ के पहुँचने तक जैसे सारा गाँव उमड़ आया था वहाँ। भीड़ को चीरकर उसकी माँ को उसके सामने पहुँचा दिया था गाँववालों ने। एक क्षण तक तो वह पहचान ही नहीं सका अपनी माँ को। इन सात साल के अंदर ही कितनी बूढ़ी हो गई है ? सूखे हाथ-पाँव। झुकी कमर। माथे के बाल पककर एकदम सन। पोपले गाल। झुर्रियों से भरा चेहरा। अंदर तक धँसी आँखें। उसे निहारती हुई वे आँखें उसे चमकती और अश्रुपूरित जान पड़ीं। उसने झुककर माँ के चरण छूने चाहे कि उसे बाँहों में समेटकर रो पड़ीं वे—"अब तक कहाँ छिपा था मेरे लाल...तुझे याद कर-कर के तो मैं मर गई...तू आ गया...मेरी साध पूरी हो गई...भगवान ने छप्पर फाड़कर मेरा अँचरा भर दिया...अब मैं तुझे कभी नहीं जाने दूँगी...।"

माँ को चुप कराते हुए उसने देखा, पास ही खड़े भैया रो रहे थे। माँ की तरह वे भी बूढ़े लग रहे थे। वह भैया के चरण-स्पर्श के लिए उनकी ओर भी झुका। उन्होंने उसे बाँहों में भर लिया और फूट-फूटकर रो पड़े—"यहाँ से जाकर तुमने मुझे अनाथ बना दिया था आलोक...। तुम्हारे जाते ही सारी गृहस्थी थउस गई...अब तुम आ गए...मैं सब सँभाल लूँगा...तुम चुपचाप बैठकर देखते रहना...।"

भैया के निकट खड़ी भाभी तो उसे माँ की पतोह नहीं, गोतिनी जान पड़ रही थीं। इतनी बूढ़ी हो गईं भाभी! भाभी ने भी उसें अपने पाँव छूने नहीं दिया। उसकी बाँह

पकड़कर फूट पड़ीं—"बाहर जाकर भूल गए थे अपनी भाभी को...तुम्हारे नहीं रहने पर हमारे ऊपर क्या कुछ नहीं गुजरा ? अब हमें छोड़कर कहीं मत जाना...खेती-बारी के काम अब तुम्हारे भैया से अकेले नहीं सपरता...।"

भाभी से मुक्त हो उसकी आँखें मालती को ढूँढ़ रही थीं। लेकिन वहाँ उपस्थित अपने घर व गाँव के लोगों के बीच वह कहीं नजर नहीं आ रही थी। शायद छोटी बहू होने के चलते घर के भीतर हो। बाहर से आए पति के सामने गाँव के लोगों की उपस्थिति में वह कैसे आए ? गाँव के रिवाज के अनुसार यह कतई अच्छा नहीं माना जाता। इस स्थिति में दरवाजे पर उपस्थित गाँव-भर के लोगों को छोड़कर वह मालती से मिलने घर के अंदर चल पड़े या भाभी से कहकर मालती को यहीं बुलवा ले, यह भी तो उसे अच्छा नहीं जान पड़ा...।

इस बीच गाँव के लोग लगातार उससे पूछते जा रहे थे कि अब तक कहाँ था वह ? क्यों नहीं आ रहा था ? अपने समाचार की चिट्ठी-पत्री क्यों नहीं भेज रहा था ? यहाँ तो उसे मर गया समझ उसका किरिया-करम और श्राद्ध आदि सब किया जा चुका है...।

उसे लगा, मालती से शीघ्र मिलने के लिए गाँव के लोगों की जिज्ञासा शांत कर उन्हें हटाना होगा। इसके सिवा अब दूसरा रास्ता नहीं। बस, पूरा वृत्तांत उसने संक्षेप में कह सुनाया। उसकी यह अजीबोगरीब दास्तान सुन हैरत महसूस करते हुए लौटने लगे लोग। जानता है आलोकनाथ, अब महीने भर तक इस घटना की चर्चा होगी उसके गाँव में। एक ढर्रे पर जी रहा उसका गाँव इस तरह की अनहोनी घटना को जल्द पचा भी तो नहीं पाता है...।

आलोकनाथ सुन रहा था, लौट रहे गाँव के लोग उसकी भवितव्यता को सराहते जा रहे थे। पंडित जयराम बाबा की आवाज तो उसे साफ सुनाई पड़ रही थी—"जाको राखे साइयाँ मार सकै न कोय...!"

आलोकनाथ देख रहा था, गाँव के अधिकांश आदमियों के चले जाने के बाद भी उसके टोला-पड़ोस के लोग वहाँ से टसकने का नाम तक नहीं ले रहे थे। पर अब उसके पास और धैर्य नहीं कि वह प्रतीक्षा कर सके। उसकी जानकारी के तहत तो ये आसपास के लोग थे, जिनके बीच मालती आती-जाती रहती थी। उसने भाभी से अब स्पष्ट शब्दों में कहा—"मालती कहाँ है ? अब तक क्या कर रही है घर के अंदर...?"

उसका प्रश्न सुन तो जैसे सूख गई भाभी ! जर्द हो गया उनका चेहरा। उसने देखा, माँ और भैया के चेहरे पर भी हवाइयाँ उड़ने लगी थीं...! क्या हुआ मालती को ? वह जैसे अंदर से पागल-सा हो उठा। इससे पहले कि चिल्लाकर पूछे वह, जल्दी बताओ मेरी मालती कहाँ है, पड़ोस के सूरदेव काका कह उठे—"उसने तो दूसरी शादी कर ली...।"

"क्या...?"—और आलोकनाथ का मुँह खुला-का-खुला रह गया। जैसे अचानक फालिज मार गया हो उसे या बज्रपात हो गया हो उस पर...।

वह जानता था, सूरदेव काका बराबर कुभाखर बोली बोलते हैं। कभी किसी का भला नहीं चाहते। बदजुबानी के लिए दो-तीन बार मार भी खा चुके हैं। गाँव के लोग तो उन्हें अपशकुनिया मानते हैं। उनकी बात की पुष्टि के लिए अपने परिवारजनों की ओर ताकने लगा वह। अगर उसके साथ इस अवसर पर ऐसा गंदा मजाक किया होगा सूरदेव काका ने तो अभी वह उनकी बोलती बंद करके रहेगा। लेकिन उसकी माँ उसे पकड़कर रोते हुए बताने लगी सब कुछ—''क्या बताऊँ बचवा...वह तो तेरे बिछोह में सूखकर काँटा हो गई थी। जब से आकर अजयपाल ने बताया कि दंगे में तुम मारे गए तब से तो वह कभी न भरपेट खा सकी और न सो सकी...। तीन-चार बरिस के बाद बहुत समझाने-बुझाने पर अब तनिक रास्ते पर आई थी...। लेकिन ब्रजनंदन की पत्नी क्या मरी रोज आने लगा वह...तीन बच्चों को छोड़कर उसकी पत्नी मरी थी। मालती से शादी करने के लिए एकदम उजुरू हो गया...मालती के माँ-बाप और गाँव-घर को भी राजी कर लिया। सबने कहा कि अभी उसकी उम्र ही क्या है ?...कैसे बिताएगी पूरा जीवन...ब्रजनंदन के अनाथ बच्चों को माँ मिल जाएगी और उसे भी सहारा मिल जाएगा...अभी पिछले साल ही तो शादी करके ले गया ब्रजनंदन...बेटी की तरह उसे विदा किया मैंने...तुम्हारे लिए उसका दिन-रात रोना-बिलखना अब मुझसे भी देखा नहीं जाता था...!''

माँ की बात सुन क्षण-भर के लिए हतप्रभ और किंकर्तव्यविमूढ़ बना रहा आलोकनाथ। क्या सोचकर आया था और क्या हो गया ? अचानक उसे लगा जैसे सब कुछ उलट गया हो और पर्वत की ऊँची चोटी पर बैठा वह पाताल में धँसता जा रहा हो ! उसे अपने अंदर की सारी शक्ति निचुड़ गई लगने लगी। क्षण-भर के लिए वह अपने को एकदम निरुपाय और असहाय महसूस करने लगा। फिर तत्क्षण उसका संघर्षशील, दुर्दमनीय और जुझारू प्रेमी मन जाग गया। इस तरह हताश होकर नहीं कुछ कर सकेगा वह। मालती को पाने के लिए उसे फिर नए सिरे से लग जाना चाहिए। उसे मर गया समझ ब्रजनंदन ने पत्नी बना लिया मालती को और मालती भी गाँव-घर के कहने पर चली गई उसके साथ। लेकिन अब तो वह आ गया है ! किसी और के पास नहीं छोड़ेगा अपनी मालती को...? और पाताल की गर्त से ज्वालामुखी की तरह फूटकर बाहर निकल आया वह—''मैं मालती को लेने जा रहा हूँ माँ...! ब्रजनंदन के पास उसे हर्गिज नहीं छोड़ सकता...।''

उसकी यह बात सुन वहाँ उपस्थित सभी लोग चौंक उठे—''क्या...?''

मुनरिका तिवारी अब अपने को रोक नहीं सके—''यह क्या कह रहा है आलोक ? अब वह किसी और की ब्याहता है। राम-राम, तूने यह कैसे सोच लिया...?''

जवाब में उसी दृढ़ता के साथ कहा आलोक ने—''जब तक वह नहीं जानती थी कि मैं जीवित हूँ तब तक चाहे वह किसी की पत्नी बनी रही...लेकिन अब तो आ गया मैं...।''

इस पर कहा चंद्रदेव सिंह ने—''अब तेरे लिवा लाने से भी वह नहीं आएगी...जब

तक तुम्हारी पत्नी थी तब तक उस पर तुम्हारा अधिकार था। अब तो वह ब्रजनंदन की है... ।''

इस संबंध में गणपति राय ने भी कहा—''वह तुम्हारे यहाँ से बहुत आराम से है। ब्रजनंदन सुचिताह गृहस्थ है। उसके यहाँ दो-दो बनिहार-चरवाह खटते हैं...लगहर तो उसके यहाँ सालों भर रहती है...एक गाय बिसूखती नहीं कि दूसरी ला बाँधता है...अब वह तुम्हारे यहाँ आनेवाली नहीं... ।''

आलोकनाथ की माँ ने भी समझाया—''मैं तुम्हारी दूसरी शादी कर दूँगी बेटा...उससे भी सुघड़ तिरिया उतार दूँगी...दूसरे के घर जाने के बाद अब उसका सत-पत कहाँ रहा...?''

लेकिन आलोकनाथ ने किसी की एक न सुनी—''मैं यह सब कुछ नहीं सुनना चाहता माँ...मैं मालती को लेने जाऊँगा। मेरा मन कहता है, वह मेरे साथ आएगी ! वह आना नहीं चाहेगी तो उसके साथ मैं जोर-जबर्दस्ती नहीं करूँगा... ।''

इस पर माँ ने पुनः समझाया उसे—''तू यह ठीक नहीं सोच रहा है...गाँव-घर में आज तक ऐसा हुआ ही नहीं है। तू वहाँ पहुँचेगा तो वहाँ के लोग क्या सोचेंगे ? कोई तेरी बात नहीं सुनेगा... ।''

जवाब में उसी आवेग के साथ कहा उसने—''मुझे वहाँ किसी से बातचीत नहीं करनी माँ। मैं सिर्फ मालती की राय जानना चाहूँगा कि मेरे जीवित होते हुए भी वह रहेगी ब्रजनंदन के साथ ? अगर मालती उसके साथ रहना चाहेगी तो मैं बैरंग वापस आ जाऊँगा... ।''

इसके बाद उसके भैया और गाँव के लोगों ने उसे रोकने के लिए तरह-तरह से समझाना प्रारंभ किया। लेकिन उनके लाख प्रयास के बाद भी उसके ऊपर कोई दूसरा रंग नहीं चढ़ पाया। अपने दृढ़निश्चय और अटल इरादे के अनुसार उसी क्षण चल पड़ा वह। माँ कहती रही—''पहले कुछ खा-पी लो और आराम कर लो...राह-बाट के थके हो...बाद में जो मन में आए करना... ।''

लेकिन पानी तक नहीं पी सका वह। खाने की थाली और लोटे का पानी लेकर लौट जाना पड़ा भाभी को। उसके साथ चलने के लिए भैया और पड़ोस के दो-चार लोग भी तैयार हो गए—''अकेले हम नहीं जाने देंगे तुम्हें...तुम होश में नहीं...ऐसे मामलों में खून-खराबी होते देर नहीं लगती... ।''

पर किसी को साथ नहीं चलने दिया उसने। भैया को आगाह कर दिया—''अगर मेरे साथ चलने की कोशिश की तो फिर सदा के लिए आपसे संबंध तोड़ लूँगा...मुझे रोकने और मेरे मार्ग में विघ्न डालने की कोशिश मत कीजिए। मैं कोई दूध पीता बच्चा नहीं...अपना नफा-नुकसान सब समझता हूँ... ।''

जेठ का महीना। दुपहरिया तपने लगी थी खेत-खलिहान में काम करनेवाले लोग

अपने-अपने घरों को लौट गए थे। राह चलते यात्री भी बढ़ गई धूप को देख किसी कुएँ या बावली के किनारे वृक्ष की छाँव में आराम करने लगे थे। मैदानों में दाना चुगने और चहचहानेवाले पक्षी भी वृक्ष की डालों पर अपने घोंसलों या पत्तों की झुरमुट में जा छिपे थे। लेकिन आलोकनाथ धूप को चीरते हुए आगे बढ़ा जा रहा था। उसके अंदर मालती के प्रेम की आग सर से पाँव तक दहक रही थी। उस दहकन के समक्ष धूप की यह जलन उसके लिए कुछ भी तो नहीं...। वह तो नदी की राह में था, जिसके बहाव को रोका नहीं जा सकता, जिसे अपने समक्ष किसी अवरोध की परवाह नहीं...!

ब्रजनंदन का गाँव नजदीक ही था। कई बार वहाँ जा चुका था आलोकनाथ। ब्रजनंदन दूर के रिश्ते में उसका मौसेरा भाई लगता था। उन दोनों में कौन बड़ा है, इसका निर्धारण नहीं हो सका था कभी। आलोकनाथ की माँ की तरह उसकी माँ भी यही कहती थी कि सुराजी साल के अगहन महीने में ही पैदा हुआ है ब्रजनंदन। इस स्थिति में दोनों ने अपने को हमउम्र मान लिया था तथा एक-दूसरे के साथ मित्रवत् व्यवहार करते थे। लेकिन मित्र होकर यह शत्रु का काम कैसे किया ब्रजनंदन ने ?

आलोकनाथ को ब्रजनंदन से संबंधित सारी बातें याद आती जा रही थीं। मालती से शादी के बाद वह अक्सर आता रहता था उसके यहाँ। मालती को भाभी कहता था। उसकी उपस्थिति में मालती लज्जा-शरमाकर घर में छिपना चाहती तो बोल उठता—"देवर से इतना लाज-शरम क्यों भाभी...?"

मालती कुछ भी बनाकर लाती तो कहता—"भाभी के हाथ के बने खाने का स्वाद और मजा ही कुछ और है...।"

आलोकनाथ ने लक्ष्य किया था, वह अक्सर मालती को घूरा भी करता था। लेकिन आलोकनाथ जानता था, वह शादीशुदा है। उससे चार साल पहले ही उसकी शादी हो गई थी। उसकी पत्नी शांति भी अच्छी थी। ब्रजनंदन और शांति में खूब पटती भी थी। वह अकसर शांति की तारीफ किया करता था। फिर भी उसके यहाँ आने पर क्यों निहारा करता था मालती को ? इस संबंध में आलोकनाथ का मन शंकित भी होने लगा था। इसी दौरान एक दिन ब्रजनंदन ने कह दिया उससे भी—"तुम्हारी पत्नी बहुत सुंदर है आलोक। तुम भाग्य के साँढ़ हो...!"

बस, चट पूछ दिया था उसने भी—"और तुम्हारी पत्नी ! वह क्या कम सुंदर है ?'

वह ब्रजनंदन की चोरी रँगे हाथों पकड़ लेना चाहता था। लेकिन ब्रजनंदन ने तत्क्षण सँभाल लिया अपने को—"मेरी पत्नी भी अच्छी है...हम दोनों भाइयों को जोड़-जुगुत पत्नियाँ मिली हैं...।"

बाद में आलोकनाथ ने समझा लिया था कि अपने मन को ब्रजनंदन की नियत खराब नहीं। अपनी पत्नी से पूरी तरह संतुष्ट है वह। मालती का अनुपम सौंदर्य तो किसी का ध्यान अपनी ओर खींच लेता है। फिर वह तो उसका मुँहलगा मौसेरा भाई ही है...।

पर अब लगता आलोकनाथ को कि उसी समय से मालती पर डीढ़ लगाए था वह। अवसर अनुकूल पाते ही उसे लेकर चंपत हो गया। किंतु फिर उसे लगता कि नहीं, अगर उसकी पत्नी शांति जीवित होती तो वह हर्गिज मालती को नहीं ले जाता। यहाँ एक क्षण के लिए उसे यह भी लगा कि संभव है, मालती को पाने के लिए ही जहर देकर मार दिया हो अपनी पत्नी को। लेकिन उसे लगा, 'ऐसा नहीं, कभी नहीं हो सकता।' अपने घर और गाँव के लोगों से तो उसे यह ज्ञात हुआ है कि अपने अंतिम बच्चे के प्रसव के दौरान मरी है शांति। इसके अतिरिक्त शांति से ब्रजनंदन के प्रेम का वह भी तो साक्षी है...! बेतरह मानता था उसे ब्रजनंदन...।

एक बार दोनों अपनी-अपनी पत्नियों के साथ विंध्याचल गए थे और जयपुरिया धर्मशाला में साथ-साथ ही ठहरे थे तो ब्रजनंदन और शांति का दांपत्य प्रेम देख वह दंग रह गया था। उसके मन की सारी शंका जाती रही थी।

अब उसे साफ महसूस होने लगा था कि शांति की मृत्यु और उसके नहीं रहने की सूचना के बाद ही ब्रजनंदन ने ऐसा किया है। लेकिन अब जबकि वह आ गया है तो उसकी मालती को उसे सौंप देना चाहिए ब्रजनंदन को...।

आलोकनाथ को रह-रहकर अजयपाल पर भी गुस्सा आता जा रहा था। उसे महसूस हो रहा था कि घूस लेनेवाले व्यक्ति का आचरण भी झूठा और फरेबी हो जाता है। बिना उसकी खोज-खबर किए और उसके बारे में पक्की जानकारी पाए उसने सीधे कह दिया—"दंगे में मारा गया आलोकनाथ !"

पता लगाने की जहमत क्यों मोल ले और बार-बार उसके परिवारवालों को पूछने का मौका क्यों दे ? कितना घटिया आदमी है अजयपाल। क्या वह नहीं जानता कि किसी की मौत की सूचना से किसी की दुनिया भी उजड़ सकती है...। मालती को लेकर लौटने के बाद मिलेगा इस अजयपाल से भी। इस बार मुंबई से उसके आने के बाद बताएगा कि झूठ क्या होता है और सच क्या ?

धूप को चुनौती देते हुए नदी के वेग के साथ आगे बढ़ता आलोकनाथ देखते-देखते ब्रजनंदन के गाँव के निकट पहुँच गया। यहाँ से ब्रजनंदन का मकान अब साफ दिखाई पड़ रहा था। गाँव के बीचोबीच ऊपर तक उठा हुआ पक्के का वह दोमंजिला मकान ब्रजनंदन का ही तो था। वहाँ तक पहुँचने में आलोकनाथ को अब तनिक भी देर नहीं...।

लेकिन यहाँ थोड़ी देर आलोकनाथ को रोककर मैं आपके साथ विचार-विमार्श करना चाहता हूँ। मेरी तरह शायद आप भी यह सोच रहे हों कि वहाँ पहुँचने पर क्या होगा आलोकनाथ के साथ ? संभव है, उसको लेकर तरह-तरह के अनुमान लगा रहे हों और तरह-तरह की कल्पनाएँ कर रहे हों...। निष्कर्ष तक पहुँचने के लिए आपका मन बेताब हो। लेकिन ऐसी घटनाओं का निष्कर्ष इतना सहज और आसान नहीं होता कि शीघ्र बता दिया जाए...।

इस बात की उम्मीद की जा सकती है कि आलोकनाथ के प्रेम की आस्था और

विश्वास की जीत हो भी सकती है। उसके पहुँचने के बाद यह सुनते ही कि वह जीवित है और उसे लेने आया है, मालती सारी सुविधाओं को त्याग ब्रजनंदन के घर के लोगों के रोकने बावजूद बेतहाशा भागते हुए आलोकनाथ से आ लिपटी, जैसे वर्षों के बिछुड़े अपनी सुध भूल एक-दूसरे में जा समाएँ। उनका यह आंतरिक और हार्दिक मिलन देखते ही बनेगा इस स्थिति में चाहकर भी कोई उन्हें अलग नहीं कर पाएगा।

समीप खड़ा ब्रजनंदन अपने घर और गाँव के लोगों में ऐलानिया तौर पर कह देगा—"मालती और आलोक के इस मिलन को न रोका जाए...मैं मालती को आलोक के सुपुर्द करता हूँ...।"

असल में वह अनुभव करता है कि इतने लाड़, खुलेपन और समर्पण भाव से उससे कभी नहीं मिली थी मालती...। उसकी पूर्व पत्नी के बच्चों की माँ जरूर बन गई थी। लेकिन सही अर्थों में उसकी पत्नी कभी नहीं बनी थी। अपने पति के साथ उसका यह सच्चा प्रेम और प्रबल आंतरिक आकर्षण देख उसकी आँखें भर आएँगी। अपनी पत्नी शांति की याद उसे बरबस आ जाएगी। आलोकनाथ के साथ मालती को वह बाइज्जत विदा देगा। मालती को लौटाने का मलाल उसे तनिक भी नहीं होगा, बल्कि आलोकनाथ के जीवित लौट आने और दोनों पति-पत्नी के मिल जाने से उसे खुशी ही होगी...।

लेकिन उसके विपरीत यह भी तो हो सकता है कि यहाँ आलोकनाथ के पहुँचने पर मालती से उसे मिलने तक नहीं दिया जाएगा। इतनी सुंदर पत्नी पाने के बाद उसे लौटाने के लिए ब्रजनंदन किसी भी मूल्य पर तैयार नहीं होगा...। सुंदर स्त्री पाने के लिए तो राजे-महाराजे बड़े-बड़े युद्ध तक कर देते थे। दूर के मौसेरे भाई का नाता इस बीच कहाँ आड़े आनेवाला ? घर और गाँव के लोग भी इस बिंदु पर उसी का साथ देंगे। आलोकनाथ अधिक चीखेगा-चिल्लाएगा और उछल-कूद मचाएगा तो ब्रजनंदन के घर और गाँववाले उसकी जमकर पिटाई कर देंगे—"मजनू बने हो साले...किसी की ब्याहता पत्नी को ले जाने आए हो...तेरी ऐसी की तैसी...," और उसे मारकर धराशायी कर देंगे वह तड़पता और कराहता रहेगा। उसके घायल होने की सूचना पाकर उसके भैया दौड़ते हुए आएँगे। फिर जख्मी और गंभीर हालत में उसे अस्पताल ले जाएँगे, वहाँ खुली आँखों से वह छत निहारा करेगा। डॉक्टर की दवा से कोई फायदा नहीं होगा, उसके पैताने बैठी माँ और भाभी रोती रहेंगी तथा उसके जीवन के लिए मन्नतें करती रहेंगी...।

इसके अलावा इस बात की भी गुंजाइश है कि आलोकनाथ के वहाँ पहुँचने पर उससे मिलने के लिए घर से भागकर दरवाजे तक आई मालती को ब्रजनंदन और उसके घर के लोग खींचकर अंदर कर देंगे। इधर गाँव के लोग आलोकनाथ को पीछे खींच रहे होंगे। वह चिल्लाता रहेगा—"मैं आ गया मालती...तुझे लेने आया हूँ...!"

जवाब में वह भी आवाज लगाती जाएगी—"मैं आ रही हूँ...तुम्हें छोड़कर मैं नहीं रह सकती...।"

ब्रजनंदन और उसके घरवाले मालती पर काबू पाने की कोशिश करते रहेंगे और

गाँव के मुस्टंड नौजवान आलोकनाथ पर... । इस स्थिति में मालती के तन पर तो कब्जा पा लेंगे ब्रजनंदन के घरवाले। लेकिन उसके मन और दिल पर अधिकार नहीं जमा पाएँगे। इसी क्षण जबर्दस्त हार्ट अटैक होगा मालती को और उसके प्राण-पखेरू उड़ जाएँगे...!

फिर मालती के मरते ही सारा दृश्य बदल जाएगा। आलोकनाथ के मन में आएगा कि मालती की मृत्यु का बदला चुकाने के लिए भिड़ जाए ब्रजनंदन के परिवार के साथ, लेकिन फिर तुरंत न जाने ऐसा क्या हो जाएगा कि वह किंकर्त्तव्यविमूढ़ बना रहेगा। ब्रजनंदन द्वारा मालती का दाह-संस्कार वह चुपचाप देखता रहेगा। फिर मालती की चिता जलते ही न जाने कहाँ का वैराग्य उसके अंदर आ समाएगा कि सब कुछ छोड़ संन्यासी बन वह जंगलों की ओर चल देगा... ।

आलोकनाथ के साथ कुछ भी तो हो सकता है ! मैं अकेले अब यह निर्णय लेना नहीं चाहता कि क्या हुआ उसके साथ ? अब इतनी दूर तक आप मेरे साथ आए हैं तो अब का निर्णय मेरे अकेले के वश का भी नहीं। आप भी सोचिएगा, इस स्थिति में क्या हो सकता है आलोकनाथ के साथ...?

जमुनी

शाम हो चली है और जमुनी ने अभी तक पागुर नहीं की है। जिउत के परिवार की बेचैनी बढ़ती जा रही है। आँगन के बरामदे में निर्जीव-सी पड़ी जमुनी को देख-देखकर जिउत का परिवार बेहाल होता जा रहा है। खूँटे से जमुनी का पगहा खोल दिया गया है। उसके गले में बँधी रहनेवाली गरौंटी भी हटा दी गई है। अपने मवेशियों के बीमार होते ही जिउत खूँटे से उनका पगहा खोलना तथा गले में बँधी गरौंटी हटाना कभी नहीं भूलता है। कौन जाने, कब क्या हो जाए ? रस्सी में बँधे मवेशी के मरने की पीड़ा से वह परिचित है। उसकी बछिया रस्सी में बँधी ही मर गई थी। वह जानता था, रस्सी में बँधे मवेशी के मरने पर 'लक्षण लगने' का दोष लगता है, इसीलिए वह गाँव के लोगों को सच्ची बात बताना नहीं चाहता था। कौन इस बखेड़े में फँसे ? उसने जानबूझकर तो ऐसा किया नहीं था। रोज की भाँति बछिया को खूँटे में बाँध दिया था। सुबह वह मरी हुई मिली थी। उसने पाया था कि उसकी मृत्यु रस्सी में बँधने के कारण नहीं, साँप के काटने से हुई थी। उसकी लाश के नीचे दबकर मरा करैत भी पाया गया था। अब इसमें उसका क्या दोष ? लेकिन पत्नी ने उक्त घटना गाँव से छिपाने नहीं दी। उसके अनुसार शायद सचमुच दोष लगता हो। जिस बात को सारा गाँव मानता है, उसमें सच्चाई नहीं है, यह वह कैसे माने ? छिपाने पर तो दोष और बढ़ता ही है। प्रकट कर देने पर तो उक्त दोष के निराकरण के रास्ते भी मिल जाते हैं। लेकिन यह जिउत ही जानता है कि वे रास्ते कितने कष्टप्रद होते हैं। 'लक्षण लगने' के दोष से मुक्त होने के लिए बछिया का पगहा गले में लटकाकर उसे दरवाजे-दरवाजे भीख माँगनी पड़ी थी तथा पुरोहितजी के बताए अनुसार कई अनुष्ठान करने पड़े थे, तब कहीं जाकर उस दोष से वह मुक्त हो सका था। इसीलिए जमुनी के बीमार होते ही उसने सबसे पहले उसे बंधनमुक्त कर दिया। लेकिन फिलहाल उसकी चिंता जमुनी के बंधनमुक्त और बंधनयुक्त होने को लेकर नहीं थी। जमुनी उसके परिवार की सिर्फ भैंस ही नहीं, सब कुछ है, उसके परिवार की जिंदगी है...! पहले की अपेक्षा आज वे जो राहत की साँस ले रहे हैं, वह जमुनी के चलते ही संभव हो सका है तथा आगे की योजनाएँ भी जमुनी पर ही निर्भर हैं, इसीलिए जमुनी के न रहने की कल्पना मात्र से ही उसके होश उड़ने

लगते हैं। इससे पहले जमुनी जब भी बीमार पड़ती थी, जल्दी ही ठीक हो जाती थी। लेकिन पता नहीं जमुनी को इस बार क्या हो गया है ? जिउत का परिवार कुछ भी समझ नहीं पाता है !

जाड़े की साँझ। जल्द ही अँधेरा घिर जाता है। जिउत की बेटी रतिया लालटेन जलाकर बरामदे की खूँटी पर टाँग देती है। जिउत जमुनी के पास पूर्ववत् बैठा उसे सहला रहा होता है–कभी उसके पैरों को, तो कभी उसकी पूँछ को, तो कभी उसके माथे को। उसने अपना कंबल भी जुमनी को ही ओढ़ा दिया है तथा स्वयं एक चादर लपेट लिया है। पहले भी ऐसा कई बार वह कर चुका है। अपने और अपने मवेशियों के बीच कंबल की ज्यादा जरूरत उसे जिसके लिए महसूस हुई है, उसे ही ओढ़ा दिया है। इस पर तो जमुनी उसकी गृहलक्ष्मी है–अन्नदाता ! आश्रयदाता ! जीवनदाता ! उसका ध्यान जमुनी पर ही टिका रहता है तथा नजरें जमुनी को ही निहार रही होती हैं। मवेशी-डॉक्टर ने बताया है कि जब जमुनी पागुर करने लगे तब समझना कि उसकी बीमारी दूर हो चली। लेकिन पता नहीं जमुनी कब पागुर करेगी ? उसे पागुर करते देखने के लिए जिउत का मन अधीर और विह्वल है। वह मन-ही-मन डिहवार बाबा को गोहराता रहता है...!

जिउत की पत्नी जोगनी जिउत से कुछ ही दूर पर बैठी करसी पर पानी गरम कर रही होती है। डॉक्टर ने गरम पानी के साथ दो-दो घंटे पर दवा देते रहने के लिए कहा है। वह पानी गरम कर जिउत को देती जाती है, जिसमें दवा मिलाकर जिउत काँड़ी से जमुनी को पिला दिया करता है। इस दौरान करसी का धुआँ पूरे बरामदे में पसरते हुए आँगन में भरता जा रहा है। लेकिन जिउत का परिवार इस धुएँ का अभ्यस्त है। यह धुआँ मवेशियों के साथ-साथ उन्हें भी मच्छरों से त्राण दिलाता है तथा जाड़े की सर्द रातों की कठोरता को तोड़ता रहता है। कभी इसी करसी में जोगनी आलू सिझा लेती थी। किसी-किसी शाम अपने पूरे परिवार के लिए लिट्टी भी पका लेती थी। लेकिन जमुनी को इस तरह पड़े देख आज उसे करसी के सुलगने और धुआँने का भी होश नहीं। उसकी जमुनी रानी को क्या हो गया है ? किसने नजर लगा दी ? वह गाँव के गोरेया बाबा को पीठा चढ़ाने, काली माई को चुनरी ओढ़ाने तथा बरम बाबा को लँगोटा पहनाने की भखौटी मन-ही-मन भाखती रहती है। जानती है, जमुनी के ठीक हो जाने पर उसकी इतनी भखौटी सुन जिउत बिगड़ेगा। उसे गाली-बात भी सुनाएगा। लेकिन इसकी उसे परवाह नहीं। जमुनी ठीक हो जाए, वह जिउत की गाली-बात सह लेगी। इस तरह जमुनी को पड़े हुए देखना उसके लिए असह्य होता जा रहा है...!

जिउत की बेटी रतिया लालटेन जलाने के बाद बरामदे के एक कोने में बिछे पुआल पर अपने छोटे भाई परभू को लेकर बैठ चुकी है। परभू को भूख लगी है। वह खाने के लिए ठुनक रहा है। रतिया दबे पाँव उठती है और घर के अंदर से चूड़ा-गुड़ लाकर उसे देती है। पर वह भात-दाल माँग रहा होता है। रतिया उसके कान में फुसफुसाते हुए समझाती है–"तुझे खाने की ही पड़ी है...देख रहा है, जमुनी कितनी बीमार है...।

जो दिया है, चुपचाप खा ले...नहीं तो बाबू सुनेंगे तो उठाकर पटक देंगे...सबका मन कुफुत में पड़ा है....कौन खाना बनाएगा ? जब तक जमुनी ठीक नहीं होगी, कुछ नहीं बनेगा...भगवानजी को सुमिरो कि जल्दी जमुनी ठीक हो जाए... ।''

रतिया की बात सुन परभू का ठुनकना बिल्कुल बंद तो नहीं होता है, पर काफी कम हो जाता है। उसे याद है, एक बार पहले भी जमुनी बीमार पड़ी थी और खाने के लिए वह रोया-चिल्लाया था तो सबने उसे डाँट लगाई थी। बाबू ने तो गुस्से में उसे एक-दो चाँटे भी जमाए थे। उस घटना को याद कर वह बिना रुचि के ही चूड़ा-गुड़ खाने लगता है तथा धीमे-धीमे ठुनकता रहता है।

रतिया ने आज सुबह से ही चूल्हा नहीं जलाया है। दिन में पड़ोस से भात माँगकर परभू को उसने खिला दिया था। लेकिन शाम को किसी के यहाँ कुछ माँगने तक नहीं जा सकी। बार-बार दूसरों के यहाँ हाथ पसारना उसे अच्छा नहीं लगता। साथ ही इस तरह जमुनी को पड़े देखकर उसके पाँव भी तो जम-से गए हैं। कुछ भी करने की उसकी इच्छा जाती रही है। जमुनी के बीमार पड़ते ही घर के सारे उत्साह और खुशियों को जैसे पाला मार गया है। जमुनी के इस रूप में रहते हुए उससे चूल्हा नहीं जलेगा। जमुनी को किसी ने माहूर तो नहीं दे दिया या टोना-टोटका तो नहीं कर दिया ! दरवाजे पर हाथी की तरह मस्त जमुनी को देखकर कितने मुदइयों का कलेजा फट रहा था। जरूर उन्हीं में से किसी ने कुछ किया है। वह सुरूज बाबा को गोहराती है कि जमुनी को ठीक कर दें...!

जिउत का बड़ा बेटा सरभू अलिआर को बुलाने गाँव में गया है। अलिआर ओझा-गुणी है। ऊपर वार देखता है। दवाई के साथ-साथ यह भी हो जाए तो ठीक रहेगा। कोई कोर-कसर बाकी तो नहीं रह जाएगा। जिउत के मन में ओझाई और दवाई को लेकर कोई द्वंद्व और विरोध नहीं। राम जाने कौन लह जाए ? उसकी जमुनी चाहे जैसे ठीक हो जाए। उसने सरभू से अलिआर के साथ-साथ सिपरसन को भी बुलाते आने के लिए कहा है। सिपरसन माल-गरुओं का गँवई वैद्य है। कस्बे के मवेशी-डॉक्टर के आने से पहले सिपरसन ही तो गाँव के माल-गरुओं की दवाई करता था। उससे भी दिखा लेना चाहिए। जाने किसके हाथ में 'जश' हो...!

गरम पानी में दवा घोलकर पिलाते हुए रह-रहकर जिउत की आँखों के समक्ष जमुनी के प्रारंभिक दिन कौंध उठते हैं। असल में जमुनी उसकी खरीदी हुई भैंस नहीं, घर की पोसी पाड़ी है—अपनी भुअरी की जनी हुई। उसे खिला-पिलाकर जिउत ने भैंस बनाई है। हालाँकि जब वह पाड़ी थी तभी उसे खरीदने के लिए आए दिन फेरहा उसके दरवाजे का चक्कर लगाते थे। लेकिन महँगे दाम में भी पाड़ी बेचना जिउत ने मुनासिब नहीं समझा। पाड़ी की कद-काठी, उठान और रंग-रूप देख उसी वक्त उसे लग गया था कि यह अव्वल भैंस तैयार होगी। उसकी साँवली सलोनी और चिकनी-चमकीली काया देखकर ही उसने जमुनी नाम रख दिया। पके हुए खूबसूरत जामुन की तरह ही उसे अपनी यह भैंस लगी है। शायद यह नाम उसकी भैंस को भी पसंद है, इसीलिए जल्दी

ही इस नाम को पहचान गई है। चाहे नाँद में सानी खा रही हो या मैदान में घास चर रही हो, जमुनी नाम सुनते ही माथा उठा, दोनों कान खड़े कर ताकने लगती है। सानी-पानी से भरे नाँद में जमुनी का नाक बुड़ा-बुड़ाकर खाना जिउत को कितना अच्छा लगता है। नाक बुड़ा-बुड़ाकर खाते हुए जमुनी की याद उसे विशेष रूप से आती रहती है। जमुनी के स्वस्थ होने की अव्वल पहचान जिउत के लिए वही है। उसी रूप में जमुनी को देखकर वह स्वयं भी स्वस्थ अनुभव करता है तथा अपने परिवार को भी हरा-भरा पाता है।

जमुनी का यह तीसरा बिआन है। लेकिन अभी स्वयं भी तो वह दो दाँत की ही पाड़ी है। यह बात गाँव के बहुत कम लोग जानते हैं कि जमुनी उदंत ही गाभिन हो गई थी ! उसका पहला और दूसरा बिआन उदंत रूप में ही हुआ था। लोगों को इस बात पर जल्दी विश्वास नहीं होता। हालाँकि इसके मूल में जमुनी का ऊँचा डील-डौल तो है ही, जिउत द्वारा उसे जमकर खिलाया जाना भी है। घर के सानी-पानी के अतिरिक्त हरिअरी उसे सालों भर जिउत जुटाता रहा है। जेठ के दिनों में जब टोला-पड़ोस के अन्य मवेशी हरिअरी से वंचित हो जाते हैं, तब भी जिउत बगीचे की मेंड़ों और कुएँ की जगत के आसपास से ढूँढ़कर जमुनी के लिए हरिअरी उपार ही लेता है...।

सरभू अलिआर को लेकर आ जाता है। कहता है—"सिपरसन काका थोड़ी देर में आएँगे...करीम की बीमार बकरी देखने गए हैं...काकी ने कहा है कि आते ही उन्हें भेज दूँगी...।"

जिउत अलिआर को आदर के साथ अपने पास बैठाता है। देखता है, अलिआर के हाथ में टॉर्च है। बदन पर साबुत धोती-कुर्ता है। पैरों में जूता। कंधे पर गमछा। जिउत जानता है, अलिआर की ओझाई चल गई है। यही अलिआर फटी बनियान और घुटनों तक धोती पहन नंगे पाँव नजर आता रहता था। हालाँकि उसकी अपनी छोटी सी खेती-गृहस्थी भी है। लेकिन उस खेती-गृहस्थी का यह चमत्कार नहीं है। यह उसकी ओझाई का कमाल है। किनहु ब्रह्म के देवास का तो वह प्रसिद्ध ओझा है ही, आसपास गाँवों में भी अब बुलाया जाने लगा है। हालाँकि गाँव के पढ़े-लिखे लड़के उसे ढोंगी और पाखंडी समझते हैं। उसके खिलाफ आवाज भी उठाते हैं। कुछ लोगों को इन लड़कों की बातें सही भी लगती हैं। लेकिन अधिकांश लोगों का विश्वास अलिआर की ओझाई के प्रति बना ही रहता है। इस संदर्भ में जिउत को निर्णायक रूप में यह जानकारी प्राप्त करने की कभी मुहलत ही नहीं मिली कि अलिआर झूठा है या सच्चा ? संभव है, एक झूठ रचकर ही वह जी रहा हो ! संभव है, वह ओझाई करता भी हो, उसके हाथ में जश हो ! सच क्या है, इस विवाद में पड़ने का समय जिउत के पास कहाँ ? उसकी जमुनी किसी भी तरह ठीक हो जाए, उसके लिए सबसे बड़ा सच यही है...!

अलिआर पूछता है—"कब से बीमार पड़ी है जमुनी ? अभी परसों ही तो मैंने इसे ठीक देखा था। सुबह तुम्हारी गली से गुजर रहा था तो तुम इसे दुह रहे थे...वह अपनी पड़रू को चाट रही थी...तब तो यह बिल्कुल ठीक थी...!"

जवाब में जिउत कहता है–"हाँ, उसी दिन शाम को बीमार पड़ी है। दिन में सरभू चराने ले गया था। शाम को खूँटे पर आई पैर पटकती रही। दाना-भूसा तो छुआ तक नहीं। उसके बाद से अभी तक एक गाल भी नहीं खा पाई है। कल से तो इसका बदन गरम भी रहने लगा...!"

अलिआर उसके बदन को छूकर देखता है। फिर टार्च जलाकर चारों ओर से उसका मुआयना करता है। इसके बाद एक क्षण तक आँख मूँदकर होंठों में कुछ बुदबुदाता है। फिर आँख खोलते हुए जिउत को आत्मीय झिड़की लगाता है–"तुम बहुत सोझिया हो जिउत भाई...तुम्हें आग-पाछ कुछ भी नहीं सूझता...भला धेन माल दरवाजे के बाहर दुहा जाता है...वह भी जमुनी की तरह दुधार धेन ! न जाने किस-किस की नजर पड़ती रहती है...।"

यह सुन जोगनी झट बोल पड़ती है–"मैंने कई बार मना किया है। लेकिन इन्हें मेरी बात कब माननी। इन्हें तो गाँव के लोगों को दिखाना है कि मेरी भैंस इतना दूध करती है...कि गाँव में इसकी जोड़ की भैंस किसी के यहाँ नहीं...!"

इस पर जिउत जोगनी को डाँटते हुए कहता है–"तुम चुप भी रहोगी या अपना परगन सुनाती रहोगी। दरवाजे के बाहर मैं कोई पहली बार थोड़े दुह रहा था...पहले भी कई बार दुह चुका था...।"

इस बार जोगिनी नहले पर दहला जमाते हुए कहती है–"इसी से तो तुम्हारा मन चसक गया था। तुम्हारी उसी करनी का फल आज हम भोग रहे हैं...।"

इस पर अलिआर बीच-बचाव करते हुए कहता है–"घबराने की जरूरत नहीं है भौजी। इसे पड़ोस की ही एक डायन ने नजर की है। तुम याद करो भौजी, तुमसे मट्ठा माँगने एक औरत आई थी। तुम उसे मट्ठा देने के लिए घर के अंदर गई थीं। उसी वक्त उसने भैंस को अपना शिकार बनाया था। काफी दिनों से वह इसे अपनी नजर पर चढ़ाए थी...।"

जोगिनी यह सुन घबराती हुई कहती है–"कई कलमुँही मट्ठा माँगने आती हैं... वह कौन चुड़ैल है भाईजी, उसका नाम बताइए...मैं उसे छोड़ूँगी नहीं...मैं जानती तो मट्ठा के बदले उसके माथे पर अँगारे उलट देती। उसका नाम बता दीजिए भाईजी...!"

अब जिउत अपने को रोक नहीं पाता है। बीच में आ जाता है–"नाम जानकर क्या करोगी ? नाम बताने की जरूरत नहीं है अलिआर भाई ! जो हो, अगर तुम्हें लगता है कि उसने किया है तो अपनी ओर से तुम उसका इंतजाम करो...बात बढ़ाने से अब क्या लाभ ?"

जिउत जानता है, अलिआर द्वारा किसी डायन का नाम बताना एक बड़े आफत में पड़ना है। अव्वल तो अलिआर किसी का नाम बताता नहीं है। ऐसे ही पैंतरा बाँधता रहता है, क्योंकि नाम बताने से वह भी तो सीधे-सीधे उलझ जाता है, जो उसकी ओझाई के लिए अच्छा नहीं होता। इसके बावजूद कभी-कभार किसी से अपनी पुरानी दुश्मनी साधने के लिए वह नाम बता भी देता है। ऐसे ही उसने जनेसर सिंह के बेटे की बीमारी

का कारण भीखम बो को डायन बता दिया था। लेकिन यह क्या ? भीखम बो का नाम सुनते ही जनेसर सिंह अपने भाइयों के साथ लाठी लेकर भीखम बो के दरवाजे पहुँच गए थे कि चल मेरे बेटे को ठीक कर। जवाब में मुसम्मात भीखम बो के देवर और भतीजे लाठी लेकर टूट पड़े थे। इसके बाद दोनों ओर से वह मार हुई थी कि गाँव के लोग याद करते हैं। जनेसर सिंह के एक भाई की बाँह सदा के लिए टूट गई है तथा भीखम बो का एक भतीजा मरते-मरते बचा है। भीखम बो के भतीजे अलिआर को भी ढूँढ़ रहे थे। लेकिन उनसे पुरानी दुश्मनी होने के चलते अलिआर सतर्क था। वह अपने सवाँगियों के बीच गोलबंद होकर रहने लगा था। उस मामले को लेकर भीखम बो और जनेसर सिंह के परिवारवालों के बीच आज तक मुकदमा चल रहा है। इस मुकदमे में अलिआर जनेसर सिंह की ओर से गवाह है। हालाँकि यह मुकदमा डायन के आरोप पर मार होने को लेकर नहीं है ! वकील ने इस मुकदमे को नए दाँव-पेंच से सजाया है—ऐसा कि दोनों पार्टियाँ आजीवन लड़ती रहें। इसीलिए जिउत नाम जानने के पक्ष में कदापि नहीं। एक तो जमुनी बीमार है, यही परेशानी उसके लिए काफी है, दूसरी आफत वह क्यों मोल ले...?

अलिआर जिउत की बात समझ जाता है। ओझाई करते-करते वह लोगों को पहचानने लगा है। जो जैसा होता है और जितना चाहता है, अलिआर वैसा ही और उतना भर ही इंतजाम करता है, ताकि उस घर के लिए उसकी माँग बनी रहे। वह अपने को सहेजते हुए कहता है—"मैं नाम नहीं बताऊँगा जिउत भाई...ओझा का यह धर्म भी नहीं कि वह किसी डायन का नाम बताए। इससे ओझाओं का सत जाता रहता है। वह तो कुछ लोग बाध्य कर देते हैं...जिद पकड़ लेते हैं...नहीं तो मैं बताता ही नहीं...!"

फिर वह जोगनी से कहता है—"भौजी, नाम जानकर क्या करोगी ? मैं जो कहता हूँ वह करो ! उसकी करनी का ऐसा फल मैं चखा दूँगा कि फिर कभी इस घर की ओर वह आँख उठाकर भी नहीं ताकेगी। मुझे एक गोइँठे पर आग सुलगाकर दे दो तथा एक लोटे में साफ जल...इसके साथ थोड़ी सी पिअरकी तोरी और एक मुट्ठी-भर लोहबान भी...!"

जोगनी जानती है, पिअरकी तोरी और लोहबान घर में नहीं। वह अपने अँचरा के खूँट से कुछ पैसे सरभू को देती है—"जल्दी सावजी के यहाँ से पिअरकी तोरी और लोहबान लेते आ...। सावजी ने दुकान बंद कर ली हो तो घर जाकर उनसे ले लेना। वे भीतर वाले दरवाजे से निकालकर दे देते हैं।"

सरभू पैसे ले फुर्ती से चल देता है। वह तो जैसे तैयार बैठा है कि जमुनी के लिए कुछ भी लाना हो तो वह उठा नहीं रखेगा। इधर जोगनी गोइँठे की एक बड़ी सी चिपरी ले उस पर आग सुलगाने लगती है। यह देख रतिया बिना माँ के कहे, परभू को सोते छोड़, पितरिया लोटा माँजकर उसमें साफ जल भरने लगती है।

अलिआर के पास चिपरी की आग और लोटे का साफ जल पहुँचते-पहुँचते सरभू

पिअरकी तोरी और लोहबान लेकर आ जाता है। जैसे वह यह गया, वह आया ! वह कुछ हाँफ रहा होता है। शायद दौड़ते हुए ही वह आया-गया है।

सामग्री एकत्रित हो जाने के बाद अलिआर अपनी ओझाई शुरू करता है। सबसे पहले वह जलती आग में लोहबान डालता है। इसके बाद अपने मुँह से विचित्र ध्वनि निकालते हुए पचरा गाता है तथा पिअरकी तोरी आग में फेंकता जाता है। लोहबान की तीखी गंध पूरे घर में फैल जाती है—अजीब तरह की गंध ! इस बीच अलिआर के मुँह से निकलती विचित्र ध्वनि तथा पट-पट करके जलती तोरी की आवाज ! पूरा वातावरण रहस्यमय और डरावना लगने लगता है। इस दौरान कभी लोटे का जल हाथ में लेकर अलिआर जमुनी के बदन पर भी छिड़कता है। ठंडे जल का स्पर्श होते ही जमुनी का बदन थर्रा उठता है यह देख जोगनी और रतिया का हृदय खुशी से भर-भर आता है। उन्हें लगता है, अलियार ने डायन की चपेट से जमुनी को मुक्त करना शुरू कर दिया है। लेकिन जिउत और सरभू उतने आश्वस्त नहीं हो पाते हैं। अपनी भैंस को प्रतिदिन धोते हुए उन्होंने अनुभव किया है कि जल का पहला फुहार पड़ने पर जमुनी का बदन इसी तरह थर्राता है। फिर भी उनके मन में किसी-न-किसी कोने में यह आशा बँधी रहती है कि शायद अलिआर की ओझाई सुन ले। अगर अलिआर की ओझाई न भी सुने तो भी उन्हें इस बात का अफसोस तो नहीं रहेगा कि उन्होंने सिर्फ दवाई ही दी, ओझाई नहीं की। इसीलिए वे चुपचाप ओझाई देखते रहते हैं।

अलिआर की ओझाई अभी पूरी भी नहीं होने पाती है कि अचानक बाहर का दरवाजा खटखटाता है। दरवाजे पर खटखटाहट की आवाज सुनते ही सबों को लग जाता है कि सिपरसन आ गया है। सरभू तेजी से उठकर दरवाजा खोलता है। सबका अनुमान सही है। वह सिपरसन को लेकर अंदर आता है। लेकिन यहाँ जिउत एक क्षण के लिए झेंप-सा महसूस करता है। उसे एक ही समय अलिआर और सिपरसन, दोनों को नहीं बुलाना चाहिए था। दोनों के क्षेत्र अलग-अलग हैं और विश्वास के धरातल अलग-अलग। लेकिन वह क्या करे ? उसके पास समय ही कहाँ ? मरता क्या नहीं करता ? क्या अलिआर और सिपरसन नहीं जानते कि वह मजबूर है। और फिर पहली दफा तो दोनों एक जगह नहीं जुटे हैं। गाँव में कई लोगों के यहाँ बीमार मवेशियों की एक ओर अलिआर ने ओझाई की है तो दूसरी ओर सिपरसन ने दवाई। वे दोनों जानते हैं कि परेशान आदमी किसी एक डाल पर बैठा नहीं रह सकता। जब तक उसे राहत नहीं मिल जाती है, इधर-उधर हाथ-पाँव मारता ही रहता है। हालाँकि इस बिंदु पर शुरू में विश्वास के धरातल पर उन दोनों में काफी विरोध था। कई बार वे लड़ भी गए थे। लेकिन चूँकि एक ही गाँव में उन्हें रहना है और कई केस में लोगों के बुलाने पर एक ही साथ जुटना है, इसीलिए बीतते समय के अनुसार एक-दूसरे के मामले में टाँग न अड़ाते हुए अपना काम करना उन्होंने सीख लिया है...। फिर भी अकेले होने पर जितनी सहजता वे अनुभव करते हैं, एक-दूसरे के आमने-सामने होने पर वैसी सहजता नहीं महसूस करते।

अलिआर जानता था कि सिपरसन आने वाला है, इसलिए उस पर कोई खास असर नहीं पड़ता है। वह पहले से इस स्थिति के लिए तैयार था। वैसे मन-ही-मन वह यह चाह रहा था कि सिपरसन के आने से पहले ही अपना कार्य पूरा करके चल दे तो ज्यादा अच्छा रहेगा, इसीलिए वह तेजी से अपना कार्य निबटा रहा था। लेकिन सिपरसन आ ही गया !

इधर सिपरसन नहीं जानता था कि वह जहाँ जा रहा है वहाँ अलिआर पहले से ही मौजूद है, इसीलिए दरवाजे के भीतर घुसते ही लोहबान की गंध से उसका माथा ठनक जाता है। फिर न चाहते हुए भी उसकी नजर अलिआर पर चली ही जाती है। उसका मन कसैला हो जाता है। जब ओझाई ही करानी थी तो उसे बुलाने की क्या जरूरत ? ऐसी जगहों से उसका मन लौट जाने को करता है। लेकिन 'गऊ-गुहार' का मामला समझ वह लौट नहीं पाता है। अनबोलता गऊ को क्या पता, वह तो कष्ट में पड़ी है। उसे कष्ट मुक्त करना सिपरसन अपना मुख्य उद्देश्य मानता है। इस उद्देश्य के आगे इन छोटी-छोटी बातों की क्या बिसात ? जिउत भाई जरूर उन दोनों को बारी-बारी बुलवाते। लेकिन यह सोचकर कि रात गहराने के बाद कोई नहीं आएगा, उन्होंने दोनों को बुलवा लिया है। अब पहले वाला गाँव तो रहा नहीं। रात गहराने पर अब कोई कहाँ निकलता है ?

और सचमुच जिउत ने यही सोचा था। किसी एक को बुलाकर उसी के सहारे सारी रात काट देने का जोखिम वह उठाना नहीं चाहता था। वैसे उसे इस बात का विश्वास भी था कि यह जान चुकने के बाद कि अलिआर आया है, 'गऊ-गुहार' के नाम पर वहाँ आने से सिपरसन अपने को रोक नहीं पाएगा। 'गऊ-गुहार' को वह अपने जीवन में सबसे अधिक महत्त्व देता है। जिउत ने देखा है, सिपरसन अगर खाने पर भी बैठा हो और किसी गऊ की पीड़ा की गुहार उस तक पहुँची हो तो वह खाना छोड़कर चल पड़ा है। माल-गरुओं का इलाज उसने अपने बाबा से सीखा है। उसके बाबा मवेशियों के लिए उससे भी बड़े वैद्य थे। वह जब छोटा था, तभी से अपने बाबा के साथ मवेशियों का इलाज करता आ रहा है। जाने वह कौन सी जुगत जानता है कि मरखाह-से-मरखाह मवेशी भी उसका हाथ चाटने लगते हैं। मवेशियों के पेट में घुसकर और उनके सींग के पास सटकर वह घंटों बीमार मवेशी के साथ, सारघर में रात-रात भर रहता है। लेकिन कभी किसी मवेशी ने उसे नहीं मारा और न मवेशियों की सेवा में वह कभी थकता ही है। मवेशियों के दुःख-दर्द को वह पहचान जाता है और उन्हें रोगमुक्त करने में भिड़ जाता है। घास-पात के बीच छिपी जड़ी-बूटियों की अच्छी पहचान उसे है। किस मवेशी को, किस बीमारी में, कौन सी जड़ी दी जाएगी, वह तत्काल बता देता है। लेकिन इस सबके बावजूद उसने अपने इस कार्य को पेशा नहीं बनाया है। मवेशी के ठीक हो जाने पर सिपरसन को जो दे दिया जाता है, वह ले लेता है। कभी हाँ-ना नहीं करता है। गऊ-सेवा को वह अपना पवित्र धर्म मानता है। इस विषय में मोल-भाव करना पाप समझता है। लेकिन लोगों ने भी उसे कम नहीं दिया है। बिना

किसी खेती-गृहस्थी के वह अच्छा खाता और पहनता रहा है। किंतु जब से कस्बे में मवेशी अस्पताल खुला है, लोग उसे कम बुलाने लगे हैं। उसकी अपेक्षा शहर से आए मवेशी-डॉक्टर में लोगों का विश्वास ज्यादा रहने लगा है। पर सिपरसन इससे दुःखी नहीं। माल-गरुओं का कष्ट हरने के लिए पढ़-लिखकर डॉक्टर आए हैं। यह उसके जानते अच्छी बात है। लेकिन वह कहता है कि अंग्रेजी सुइयाँ और दवाइयाँ उसकी जड़ी-बूटियों का मुकाबला कभी नहीं कर सकतीं...।

जिउत उठकर सिपरसन के पास आ जाता है और उसे जमुनी के पास ले आता है। सिपरसन जमुनी को निहार-निहारकर देखता है, खूब गौर से...। उसका गला, पेट और थन को हाथों से दबाकर जाँचता है। उसके बदन को सूँघता है। फिर जिउत से पूछता है—"यह कब से बीमार पड़ी है ? शुरू में इसकी बीमारी के क्या लक्षण थे ? वे लक्षण वही रहे या बदले ? दाना-भूसा छोड़कर कब से इस तरह थउसी है ?"

इस बीच अलिआर की ओझाई पूर्वतः जारी रहती है। वैसे अब वह पचरा तेज आवाज में न गाकर धीमी आवाज में गाने लग गया है, इसीलिए जिउत सिपरसन को एक कोने में ले जाकर बैठाता है तथा जमुनी की बीमारी के बारे में विस्तार से बताता है। एक भी बात छोड़ता नहीं है। जानता है, डॉक्टर-वैद्य से बीमारी का पूरा हाल बताना अच्छा समझा जाता है।

सिपरसन जमुनी को देखने और जिउत की पूरी बात सुनने के बाद एक निर्णय पर पहुँच जाता है। कहता है—"परेशान होने की जरूरत नहीं जिउत भाई...मैंने इसकी बीमारी पकड़ ली है। पिछले साल अगहन में धनेसर कीभैंस को भी यही बीमारी हो गई थी। एक जड़ी है, जिसे पीसकर गुड़ के साथ एक-एक घंटे पर देते जाओगे तो रात-भर में यह ठीक हो जाएगी...।"

जिउत पूछता है—"कौन सी जड़ी है ?"

सिपरसन बताता है—"वह जड़ी तो मैं अपने यहाँ बराबर रखता था। लेकिन इस समय खत्म हो गई है...अभी वह बिरम महतो के बँसवार में मिलेगी।"

यह सुन जिउत एक क्षण के लिए मौन हो जाता है। सिपरसन भी मौन बना रहता है। शायद दोनों यह सोच रहे हैं कि इस रात में बिरम महतो के बँसवार से जड़ी कौन लाएगा ? गाँव में आए दिन जिस तरह हत्याएँ हो रही हैं और जिस तरह वैमनस्य फैल गया है उसे देखते हुए रात के इस घने अँधेरे में बँसवार में जाना खतरे से खाली नहीं। गाँव जाति के आधार पर कई खेमों और गुटों में बँट गया है। दिन में सदियों से चले आ रहे संबंधों का निर्वाह किसी तरह लोग कर लेते हैं। लेकिन रात होते ही लोगों पर हैवानियत का भूत सवार हो जाता है। रात के अँधेरे में, कब, कौन, किसकी गर्दन उड़ा दे, कुछ कहा नहीं जा सकता ? अब तो यह देखा नहीं जाता कि व्यक्ति दोषी है या नहीं ? देखा सिर्फ यह जाता है कि वह किस जाति या किस वर्ग का है ?

सरभू ताड़ लेता है कि पिता जिउत और काका सिपरसन असमंजस की स्थिति में हैं। वह उनके पास जाकर विषय से अवगत होता है। फिर जड़ी कबारने के लिए

बँसवार जाने को उद्यत हो जाता है। यह देख सिपरसन का उत्साह भी जाग उठता है—"मैं स्वयं जाकर जड़ी कबार लाता हूँ...तुम तो घास-पात के बीच उसे पहचान भी नहीं पाओगे...।"

लेकिन सरभू, सिपरसन को अकेले नहीं जाने देता है। इससे पहले कि जिउत कुछ कहे, सरभू और सिपरसन जड़ी के लिए चल देते हैं।

सरभू और सिपरसन के जाने के बाद जोगनी और रतिया भी चिंतित हो उठती हैं। जिउत तो चिंतित है ही। बिरम महतो का बँसवार गाँव के पुरूबारी छोर पर है। न जाने कब लौटेंगे। हे भगवान, वे सकुशल लौट आएँ ! लेकिन इन लोगों के विपरीत अलिआर कुछ और ही सोच रहा होता है। वैसे तो सिपरसन की उपस्थिति में भी वह अपनी ओझाई जारी ही रखे हुए था, पर कुछ धीमा पड़ गया था। अब पूर्ववत तेज हो जाता है। उसने लक्ष्य कर लिया है, जिउत का विश्वास उसकी अपेक्षा सिपरसन पर अधिक है, इसीलिए वह जल्दी-जल्दी ओझाई समाप्त करने लगता है। फिर जैसा कि उसने सोचा था, सिपरसन और सरभू के लौटने से पहले ही ओझाई समाप्त कर खड़ा होते हुए जोगनी से कहता है—"मैंने सब इंतजाम कर दिया है भौजी, उसके बाण को काट दिया है...अब सिर्फ साचर स्थान पर दारू ढरकाना और मुर्गी काटना बाकी है। इसके बाद तो उसे भैंस को छोड़कर भागना ही है !"

अलिआर ने महाजन देखकर ही अपनी फर्माइश की है। अपनी फर्माइश के पीछे अपने प्रति महाजन का विश्वास और उसकी सामर्थ्य को वह सदैव ध्यान में रखता है। अगर महाजन श्रद्धालु है और आर्थिक दृष्टि से तंगी में नहीं है, तो उसके यहाँ वह खसी काटने, वस्त्र अर्पित करने और देवास के नाम पर सवा मन धान निकालने का आग्रह करता है। पर यहाँ जिउत की स्थिति-विश्वास को देखकर ही वह सिर्फ मुर्गी और दारू का न्यूनतम आग्रह करता है। लेकिन इस आग्रह पर भी एक क्षण के लिए जिउत का परिवार असमंजस की स्थिति में पड़ जाता है ! मुर्गी और दारू का नाम सुन जोगनी जिउत की ओर ताकती है और जिउत जोगनी की ओर ! फिर दोनों कातर दृष्टि से अलिआर की ओर ताकने लगते हैं। उनकी आँखों की भाषा अलिआर समझ जाता है। अपनी स्थिति पर तरस खाने का आग्रह उनकी आँखें कर रही होती हैं। जवाब में वह मँजे हुए खिलाड़ी की तरह कहता है—"इतना तो करना ही होगा भौजी ! साचर को बिना संतुष्ट किए कुछ नहीं हो सकता !"

इसके बाद न चाहते हुए भी जोगनी अँचरा के खूँट से चंद सिक्के निकाल अलिआर की हथेली पर रख देती है—"मुर्गे का चूजा ही ले लेना भाईजी और एक पौवा ही दारू ! इतने से ही साचर को मना लेना...। हाथ सकेत में है, नहीं तो मनमाफिक चढ़ावा देती...।"

अलिआर उन सिक्कों को लेकर चल देता है। जानता है, जिस तीली में तेल नहीं, उसे पेरने से क्या लाभ ? लेकिन घर से उन सिक्कों के निकलते ही जिउत अन्यमनस्क हो जाता है। उसका मन करता है कि जोगनी को डाँटे, क्यों दिए पैसे ? पर यह सोचकर

कि दोष इसमें जोगनी का क्या, असली भागीदार तो वह स्वयं है, महटिया जाता है। उसे अलिआर को नहीं बुलाना चाहिए था। पैसे लेकर वह धूर्त चंपत हो गया। वह अपने आप पर खीज उठता है। स्वयं के खिलाफ गुस्से से उसका मन तिक्त हो जाता है...।

कुछ देर बाद जोगनी अपनी चिंता प्रकट करती है—"सरभू और सिरपरन अभी तक नहीं लौटे...।"

रतिया उसकी चिंता को और गहरा देती है—"सरभू भैया को नहीं भेजना चाहिए था...समय ठीक नहीं चल रहा है...हमें खाता-पीता देखकर कई मोखालिफ बन गए हैं...कौन कब मुखालफत साध ले, किसी पर भरोसा नहीं किया जा सकता...।"

जिउत का मन भी तो चिंतित और आशंकित है ही। कई आशंकाएँ उसके मन में उठ रही हैं। लेकिन अपनी प्रतिक्रिया वह व्यक्त नहीं कर पाता है। अगर इन औरतों की तरह वह भी अधीर हो गया तो फिर इन्हें ढाँढ़स कौन देगा ? उसे तो मर्द-मानुस की तरह कड़ा बने रहना है, इसीलिए वह समझाते हुए कहता है—"कुछ नहीं होगा...सिपरसन भाई साथ हैं...बँसवार यहीं तो नहीं है कि वे गए और आए...और फिर बँसवार में जड़ी कहीं एक जगह रखी हुई तो नहीं है...घास-पात के बीच उसे ढूँढ़ना होता है...इसमें समय तो लगेगा ही...।"

वैसे कहने को तो जिउत यह कह जाता है। पर जानता है, रतिया की आशंका निर्मूल नहीं। कौन, कब मुखालफत साध ले, किसी पर भरोसा नहीं किया जा सकता। जिसकी चाकरी न करो उसकी आँख की किरकिरी तो आदमी बन ही जाता है, अपने सही-गलत कार्यों में साथ न पाने पर अपने लोग भी तो नहीं बख्शते। लेकिन वह क्या करे ? इसमें उसका क्या कसूर ? जमुनी से पहले वह मालिक के यहाँ बनिहार था और सरभू चरवाहा। उसके जिम्मे हल जोतने से लेकर दवनी करने तक के खेती-गृहस्थी के सारे कार्य थे, सरभू के जिम्मे माल-मवेशियों को खिलाने-पिलाने से लेकर हवेली के अन्य अनेक कार्य। अपनी बड़ी बेटी मतिया की शादी में मालिक से उसने कर्ज क्या लिया था, दोनों बाप-बेटे उनके यहाँ बंधक हो गए थे। ऐसी चाकरी और गुलामी कि अपने लिए कोई समय नहीं और अपनी इच्छा नहीं। मालिक के जायज-नाजायज आदेश का पालन तत्क्षण करना पड़ता। उनके घरवालों की नींद सोना और जागना पड़ता। बदले में किसी तरह जीने-खाने भर अनाज। अभावों से घिरी बदहाल, बेबस और व्यथित जिंदगी। इस जहालत भरी जिंदगी से अगर किसी ने छुटकारा दिलाया तो जमुनी ने। अपने पहले बिआन में ही वह लक्ष्मी बन गई। दूध, दही और घी से घर भर दिया। पाँच महीने के अंदर ही मालिक का कर्ज चुका वे दोनों बाप-बेटे आजाद हो गए—अपनी मर्जी के अनुसार काम करने और अपनी मर्जी से जीने की आजादी। लेकिन उनकी यह आजादी मालिक को फूटी आँखों नहीं सुहाती। कहते हैं—"देखता हूँ, कब तक भैंस पालकर बाबू बने रहते हो...तुम बाप-बेटे के चले जाने से मेरी खेती रुकने वाली नहीं...तुमसे भी तगड़े बनिहार-चरवाह मिल गए हैं...तुम अपने को समझते क्या हो ?

अपनी खेत की मेंड़ों पर तुम्हारे मवेशियों को कभी देख लिया तो खैर नहीं !" इधर उसके जैसे लोग भी जो रातों में मीटिंगें करते हैं और अपने संघर्ष कार्यों में इधर-उधर ले जाना चाहते हैं, वे भी नाराज रहने लगे हैं कि ये बाप-बेटे अपना पूरा समय-साथ उन्हें नहीं देते। हालाँकि कई बार उन लोगों से उसने कहा है कि बाप-बेटे आपके साथ हैं, लेकिन माल-मवेशियों में लगे होने की वजह से हमें समय ही नहीं मिल पाता है...।

और सचमुच जिउत के साथ सच्चाई भी यही है। जमुनी की ही बदौलत और तीन भैंसें उसके बथान में आ गई हैं। यह सिर्फ जिउत जैसे लोग ही जानते हैं कि माल-मवेशियों का कार्य पर्याप्त समय की अपेक्षा रखता है, तब कहीं जाकर उन्हें आबाद रखा जा सकता है। यह ठीक है कि उसके जैसे लोगों के लिए ही ये अपने लोग संघर्षरत और गोलबंद हैं। पर जीवन निर्वाह के इस आवश्यक कर्म को करने के बाद ही तो वह कहीं सक्रिय हो सकता है। उसने ऐसे लोगों को देखा है, जो जीवन-निर्वाह के कर्म के प्रति उदासीन बने रहते हैं और अन्य सामूहिक संघर्ष कार्यों में बढ़-चढ़कर भाग लेते हैं। लेकिन ऐसे लोग देर तक अपना वजूद कायम नहीं रख पाते, जल्द ही उन्हें मुँह की खानी पड़ती है, इसीलिए जीवन-निर्वाह के कर्म को वह सर्वोपरि महत्त्व देता है। पर उसके लोग इसका दूसरा अर्थ लगाने लगे हैं। खैर...वे जो भी अर्थ लगाएँ, इस कर्ममय जीवन को वह छोड़ नहीं सकता और न इसके प्रति शिथिलता ही बरत सकता है। अब वे नाराज हैं तो वह क्या करे ?

अपनी और तीनों भैंसों का खयाल आते ही जिउत उन्हें देखने के लिए सारघर की ओर चल देता है। जमुनी में लगे होने की वजह से आज इन्हें वह स्वयं नहीं खिला सका। सरभू ने ही इन तीनों को खिला-पिलाकर सारघर में बाँध दिया है। इन भैंसों को अभी हाल ही में उसने बारी-बारी से लिया है। इनमें से एक लगहर है, दूसरी गाभिन है तथा तीसरी बकेन होकर 'बीसूख' गई है। साल-छह महीने में ये दोनों भी हरी हो जाएँगी। तब फिर उसके यहाँ दूध की नदी बहने लगेगी। फिर तो उसकी नैया आराम से किनारे लग जाएगी। लेकिन जिस जमुनी के चलते ये भैंसें उसके खूँटे का भाग्य बनी हैं, स्वयं बीमारी से थउस गई है। जमुनी ठीक रहे, तो ये तीन भैंसें क्या, पूरा सारघर मवेशियों से भर देगी। भैंस नहीं है जमुनी, कामधेनु है ! कामधेनु ! पहले जिउत जानता था कि कामधेनु देवताओं के पास रहने वाली कोई ऐसी चामत्कारिक धेनु होती है, जो सारी मनोकामनाएँ पूर्ण कर देती है। पर अब उसे लग गया है कि जमुनी जैसी धेनु का ही नाम लोगों ने कामधेनु रख दिया होगा...!

जिउत सारघर में घुसकर अपनी इन तीनों भैंसों के बीच खड़ा हो जाता है। शायद अँधेरे में भी ये तीनों अपने 'मउआर' को पहचान लेती हैं। एक जिउत की बाँह चाटने लगती है तथा दूसरी जिउत के पेट में माथा सटा अपने कान हिलाने लगती है तो तीसरी उसे सूँघने लगती है। जिउत को अफसोस होता है कि आज अपनी इन तीनों भैंसों को वह दुलार भी नहीं कर सका है। प्रायः प्रतिदिन जमुनी के साथ-साथ इन तीनों भैंसों

को भी खिला-पिलाकर सारघर में बाँधते वक्त वह इनके माथे, सींग और पीठ पर हाथ फेरते हुए पुचकारता था। शायद उसी की प्रतीक्षा में ये भैंसें अब तक खड़ी हैं। उसकी आँखें भर आती हैं। मन-ही-मन इन तीनों से माफी माँगते हुए वह इन्हें लाड़ से सहलाने और पुचकारने लगता है...। ठीक इसी समय दरवाजे पर आवाज आती है। शायद सिपरसन और सरभू आ गए हैं। वह तेजी से सारघर से निकलता है। लेकिन उसके दरवाजे पर पहुँचने से पहले ही रतिया उठकर दरवाजा खोल चुकी होती है। सचमुच सिपरसन और सरभू लौट आए हैं...।

सिपरसन कहता है—"बिरम महतो के बँसवार में गेहुँअन था, इसीलिए देर हो गई...।"

यह सुन जिउत, जोगनी और रतिया, तीनों के मुँह एक ही साथ भय और आश्चर्य से खुल जाते हैं—"गेहुँअन !"

सिपरसन बताता है—"हाँ, जब हम लोग बँसवार के पास पहुँचे तो चोंइ... चोंइ...चोंइ की आवाज आ रही थी। मैं समझ गया, जरूर साँप ने किसी बेंग को पकड़ा है। ध्यान से देखा तो एक भदेया बेंग को एक निठाह गेहुँअन ने दबोच रखा था...। अब हमें बगल के बँसवार में जाना पड़ा। लेकिन वहाँ जड़ी वाली घास हेहर और दूब छिपी थी बहुत मुश्किल से मिली है...।"

इसके बाद सिपरसन जड़ी वाली घास जोगनी की ओर बढ़ाता है—"इसे पीसकर ले आओ भौजी !"

लेकिन जोगनी के उठने से पहले ही रतिया उसे लेकर फुर्ती से सिलवट के पास जाती है और जल्दी-जल्दी पीसकर एक कटोरे में ले आती है। सिपरसन उसमें गुड़ मिलाता है। फिर अंदाज भर पानी। छोटी काँड़ी से लगभग चार काँड़ी दवा तैयार होती है। एक काँड़ी वह स्वयं जमुनी को पिला देता है तथा शेष तीन काँड़ी, रात के दूसरे, तीसरे और चौथे पहर देने को कह चल देता है। जाने से पहले जिउत को यह आश्वासन भी देता जाता है कि "अगर जड़ी ने सुन ली तो रात-भर में जमुनी रास्ते पर आ जाएगी। यह जड़ी 'बावग' नहीं जाती...अपना असर दिखाकर ही रहती है...!"

रात का दूसरा पहर बीत रहा होता है। जोगनी जिउत को याद दिलाती है—"पानी गरम हो गया है। मवेशी-डॉक्टरवाली दवा पिला दो...।"

जिउत अंदाज लगाता है, मवेशी-डॉक्टर की दवा का समय हो गया है। वह पानी में दवा घोलकर पिलाने लगता है। जानता है सिपरसन की जड़ी का मवेशी-डॉक्टर की दवा से कोई विरोध नहीं। सिपरसन अक्सर कहता है, "मेरी जड़ी का किसी भी दवा से परहेज नहीं। भले ही किसी बीमारी में जड़ी काम न करे, लेकिन नुकसान तो वह हर्गिज नहीं करेगी...।"

जमुनी को दवा पिलाने के बाद जिउत एक बार फिर उसे नजर भर निहारता है कि

वह तनिक भी टनमना रही है कि नहीं। लेकिन उसे कुछ भी अंतर नहीं मालूम पड़ रहा है। उसका मन फिर बुझने लगता है। जमुनी का माथा सहलाते हुए उसकी यादें जिउत को फिर कचोटने लगती हैं। वह समझ नहीं पाता है कि अपने मवेशियों की बीमारी के क्षणों में उनके अच्छे दिनों की यादें उसे क्यों परेशान करती हैं ? वे यादें उसके वर्तमान मन को और ज्यादा दुखाती हैं। पर चाहकर भी उन यादों से वह मुक्त कहाँ हो पाता है ?

पहली याद उस साल के उस बैसाखी मेले की आती है जिसमें जमुनी को लेकर जिउत गया था। उसे अपना बछड़ा बेचना था। 'हतेअरवा' की बीमारी में उसकी गाय बछड़ा छोड़कर मर गई थी। उस बछड़े को खिला-पिलाकर तैयार कर उसे बेच देने के लिए वह मेले में आया था। जमुनी को तो सिर्फ मेला घुमाने के उद्देश्य से साथ लाया था। साथ ही यह अंदाज लेने के लिए भी कि उसकी जमुनी का क्या भाव फेरहा लगाते हैं ? मेले में बछड़े को वह किसी तरह मोल-भाव करके बेच पाया था। उसे मनलायक दाम नहीं मिला था। बछड़ा भवगर नहीं बिका। पर जमुनी को देखकर तो मेले के सारे ग्राहक और फेरहा उस पर टूट पड़े थे। जिउत ने जितना सोच रखा था उससे डेवढ़ा देने के लिए फेरहा तैयार थे। एक फेरहा इतना घुरिआ रहा था कि जब तक मेले से जमुनी हटी नहीं, वह मँड़राता रहा। जिउत का गाँव उस मेले से दूर है। मेला पाहुन (जिउत के बहनोई) के गाँव के पास है। पाहुन भी मेले में आए थे। जिउत ने यह सोचकर जमुनी को पाहुन के यहाँ रख दिया था कि एक-दो दिन उनके यहाँ आराम कर वह घर जाएगी। लगहर माल को बिना आराम दिए दौड़ाना ठीक नहीं होगा। इसके बाद घर पहुँचकर दूसरे ही दिन जिउत जमुनी को ले आने के लिए सरभू को पाहुन के यहाँ भेज ही रहा था कि अचानक हाँफती हुई जमुनी उसके दरवाजे आ खड़ी हुई। वह चौंक गया कि जमुनी को कौन लाया ? कैसे आई ? उसके साथ कोई आदमी नहीं था और न कोई आगे-पीछे आ रहा था। उसने देखा, जमुनी के गले में बँधे पगहे में खूँटा लटक रहा था। शायद पाहुन के यहाँ से खूँटा कबारकर जमुनी भाग आई है। जिउत उसके गले से लिपट गया। जोगनी, सरभू, रतिया सबकी आँखें जमुनी के प्रति अपनत्व से छलछला आईं। दूसरे घर में जमुनी से एक दिन भी नहीं रहा गया और पाँच कोस के रास्ते में कहीं भटकी भी नहीं। सीधे अपने घर लौट आई। उस दिन जिउत माँ से बिछुड़े बेटे की तरह देर तक उससे लिपटा सुख के आँसू बहाता रहा। उस दिन नाँद में उसने भूसा कम, दाना ज्यादा दिया। देर तक उसे पुचकारकर खिलाता रहा। बाद में पाहुन और उनके घर के लोग दौड़े हुए आए कि न जाने जमुनी खूँटा उखाड़कर कहाँ भाग गई है ! पर जिउत ने जब इत्मिनान से सारघर में पागुर करती जमुनी को उन्हें दिखाया तो वे आश्चर्य से दंग रह गए। उसी दिन पाहुन ने कहा कि "इस भैंस को कभी बेचना मत। यह भैंस नहीं। इस भैंस में इस घर के ही किसी पुरखे की आत्मा है, जो चोला बदलकर इस रूप में आ गई है। यह जब तक इस घर रहेगी, यहाँ कोई कमी नहीं हो पाएगी...।"

जिउत को दूसरी याद उस साल भादो की उस बरसाती रात की आती है। उसने

जमुनी को सवेरे ही खिला-पिलाकर तथा दुहकर अपनी उस बछिया के साथ सारघर में बाँध दिया था। उस वक्त जमुनी के साथ-साथ वह बछिया भी जिउत के पास थी, जिसके मरने पर उसे 'लक्षण लगने' का दोष लगा था। वह जमुनी का दूसरा बिआन था। दूसरे बिआन में जमुनी ने एक पाड़े को जना था, जो दो महीने के अंदर ही मर गया था। पर जमुनी ने अपने दूध में कोई कमी नहीं की थी। बिना पाड़े के वह हाथ पर ही पेन्हा जाती थी और पहले की तरह ही दूध बरसाती रहती थी।

घनघोर आँधी-पानी वाली उस रात में जिउत सोने से पहले दो बार सारघर में जाकर देख आया था कि जमुनी और बछिया ठीक हैं न ! सारघर के पीछे वाली जो दीवार गीली हो गई थी, जमुनी और बछिया को उसने वहाँ नहीं बाँधा था। आँगन से झट्टासी हवा बरामदे को पार कर सारघर में जहाँ पहुँच रही थी, जमुनी और बछिया वहाँ भी नहीं थी। उन दोनों को सारघर के दो कोनों में जिउत ने बाँध रखा था, जहाँ इत्मिनान से बैठी वे पागुर कर रही थीं। उन्हें इत्मिनान से देखकर ही जिउत चैन से सो सका था।

बिजली की कड़क, पानी पड़ने की मिश्रित आवाजें और झट्टासी हवा का तर्जन-गर्जन ! इस बीच कुछ भी सुनाई नहीं पड़ रहा था। घर के किस कोने में क्या हो रहा है, आहट ले पाना मुश्किल था ? शायद इसी अवसर का लाभ उठा चोरों ने सारघर की गीली हो गई मिट्टी की दीवार को सेंध मारकर ढोंढ़र दिया था और इसी रास्ते जमुनी को निकाल वे लेकर भाग चले थे। जमुनी के जाने के कुछ ही क्षण बाद जाने किस चीज की आवाज सुन रतिया उठी थी और 'चुहानी' घर की ओर चल पड़ी थी। रतिया बताती है कि उसे नींद में ही लगा था कि चुहानी में बिल्ली घुस गई है और मटके का दही गिरा रही है। लेकिन चुहानी की ओर जाते हुए सारघर पर नजर पड़ते ही वह छाती पीटकर चिल्ला उठी थी—"जमुनी चोरी हो गई...जमुनी चोरी हो गई...!"

यह सुन जिउत और सरभू बदहवाश की तरह उठे थे। एक क्षण के लिए तो उन्हें अपने कानों पर विश्वास नहीं हुआ था। पर सारघर में देखते ही उनके बदन में 'तितकी' लग गई थी। उसके बाद तत्क्षण लाठी उठा वे सेंध के रास्ते ही गली में आ गए थे। जोगनी और रतिया को उन्होंने घर के अंदर ही छोड़ दिया था। फिर गली में आते ही बुक्का फाड़कर वे चिल्ला उठे थे—"चोर ! चोर ! चोर !...!"

लेकिन आँधी-पानी वाली उस तूफानी रात में उनकी आवाज दूर तक पहुँच भी नहीं पाई थी। आसपास के दो-चार लोग मुश्किल से जुटे थे। ये वे लोग थे जिनके यहाँ से जिउत की 'भवधी' थी, जिनके साथ दिन-रात का उसका उठना-बैठना था। जिउत जानता था, गाँव के शेष लोग उसकी आवाज सुनकर भी नहीं आएँगे। अब रात में चोर-चोर की आवाज सुनकर कौन निकलता है। उसने और लोगों की प्रतीक्षा भी नहीं की। प्रतीक्षा करने और गोहार जुटाने का उसके पास समय ही कहाँ ? जो चंद लोग आ गए थे उनके साथ ही वे दोनों बाप-बेटे जमुनी की खोज में निकल पड़े। एक

गली से सरभू और पड़ोस के कुछ लोग तथा दूसरी गली से जिउत और शेष लोग। वे बेतहाशा दौड़ते हुए इस गली से उस गली को लाँघते जा रहे थे। लेकिन जमुनी की आहट नहीं पा रहे थे। जमुनी के पदचिह्न ढूँढ़ने के लिए भी वे प्रयासरत थे। अगर पाँक-पानी में उसके पदचिह्न बने भी होते तो मूसलाधार बारिश को उसे बिगाड़ते देर भी तो नहीं लगती थी, गाँव से बाहर निकल वे इस दिशा से उस दिशा की ओर थाह लेने लगे।

पानी से भरे धान के खेत ! कुच-कुच अन्हरिया रात। आर-पगार सब जलमग्न। हवा और पानी के थपेड़ों से गिरते-उठते धान के फसलों की विचित्र आवाजें। जाहिर है, चोर धान के खेतों से होकर ही जमुनी को ले जा रहे होंगे। लेकिन किस दिशा में ले जा रहे हैं, जिउत अंदाज नहीं लगा पा रहा था। कभी किसी दिशा की आवाज सुन उसके कान उधर खड़े हो जाते, तो कभी किसी दूसरी दिशा की ओर। इस इधर-उधर की भटकन के दौरान जाने अचानक उसके मन में क्या आया कि वह पूरी शक्ति के साथ चिल्ला उठा—''जमुनी !... जमुनी...! जमुनी!''

उसे इस तरह भर जोर चिल्लाते देख उसके साथ के लोग चिहा उठे कि जिउत को यह हो क्या गया ? जमुनी तो कहीं नजर आ नहीं रही है और यह जमुनी-जमुनी चिल्लाए जा रहा है। लेकिन यह क्या ? जिउत की आवाज की प्रतिक्रिया में पश्चिम दिशा के खेतों की ओर से छप्-छप् की आवाजें सुनाई पड़ने लगीं—पानी से भरे धान के खेतों में किसी मवेशी के भागने और कुछ लोगों द्वारा उसका पीछा किए जाने की आवाजें। यह सुन जिउत और जोर-जोर से चिल्लाने लगा—''जमुनी...जमुनी ! मैं यहाँ हूँ...।''

वह अपना होश खोकर भी जमुनी तक अपनी आवाज पहुँचा देना चाहता था। और सचमुच उसकी आवाज सुन खेतों से आने वाली छपाक्-छपाक् की ध्वनि तेज होने लगी थी। अब जिउत और उसके साथ के सभी लोगों को लग गया कि जमुनी अपने मउआर की आवाज सुन चोरों का घेरा तोड़ भागी आ रही है और उसे पकड़ने के लिए चोर पीछा कर रहे हैं। इस बीच सरभू भी अपने साथ के लोगों के साथ वहाँ पहुँच आया था और स्थिति से अवगत होते ही जिउत के साथ स्वर में स्वर मिलाकर वह भी चिल्लाने लगा था—''जमुनी...जमुनी...!''

प्रारंभ में छपाक्-छपाक् की आवाजों में चोरों की आवाजें भी सुनाई पड़ती थीं। लेकिन निकट आने पर जमुनी को हाथ से निकला जान वे शायद उलटे पाँव वापस हो गए थे। जिउत जानता था, जानवर जब मुँह फेरकर पूरे मन से भाग चले तो चार चोर क्या, दस चोर भी उसे काबू में नहीं कर पाएँगे...।

इधर जमुनी को पास आते देख जिउत, सरभू और साथ के लोग उसकी ओर दौड़ पड़े। जिउत और सरभू तो आगे बढ़कर उसके गले से लिपट गए। जिउत को विश्वास था, उसकी आवाज सुन जमुनी कहीं नहीं बिलमेगी। वे दोनों बाप-बेटे हाँफ रहे थे। जमुनी भी बेतरह हाँफ रही थी। पानी से भरे धान के खेत में तीनों एक-दूसरे से लिपटे

रहे। घर आने पर यह देखकर जिउत का पूरा परिवार तड़प उठा कि जमुनी के चारों पैर लाठी की मार से लहूलुहान थे। उसके बदन पर भी लाठी की मार के अनेक निशान थे। शायद चारों ने उसे वापस न आने देने के लिए ऐसा किया था। लेकिन जिउत के परिवार ने पूरे मनोयोग से सेवा-सुश्रूषा कर उसे ठीक कर दिया...! जमुनी आ गई थी, सब धन मिल गया था...!

जिउत को तीसरी याद मतिया के गौने की रात की आती है। हाथ खाली होने पर भी उसने अपनी बड़ी बेटी मतिया की शादी कर्ज लेकर की थी। उस वक्त जमुनी गाभिन थी। जिउत को विश्वास था कि जमुनी के बिआते ही वह कर्ज मुक्त हो जाएगा तथा मतिया का गौना खूब धूमधाम से करेगा। और सचमुच जमुनी की बदौलत गौने के लिए जो दिन रखा गया था, उस दिन तक न सिर्फ वह कर्ज मुक्त हो गया था, बल्कि गौने का सारा इंतजाम भी चुटकी बजाते ही कर सका था। गौने की रात गवनहरियों को ठहराने एवं खिलाने-पिलाने की जोरदार तैयारी उसने की थी। जमुनी को उस दिन उसने सरभू पर छोड़ दिया था। सरभू ने ही उसे खिला-पिलाकर सारघर में बाँध दिया था। जिउत तो मेहमाननवाजी में व्यस्त था। काफी रात गए तक खाना-पीना चलता रहा। खाने के बाद दालान में बिछे पुआल पर अपने समधी के साथ बीड़ी पीते हुए जिउत बातचीत करता रहा। इस बीच थके-माँदे प्रायः सभी गवनहरी और घर के सदस्य सो गए थे। जिउत की आँखें भी भरमा रही थीं। लेकिन रह-रहकर 'खट्-खट्' की आवाज कहीं से आ जाती थी। जिउत ने कई बार यह सोचकर उस आवाज की ओर से अपना ध्यान झटक दिया था कि या तो गली में से या पड़ोस के घर से या बरामदे के गोंठहुल से चूहे या बिल्ली की हरकत होगी। पर अचानक जब उसे लगा कि यह तो सारघर से आनेवाली आवाज है तो वह जैसे सोते से जाग उठा। फिर तेजी से सारघर की ओर चल पड़ा। सारघर में पहुँचकर उसने देखा, जमुनी उद्विग्न खड़ी है तथा सींग से खूँटा बजा रही है। जिउत को देखते ही जमुनी गुस्से से माथा झटकने लगी। उसे स्थिति समझते देर नहीं लगी। उसका मन गहरे पश्चाताप में डूब गया कि आज जमुनी को सारघर में आकर उसने 'गौ-ग्रासन' क्यों नहीं दिया ? प्रति रात खाना खाते वक्त वह जमुनी के लिए दो रोटियाँ निकाल देता था और सारघर में ले जाकर अपने हाथ से उसे खिलाता था। शायद उन्हीं रोटियों की प्रतीक्षा में अब तक खड़ी जमुनी खूँटा बजा रही थी। जिउत का मन रुआँसा हो उठा था। वह दौड़कर चुहानी से चार-पाँच पूड़ियाँ ले आया था। उस दिन गवनहरियों के लिए रोटियों के स्थान पर पूड़ियाँ ही बनी थीं। उसने मनुहार करके जमुनी को खिलाया था, उससे माफी माँगी थी, उसे जी भरकर दुलार किया था, तब कहीं जाकर जमुनी सहज हो पाई थी। फिर बैठकर पागुर करने लगे थी। उस रात, शेष रात जिउत अपने आप पर ही खीजता रहा था कि गवनहरियों की व्यस्तता में वह जमुनी को कैसे भूल गया था ?

इधर जिउत की तरह सरभू, रतिया और जोगिनी भी जमुनी से संबंधित यादों में ही खोए थे। जमुनी के साथ जिसका जैसा जुड़ाव था, उसके जेहन में जमुनी की वैसी

ही यादें रह-रहकर कौंधती रहती थीं। सरभू को चरवाही से छुटकारा जमुनी ने ही दिलाया था, इसीलिए चरवाही के दुःख से छुटकारे की घटना सरभू को विशेष याद आती रहती है। मतिया दीदी की शादी में बाबू ने मालिक से जो कर्ज लिया था, उसकी भरपाई के लिए उसे मालिक के यहाँ चरवाह बनना पड़ा था। बाबू तो उनके यहाँ पहले से ही बनिहार थे। वह नहीं जानता था कि चरवाही का जीवन कैद से भी गया-गुजरा और तकलीफदेह होता है। जब से वह चरवाह हुआ था, तब से आदमी कहाँ रह गया था। उसे इतना भर समय भी नहीं दिया जाता था कि वह अच्छी तरह नित्यक्रिया से भी निबट सके। सुबह होते ही उसे आदेश मिलने शुरू हो जाते थे—"सरभुआ यह काम ! सरभुआ वह काम ! सरभुआ इधर आओ ! सरभुआ उधर आओ !" बच्चे कुछ और काम कराते, तो औरतें कुछ और, तो पुरुष कुछ और। सबके आदेश का पालन उसे दौड़-दौड़कर तत्क्षण करना पड़ता। दरवाजे पर माल-मवेशियों को अभी सानी-पानी दे ही रहा होता कि किसी काम के लिए औरतें आँगन में बुला लेतीं, तो घर के लड़के किसी काम के लिए उसे कहीं दौड़ा देते, तो खलिहान से मालिक का बुलावा आ जाता। सुबह उठने से लेकर रात सोने तक वह चरखी की तरह नाचता रहता। इस पर भी कभी किसी काम में देरी या गफलत हो जाती, तो उसके सात पुस्तों को उधेड़ती हुई कटाह गालियाँ और निर्दयी तमाचे...! वैसे ऊपर से कहने के लिए बनिहार खेतों में हल जोतने के लिए तथा चरवाह दुआर पर माल-गरुओं को खिलाने-पिलाने के लिए रखे जाते हैं। खेतों में रहते हुए बनिहार की जान का सामना तो सिर्फ घाम-पानी और आँधी-तूफान से ही करना पड़ता है, लेकिन दुआर पर रहनेवाले चरवाह की जान तो चौबीसों घंटे साँसत में पड़ी रहती। उसे चरवाह कम, पूरे घर का टहलुआ और सब कुछ करने वाला नौकर बना दिया जाता है। इस पर भी घर-दुआर के अंदर किसी से कहीं कोई गलती हुई तो दोष चरवाह का ही ! लालटेन का शीशा फूट गया तो साला सरभुआ ! कुएँ में बालटी गिर गई तो कमीना सरभुआ ! छत पर कपड़ा छूट गया तो देहचोर सरभुआ ! मालकिन की छूँछी खो गई तो चोर सरभुआ। बैल बीमार पड़ गया तो कसाई सरभुआ ! इस नारकीय जीवन से मुक्ति के लिए उसने बाबू से कई बार कहा था—"चाहे अन्य जिस काम में लगा दो बाबू, पर यह चरवाही छोड़वा दो...।"

पर जवाब में बाबू कुछ नहीं कहते थे। लेकिन उनकी डबडबाई आँखें और रुआँसे चेहरे से वह सब कुछ जान जाता था। मालिक के कर्ज का सूद रोज बढ़ता ही जा रहा था। सूद के साथ मूल चुकाए बगैर उसकी रिहाई हर्गिज होनेवाली नहीं। इस स्थिति में बाबू के पास सिर्फ एक ही विकल्प था कि वे स्वयं चरवाह बन जाएँ और उसे बनिहार बना दें। लेकिन बनिहारी लायक सरभू अभी हुआ भी तो नहीं था। यह ठीक है कि बनिहार का कार्य भाग-दौड़ का कार्य नहीं। पर कठोर परिश्रम और घठाहुर जिस्म का कार्य है ! धधकती धूप, लू की लहर, कड़ाके की सर्दी और मूसलाधार बारिश में भी हल जोतना पड़ता है। नई उम्र के लड़के यह सब सह नहीं पाते हैं। इसीलिए पकी उम्र और गठीले जिस्म के लोग ही बनिहार बनाए जाते हैं। सरभू को याद है, इन स्थितियों

में बाबू जब अधिक चिंतित होते थे, तो जमुनी के पास खड़े उसका माथा सहलाते रहते थे। जब जमुनी गाभिन थी। वह उसके पहले बिआन से पूर्व के दिन थे। हालाँकि सरभू के मन में अधिक दिलासा नहीं थी कि जमुनी के बिआते ही वह सब कुछ हो जाएगा, जो असंभव बना हुआ है। जिस संकट में दोनों बाप-बेटे घिरे थे, वह एक भैंस के एक बिआन से मिटनेवाला नहीं था। लेकिन जमुनी के पहले बिआन ने ही उस संकट को पाट दिया था। बाबू के हाथ पर पैसे बरसने लगे थे। बस, वे कर्ज चुकाने में भिड़ गए थे। फिर सबसे पहले बाबू ने सरभू को आजाद किया था। फिर स्वयं स्वतंत्र हुए थे। उसके बाद आज तक वे दोनों बाप-बेटे फिर किसी के यहाँ बनिहार-चरवाह नहीं बने हैं। जमुनी ने स्वतंत्र गृहस्थ के रूप में जीने की उनकी साध पूरी कर दी है।

सरभू को याद है, जिस दिन वह आजाद हुआ था, मालिक के घर से भागते हुए सीधे अपने बथान में सानी खा रही जमुनी के गले से आकर लिपट गया था। वह समझ नहीं पा रहा था कि अपनी खुशी का इजहार जमुनी से कैसे करे और कैसे उसे बताए कि जो कुछ हुआ है वह उसी की बदौलत हुआ है। इस स्थिति में वह घर से दाना लाकर कभी जमुनी को खिलाता, तो कभी उसकी पीठ सहलाने लगता और उसके माथे पर हाथ फेरता। फिर थोड़ी देर में उसके पाँव झाड़ने लगता, फिर उसके सींग में तेल मालिश करने लगता, फिर उसके पेट में घुसकर उसके थन में चिपकी अठइयों को चुनता। इस दौरान जी भरकर जमुनी को वह पुचकारता और दुलारता भी जा रहा था। इसके बावजूद उसका मन नहीं भर रहा था। अंत में जमुनी को खूँटे से खोलकर उसे चराने के लिए खुले मैदान में ले गया था। हरियाली भरे मैदान में आने पर जमुनी कुलाँचें भरने लगी थी। जमुनी को कुलाँचे भरते देख उसका मन बाग-बाग हो गया था। कुलाँचें भरने के बाद जब जमुनी हरी-हरी घास चरने लगी थी तो देर से जो बात सरभू के मन को उद्वेलित कर रही थी, वह बात जमुनी के कान में मुँह सटाकर उसने कह ही दी थी—"आज से तू ही मेरी सब कुछ है जमुनी ! अपनी जान से भी बढ़कर तेरी हिफाजत करूँगा... ।"

और सचमुच उस दिन के बाद से जमुनी की हिफाजत में अपनी ओर से उसने कोई कमी नहीं होने दी है। बाहर मैदान में जमुनी को चराते हुए उसकी चिकनी चौड़ी पीठ पर सरभू सो जाया करता है। जमुनी की देह-गंध उसके मन-प्राणों में रच-बस-सी गई है। एक बार तो जमुनी को चराते हुए उसकी पीठ पर ही वह सो गया था, फिर जाने कब जमुनी सड़क से उतर जनेसर के खेत में घुस उसकी फसल चरने लगी थी। यह देख जनेसर झटहा लेकर जमुनी की ओर दौड़ा था। जवाब में जमुनी भाग खड़ी हुई थी। बस, सरभू नींद में ही उसकी पीठ से लुढ़क गया था। फिर आँखें खुलते ही वह सब समझ गया था। इसके बाद जमुनी और जनेसर के बीच दीवार बनकर खड़ा हो गया था। जनेसर के झटहे की मार उसने स्वयं सह ली थी, जमुनी पर कोई प्रहार नहीं होने दिया था... ।

इधर जिउत और सरभू की तरह रतिया की स्मृति में भी नाच रही होती है

जमुनी—अपनी उन असंख्य यादों के साथ जो उसके कोमल नारी-मन को और रुआँसा बनाती जा रही थी।

बाबू जमुनी को दुह रहे हैं, बिना पैर छाने यों ही। जमुनी जैसी सोझिया धेन को छानने की क्या जरूरत ? बिना हिले-डुले सहज-शांत भाव से खड़ी है जमुनी और पागुर कर रही है। बालटी में दूध की धार घर्र-घर्र बज रही है। रतिया बगल में खड़ी है। एक बालटी भर गई है। वह दूसरी बालटी बाबू को थमा रही है। पहली भरी हुई बालटी झट से ले जाकर घर में छिपा देती है, किसी की नजर न लग जाए...!

चुहानी में खाना बना रही है रतिया। माड़ पसाने के बाद जमुनी के लिए पखेव तैयार कर रही है—माड़, गुड़ और गेहूँ की दलिया का पखेव। तैयार पखेव एक कठौते में लेकर वह जमुनी के पास पहुँची है। पखेव का कठौता देखते ही जमुनी माथा झटकने लगी है। पखेव पीने की आतुरता में वह आगे तक बढ़ आई है। खूँटे में बँधी उसकी रस्सी तन गई है। खूँटा कबरने-कबरने को हो गया है। पखेव का कठौता रतिया द्वारा जमीन पर रखते-रखते जमुनी उसमें थूथुन बुड़ा सुड़क-सुड़ककर पीने लगती है। रतिया स्नेह से उसका माथा सहलाती है। पखेव जमुनी पीती है और रतिया का मन संतुष्ट होता है। पखेव पीने के बाद जमुनी कठौती तब तक नहीं छोड़ती है जब तक पूरे कठौते को जीभ से अच्छी तरह चाट नहीं लेती है।

जमुनी का गोबर हटाने रतिया पहुँची है। जमुनी बिना कहे एक किनारे हो गई है। रतिया चुन-चुनकर सारा गोबर एक जगह जुटा रही है। इस दौरान जमुनी के पैरों के बीच निहुरकर उसे गोबर खींचना पड़ रहा है। लेकिन जमुनी कभी उसे चोट नहीं पहुँचाती है और न अपनी पूँछ फटकारकर उसके कपड़ों को ही गंदा करती है...।

शाम को मच्छरों से बचने के लिए रतिया जमुनी के पास करसी का धुआँ कर रही है। धुएँ से मच्छरों को भागते ही छटपटाती जमुनी राहत की साँस ले रही है। फिर चैन मिलते ही पास खड़ी रतिया का हाथ चाटने लगती है। रतिया ने अनुभव किया है, जब भी वह जमुनी के पास खड़ी हुई है, जमुनी उसके हाथ या पाँव चाटने लगती है। जमुनी की नर्म जीभ का गरम स्पर्श ! रतिया का मन एक मीठी गुदगुदी से सिहर उठता है।

दोपहर घर के कामों से निबट जमुनी का ढ़ील हेरने पहुँची है रतिया। जमुनी बैठकर पागुर कर रही है। रतिया द्वारा ढ़ील हेरे जाते ही वह चारों पाँव पसार चित हो जाती है। जैसे वह निफिकिर हो गई हो...। जैसे ढ़ीलों से मुक्ति पाकर उसे चैन मिल रहा हो...! उसके पेट और जोड़ों के बीच छिपी ढ़ीलों के साथ उसके कान के बाहर और भीतर चिपकी अठइयों को भी वह निकालती है।

जमुनी की इन यादों के साथ ही रतिया को अपनी बीमारी के वे दिन भी अनायास याद आ जाते हैं; जब वह मरने-मरने को हो गई थी। जाने कौन सी बीमारी उसके अंदर घर कर गई थी कि उसका सारा शरीर सूखकर हड्डियों का ढाँचा रह गया था। दो-चार कदम चलने पर भी आँखों के आगे चिनगारियाँ नजर आने लगती थीं। सदर अस्पताल

के डॉक्टर ने दवा के साथ दूध-घी, मांस-मछली, अंडा-मुर्गा, फल आदि खिलाने को कहा था। लेकिन बाबू के पास इतने पैसे कहाँ कि वे यह सब खिलाएँ ? तब गाँव के वैद्यजी ने बताया था कि थान तर का दूध इसे खूब पिलाओ। बस, बाबू ने धुककर उसे जमुनी के थान तर का दूध पिलाया था। दोनों जून जमुनी के दुहाते वक्त गिलास लेकर उसके थान के पास वह मौजूद हो जाती थी। बाबू उसके गिलास में ही दुह देते थे और वह गटागट पी जाती थी। वैद्यजी ने ठीक कहा था, तीन महीने के अंदर ही उसकी बीमारी भाग गई थी। जमुनी ने उसकी काया को निरोग कर दिया था। अब वह पहले से ही स्वस्थ अनुभव करने लगी थी।

जमुनी की यादों में रतिया को मतिया दीदी का गौना विशेष याद आता है। दीदी की शादी तो कर्ज लेकर हुई थी, इसीलिए कोई उल्लास नहीं था। हाथ बँधे हुए थे। सारे अरमान और सपने दबकर रह गए थे। चाहते हुए भी बाबू कुछ कर नहीं पाए थे। अंदर-ही-अंदर घुटते रहे थे। लेकिन गौना के समय तक तो जमुनी ने उन्हें इस लायक बना दिया था कि मूँछों पर ताव देते हुए उन्होंने वह सब किया था कि सारा गाँव देखता रह गया था। पाहुन और गवनहरी एकदम खुश । गद्‌गद ! बक्सा, ट्रंक, झाँपी-झपोला, पलँग-पोशाक आदि से दो बैलगाड़ियाँ भर गई थीं। साथ में एक चितकबरी गाय भी। दीदी के ससुर गाय के लिए शादी में ही रूठे हुए थे। उनकी वह मुराद भी पूरी हो गई थी।

इस गौने में रतिया का भी कम हाथ नहीं था। वैसे बाबू ने तो स्वयं पूरी तैयारी कर ली थी। लेकिन गोंठहुर बेचकर जो रुपए रतिया ने छिपा रखे थे, वह इसी अवसर के लिए तो थे। भैंस का गोबर चुनकर गोइंठा पाथना और सूखे हुए गोइँठे को सजाकर गोंठहुर बनाना रतिया का ही काम था। यह गोंठहुर बेचकर वह स्वयं पैसे रखती थी। बाबू ने ऐलान कर दिया था कि गोंठहुर के पैसे रतिया से कोई नहीं माँगेगा। उस वक्त तक आठ-दस गोंठहुर बेचकर उसने काफी रुपए इकट्ठे कर लिये थे। ऐन गौना के वक्त बाबू के हाथ पर उसने संचित रुपए रखे थे तो आश्चर्य और खुशी से जैसे वे पागल हो उठे थे—और इतने रुपए ! फिर तो जैसे उनका मन दरिआव हो गया था। गौने की बारात उन्होंने रोककर मरजाद रखवा ली थी। पुए, पकवान और मिठाइयों की खुशबू से सारा घर-आँगन गमक उठा था। उन दिनों बाबू की आँखों में उसने अपने लिए अथाह स्नेह और प्यार देखा था। माँ से बाबू को यह कहते हुए भी वह कई बार सुन चुकी थी—'रतिया ने तो गजब कर दिया ! गोंठहुर बेचकर इतने रुपए ! बेटी नहीं है रतिया, लक्ष्मी है !' लेकिन रतिया को लगता कि यह सब जमुनी का ही परताप है। जमुनी नहीं थी तो चूल्हा फूँकने तक के लिए गोइँठा नसीब नहीं था। खेतों से कँड़रा बीनकर वह चूल्हा जलाती थी। अब जमुनी की बदौलत जो न हो जाए !

यह याद करके रतिया का मन लाज से सिहर जाता है कि बाबू उसकी शादी के लिए भी बातचीत चला रहे हैं। अब मतिया दीदी वाली स्थिति नहीं। जमुनी का आँगछ ऐसा सगुणवत हुआ है कि इस समय जमुनी के अतिरिक्त और तीन भैंसें बथान में

आ गई हैं। लगहरों का पैसा अब उसकी शादी के लिए बटोरा जा रहा है। रतिया बाबू की योजना जानती है, पहले बेटी की शादी, फिर मकान की मरम्मत, फिर सरभू का ब्याह ! एक सुचिताह किसान की तरह सोचने लगे हैं बाबू। अब किसी लड़केवाले के यहाँ वह निहोरा नहीं करते। कई लड़कों को देख-सुनकर उन्होंने छाँट दिया है। जब भी किसी लड़के को देखकर आते हैं, माँ को पूरी बात बताते हैं। कहते हैं—'जब तिलक-दहेज देकर ही शादी करनी है तो फिर चिरौरी क्या और जिस-तिस की खुशामद क्या ? जब मन लायक लड़का मिलेगा, तभी शादी करेंगे। ऐसे लड़के से, जिसके यहाँ दो-चार लगहर धेन हों। वह घर क्या जिसके यहाँ कोई धेन न हो, या फिर कोड़ने-उपजाने को अपनी जमीन न हो...।'

ऐसे वक्त, जब बाबू माँ से उसकी शादी के बारे में बातचीत कर रहे होते हैं, वह शर्म से दोहरी हो जाती है। उस वक्त वह आँगन से भागकर सारघर में जमुनी के पास चली जाती है। लेकिन ऐसे क्षणों में जमुनी भी उसे कहाँ शांत-सहज रहने देती है। अपनी नर्म जीभ के गरम स्पर्श से मीठी गुदगुदी उसके तन-मन में भरती जाती है।

रतिया का मन इस बात के लिए विकल हो जाता है कि जमुनी अब उसे क्यों नहीं चाटती ? कैसी बीमारी आई कि वह चाटना भी भूल गई ? जब से वह गिरी है, रतिया उसके निकट आती-जाती रही है। लेकिन उसे चाटना तो दूर, माथा उठाकर देखने का हिवाय भी नहीं रह गया है जमुनी का। रतिया की इच्छा होती है कि जमुनी के गले से लिपटकर जी भरकर रोए। लेकिन जानती है, यह असगुन होगा। इसीलिए रुलाई अंदर-ही-अंदर दबाए वह विहरती रहती है...!

इधर सरभू और रतिया से कहीं अधिक चिंतित है जोगनी। उसकी यादों का तो जैसे समंदर ही उमड़ आया है। वह माँ है और इस घर की घरनी। उसने और जिउत ने मिलकर ही यह घर बसाया है। घर के बाहर का जिम्मा जिउत पर है तो घर के अंदर का भार उस पर। वह जानती है, उसके इस बसे घर की नींव है जमुनी, उसकी सुखी गृहस्थी को सींचनेवाली नदी, उसके छूँछे हाथ का कंगन, उसकी खाली देहरी का अनाज, उसके अँधेरे घर का दीया ! पति जिउत के कंधे की लाठी, बेटे सरभू के माथे का गमछा, बेटी रतिया के गले की ओढ़नी ! उसे बनिहारिन से रउताइन बना दिया है जमुनी ने, एक खाते-पीते घर की मलिकाइन...! इसीलिए जोगनी बीमार जमुनी को एक माँ की तरह अगोरकर बैठी है, जैसे जमुनी उसकी भैंस नहीं, अकेली संतान हो, जिसके जीवन-मरण का प्रश्न उसके वंश के बसने-उजड़ने का प्रश्न हो...!

जोगनी वे दिन कभी नहीं भूल पाती है, जब कनेआँ बनकर इस घर में आई थी। तब कुछ भी तो नहीं था इस घर में ! मुसरी दंड करती थीं। कोठ, भाँड़ हाँड़ी, पतुकी, डेहरी—सब खाली। उसके पिता ने सिर्फ घर-व-वर देखकर ही उसे ब्याहा था—देह-भुजा से मजबूत और गाँव में अपना पुश्तैनी घर। यही देखा था पिता ने। अपने पिता से ही वह यह जान पाई थी कि उसके पति के पुरखे कभी इस गाँव के निम्न गृहस्थ थे। बीस बीघे जोत के मालिक। लेकिन अपनी आन और अपनी मूँछों की शान के लिए

जिस-तिस से उलझकर केस लड़ते रहे। इस दौरान उनके खेत बिकते चले गए। बाद में उनकी दूसरी-तीसरी पीढ़ी की संतानें इतनी बढ़ गईं और आपस में भी इस तरह 'डोमघाउज' करने लगीं कि उनका साथ रहना संभव नहीं रह गया, तब शेष बची जमीन का जो बँटवारा हुआ, उसमें हर फरीक को तीन बीघे हिस्सा मिला। इस तीन बीघे हिस्से में से दो बीघे खेत उसके पति के बाबा ने गाँजा पीने की अपनी शौक और मनचले मिजाज की मौज में ताप दिया। शेष एक बीघा जमीन उसके पति के पिता ने अपनी तीन लड़कियों की शादी और अपनी पत्नी के इलाज में स्वाहा कर दिया। उसके पति के जिम्मे सिर्फ अपना शरीर और घर रह गया। यह देख कोई भी खाता-पीता लड़कीवाला इस घर में अपनी बेटी ब्याहने के लिए जल्दी तैयार नहीं था। लेकिन उसके पिता की धारणा कुछ और थी। उनका कहना कि धन-दौलत न तो कोई लेकर आता है और न जाता है। उन्होंने पर्वत को राई और राई को पर्वत होते देखा है। अगर भाग्य में लिखा होगा तो बेटी रानी बनकर रहेगी और राज करेगी। अपने पौरुख से उसका पति सब कुछ कर लेगा। पर अगर भाग्य में नहीं होगा तो अच्छे घर में ब्याहने पर भी कुछ नहीं होगा। उसके पिता गाँव-जवार की कई ऐसी लड़कियों का उदाहरण रख देते कि कैसे अच्छे घर में ब्याहने पर भी वे सुखी नहीं हुईं, जब कि गरीब घर में कुछ लड़कियों ने अपने भाग्य से वहाँ उजड़े घरों को बसा दिया था। पर जोगनी अपने पिता की मजबूरी समझती थी। जानती थी कि कभी उसके पुरखे भी खेत-बघारवाले थे। लेकिन अब उसके पिता भूमिहीन थे। यह बात दूसरी थी कि वे बनिहारी-चरवाही नहीं करते। माल-मवेशी रखते थे और दूसरों का खेत ठिका-बटाई पर लेकर गृहस्थी करते थे। अगर जोगनी उनकी अकेली बेटी होती तो शायद कर्ज आदि लेकर भी वे किसी सुचिताह घर में उसे बैठा देते। लेकिन उसकी पीठ पर एक-डेढ़ साल के अंतर से और छः बहनें ! इस स्थिति में वे उन्हें भाग्य भरोसे न ब्याहें तो क्या करें ?

शादी के बाद जब जोगनी आई थी तो उसका पति फुटकर मजदूरी करता था—कभी यहाँ तो कभी वहाँ। कभी इस काम में तो कभी उस काम में, खाना भी वह इधर-उधर ही खा लेता था। लेकिन घरनी के आ जाने के बाद खर्च बढ़ गया था तथा घर-गृहस्थी की व्यवस्था भी उसे नए सिरे से करनी पड़ रही थी। वह मजदूरी के कामों में जी-जान से लग गया था। पर जी तोड़ मेहनत के बाद भी अपनी उजड़ी गृहस्थी को वह सँभाल नहीं पाता था। एक चीज का इंतजाम करता तो दूसरी चीज गायब। जोगनी को लग गया था, यह अकेले सिर्फ उसके वश की बात नहीं। उसे भी आगे आना चाहिए। जब मजदूर की मेहरारू बनकर आई है तो कनेआँ बनना और धुंध तानकर बैठना क्या ? बस, ब्याह के पाँचवें दिन बाद ही पति के साथ एक गृहस्थ के खेत में कटनी करने चल पड़ी थी। कटनी का काम उसके लिए नया नहीं था। इससे पहले भी अपने गाँव पर वह कटनी कर चुकी थी। उसके पिता ठिका-बटाई पर खेत लेते थे तो अपना काम समझकर माँ के साथ वह भी कटनी-दवनी में जाती थी। लेकिन वहाँ की बात कुछ और थी। वहाँ की वह बेटी थी। वहाँ सब उसके चाचा-भइया थे।

पर यहाँ के लिए तो यह पतोह थी—नई पतोह ! नई ब्याहता ! नई औरत ! सब उसके इर्द-गिर्द मँडराने लगे थे। कटनिहारों से लेकर खेत-मालिकों तक, जिधर उसकी नजर जाती सब आँखें फाड़े उसे घूर रहे होते। उनके बोल और फिकरे भी उसे साफ सुनाई पड़ते थे। उन्हीं दिनों वह पहली बार यह जान पाई थी कि बेटी से पतोह होना क्या होता है ? वह महसूस करती, जिउत यह सब देखकर जल-भुन रहा है, लेकिन विवश और लाचार है। पर आगे चलकर लोगों की गंदी हरकतों तथा घिनौने इरादों के खिलाफ लड़ पड़ने से वह अपने को रोक नहीं सका। उसके साथ छेड़खानी करने वाले गाँव के दो मनचले नवहियों को उसने पीट दिया। पर एक मनचले खेत-मालिक और उसके दो लठैतों ने मार-मारकर उसे भी अधमरा कर दिया। इस स्थिति में जोगनी समझ नहीं पा रही थी कि क्या करे ? अगर मजदूरी करने गाँव में या खेत-बघार में निकलेगी तो लोग अपनी हरकतों से बाज नहीं आएँगे। उनके लिए तो यह 'अबरा की मउगी, गाँव भर की भउजी' बनी रहेगी। इससे बचने के लिए खाते-पीते घरों की पतोहों की तरह उसे घर के अंदर ही रहना होगा। लेकिन वह धर के अंदर रहे भी तो किस आसरे ? किस सहारे ? इन्हीं संतप्त क्षणों में उसे अपने नैहर के माल-गरू पुकारते नजर आए थे। उन माल-गरुओं की वजह से ही उसकी माँ भरी-पूरी बनी रही थी। पिता द्वारा ठिका-बटाई पर लिये खेतों में भले ही स्वेच्छा से उसने कटाई-बोआई की हो, लेकिन किसी अन्य के खेतों में बनिहारिन या चरवाहिन बनकर वह कभी नहीं गई थी। उगने से डूबने तक सारा दिन अपने माल-गरुओं की देख-रेख में लग रहती थी। भूमिहीन पिता मजदूर न बनकर गृहस्थ बने रहे और माँ इज्जतदार पतोहों की तरह मान और शान से अपने घर में बनी रही, तो उन माल-मवेशियों की वजह से ही। उसके लिए भी यही रास्ता हो सकता है, पर जिउत के पास माल-गरू खरीदने का बेंवत कहाँ ? बस, उसने शादी की सगुणवती हँसुली और कंगन निकालकर जिउत के हाथों पर रख दिया था तथा कातर के वैसाखी में मेले से अपनी मनपसंद भुअरी पाड़ी खरीदवा लिया था। उसी भुअरी की जनी है जमुनी। भुअरी जब पाड़ी से भैंस बनी थी तो दुःख के दिन कटने शुरू हो गए थे। पर जब जमुनी भैंस बनी तो वह सब कुछ हो गया, जो सपना सँजोया था जोगनी ने। इसीलिए जमुनी की बीमारी की पीड़ा से जिस तरह व्यथित है जोगिनी, वह सिर्फ जोगनी ही जानती है। उसका लगाया बगीचा उसकी आँखों के सामने ही उजड़ रहा है। जाने कौन सी चूक हो गई है उससे कि यह दिन देखने को आ गया है। अगर बीमारी आनी ही थी तो उसे आती। एक कमरे में पड़ी रहती वह। अपने किसी कर्म का फल मानकर भोग लेती। अगर उसे कुछ होता भी तो उसका घर तो नहीं उजड़ता ! पर भगवान न करे जमुनी को कुछ हो ! फिर तो सारा घर थउस जाएगा उसका...। सब किया-कराया बिला जाएगा। फिर जमुनी जैसी धेन उसके घर में आ सकेगी, इसका क्या भरोसा ?

जमुनी जब से बीमार पड़ी है, दूध की बालटियाँ खाली ढनढना रही हैं। दूध-सेंटर पर दूध नहीं भेज सकी है वह। नादी में दही नहीं जमा सकी। चाड़े पर दूध नहीं औंटा

सकी। पतुकी में लमन नहीं रख पाई। मन्हान से माठा नहीं मह सकी। सब सूने और उदास पड़े हैं। उन्हें देखकर जोगनी के कलेजे में हूक-सी उठती है। वैसे सारघर में बँधी तीन भैंसों में से एक लगहर भी है। लेकिन उसका दूध तो दो-तीन ग्राहकों में भी पूरा नहीं पड़ता है। दही जमाना और लमन निकालना उससे कहाँ संभव ? वह मन-ही-मन सुरूज बाबा को गोहराती है कि जमुनी ठीक हो जाए और वे दिन फिर लौट आएँ जब मन्हान चलने लगे...माड़े में दूध खौलने लगे...लमन खराकर वह पतुकी में घी बँटोरती जाए—दूध देकर सरभू को दूध-सेंटर भेजे और घी देकर पति को बाजार। वे अच्छे दिन जोगनी की आँखों में बरबस साकार हो उठते हैं...।

भोर का समय है। बिस्तरे से उठकर जोगनी सारघर में पहुँची है। अब तक उसका पति जमुनी आदि मवेशियों को सारघर से खोलकर बथान के नाँद-चरण पर बाँध चुका होता है। वह सारघर की सफाई में लग जाती है। चुन-चुनकर सारा गोबर वहाँ से हटाती है। फिर पूरे कमरे में झाड़ू लगाती है। इसके बाद जगह-जगह गीली हो गई जमीन पर राख-मिट्टी डालकर उसे सुखाती है, ताकि बथान से वापस आने पर जमुनी आदि उसकी भैंसें आंराम से बैठ सकें। वैसे गोबर-पानी का काम रतिया के जिम्मे है। सारा दिन वह ही निबटाती है। लेकिन चूँकि सुबह में रतिया को कई काम करने होते हैं, दूध की बालटियाँ और गैलन माँजना, अन्य बर्तन साफ करना, जमुनी को दुहवाना तथा चूल्हा-चौका सँभालना, इसलिए रोज भोर में उठकर सारघर वही साफ कर देती है।

सारघर साफ कर जोगनी चुहानी में पहुँची है। अब तक दूध दुहवाकर रतिया चुहानी में लाकर रख चुकी है। जोगनी का मन दूध की भरी हुई बालटियाँ देखकर खुशी से उछल उठता है। दूध के रूप में विराजमान लक्ष्मी के आगे वह मन-ही-मन माथा झुकाती है। फिर काम में जुट जाती है। दूध की बालटियों को पास ही माँज-धोकर रखे गैलनों में वह दूध भरती जाती है। सरभू साइकिल लेकर तैयार खड़ा है। वह दूध के भरे गैलन साइकिल में लटकाती है। फिर सरभू को हिदायत देती है—"धीरे-धीरे सँभालकर ले जाना...!"

बाजार जाने वाली सड़क पर अब भीड़ बढ़ने लगी है। जब से बाजार में दूध-सेंटर खुला है, दूध की खपत बढ़ गई है। दूध बेचने में अब कोई झंझट और परेशानी नहीं। सीधे दूध-सेंटर पर दूध भेज दो और नगद पैसे ले लो। इससे पहले ग्राहकों में दूध बेचना पड़ता था। बचा हुआ दूध बालटी में लेकर बाजार की चाय-दुकानों की ओर भागना पड़ता था। तब पैसे भी नकद नहीं मिलते थे। ग्राहक और चाय-दुकानदार सब माहवारी हिसाब करते थे। लेकिन दूध-सेंटर खुल जाने से अब कोई दिक्कत और तूल-तपाटा नहीं। इसके बावजूद अपने कुछ पुराने ग्राहकों को उसने नहीं छोड़ा है, जो शुरू से उससे दूध लेते रहे हैं। उन्हें छोड़ना वह मुनासिब नहीं समझती। उसने पति एवं बेटे से भी कह दिया है कि नफा-नुकसान अपनी जगह पर, लेकिन संग-साथ और ईमान-धरम अपनी जगह पर। पैर का सहारा छोड़कर हाथ के सहारे पर झूलते रहना ठीक नहीं होता...।

सरभू को दूध-सेंटर भेजकर जोगनी दही के नादे के पास खड़ी है। लाल, सजाव दही नादे में जमा है। काठी की तरह जमा दही देखकर यहाँ फिर जोगनी का मन हुलसित-पुलकित हो जाता है। पड़ोस की रमेरस बो, हीरामन बो, सुखदेव बो, सब अक्सर उसका दही चिहाती हैं। उनके यहाँ तो ऐसा थक्का दही कभी जमता ही नहीं। जाने जोगनी कैसे जोरन देती है ? इस पर जोगनी के मन में आता है कि अपनी पड़ोसिनों से कह दे कि उसकी भैंस की तरह छेरी जैसा दूध नहीं करती जमुनी ! मलाई की तरह गाढ़ा दूध करती है। उसके दूध का दही थक्का, सजाव नहीं जमेगा तो क्या उनकी छेर भैंसों का जमेगा ? पर कह नहीं पाती है। जानती है, कहने पर सब जमुनी को नजरिया देंगी।

आँगन के बरामदे में पाए के पास खड़ी दही मह रही है जोगनी। रस्सी में बँधा मन्हान घर्र-घर्र चल रहा है। नादा का दही टूटकर मट्ठा बनता जा रहा है। लमन ऊपर छताता चला आ रहा है। दिन का सारा दूध वह बेच देती है। लेकिन रात के दूध का एक हिस्सा दही जमाने के लिए जरूर रखती है। जिस घर में लगहर हो, उस घर में दही-मट्ठा न हो तो फिर वह घर क्या ? दही से घी भी निकल जाए और मट्ठा भी, दोहरा लाभ। और फिर मट्ठा रहे तो दाल की भी जरूरत नहीं। मट्ठा-भात, मट्ठा-रोटी, मट्ठा-लिट्टी। अब तो स्थिति यह है कि बिना मट्ठा के उसका खाना ही नहीं होता। वह मट्ठा अभी मह ही रही होती है कि कटोरी लेकर पड़ोस की लड़कियाँ आ धमकती हैं। बनिहारी-चरवाही के दिनों में जो उसे हेय दृष्टि से देखते थे, उनकी बच्चियाँ भी मट्ठा माँगने आती हैं। वह सबों को मट्ठा दे देती है। दूध, दही और घी तो बेचती ही है, मट्ठा क्या बेचे ? मट्ठा के लिए कोई हाथ पसारे तो उससे बहाना नहीं किया जाता। यह तो उसका लगन-भाग है कि पड़ोसवाले मट्ठा माँगने आते हैं। उसका सीना गर्व से फूल जाता है। ऐसे क्षणों में अपने इस सौभाग्य की जनक जमुनी पर उसकी स्नेह-सिक्त निगाहें जाने-अनजाने चली ही जाती हैं...।

मट्ठा महने के बाद लमन खरा रही है जोगनी। पतुकी में इकट्ठे लमन को कड़ाही में उझिलकर वह आग पर चढ़ा देती है। घी करकराने और दाढ़ी जरने की खट-मिठी आवाजें शुरू हो जाती हैं। साथ ही निघुन घी की गमक से सारा घर-आँगन सुवासित हो उठता है। सप्ताह में दो दिन लमन खराती है जोगनी। पहले सप्ताह में एक दिन खराती थी। लेकिन जैसे-जैसे बकेन होती जा रही है जमुनी, उसका दूध ज्यादा घिवगर होता जा रहा है...।

जिउत बाजार जाने के लिए धोती-कुर्ता पहनकर तैयार है। तसले में घी देकर उसे बाजार भेज रही है जोगनी। पहले यहीं गाँव में ही घी बिक जाता था। मुंशीजी लोग खरीद लेते थे। घी के पक्के शौकीन थे वे लोग। पूरे गाँव में सिर्फ चार घर ही तो थे। घी खराने से पहले वह उनके यहाँ कह आती थी। वे आकर ले जाते थे। एकदम नकद पैसे देते थे। खाना-पीना तो गाँव में बस वे ही जानते थे। वे सिर्फ खेती पर ही निर्भर नहीं थे, नौकरी भी करते थे। बाद में नौकरी के सिलसिले में ही वे शहर बसते

गए। उनके जाने के बाद शुद्ध घी के खरीदार गाँव में नहीं के बराबर ही रहे। छठ परब के लिए गाँव की व्रती महिलाएँ शुद्ध घी जरूर खरीदती हैं। लेकिन वह अवसर तो साल में सिर्फ एक बार आता है। शेष दिन तो घी बेचने के लिए उसे पति को बाजार ही भेजना पड़ता है।

ज़िउत को बाजार भेजने के बाद अभी और कई काम निपटाने हैं जोगनी को। जिउत और सरभू के घर से बाहर जाने की स्थिति में जमुनी आदि भैंसों को अब सानी भी तो उसे ही गोतना है। अभी तो सिर्फ एक नाँद ही खा पाई है जमुनी। तीन नाँद खाने पर ही उसका पेट चढ़ता है। इस दौरान अभी तक मुँह भी नहीं धो सकी है वह। इस बीच रतिया दो-तीन बार आवाज लगा चुकी है—"मुँह धोकर मुँह में मीठा डाल ले माई, नहीं तो खराई मार देगी...!"

लेकिन खराई मारने की कभी परवाह नहीं की है जोगनी ने। यह तो उसका सोहाग-भाग है कि वह इतना व्यस्त घरनी बनी हुई है। सँकरात और बारात के अवसर पर तो उसकी व्यस्तता और बढ़ जाती है। वे दिन भी जोगिनी की आँखों के समक्ष नाच उठते हैं।

सँकरात से एक सप्ताह पहले का समय है। गाँव-जवार के कई लोग पैसा थमा गए हैं। सँकरात के दिन उन्हें सजाव दही चाहिए। बिना दही-चूड़ा के सँकरात परब मनेगा कैसे ? जोगिनी परेशान है, लेकिन खुश भी। दूध बटोरती जाती है। दोनों जून उन्हें खौलाती रहती है, ताकि फटने न पाए। फिर सँकरात से पहले की रात सारे दूध में जोरन दे देती है। नादी, घइला, हाँडी, पतुकी, तसली, मेंटा, काँटी घर के सारे बर्तन दही जमाने में ही बझ जाते हैं। उस रात जोगनी भर नींद सो भी नहीं पाती है। सारी रात दही जमाने और बिल्ली आदि से उसे बचाने में ही बीत जाती है। फिर घड़ी-भर रात रहते ही दही के लिए लोग जुटने लगते हैं ! जो पहले पेशगी दे चुके हैं, उन्हें वह पहले देती है। अन्य लोगों को बाद में। लेकिन किसी को भी पानी मिला दही नहीं देती है, इसलिए जो एक बार दही खा लेता है, उसे दूसरी जगह का दही भाता ही नहीं...।

लगन के दिन शुरू हो गए हैं। बारात के लिए दही चाहिए लोगों को। बिना दही के बारात का भोज सही होता ही नहीं। हालाँकि पहले दही का इंतजाम दूसरी तरह से हो जाता था। जिसके यहाँ बारात आनेवाली होती थी, उसे गाँव के लोग अपनी लगहरों के एक शाम का दूध दही जमाने के लिए दे देते थे। बेटी की बारात के नाम पर ऐसा करते वे तनिक भी नहीं हिचकते थे। लेकिन उसके लिए उन्हें भोज का अँगेआ भी मिलता था—'सबहर अँगेआ'। सारा परिवार डटकर पूड़ी-बुनिया उड़ाते थे। पर अब वह बात कहाँ ? कोई किसी को दूध देता भी नहीं है और न बारातवाले सबहर अँगेआ ही घुमाते हैं। इस स्थिति में उन्हें दही खरीदना ही है। लोग उसके यहाँ पहले ही बयाना थमा जाते हैं। फिर सँकरात की तरह ही वह दही जमाने में जुट जाती है। किसी बारातवाले का बयाना उसके पति ने थाम लिया हो और समय पर वह दही न जुटा

पाई हो, ऐसा कभी नहीं हुआ। लेकिन इसमें वह महत्त्व अपना नहीं, जमुनी का मानती है। उसकी वही जमुनी आज इस तरह अधुधाह होकर पड़ी है, उसका कलेजा तार-तार हुआ जा रहा है। हे काली माई ! हे गोरेया बाबा ! हे महावीरजी ! हे सतगुरु ! हे छठी मइया ! हमार जमुनी कसहूँ निमन हो जाए...! वह पुनः देवी-देवताओं को गोहराने और मनौतियाँ मनाने लगती है। उसके रुआँसे मन के भीतर जाने-अनजाने छठ का एक गीत बज उठता है :

चारि पहर राति जल-थल सेईले
सेईले चरण तोहार
छठी मइया...
दुखवा हरना हमार...!

रात का तीसरा पहर बीत रहा होता है। जिउत समय का अंदाज लगा-लगाकर सिपरसन और मवेशी-डॉक्टर की दवा देता जा रहा है। समय का गफलत न हो, इसका खयाल जोगनी भी रखती है। अंदर से डूबते-उतराते हुए भी जोगनी दवा देने की याद जिउत को दिलाती रहती है। लेकिन जिउत तो स्वयं तत्पर है। समय के अंदाज में भले ही कुछ इधर-उधर हो जाए, पर दवा देना तो वह भूल ही नहीं सकता। असल में घंटा और मिनट का हिसाब वह नहीं जानता। उसने यह जानने की कभी कोशिश ही नहीं की। इसकी उसे कभी जरूरत ही नहीं पड़ी। वह तो बचपन से यही जानता आ रहा है कि चार पहर की रात। दिन में सारे वक्त काम में लगे होने के चलते पहर गिनने की फुर्सत कहाँ रह पाती है उसे। लेकिन रात अपने पहर का ज्ञान करा ही देती है। माल-मवेशियों को खिला-पिलाकर उन्हें इत्मिनान करने, बथान के पास पड़े हरिअरी, दाना-गवत, कुट्टी, गँड़ासी सब सहेजने-सरिआने, पत्नी द्वारा घर के चीज-बतुस तोपने-ढाँकने तथा खा-पीकर सोने तक वह रात का पहला पहर मानता है। फिर जब रात गहराकर अधिया जाती है तो वह रात का दूसरा पहर जानता है। इसके बाद जब रात ढलनी शुरू हो जाती है तो उसे तीसरा पहर लगता है और जब पौ फटने का समय नियरा जाता है तो उसे वह चौथा पहर कहता है।

जिउत देख रहा है, रात के इस ढलते तीसरे पहर तक छोटे परभू को छोड़कर सबकी आँखें खुली हैं। वे न तो ऊँघ रही हैं और न भरमा ही रही हैं। निर्जीव-सी पड़ी जमुनी को रह-रहकर उनकी आँखें निहार लेती हैं। जिउत ने अनुभव किया है, नींद का संबंध भरपेट खाने, निफिकिर होकर सोने से होता है, चिंतित और परेशान मन से नहीं...।

खूँटी पर टँगी लालटेन की मद्धिम रोशनी पूर्ववत् बिखरी है। हालाँकि आधी रात के करीब लालटेन का तेल खत्म हो गया था। बत्ती जलने लगी थी। थोड़ी देर में फकफकाकर लालटेन बुझ जाती। पर रतिया ने पुनः तेल डालकर उसे जिला दिया है। सारी रात लालटेन जलती रहे, यह जिउत के घर के लिए अनहोनी घटना है। किरासन

अब तेल के भाव नहीं, दवाई और मिठाई के भाव बिकने लगा है। उस पर भी गाँव में मिलता कहाँ है ? हसन बाजार जाकर लाना पड़ता है। किंतु जब जमुनी ही बीमार है तो फिर किरासन जहाँ से मिले और जैसे मिले, लालटेन तो जलेगा ही। बीमार जमुनी अँधेरे में पड़ी रहे, यह उसका परिवार देख ही नहीं सकता।

सारा गाँव निर्भेद सोया है। रात के तीसरे पहर की ठंडी हवा रह-रहकर आ जाती है। घर के पिछवाड़े पाकड़ के पेड़ के पत्तों की सरसराहट सुनाई देती रहती है। बीच-बीच में किसी पक्षी की कर्कश आवाज भी, शायद पाकड़ पर कोई उल्लू बैठा है। घर-आँगन, बाहर-भीतर, सब जगह एक मनहूस सन्नाटा छाया है। छप्पर के रास्ते चितकबरी बिल्ली दो-तीन बार आ चुकी है। उसे आँगन में आते और चुहानी में घुसते हुए सबने देखा है। लेकिन किसी ने भी डाँटने और रोकने की आवश्यकता महसूस नहीं की। चुहानी में न तो रात का बना खाना ही है और न दूध-दही ही। निराश बिल्ली आँगन में चक्कर काटती रही। फिर घात लगाकर, एक कोने में सरक रहे चूहे को उसने दबोच लिया। जिउत चाहता तो आवाज लगाकर या ढेला फेंककर चूहे को भगा सकता था। घात लगाकर बैठी बिल्ली से आगाह कर सकता था। लेकिन ऐसा उससे नहीं हो सका। उसके परिवार के किसी अन्य ने भी ऐसा नहीं किया। जमुनी की बीमारी ने जैसे उन्हें अंदर से बुत बना दिया था—हतप्रभ ! निरुपाय ! उदासीन और किंकर्तव्यविमूढ़...!

जिउत जानता है, जमुनी जैसी भैंस रखना ठठा नहीं। पहले जो दाम हाथियों का था, वही आज भैंसों का हो गया है। उसके जैसे अधिकांश लोग गाय-भैंस न पालकर बनिहारी, चरवाही और मजदूरी में इसीलिए लग जाते हैं कि मवेशी खरीद सकने की औकात नहीं रखते। सरकार की ओर से उसके जैसे लोगों को गाय-भैंस खरीदने के लिए बैंक से कर्ज जरूर मिलता है। लेकिन इस माध्यम से गाँव के जिन दो-चार लोगों ने कर्ज लिया है, इसकी सच्चाई वे ही जानते हैं। खुशामद और पैरवी के साथ-साथ ब्लॉक ऑफिस से लेकर बैंक के बाबुओं तक को जो चढ़ावा पड़ता है कि लेने के देने पड़ जाते हैं। जितने का बबुआ नहीं, उतने का झुनझुना...! इस स्थिति में कम दाम की बाछी या पाड़ी खरीदने या किसी सुचिताह गृहस्थ की बाछी या पाड़ी लेकर उसे अधिया पर पोसने के सिवाय और कोई चारा नहीं। अगर जमुनी उसके घर की पोसी हुई पाड़ी न रहती तो उस जैसी भैंस वह क्या खाकर खरीदता ? जमुनी जैसी भैंस खरीदने में निमन-निमन गृहस्थों को आन्हीं आ जाएगी। इसीलिए जमुनी की बीमारी और उसके न रहने की कल्पना, उसके लिए असह्य है...!

जिउत समझ नहीं पाता है कि माल-गरुओं को ऐसी बीमारी क्यों होती है ? अगर उसे कोई बता दे कि वह अपने माल-गरुओं को ऐसे रखेगा तो उसके माल-गरू कभी बीमार नहीं पड़ेंगे तो वह उस रास्ते से इंच भर भी नहीं हटेगा। पर ऐसा कोई रास्ता उसे किसी ने सुझाया ही नहीं। न सिपरसन जैसे गँवई वैद्यों ने ही और न मवेशी-डॉक्टरों ने ही। परिणामतः वह झेलता रहा है। मवेशियों की रोग-बीमारियों का कोई पता-ठिकाना

भी तो नहीं ! कब, कौन रोग आकर ग्रस ले, कोई नहीं जानता। ऐसे-ऐसे रोग कि नाम सुनते ही जाड़ा हो जाए। अचानक इसी सिलसिले में 'हतेअरवा' रोग की याद भी जिउत को आ जाती है। बस, उसके रोंगटे खड़े हो जाते हैं। वह काँप उठता है। बार-रे-बाप ! वह रोग नहीं, साक्षात् माल-गरुओं का काल है। गाँव-के-गाँव मवेशी घुलटते चले जाते हैं। बीमारी का पहले से कोई लक्षण भी नहीं और न इलाज कराने का समय ही। मवेशी ऐंठा जाता है और गिरकर छटपटाते हुए वह खत्म हो जाता है। राम न करे वह रोग फिर कभी उसके गाँव में आए। कई बार वह रोग उसके गाँव को उजाड़ चुका है। उसका मारा उठकर पानी नहीं पीता है। कइयों का घर तो आज तक आबाद नहीं हुआ। उसकी सोनपुरिया गाय भी तो चली गई। सोनपुर मेले से खूब देख-सुनकर उसने वह गाय ली थी। वह एक नंबर की गाय थी! पर 'हतेअरवा' ने उसे कहाँ छोड़ा ? यह तो गनीमत है कि सिर्फ उसी गाय के सिरे ही बीता। कई लोगों के तो बथान-के-बथान साफ हो गए...।

हतेअरवा का वह साल जिउत भुलाए नहीं भूलता है। भगवान-भगवान करके उसने एक-एक दिन काटा था। आज भी उसकी याद उसे सिहरा देती है। वह भादो का महीना था। उस साल अच्छी बारिश हुई थी। धान की खूब बरिआर फसल लगी थी। खेत की मेंड़ों पर ठेहुन-ठेहुन भर घास उग आई थी। गवत की जरूरत खत्म हो गई थी। हरिअरी खिलाकर ही मवेशियों को मस्त कर दिया जाता था। सड़क के किनारे मवेशियों को एकाध घंटा चरा दो या फिर किसी खेत की मेंड़ पर बैठकर दो-चार हाथ घास गढ़ लो, इतने से काम चल जाता था। ऐसे में ही एक दिन मँगरू की गाय बघार से लौटते ही ऐंठाकर मर गई। फिर दूसरे दिन तपेसर का बैल खत्म हो गया। तीसरे दिन रामगहन की भैंस और पाड़ी। बस, सारे गाँव में हाहाकार मच गया कि 'हतेअरवा' आ गया है। माल-गरुओं को बघार में ले जाना लोगों ने बंद कर दिया। सिपरसन के बाबा और शहर के मवेशी-डॉक्टर गाँव में इस बथान से उस बथान दौड़ने लगे। लेकिन उनकी दवा का कोई असर नहीं। पहले दिन भर में एक-दो जानवर मरते थे। बाद में पाँच-पाँच सात-सात घुलटने लगे। समूचा गाँव त्राहि-त्राहि कर उठा। सबने अपने मवेशियों के सींग और बदन गेरू से रँग दिए। कहते हैं, गेरू से रँगे मवेशी को 'हतेअरवा' नहीं पकड़ता। लेकिन उसके बाद भी कई मरे। सोनपुरिया गाय को भी तो उसने रँगा था, ऊपर से नीचे तक एकदम गेरुए रंग की हो गई थी। पर कहाँ बची। मवेशी-डॉक्टर कहते कि इस बरसाती मौसम में कोई जहरीली घास उग आती है। उसी को खाकर जानवर मरते हैं। लेकिन यह बात जिउत के गले नहीं उतरती। मँगरू की गाय जिस दिन मरी थी, लगभग उसी दिन से लोगों ने जानवरों को बघार में ले जाना और हरिअरी देना बंद कर दिया था। लेकिन उनका मरना कहाँ रुका ? खुद उसने अपनी सोनपुरिया गाय को घर से बाहर नहीं निकाला था और एक गाल हरिअरी नहीं खाने दिया था। फिर भी 'हतेअरवा' उसे मार ले गया...!

उस समय गाँव में आज की तरह वैमनस्य और गुटबंदी नहीं थी। अलग-अलग

रहते और जीते हुए भी किसी सामूहिक कार्य पर लोग एक हो जाते थे। हतेअरवा से लड़ने के लिए भी देखते-ही-देखते लोग एकजुट हो गए थे। सबसे पहले लोगों ने ठाकुरबाड़ी पर अखंड हरिकीर्तन किया। लेकिन उसका भी कोई खास प्रभाव नहीं पड़ा। तब पुरोहितजी के कहे अनुसार एक रात गाँव का बिटोर हुआ और तय किया कि हतेअरवा को अब जल्द-से-जल्द इस गाँव से 'बहरिवा' दिया जाए। लेकिन यह जिउत जैसे लोग ही जानते हैं कि 'हतेअरवा' का बहरिवाना कितना मुश्किल और महँगा साबित हुआ था। उसके पड़ोसी गाँव बिहारीपुर से उसके गाँव का केस वर्षों चला था।

जिउत को अच्छी तरह याद है, वह रात का समय था। झींसी पड़ रही थी। खेतों से मेढक और झिंगुर की आवाजें आ रही थीं। साथ ही बदन को सिहरा देने वाली बरसाती हवा भी चल रही थी। लेकिन उस झींसी और हवा की परवाह किए बिना डिहवार बाबा के पास लोग जुट आए थे। झींसी और हवा क्या बिगाड़ लेगी उनका ? वे भले ही कष्ट सह लेंगे, पर 'हतेअरवा' को अब इस गाँव में नहीं रहने देंगे। इस बीच सारी तैयारी पूरी हो चली थी। सुअर के एक छौने को टीककर पूजा दिया गया था। मिट्टी के एक खप्पड़ में आग सुलगाकर हवन कर दिया गया था तथा घर से अपने-अपने मवेशियों का पगहा खोलकर लाए लोग उसे उस छौने से छुआ चुके थे। अब उन्हीं पगहों से हाँक-हाँककर उस छौने को अपने गाँव के सिवान से दूसरे गाँव के सिवान में 'बहरिवा' देना था। हालाँकि यह सब एकदम चुपके-चुपके किया गया था। पड़ोसी गाँव बिहारीपुर को इसकी तनिक भी भनक न लगे, इसके लिए हर आदमी सतर्क था। लोग जानते थे कि अगर बिहारीपुरवाले जान जाएँगे तो अपने गाँव के सिवान में 'हतेअरवा' को 'बहरिवाने' नहीं देंगे ! जिउत स्वयं भी इस कार्य में सक्रिय और सतर्क था। पर उसके मन के किसी-न-किसी कोने में उस समय यह बात उठी थी कि सुअर के उस छौने के साथ हतेअरवा का क्या संबंध हो सकता है ? क्या पुरोहितजी द्वारा पूज दिए जाने और टीक दिए जाने से हतेअरवा सुअर के उस छौने में चला जाता है और उसे जहाँ भगा दिया जाता है, वह रोग वहाँ चला जाता है। संभव है ऐसा होता हो ! संभव है, ऐसा नहीं होता हो ! लेकिन जब सारा गाँव आँख मूँदकर इसे मानता है तो फिर वह कौन होता है इस पर सोच-विचार करने वाला। गाँव के कुछ कॉलेजिहा लड़के उस वक्त एकांत में जरूर बतियाते थे कि यह सब अंधविश्वास है, पिछड़ापन है...! किंतु अपने बाप और चाचाओं को 'हतेअरवा बहरिवाने' से कहाँ रोक पाते थे। जो बात दादायुग से चली आ रही थी, उसमें सत नहीं है, यह सब हरसठे कैसे मान ले ? उसे अपने मन में ऐसा विचार नहीं लाना चाहिए। इसके बाद अपने मन को कड़ा और काबू में कर उस कार्य को सलटाने में वह भिड़ गया था।

अब तक डिहवार बाबा से उस छौने को हाँकते हुए लोग खेतों के रास्ते बढ़ चले थे। सबने अपने-अपने हाथों में लाठी या भाले थाम रखे थे। गाँव के बुजुर्गों का यह अनुभव था कि ऐसे मामलों में खाली हाथ नहीं रहना चाहिए। कब किस गाँव से भिड़ंत हो जाए और उनसे लोहा लेना पड़ जाए, इसकी पूरी तैयारी रहनी चाहिए...।

जिउत ने भी अपनी लाठी सँभाल रखी थी। तेल पिआई और घारा मारकर लाल बनाई अपनी 'समहूति' लाठी। उसका बेटा सरभू छोटा था—कमसिन उम्र का लड़का। जिउत से बिना पूछे वह भी भाला लेकर आ गया था। घर के कोने में पड़ा जंग खाया भाला ! शायद सरभू ने पत्थर पर घिस-घिसकर उसे चमका दिया था। लेकिन उसने सरभू को आँख दिखाकर और उसके कान में बुदबुदाकर डिहवार बाबा से ही लौट जाने को कह दिया था। असल में जब वह स्वयं जा रहा है, तब फिर सरभू को जाने की क्या जरूरत ? घर पीछे एक आदमी को होना चाहिए। सरभू बच्चा है, कब क्या कर दे, कौन ठिकाना ? फिर सरभू के होते हुए वह भी तो कुछ नहीं कर पाता। उसका सारा ध्यान सरभू की निगरानी और सँभाल में ही लगा रहता। यहाँ सरभू घर लौटते हुए कुछ कनमनाया जरूर था, पर उसकी आँख के इशारे की अवहेलना नहीं कर सका था, दबे पाँव लौट गया था कि गाँव के लोग जान भी न सकें।

जिउत ने देखा था, गाँव के दो-तीन छोकरों के हाथों में बिना लाइसेंसी चोरुआ बंदूकें भी थीं। वे उसे छिपाए हुए थे। शायद सोन पार का कोई लोहार ऐसी बंदूकें बनाता था। पर कुछ लोगों का कहना है कि वह स्वयं बनाता नहीं। चोरुआ माल बेचता था। जो हो, जिउत को इससे क्या मतलब ! उसका तथा गाँव के अन्य लोगों का ध्यान बंदूकवालों की तरफ इसीलिए चला जाता था कि तब गाँव में बंदूकें नहीं के बराबर थीं। लाठी-भाला ही मुख्य हथियार थे। जो दो-तीन चोरुआ बंदूकें थीं उनका इस्तेमाल भी नहीं के बराबर ही होता था...।

डिहवार बाबा से काफी आगे तक लोग बढ़ गए थे। बाघी बगीचा नजदीक आ गया था। उससे दस कदम की दूरी पर ही गाँव का सिवान खत्म हो जाता था और बिहारीपुर का सिवान शुरू हो जाता था। अब तक सुअर के उस छौने को निर्विघ्न यहाँ तक लाया गया था। सब लोग आश्वस्त और उत्साही थे कि बिहारीपुर को इसकी कोई भनक नहीं। लेकिन जैसे ही उस छौने को हाँकते हुए लोग बिहारीपुर के सिवान में घुसे थे कि अचानक बगीचे में छिपे बिहारीपुर के लोग हल्ला बोलते हुए टूट पड़े थे। शायद 'हतेअरवा बहरिवाने' की खबर उन्हें लग गई थी और पूरी तैयारी के साथ बाघी बगीचे में वे आ छिपे थे। पर इधर के लोग भी तो कम तैयार नहीं थे। बस, दोनों ओर से मार छिड़ गई थी—खूब बरिआर और निठाह मार...।

जिउत के गाँव के दामोदर सिंह पक्के लाठीबाज थे। लाठी चलाने में पूरे इलाके में कोई उनका जोड़ीदार नहीं था। वे बिनवट जानते थे। गोल फार देते थे। सैकड़ों लोग चारों ओर से उनके ऊपर लाठी चलाते रहें, फिर भी उन्हें रेप तक नहीं लगता था। बिनवट भाँजते हुए वे बच जाते थे और दाँव लगते ही अपने मुदहयों को मार गिराते थे। उन्हें अगले मोहड़े पर कर दिया गया था।

शिवकरण भाला चलाने में माहिर थे। गाँव में उनका भाला सबसे लंबा और नोकदार था। भाले की जड़ के पास बँधा उनका लाल एकरंगा लहराता रहता था। वर्षों पहले पानी के बाँध को लेकर मगनडीह के साथ इस गाँव के झगड़े में उनके भाले ने

ही फैसला किया था। बाँध के पास भाला गाड़कर उन्होंने बाँध का मुँह अपने गाँव के सूखते खेतों की ओर काट दिया था। उन शिवकरण को भी दामोदर सिंह के साथ अगले मोहड़े पर कर दिया गया था।

लालशरण गँडासा चलाते थे। वे इस गाँव के 'सजाह-मर्द' थे—खूब रिष्ट-पुष्ट और तगड़े। उनका गँड़ासा इतना वजनी था कि और लोग तो उसे उठा भी नहीं पाते थे। उन्हें भी अगले मोहड़े पर भेज दिया गया था। साथ ही गाँव के चुने हुए लउरधर और भाला-बरछा चलानेवाले सभी अगले मोहड़े पर ही जा जुटे थे। बंदूकवाले छोकरे तो सामने न रहकर किनारे हो गए थे। उन्हें डर था कि लाठी-भाले की मार के बीच उनकी बंदूक कहीं गिर न जाए और किसी मोखालिफ के हाथ न लग जाए। साथ ही गाँव की ओर से उन्हें इस बात की मनाही भी थी कि बंदूक का प्रयोग भरसक वे न करें। असल में उस वक्त तक लाठी-भाले की ही मार होती थी। कौन कितनी देर तक लाठी-भाला चलाने की कूबत रखता है और गोल फारकर बच निकलता है, वही मर्द समझा जाता था। कहीं छिपकर बंदूक से किसी को मार देना उन दिनों मर्दानगी का काम नहीं समझा जाता था।

पाँक-पानी से भरे खेतों में लोग गिरने-पड़ने लगे थे। ऐसी कचाइन मार शुरू हो गई थी कि कई बीघा खेत की फसल पाँक-पानी में मिलकर काँदो हो गई थी। लाठी की मार से लोग ठेहुन-ठेहुन भर कीचड़ में धँस-धँस जाते थे। जिउत के गाँव के भदई काका किसी की लाठी की मार से काँदो में इस तरह गड़ा गए थे कि अपने से उनका निकलना मुश्किल था। भरथ ने जब उनकी टाँग पकड़कर खींचा था तब वे काँदो से बाहर आए थे...।

कभी ललकारी बोलकर बिहारीपुर के लोग चढ़ बैठते थे तो जिउत के गाँव के लोगों को दस बाँस पीछे तक धकेल देते थे। फिर जिउत के गाँव के लोग ललकारी देकर हुमाचा मारते थे तो बिहारीपुर के लोगों को कई बीघा आगे तक चहेट देते थे।

देर तक मार होती रही थी। बंदूकवाले छोकरे अब और दम नहीं साध सके थे। हालाँकि गाँव के बुजुर्गों ने उन्हें अब भी बंदूक चलाने के लिए नहीं कहा था। लेकिन वे शुरू हो गए थे। इस बीच बारिश भी तेज हो गई थी और झट्टासी हवा भी। लाठी-भाला चलानेवालों के हाथ अब सध नहीं रहे थे, पताने लगे थे। दोनों ओर की गोल फट चुकी थी और भगदड़ मच गई थी। बंदूकधारी छोकरों के अनुसार बंदूक चलाने की वजह से ऐसा हुआ था। लाठी-भाला चलानेवाले बंदूक का सामना क्या करेंगे ? लेकिन कुछ लोगों के अनुसार बारिश और तेज हवा के चलते ऐसा हुआ था। इस दौरान सुअर के उस छौने का कोई पता-ठिकाना नहीं था। वह किस ओर भाग गया था, कोई नहीं देख सका था !

गाँव लौटते हुए काफी लोग लहूलुहान थे। किसी का माथा फट गया था, तो किसी की बाँह टूट गई थी, तो किसी की जाँघ में भाला धँस गया था। कुछ लँगड़ाते हुए और किसी की बाँह थामकर आए थे, तो कइयों को टाँगकर लाया गया था। बाद में पता

चला था कि बिहारीपुर के लोग ज्यादा मार खाए हैं। उनके यहाँ का एक आदमी तो लालशरण के गँडासे से वहीं खत्म हो गया था। बिहारीपुरवालों ने दूसरे ही दिन केस दायर कर दिया था। वह केस वर्षों चला था। उस केस में हुआ तो कुछ नहीं था, लेकिन बेहरी देते-देते सबकी हालत खराब हो गई थी। हर तारीख पर गाँव से बेहरी लेकर पंच कचहरी जाते थे। हर घर को बेहरी देनी थी। उसने भी बेहरी दी थी। हर तारीख पर नकद बेहरी !

और अचानक नकद बेहरी का खयाल आते ही उसका ध्यान जमुनी की ओर चला आता है। अरे यह क्या ! जमुनी पागुर कर रही है ! एक क्षण के लिए तो उसे अपनी आँखों पर विश्वास ही नहीं होता है। सुखद आश्चर्य से उसकी आँखें बड़ी-बड़ी हो जाती हैं। हठात् वह समझ नहीं पाता है कि जो देख रहा है, वह सच है या भ्रम है ? शायद यह जानने के लिए ही वह जोगनी, रतिया और सरभू की ओर ताकता है। लेकिन वे तो पगुराती जमुनी को उससे पहले से ही निहार रहे होते हैं। उनके चेहरे खिले हुए हैं तथा आँखें आश्चर्य से उसकी तरह ही बड़ी-बड़ी हुई हैं। जिउत की आँखों से उनकी आँखें मिलते ही दोनों ओर से खुशियाँ बहने लगती हैं। पर चाहते हुए भी वे कुछ बोल नहीं पाते हैं। शायद उनके टोकने से जमुनी को टोक लग जाए। वे दम साधे उस खुशी को पीते रहते हैं और स्नेह से उसे निहारते रहते हैं। उनकी आँखें जमुनी पर अमृत बरसाती रहती हैं। शायद मवेशी-डॉक्टर की दवा का असर हो ! शायद सिपरसन की जड़ी काम कर गई हो! शायद अलिआर की ओझाई लह गई हो ! जो हो, सब मन-ही-मन भगवान की कृपा मान रहे थे कि उसने उनकी सुन ली...जमुनी को बख्श दिया...!

रात का चौथा पहर अब बीत रहा होता है। पौ फटने की ललाई आनी शुरू हो जाती है। जोगनी और रतिया की आँखें रह-रहकर खुशी से भीग जाती हैं। लेकिन वे फुर्ती से उसे पोंछ लेती हैं। लोर चूना तो असगुन होगा...।

जिउत और सरभू की खुशी दबाए नहीं दबती। बरबादी के कगार तक पहुँचकर वे बच गए थे। गले तक लबालब भरी खुशी को वे जैसे सँभाल नहीं पा रहे थे...!

इस बीच पसरी हुई जमुनी अब घुटने मोड़कर बैठ जाती है। उसके बदन में हरकतें शुरू हो जाती हैं। जमीन पर पड़े अपने माथे को उठाकर वह सीधा करती है। अपनी पूँछ फटकारती है। कानों को हिलाती है। फिर माथा घुमाकर जिउत, जोगनी, रतिया और सरभू की ओर ताकते हुए उठ खड़ी होती है। शायद अपने नाँद-चरण के पास चलने और खाना माँगने का संकेत वह करती है। इसके बाद जाने जमुनी के खड़े होने में और पलटकर देखने में ऐसा क्या था कि जिउत, जोगनी, रतिया और सरभू जैसे एकदम से बदन झाड़कर उठ खड़े होते हैं। फिर तो उनकी फुर्ती और तत्परता देखते ही बनती है। धोती खूँटकर जिउत कमर में खोंस लेता है और कंधे से गमछा उतार जमुनी को झाड़ते-पोंछते और दुलारते-पुचकारते नाँद-चरण के पास ले चलता है। जोगनी लूगा-कुरती ले तेजी से कुएँ के पास नहाने चल देती है। सबसे पहले आज नहा-धोकर वह सुरूज बाबा को जल देगी तथा उन देवी-देवताओं को पूजेगी, जिनकी कृपा से जमुनी ठीक हुई

है। इसके बाद घरुआरी के काम में लग जाएगी। कई काम करने हैं आज !

सरभू माथे पर मुरेठा बाँध तथा कमर कस सारघर में बँधे अन्य मवेशियों को निकालने चल देता है। एक नए उत्साह से आज वह भर गया है। सारघर से मवेशियों को निकाल वह हरिअरी ले आने जाएगा। आज चुन-चुनकर ऐसा मुलायम घास गढ़ लाएगा कि जमुनी भी खाएगी तो कहेगी...! और रतिया चूल्हा जलाने चल देती है। खुशी में उसके पाँव तो जमीन पर पड़ते नहीं। आज वह भात, दाल और सब्जी, तीनों बनाएगी। ऊपर से चटनी और चोखा भी।

जिउत का घर उत्साह और उल्लास से गहगह कर उठता है। नहीं लगता कि उन्होंने सारी रात जागकर काटी है। किसी के भी चेहरे पर रतजगे की थकान और आलस नहीं। घर की जाती हुई खुशियाँ लौट आई हैं। जमुनी नाँद में नाक बुड़ा-बुड़ाकर फिर सानी खाने लगी है...!

सुबह की प्रतीक्षा

डॉन चिल्ड्रेन एकेडमी की ओर रुचिका के पाँव तेजी से बढ़ चले थे। उसे ऐसा लगने लगा था कि भँवर से निकल वह किनारे की ओर जा रही हो। अपने मनहूस और बोरियत भरे समय पर अब विजय पा लेगी वह। संभव है, इस रास्ते उसे मंजिल भी मिल जाए। उसे तो और पहले ही यह मार्ग अख्तियार कर लेना चाहिए था। लेकिन अंतर्मुखी प्रवृत्ति के कारण वह घर पर बैठी सिर्फ सोचती-विचारती रही। अगर उसकी सहेली शिप्रा ने इस ओर उसका ध्यान आकृष्ट न किया होता और डॉन चिल्ड्रेन एकेडमी के प्राचार्य से उसकी नियुक्ति की सिफारिश न की होती तो शायद अभी भी इस अवसर से वह वंचित ही रहती। लेकिन उसकी अंतरंग सहेली शिप्रा ने उसके कुंठित एवं अकर्मण्य जीवन को पुनः गतिशील बना दिया। शिप्रा की बातें अब भी उसके कानों में गूँज रही थीं—''स्कूल ज्वाइन कर ले रुचि, पैसे भी मिलेंगे और एक ठौर भी मिल जाएगा। शादी की समस्या भी आसान हो जाएगी। अब अधिकांश लड़के कमाऊ बीवी चाहते हैं। शिल्पी और प्रीति की शादियाँ भी तो स्कूल ज्वाइन करने के बाद ही हुईं। भरोसे की नौकरी आज के युग में पा जाना सबसे मुश्किल काम है। अब तो ऐसे स्कूलों का ही आसरा है। बहुत अच्छा रहेगा। तुम्हारे आ जाने से मुझे तो मजा आ जाएगा। एक साथ रहने और काम करने का अवसर मिलेगा।''

रुचिका के माता-पिता तो जैसे इस अवसर की प्रतीक्षा में ही थे। प्रस्ताव आते ही उन्होंने अपनी स्वीकृति दे दी। घर बैठी एम. एस-सी. पास अनब्याही बेटी के लिए यह प्रस्ताव उन्हें सुखकर और आश्वस्तिकर लगा। कब तक शादी तय होगी, कुछ निश्चित नहीं। चार-पाँच साल से तो दौड़ रहे हैं वे। कहीं मनलायक वर है तो दहेज की माँग उनके बूते से बाहर। कहीं घर-परिवार ठीक है तो वर बेढंगा। सब तरह से मनमाफिक कहीं नहीं। जहाँ कुछ जँचने लायक है, वहाँ प्रतियोगिता की तरह भीड़। सबसे ऊँची बोली बोलनेवाले के हाथ में वर की लगाम। ऐसी स्थिति में लड़की का अपने पैरों पर खड़ा होने का विचार उन्हें तपिश की भयंकर उमस में ठंडी हवा के झोंके की तरह लगा। असह्य दर्द से कराहते मरीज को दी जानेवाली दर्द-निवारक दवा की भाँति।

डॉन चिल्ड्रेन एकेडमी की दूरी जैसे-जैसे नजदीक आती जा रही थी, उसके प्रति

रुचिका का आकर्षण बढ़ता जा रहा था, हालाँकि इससे पहले अपने शहर में कुकुरमुत्ते की तरह आए दिन खुलनेवाले इन अंग्रेजी नाम के स्कूलों से वह बेहद कुढ़ती थी। क्या डॉन, जॉन, पॉल, रोज़ आदि नामों के सिवा उन्हें भारतीय नाम नहीं सूझते ? इस बिंदु पर उसे बराबर लगता रहा है कि अंग्रेजों के जाने मात्र से ही कुछ नहीं हुआ। इन नामों के रूप में तो अंग्रेजियत आज भी उनकी आँखों के समक्ष बरकरार है। इनके रहते और विकास पाते भारतीयता की वापसी संभव नहीं। नालंदा और तक्षशिला जैसे गुरु-विश्वविद्यालयों के देश को आखिर यह क्या हो गया है ! लोगों के अंदर यह विश्वास अब भी क्यों बना हुआ है कि अंग्रेजी-क्रिश्चियन नाम के स्कूलों में ही पढ़ाई होती है और वहाँ पढ़कर ही लड़के काबिल बनते हैं ! अपने लोगों की इस गुलाम समझ पर उसे हँसी भी आती रही है और गुस्सा भी। शायद इसीलिए इन नामों के स्कूल उसे कभी फूटी आँखों नहीं सुहाते। लेकिन डॉन चिल्ड्रेन एकेडमी के प्रति आज उसकी धारणा बदल गई थी। शिक्षिका के रूप में वहाँ काम करने का निमंत्रण उसे मिला था। नाम को तो लेकर उसे क्या करना ? नाम तो एक आवरण मात्र है। महत्त्व काम का होता है। जहाँ काम हो, जहाँ काम मिले, उस जगह को उसे खराब नहीं मानना चाहिए। यहाँ अपने मन के इस परिवर्तित अनुभव से भी वह अवगत हुई कि कोई व्यक्ति, संस्था या वस्तु तटस्थ रहते हुए जैसी लगती है, अपने से जुड़ने के बाद वैसी नहीं लगती। अब उसे इस बात का पता भी चल जाता है कि संभवतः इन स्थितियों ने ही ऐसे नामों के स्कूलों को विस्तार पाने का अवसर दिया है...।

स्कूलों के अहाते के समीप पहुँच उसके कदम एक क्षण के लिए रुक गए। डॉन चिल्ड्रेन एकेडमी का बड़ा सा बोर्ड सामने टँगा था। स्कूल की चारदीवारी के अंदर स्कूल ड्रेस में नन्हे-मुन्ने मासूम बच्चे उछल-कूद रहे थे। उनके हँसने-बोलने और किलकारियाँ भरने की प्यारी और मीठी आवाजें संगीत की मधुर ध्वनि की तरह उसके कानों में पड़ने लगी थीं। इनके बीच रहकर सचमुच उसे बहुत सुकून मिलेगा। बहुत अच्छा लगेगा। उसके मन की सारी पीड़ा, सारा संताप जाता रहेगा। क्षण-भर में ही ये फूल जैसे बच्चे उसके मन में उतरते चले गए। उसके मन का सारा रीतापन उनके सान्निध्य से ही भरता चला गया।

रुचिका को लगा, वह ठीक समय पर पहुँची है। अवश्य टिफिन ब्रेक हुआ है, तभी ये बच्चे खेल रहे हैं। शिप्रा ने उसे टिफिन के वक़्त पहुँचने के लिए ही कहा था।

स्कूल के अहाते में प्रवेश करते ही शिप्रा की नजर उस पर पड़ गई। शायद किसी कोने से उसे देख रही थी। फिर दौड़कर पहुँच आई उसके पास—"हलो रुचि ! ठीक समय पर आ गई। मैं तुम्हारी ही प्रतीक्षा कर रही थी। नाथ साहब अपने चैंबर में हैं। मैं उनसे बातचीत कर चुकी हूँ। चलो, पहले स्टाफरूम में अन्य शिक्षिकाओं से तुम्हें मिलाती हूँ। फिर नाथ साहब के पास चलेंगे...।"

रुचिका जानती थी, नाथ साहब इस स्कूल के प्राचार्य का नाम है। वैसे उनका पूरा नाम चंद्रनाथ है। लेकिन सब उन्हें नाथ साहब ही कहते हैं और नाथ साहब से ही वह

जाने जाते हैं। शिप्रा से उसे यह जानकारी भी मिल चुकी थी कि इस स्कूल के एकमात्र स्वामी नाथ साहब ही हैं। अपनी कर्मठता एवं अपने व्यक्तिगत प्रयास से ही उन्होंने यह स्कूल कायम किया है। दो बच्चों एवं एक शिक्षिका से प्रारंभ किया उनका यह प्राइवेट स्कूल आज शहर का सबसे मशहूर प्राइवेट स्कूल बन गया है। शहर का हर संभ्रांत व्यक्ति अपने बच्चों को इसी स्कूल में पढ़ाना चाहता है। यहाँ के अनुशासन और शिक्षा के स्तर की चर्चा वह सुनती आ रही थी। लेकिन कभी यहाँ आने और नाथ साहब से मिलने का संयोग नहीं बना था। वह तो मेडिकल में जानेवाली छात्रा थी, पर परिस्थितियों की प्रतिकूलता ने उसे ताड़ से गिराकर इस खजूर पर लटक जाने के लिए बाध्य कर दिया था।

शिप्रा के साथ जब वह स्टाफरूम पहुँची तो उसे देखते ही अधिकांश शिक्षिकाएँ चहक उठीं—"तुम भी आ गईं रुचि ! गुड ! कांग्रेचुलेशंस ! बधाई ! शिप्रा ने जब से बताया था कि तुम भी यहाँ आ रही हो, तुमसे मिलने के लिए हमारा मन उतावला था। घर बैठे-बैठे तो तुम मुटिया गई हो। बता, क्या खाती थी चुपके-चुपके ?"

दरअसल, वहाँ उपस्थित नौ शिक्षिकाओं में से सात उसकी सहेलियाँ ही थीं। तीन शिप्रा की ही भाँति उसकी क्लास-फ्रेंड, दो उससे सीनियर तथा दो जूनियर। यह देखकर उसे सुखद आश्चर्य हुआ कि वे सातों भी उसकी तरह ही अनब्याही हैं। शायद शीघ्र शादी तय न होने और घर की बोरियत से बचने एवं ठौर पाने के लिए ही उन्होंने भी स्कूल ज्वाइन कर रखा है। उसके जैसे अच्छे घरों की ये लड़कियाँ इन स्कूलों के सिवाय और कहीं जा भी तो नहीं सकतीं। यहाँ आंतरिक साम्य की वजह से उसके मन को बहुत राहत मिली। उसके अंदर का बचा-खुचा अवसाद भी जाता रहा।

जिन दो शिक्षिकाओं से वह परिचित नहीं थी, शिप्रा ने उनसे भी उसका परिचय कराया। वे दोनों शादीशुदा और मरियल थीं। श्रीहीन चेहरे और ठोकच बैठे गालों से अपना परिचय वे खुद दे रही थीं। वैसे शिप्रा से उनके बारे में उसे जानकारी मिल चुकी थी कि वे बहुत निर्धन परिवार की हैं। उसकी जैसी अन्य शिक्षिकाओं से अलग वे सही अर्थों में जीविका के लिए ही इस स्कूल से जुड़ी हैं। लेकिन यहाँ मिलनेवाले अल्प वेतन से उनकी जीविका चल भी कहाँ पाती है ? फिर भी विकल्प से अभाव में वे यहाँ टिकी हुई हैं।

टिफिन के लिए सभी शिक्षिकाएँ नाश्ता खोलकर बैठी थीं। रुचिका के ना-ना करने के बावजूद एक-दो सहेलियों ने जबरन उसके मुँह में हलवे का कौर ठूँस ही दिया—"पहले मुँह मीठा कर। हम जानती हैं, खिलाने के डर से तू खाना नहीं चाहती। लेकिन हम तुम्हें छोड़नेवाली नहीं। कल पहले दिन तुम्हारा टिफिन मिठाइयों से भरकर आना चाहिए...।"

शिक्षिकाओं के बाद अब उसे नाथ साहब के चैंबर की ओर ले चली शिप्रा। नाथ साहब के चैंबर का दरवाजा स्टाफरूम के एक कोने में ही खुलता था। दरवाजे के पास स्टूल पर एक बूढ़ा नेपाली बैठा था, जो नाथ साहब का आदेशपाल था। शिप्रा ने उसे

फुसफुसाहट के-से स्वर में बताया—"यह नाथ साहब का सबसे विश्वासी व्यक्ति है। इस पर जितना भरोसा करते हैं नाथ साहब, उतना हममें से किसी पर भी नहीं करते। यह उनका स्वामिभक्त सेवक है। बिना उनकी इजाजत किसी को अंदर नहीं जाने देता और नाथ साहब के बारे में कभी किसी से कुछ कहता भी नहीं।"

शिप्रा ने उस आदेशपाल बहादुर से भी उसका परिचय कराया। उसने खड़े होकर परंपरागत ढंग से सलामी बजाई। फिर शिप्रा का संकेत पा नई शिक्षिका के आगमन की सूचना देने नाथ साहब के चैंबर में चला गया। वापस आकर मुस्कुराते हुए कहा—"साहब तैयार...बुलाना माँगता...।" और पर्दे को एक किनारे कर उसने उन दोनों को अंदर जाने का रास्ता दे दिया।

रुचिका को नाथ साहब का चैंबर अच्छा लगा—साफ-सुथरा और आकर्षक। चैंबर में बिछे खूबसूरत कालीन से नाथ साहब की साधन-संपन्नता और दीवारों पर टँगी कलात्मक पेंटिंग्स से उनकी सुरुचि-संपन्नता का पता चलता था। अपनी विशिष्ट 'चेयर' पर बैठे तथा सामने की मेज पर झुके वे किसी फाइल में व्यस्त थे। जब मेज के समीप पहुँचकर शिप्रा ने कहा—"प्रणाम सर !" तो माथा उठाकर उन्होंने देखा। फिर रुचिका पर नजर पड़ते ही मुस्कुरा उठे। इससे पूर्व कि शिप्रा रुचिका का परिचय दे, वह पहले ही बोल उठे—"तो आप ही हैं कुमारी रुचिका सहाय ?"

"जी !" और रुचिका के दोनों हाथ अभिवादन में जुड़ गए। उसने अनुभव किया कि चश्मे के भीतर से नाथ साहब की आँखें उसे तौल रही हैं। फिर उन्होंने कहा—"खड़ी क्यों हैं। बैठिए...बैठिए। तुम भी बैठो शिप्रा। मैं प्राचार्य और शिक्षक के बीच दूरी रखने का पक्षधर नहीं। एक पारिवारिक माहौल में विश्वास रखता हूँ।"

नाथ साहब द्वारा शिप्रा को तुम और उसे आप का संबोधन उसे अच्छा नहीं लगा। लेकिन तत्क्षण यह बात उसकी समझ में आ गई कि शिप्रा के पूर्व-परिचित होने और उससे नए परिचय के चलते ही उन्होंने ऐसा कहा है। बाद में उसके प्रति भी वे अनौपचारिक हो जाएँगे।

रुचिका देख रही थी, नाथ साहब की उम्र चालीस और पचास के बीच होगी। माथे के बाल सघन काले, लेकिन जड़ों से झाँकती सफेदी। बालों के रँगे होने की पक्की पहचान। चेहरा साँवला और थुलथुला तथा चेचक के मिटते दागों का अवशेष। गर्दन छोटी तथा आँखें तिरछी और बड़ी। पर पोशाक अच्छी और कुर्सी पर बैठने का अंदाज़ रोबीला। शिप्रा से उसे यह पता चल चुका था कि नाथ साहब की पत्नी और बच्चे बनारस रहते हैं। वे यहाँ जमे हुए हैं। सिर्फ लंबी छुट्टियों में ही घर जाते हैं। उसने ऐसा सुन रखा था कि ऐसा कोतह-गर्दनिया और डेब आँखोंवाला आदमी ठीक नहीं होता। लेकिन इसके विपरीत वह नाथ साहब को तो अच्छा पा रही थी। फाइल बंद कर वे बिल्कुल उसकी ओर मुखातिब हो गए थे—"आप बिल्कुल वैसी हैं जैसा शिप्रा ने बताया था। बल्कि उसके कथन से भी अच्छीं...।"

"क्या बताया था इसने, जरा मैं भी तो सुनूँ ?"

"यह कभी बाद में सुनिएगा। अभी यह खुशखबरी कि आपको नियुक्त कर दिया गया... ।"

"शुक्रिया।"

"आपके आवेदन और रिजल्ट से अच्छी अनेक अनुभवी एवं प्रशिक्षित शिक्षिकाओं के आवेदन आए थे। लेकिन मुझे अनुभवी और प्रशिक्षित शिक्षिकाओं की अपेक्षा आप जैसी नई शिक्षिकाओं में ज्यादा संभावनाएँ नजर आती हैं।"

"पता नहीं, आपकी उन संभावनाओं के अनुरूप मैं खरी उतर भी पाऊँगी या नहीं...? वह तो शिप्रा ने इस ओर मुझे खींचा, नहीं तो..."

"मैं जानता हूँ, आप मेडिकल की तैयारी कर रही थीं। आपने जूलॉजी से एम. एस-सी. किया है। यह हमारे लिए और अच्छा है। हमारे यहाँ लिटरेचर की पर्याप्त शिक्षिकाएँ हैं। साइंस शिक्षिका की ही मुझे जरूरत थी।"

इसके बाद क्षण-भर का मौन। फिर मौन को तोड़ते हुए बेहद आत्मीय लहजे में कहना आरंभ किया था नाथ साहब ने—"आपको तो शिप्रा से पता चला ही होगा। स्कूल के साधन सीमित और आय अल्प होने की वजह से मैं शिक्षिकाओं को अधिक नहीं दे पाता। बस, आप समझिए, सिर्फ घर से आने-जाने का ख़र्च भर दे पाता हूँ। मैं तो शिक्षा को व्यवसाय मानता भी नहीं। इस कार्य को जो लोग मिशन के रूप में कर सकें, मेरा स्कूल वैसे ही लोगों से चलता है। इस कार्य में पुरुष शिक्षकों की अपेक्षा महिला शिक्षिकाएँ मुझे ज्यादा उपयुक्त जान पड़ती हैं, इसीलिए मैं सिर्फ महिला शिक्षिकाओं को ही रखता हूँ।"

नाथ साहब अभी कुछ और कहने वाले थे कि टिफिन समाप्त होने की घंटी बजी। घंटी की आवाज सुन शिप्रा ने पहले रुचिका की ओर देखा फिर नाथ साहब की ओर। जवाब में कहा नाथ साहब ने—"तुम्हारी तो क्लास है शिप्रा ? तुम जाओ। रुचिकाजी के साथ अभी मैं कुछ बातचीत करूँगा।"

रुचिका को शिप्रा का इस तरह बीच में जाना और अपने को एकांत में पाना अच्छा नहीं लगा। पर वह विवश थी। जब नौकरी करने आई है तो शिप्रा को कहाँ-कहाँ अपने साथ बाँधे रखेगी ? उसके जाते ही नाथ साहब ने दरबान बहादुर को चाय लाने का आदेश दिया। रुचिका के यह कहने पर कि अभी थोड़ी देर पहले मैं चाय ले चुकी हूँ, नाथ साहब के विशेष आग्रह ने उसके नकार को स्वीकार में बदल दिया। नाथ साहब ने जोर देते हुए कहा—"आपके बहाने मैं भी तो पी लूँगा। अभी दोपहर की चाय मैंने नहीं ली है।"

इसके बाद अत्यंत मधुर लहजे में अब रुचिका को समझाने लगे वे—"यहाँ आपको तनिक भी तकलीफ नहीं होगी। यहाँ का माहौल भी आपको रास आएगा। कभी किसी कठिनाई का सामना हो तो मुझे सीधे कहिएगा। मैं अपनी हर शिक्षिका के साथ कंधे-से-कंधा मिलाकर चलना चाहता हूँ। आप मुझे प्राचार्य नहीं, अपना मित्र ही समझिए...एक पुरुष मित्र !"

रुचिका अनुभव कर रही थी, बोलने के साथ-साथ नाथ साहब का पूरा व्यक्तित्व भी चलायमान था। उनकी आँखें अब विशेष रूप से उस पर आ टिकी थीं तथा हाथ तो कई बार उसके हाथों पर चले आए थे। हर बार वह अपने हाथों को पीछे खींच लेती। लेकिन उचककर नाथ साहब अपने हाथों को उस पर फेंक देते। वह समझ नहीं पाती कि ऐसा वे जानबूझकर कर रहे हैं या अपनी आदत के अनुसार अनजाने में ही उनसे यह हो रहा है ?

दरबान बहादुर द्वारा चाय रख जाने के बाद अपने हाथ से कप उठाकर नाथ साहब ने रुचिका को थमाया। यहाँ एक क्षण तक अपने हाथों को वे रुचिका के हाथों से सटाए ही रहे। अब उनकी आँखों का भाव उसे अनपहचाना लगने लगा। साथ ही उनके बोल भी अबूझ बनते गए—"आप अपने रिजल्ट से ही नहीं, तन और मन से भी बहुत सुंदर हैं...बहुत सुंदर। ऐसी शिक्षिकाओं की तो मैं तहे-दिल से इज्जत करता हूँ...। आपकी इच्छा मेरे सर-आँखों...।"

रुचिका के लिए वहाँ अब और रुकना असह्य होने लगा—"अब मैं चलूँगी।"

"अरे, ऐसे ही कैसे जाइएगा ? आज पहला दिन है। बच्चों से भी आपका परिचय हो जाए...।"

और उन्होंने आदेशपाल बहादुर के हाथ एक स्लिप दे तथा उसे साथ लगा, विमला के क्लास में भेज दिया। उस स्लिप के अनुसार विमला ने उस कक्षा के छात्रों से उसका परिचय कराया तथा उसे पढ़ाने को कह स्वयं चली आई।

रुचिका ने अब उस कक्षा के छात्रों से बातचीत शुरू की। पहले स्कूल के बारे में। फिर वहाँ की पढ़ाई और वहाँ के अनुशासन के बारे में। इसके बाद पाठ्यक्रम पर वह आ गई। फिर उस घंटे में पढ़ाए जाने वाले विषय पर। छात्रों के अनुसार उस विषय का एक पाठ आधा पढ़ाया जा चुका था, जिसे आज पूरा करना था। लेकिन विमला तो किताब देना ही भूल गई थी। अपने बैग में साथ लेती गई किताब। छात्रों से शांत रहने को कह वह किताब लाने तेजी से विमला के पास चल पड़ी।

उसका अंदाज था, विमला स्टाफरूम में होगी। लेकिन वह स्टाफरूम में नहीं थी। इससे पूर्व कि वह आवाज लगाती, नाथ साहब के चैंबर से विमला की हल्की सिसकी उसे सुनाई पड़ी। तो क्या विमला चैंबर के अंदर है ! इस वक़्त दरवाज़े पर बहादुर भी नहीं था। बस, जल्दबाजी में उसने विमला से किताब माँगने के लिए नाथ साहब के चैंबर का पर्दा हटाया कि उसका मुँह खुला-का-खुला रह गया ! उसकी आवाज गले के भीतर ही अटक गई। फूले-फूले गाल और सींक से खोद दो तो खून आ जाए, ऐसी नाजुक गोराईवाली फूल जैसी विमला को थुलथुले नाथ साहब ने अपनी खुरदरी बाँहों में बाँध रखा था। लेकिन इस दृश्य को एक झलक से अधिक वह देख भी नहीं सकी। बहादुर भागते हुए वहाँ आ पहुँचा, "साहब बात करता तो कोई नहीं जाता मैडम ! अभी विमला मैडम बात करता। आप बैठो। हम बुलाएगा। हम सिरफ बाथरूम गया था...।"

लेकिन वहाँ बैठने और विमला से किताब माँगने की इच्छा अब खत्म हो गई थी।

उलटे पाँव लौट आई कक्षा में। छात्रों से पाठ अगले दिन पूरा करने का वादा कर तथा गणित के दो-चार सवाल उन्हें बनाने को दे वह धम्म से बैठ गई कुर्सी पर। उसके अंदर तो भूचाल आ गया था। उसे अपनी आँखों पर विश्वास नहीं हो रहा था। उसने जो देखा है, वह सच है या भ्रम ?

क्लास समाप्त होने के बाद भी वह कुछ क्षण तक बैठी रही। जब छात्रों ने कहा—"घंटी लग गई दीदी !" तब वह स्टाफरूम की ओर चल पड़ी। विमला उसे रास्ते में ही मिल गई। शायद किसी क्लास में जाने के लिए आ रही थी। लेकिन उससे नजर मिलते ही विमला का चेहरा सुर्ख लाल हो गया। वह नजर बचाकर कतराते हुए निकल गई।

स्टाफरूम में पहुँच वह शिप्रा को खोजने लगी। अब यहाँ उसे एक क्षण भी नहीं रुकना। क्या क्लास से अभी तक नहीं आई शिप्रा ? या आकर फिर किसी दूसरे क्लास में चली गई ? बहादुर से शिप्रा के बारे में वह पूछने ही वाली थी कि चैंबर से शिप्रा की धीमी आवाज उसे सुनाई पड़ी—"छोड़िए सर ! रुचिका खोज रही होगी...।"

तो क्या विमला के जाने के बाद चैंबर में शिप्रा चली गई है ? शिप्रा को बुलाने के लिए रुचिका जैसे ही बहादुर की ओर मुखातिब हुई कि किनारे से हल्के खिसके पर्दे की फाँक से नाथ साहब के हाथों में शिप्रा के मुलायम हाथ देख वह काँप गई ! अब और यहाँ नहीं ठहर सकती वह। शिप्रा से भी इजाजत लेने की अब जरूरत नहीं। उसे तो जैसे बिच्छू का डंक लग गया था। सिर से पाँव तक झनझना उठी थी वह।

उसे जाते हुए चैंबर की खिड़की से ही देख लिया शिप्रा ने। शायद स्टाफरूम में उसके आने से भी वह अवगत थी। बस चैंबर के पिछले दरवाजे से लपककर वह उसके करीब पहुँच गई—"और थोड़ी देर रुक जा रुचि। इस घंटी के बाद मैं भी तुम्हारे साथ चलूँगी !" लेकिन उसने शिप्रा की बात अनसुनी कर दी। इस पर कहा शिप्रा ने—"हमें गलत न समझ रुचि...!" पर उसने कोई जवाब नहीं दिया और न मुड़कर शिप्रा की ओर देखा ही। दनदनाती हुई वह स्कूल से बाहर निकल गई...।

रात बीतती जा रही थी, लेकिन रुचिका की आँखों में नींद नहीं। जिस बात की कल्पना उसने सपने में भी नहीं की थी, ऐसी अनहोनी करतूत ! तो क्या इन प्राइवेट स्कूलों में रोजगार के नाम पर यह सब भी होने लगा है ? आए दिन मुहल्ले और गली-कूचों में ऐसे स्कूलों का खुलना और बढ़ती उम्र की क्वाँरी लड़कियों को रोजगार देना क्या इसी मंशा के तहत होता है ? कहीं ऐसा तो नहीं कि स्कूल एक बहाना हो, संचालकों का मुख्य उद्देश्य यह सुगम व्यभिचार ही हो ? उस जैसी अच्छे मध्यवर्गीय परिवार की लड़कियों के निकट किसी दूसरे माध्यम से तो वे पहुँच नहीं सकते। लेकिन स्कूल में शिक्षिका बनाने के सुनहरे जाल में फँसाकर कैसे उन्होंने असंभव को बेहद सुगम बना दिया है !

फिर उसे लगता है, नहीं उनके लिए धन कमाने का भी यह जरिया है। एक पंथ दो काज कर रहे हैं ये कुटिल। डॉन चिल्ड्रेन एकेडमी का परिसर, पर्याप्त छात्रों की भीड़, साधनों की उपलब्धता से वहाँ बरसते धन का क्या पता नहीं चलता ? मजदूरों से भी कम दर पर अच्छे घर की मजबूर लड़कियाँ उपलब्ध। मानसिक और शारीरिक, दोनों रूपों में उनका दोहन...।

लेकिन लड़कियाँ विरोध क्यों नहीं करती हैं? उनका दोष भी तो कम नहीं। ऐसे हरामियों के मुँह पर जूतियाँ मार वे चली आतीं घर। बेनकाब कर देतीं ऐसे व्यभिचारियों और तिकड़मबाजों को। अपने बाप-भाई से कह इनका जीना हराम कर देतीं ? कहीं ऐसा तो नहीं कि इन लड़कियों के मनचले स्वभाव ने ही संचालकों को उकसाया हो ? ऐसी लड़कियाँ ही पहुँचती हों ऐसी जगहों पर ? किसी लड़की की इच्छा के खिलाफ कोई संचालक कैसे कर पाएगा मनमानी ?

फिर उसे लगता है, लेकिन शिप्रा तो ऐसी नहीं थी। तो उसे वह बचपन से ही जानती है। साथ-साथ खेलने-कूदने से लेकर पढ़ने तक। फिर उसने विरोध क्यों नहीं किया ? नाथ के हाथ को झटककर उसने क्यों नहीं जुतिआया ? जवाब में उसके खुद के अंदर से संवाद शुरू हो जाते हैं—''ऐसा करते ही उसे स्कूल से हटा देता नाथ।''
''तो हट जाती। ऐसे स्कूलों में रहने से क्या फायदा, जहाँ अस्मत और आबरू ही न बच पाए ?''

पर घर में आने के बाद तो फिर वही दंश और काटता घर ! वह क्या श्रद्धा और शौक से अल्पवेतन पर स्कूल गई थी। वर-खोज अभियान से निराश लौटते पिता की आँखों की चुभन। अपनी उपस्थिति से घर को बोझिल और असामान्य बनाती लड़की से औरत बन गई उसकी काया। पढ़ाई की समाप्ति के बाद घर पर कोई खास कार्य भी तो नहीं। भरोसे की नौकरी के लिए प्रतियोगिता परीक्षाओं की बेशुमार बढ़ती भीड़ और नियुक्ति में घूस, घपला और पक्षपात। बढ़ती उम्र और शादी में होते विलंब को लेकर माँ-बाप का रात-रात भर जगे रहना। इन स्थितियों से ऊबकर ही तो उसने स्कूल की शरण लेनी चाही थी। वह जानती है, शिप्रा, विमला आदि सहेलियाँ भी इन स्थितियों की ही मारी हैं।

''लेकिन शिप्रा उसे क्यों स्कूल ले गई ? नाथ की हरकतों का खामियाजा भुगत चुकी वह नाथ के हवाले उसे क्यों किया ?''

''तो वह क्या करती ? सिर्फ उसके कहने से ही तो वह नहीं गई। अपनी स्थितियों से ऊबकर वह तो स्वयं स्कूल की ओर उन्मुख हुई थी। कुआँ प्यासे तक नहीं जाता। प्यासा ही कुएँ तक पहुँचता है। शिप्रा तो सिर्फ माध्यम बनी थी...।''

''लेकिन उसने आगाह क्यों नहीं किया ?''

''क्या आगाह करे ? जिस डर से उसने हल्ला-हंगामा नहीं किया, उसी डर ने आगाह करने से भी उसकी जुबान को बंद रखा। ऐसी बातों का खुलासा होने पर पुरुष होने के चलते नाथ बच जाएगा, पर मध्यवर्ग की लड़की होने का दंड वह पा जाएगी।

लोग सीधे यह मान बैठेंगे कि जब उसके साथ ऐसा हुआ है, तो इसमें उसकी भागीदारी भी अवश्य रही है। बिना उसकी भागीदारी के ऐसा हो ही नहीं सकता। उसके बाद कभी न मिटनेवाली बदनामी का बदनुमा दाग उस पर आ लगेगा !''

''तो क्या इसका कोई निवारण नहीं ? इससे बचने का कोई मार्ग नहीं ?'

''है क्यों नहीं ? इन नाथों की तरह उन्हें स्वयं स्कूल खोलना होगा। 'विमला शिशु विद्यापीठ', 'शिप्रा बालिका विद्यालय' की स्थापना करनी होगी।''

''बिना श्रम और प्रयास के कार्य का अंजाम तो वह देख चुकी। इसके सिवा और कोई मुकम्मिल विकल्प भी तो नहीं।''

''लेकिन कल्पना में विकल्प खोजना और बात है, उसे यथार्थ में परिणत करना और।''

''कुछ भी और नहीं। यथार्थ की पहली सीढ़ी कल्पना ही होती है।''

रात आधी से अधिक बीत गई थी, लेकिन रुचिका की आँखें झपकने का नाम तक नहीं ले रही थीं। वह आँख बंद कर सोने का उपक्रम करने लगी। लेकिन नींद के स्थान पर जाने-अनजाने हर बार उसकी आँखों के समक्ष 'विमला शिशु विद्यापीठ' और 'शिप्रा बालिका विद्यालय' के बोर्ड आ जाते और मन के अवचेतन में पड़ी अपने वर्ग शिक्षक प्रोफेसर शर्मा की बातें जेहन में घुमड़ने लगतीं—''आदमी किसी कार्य के लिए पूरे मन से लग जाए तो वह कतई असंभव नहीं रह जाता। चारपाई से लेकर हवाई जहाज तक का निर्माण पहले कल्पना में ही होता है।''

रुचिका अब बेसब्री से सुबह की प्रतीक्षा करने लगी। सुबह के लिए ऐसी व्यग्र प्रतीक्षा इससे पहले उसे कभी नहीं हुई थी।

भूकंप

पिछले एक सप्ताह से सारा शहर परेशान था। स्कूल-कॉलेज, कोर्ट-कचहरी और अधिकांश विभाग आपातृस्थिति घोषित कर बंद कर दिए गए थे। लोगों का जीना हराम हो गया था। सभी उद्विग्न, बेचैन, भयभीत और सहमे-सिकुड़े जान पड़ते थे। भूकंप के झटकों का आना क्या शुरू हुआ, जीवन का सारा इत्मीनान और सुख-चैन एक भयावह आतंक में तब्दील हो गया। हर क्षण भूकंप आने का अंदेशा मृत्यु के आगमन की तरह व्यथाबोध भरता जाता। लातूर और उस्मानाबाद की विनाश लीला को लोग अभी भूल भी नहीं पाए थे कि पुनः इस प्राकृतिक विपदा का आगमन ! लोगों के समक्ष इससे त्राण का कोई बेहतर मार्ग भी तो नहीं।

दिन का समय तो किसी तरह कट भी जाता, लेकिन रात कटते नहीं कटती। रात होते ही सबके प्राण जैसे टँग जाते। भूकंप के झटकों के भनक के लिए उनके कान खड़े होते तथा आँखें टोह ले रही होतीं। भूकंप का हल्का आभास होते ही वे छलांग लगाकर घर से निकल भागते–"भूकंप आ गया..भूकंप आ गया !"

घर से भागने के लिए तो जैसे उनके पैर उठे ही रहते थे। कभी-कभी भ्रमवश या दूसरों की चिल्लाहट पर भी वे ऐसा कर उठते थे। अपने घर के निकट के मैदान या खाली स्थान की तलाश प्रायः सबने कर ली थी। इस संबंध में नए और खुले मुहल्ले के लोग तथा सार्वजनिक मैदान, चौड़ी सड़क या परती जमीन के निकट के बाशिंदे अपने को भाग्यशाली समझते थे। वे पलक झपकते ही घर से मैदान में आ जाने के अभ्यास में लगे होते थे। इसके विपरीत घनी आबादीवाले, सँकरी गलियों के निवासी अपने जीवन पर ज्यादा संकट महसूस कर रहे थे। उनमें साधन-संपन्न लोगों ने तो उक्त मुहल्ला छोड़ शहर के दूसरे खुले मुहल्लों में अपना डेरा जमा लिया था या दूसरे शहरों के लिए प्रस्थान कर दिया था। लेकिन शेष बचे सामान्य लोग भाग्य और भगवान के नाम पर डटे हुए थे। इस दर्शन पर विश्वास जमाए रखने के लिए वे बाध्य थे कि जीना होगा तो कहीं भी रहकर जी लेंगे और मरना होगा तो लाख प्रयास के बाद भी नहीं बच पाएँगे।

ऐसे ही दिनों की एक डरावनी शाम चंदेल अपने माँ-बाप एवं बहन के साथ अपने घर में चिंतातुर पड़ा था। उसकी चिंता का बाह्य कारण जहाँ भूकंप की आशंका पर

निर्भर था, वहीं आंतरिक कारण अपनी प्रेमिका जूही के प्रति उसके तीव्र आकर्षण को लेकर था। चंदेल अनुभव कर रहा था कि इस आंतरिक कारण ने बाह्य कारण को गौण बनाते हुए दबा-सा दिया था। जूही के प्रति उसका खिंचाव इतना बढ़ गया था कि उसके मन से भूकंप की भयावहता की परवाह भी जाती रही थी। उसे परवाह थी तो बस इस बात की कि भूकंप के वक्त अगर वह जूही के पास पहुँच जाता या जूही ही उसके पास चली आती तो कितना अच्छा होता। एक-दूसरे की बाँहों में वे समा जाते। तब भूकंप उनका कुछ भी नहीं बिगाड़ पाता।

यह एक सुखद संयोग था कि चंदेल और जूही के घर एक ही मुहल्ले में थे। चंदेल के घर से पंद्रह-बीस घरों के फासले पर ही जूही का घर था। अभी थोड़ी देर पहले ही चंदेल जूही के यहाँ से लौटा था। भूकंप के इन विकट क्षणों में वह अक्सर ही जूही के यहाँ जाता रहता था। जूही की मीठी वाणी अब भी उसके कानों में गूँज रही थी—"मैं कहती हूँ चंदेल, विज्ञान की घोषणा मेरे गले कभी नहीं उतरती। अगर विज्ञान भूकंप के कारणों का वास्तविक पता बताने में सक्षम होता तो भूकंप की सही भविष्यवाणी भी वह कर देता, लेकिन ऐसा उसने कभी नहीं किया। मुझे तो लगता है, गाँधीजी की राय ही सही है कि जब धरती पर पाप कर्म बढ़ता है तो भूकंप आता है।"

चंदेल चाहता तो अपने पुष्ट तर्कों से जूही की इस बात का खंडन कर सकता था, लेकिन जूही उसे इतनी प्यारी और कोमल लगती थी कि अपनी वाणी से भी वह उसे घायल करना नहीं चाहता था। वह तो जूही और उसके परिवार को ढाँढ़स देने लिए ही वहाँ जाता था। अपने सामने जूही को पाकर उसके अंदर न जाने कहाँ की चतुरता, कहाँ की सजगता और कैसी तत्परता आ जाती थी कि जूही के म्लान चेहरे को मुस्कुराहट में तब्दील कर ही वह लौटता था। लेकिन घर आने के बाद अपने परिवार में वह चाहकर भी ऐसा नहीं कर पाता था। अपने यहाँ उससे ऐसा होता ही नहीं था। वह खुद समझ नहीं पाता था कि जूही की उपस्थिति में उसके व्यक्तित्व में अतिरिक्त इजाफा कैसे हो जाता है। शायद जूही के प्रति उसके अंतरमन में उपजे प्रेम की यह चमत्कारिक ऊर्जा थी। वह अनुभव कर रहा था, इस ऊर्जा की तपिश में वह हर वक्त जलता रहता था। लेकिन इस जलन में भी उसे पीड़ा नहीं, आनंद का ही अहसास होता था।

जूही के यहाँ से लौटने पर उसकी खुशबू में वह डूबा रहता। कहीं एकांत में बैठकर घंटों उस खुशबू के कल्पना-लोक में बेसुध बना रहता। भूकंप जैसी विभीषिका भी उस मधुर कल्पना से उसे विमुख नहीं कर पाती। जूही की फुलझड़ी छोड़ती हँसी, दूधिया बदन, कमनीय हाथ-पाँव, मोहक आँखें, लंबे घने बाल और सलोना चेहरा वह भुलाए नहीं भूलता। यह उसका सौभाग्य था कि जूही उसे चाहती थी। जवाब में तो वह जूही पर दिलोजान से फिदा था। फिर भी यह अजीब विडंबना थी कि जूही के स्पर्श से भी वह वंचित था। उसके पीछे जहाँ एक ओर उसकी संकोची प्रवृत्ति थी, वहीं दूसरी ओर ऐसा अवसर भी उसे हाथ नहीं आया था। जूही उसके स्पर्श और आलिंगन में आ जाए,

यह तो उसे अपनी सुखद कल्पना की चरमस्थिति मालूम पड़ती। इस कल्पना के स्मरण मात्र से ही वह तन्मय और बावरा हो जाता। उसे लगता, वह उसकी जिंदगी का सबसे खुशगवार क्षण होगा। पता नहीं, वह क्षण कब आएगा ? काश, वह क्षण शीघ्र आ जाता !

जूही की यादों में इसी तरह खोया चंदेल बराबर की भाँति उस शाम भी देर रात तक कल्पना-लोक में विचरता रहा, जब उसकी माँ ने भूकंप की वजह से उसे गमगीन जान तथा बीतती रात का अंदाज कर अक्सर की भाँति कहा, "चिंता छोड़ बेटा, चल खा ले। रात काफी सरक गई है। भगवान पर भरोसा रख। उनकी कृपा रहेगी तो भूकंप से हम लोगों का बाल भी बाँका नहीं होगा।" तब उसकी तंद्रा भंग हुई। अपनी माँ के भोलेपन पर उसे तरस भी आया। कितनी भोली है उसकी माँ। उसकी चिंता को भूकंप की चिंता ही समझे बैठी है। उसे अपने आप पर भी गुस्सा आ गया कि माँ को क्यों छलता रहा वह ? फिर उसे लगा, यह सब तो चाहकर वह नहीं कर रहा। अब अपने वश में वह है ही कहाँ ?

चंदेल जानता था, पिताजी खा चुके होंगे। शाम गहराते ही खाना खा लेना उनकी दिनचर्या का अविभाज्य अंग था। लेकिन जब तक वह नहीं खाएगा, माँ और बहन भी भूखी ही रहेंगी इसीलिए न चाहते हुए भी वह माँ के साथ रसोई में जाकर खाना खाने लगा। खाते हुए भी जूही को वह नहीं भूल सका था। उसकी भूख तो जूही के प्यार के प्रबल आकर्षण में गायब थी।

रात बीतती जा रही थी—प्रलय और विनाश की सहयोगिनी रात। सभी जगे थे और रोज की भाँति रात बीतने की प्रतीक्षा कर रहे थे। ट्रेनों के गुजरने और ट्रकों-बसों के आने-जाने की आवाज भी जमीन के अंदर से आने वाली गड़गड़ाहट का भ्रम पैदा कर देती है। शंकित और आतंकित मन में धैर्य समाता भी तो नहीं। अचानक ऐसे ही वक्त, लगभग आधी रात के आसपास तेज हवा का झोंका आना शुरू हो गया। फिर उसी रफ्तार में बारिश भी आ गई—आँधी और पानी, दोनों एक साथ। बेमौसम का तूफान !

आँधी-पानी आते ही घर की खिड़कियाँ और दरवाजे बजने लगे। बिजली गुल हो गई। आकाश में बादलों की गड़गड़ाहट और विद्युत् की कड़क ! हवा-पानी का हहराता स्वर ! भूकंप के साए में जीने वाले शहर पर यह खौफ का कहर था। इस स्थिति में बड़े-बूढ़ों की बातें याद कर सब दहल उठे। बड़े-बूढ़े कहते हैं—'भूकंप के क्षणों में प्रलय और तूफान की तरह आँधी--पानी का आगमन महाविनाश का सूचक होता है।'

हठात् उसी क्षण शहर के किसी हिस्से से 'भूकंप...भूकंप...' की चिल्लाहट भी शुरू हो गई। पता नहीं, चोर-उचक्कों ने ऐसा किया या भूकंप की आशंका से पीड़ित व्यक्तियों ने। लोग तो यह आवाज सुनते ही घर-बार छोड़कर भागने लगे। गिरते-पड़ते

लोग सिर पर पैर रख भाग चले मैदानों की ओर। अपने माँ-बाप एवं बहन के साथ भाग चला चंदेल भी, लेकिन मैदान के किनारे आते ही वह उनसे छूटकर अलग हो गया। वे उससे कैसे छूटे, यह वह समझ नहीं सका। आँधी-पानी में भागती भीड़ और अँधेरी रात की वजह से वे उससे अलग पड़ गए या उसके दिमाग से ही उतर गए, कुछ भी ज्ञात नहीं उसे। वह तो जूही के घर की ओर दौड़ पड़ा था, लेकिन आँधी-पानी की मार, रास्ता न सूझने की विवशता और भागती भीड़ के धक्कमपेल में उलटी दिशा में चल सकना उसके लिए संभव भी तो नहीं हो सका था। फिर उसे लगा, अब तक जूही और उसके परिवार के लोग घर में तो होंगे नहीं ? बस, वह जूही के घर के निकटवाले मैदान की ओर कूच कर गया।

कहाँ होगी उसकी जूही और कैसी होगी ? इस घुप अँधेरी तूफानी रात में भी अपनी जूही को पहचान लेगा वह। जूही की गंध से वह परिचित है। उसकी आहट का आभास होते उसे देर नहीं लगती। एक बार वह कॉलेज में जूही को खोज रहा था। शरारतवश जूही उसके पीछे ही जा छिपी थी। बस, जूही के होने का आभास स्वतः उसे हो गया था। जूही के घर पहुँचने पर भी उसके दस्तक पर दरवाजा खोलने की आवाज से यह साफ समझ जाता था कि जूही है या उसकी मम्मी ? उसने जूही से कहा भी था, 'तुम्हारी आहट और खुशबू दूर से ही पहचान जाता हूँ मैं। कहीं भीड़ में भी तुम्हें बैठा दिया जाए तो आँख मूँदकर भी मैं तुम्हारे पास पहुँच सकता हूँ।'

जवाब में वह भी बोल उठी थी—''तुम्हारा आगमन भी मैं भाँप लेती हूँ। तुम्हारे कदमों की आवाज, तुम्हारी अँगुलियों द्वारा दी गई दस्तक और तुम्हारे कपड़ों में आती मौलश्री के फूलों की गंध तुम्हारी उपस्थिति का सहज ही भान करा देती है।''

इन बातों को याद कर जूही के घर के पास के मैदान में पहुँचते ही चंदेल उसकी देह-गंध के लिए बेचैन हो गया, लेकिन इतनी दूर आने पर भी इस तरह पस्त और विवश-लाचार बन गया था वह कि चाहकर भी भीड़ में घुसकर उसकी थाह ले सकने में असमर्थ था।

बारिश की मार से अब तक वह घायल और लथपथ हो चुका था। उस पर हवा के तूफानी झोंके का असह्य प्रहार ! हवा के इस झोंके में चल सकने की बात तो दूर, अपना नियंत्रण बनाए रख सकना भी किसी के वश में नहीं था। लोग एक-दूसरे पर गिरते और ढेर होते चले जा रहे थे। अँधेरे में जगह-कुजगह चोट खाने का भी तो चेत नहीं। कोई किसी की बाँह पर गिरता, कोई किसी के माथे पर तो कोई किसी की छाती पर। सभी मैदान की जमीन पकड़कर लेट गए थे कि हवा उन्हें उठाकर मुहल्ले में न फेंक दे। इस क्रम में हवा के वेग और प्रवाह से सब एक-दूसरे से गुँथते चले जा रहे थे। इस आफत में एक-दूसरे से उनका गुँथना जहाँ एक ओर प्राकृतिक दबाव के तहत हुआ था, वहीं दूसरी ओर अपने बचाव और ठहराव के निमित्त वरदान भी बन गया था। सभी एक-दूसरे को पकड़े मिट्टी-पानी में सने पड़े थे।

चंदेल इस विकट विपदा एवं बेहिसाब शारीरिक यातना के क्षणों में भी जूही को

भूल नहीं पा रहा था। पता नहीं, जूही किन लोगों के बीच जकड़ी और किस स्थिति में होगी। यहाँ तो वह ऐसे फँस गया था कि हिल-डुल सकने लायक भी नहीं था। उसके दाएँ-बाएँ, सिरहाने-पैताने चारों तरफ से मानव-शरीर का दबाव था। नर-नारी की पहचान भी गायब। किसी की कुहनी गड़ती तो किसी का माथा आ टकराता या फिर किसी से ठेहुने से आघात पहुँचता। अँधेरे में कोई किसी को पहचान भी तो नहीं पा रहा था। अब एक मिट्टी-पानी में सनकर और अधमरा होकर सबका हुलिया एक जैसा बन गया था। विद्युत् की कौंध का भी उनकी चेतना पर कोई असर नहीं था।

अचानक इसी बीच एक मानव-काया आँधी की चपेट में अपनी जगह से उखड़कर उसके ऊपर आ गिरी। उसका तो दम घुटने लगा। उसने पूरी शक्ति लगाकर उसे परे ढकेलने की कोशिश की, लेकिन वह काया उसके बदन से लगी ही पड़ी रही। बगल की अन्य मानव-कायाओं के दबाव ने उसे उधर बढ़ने ही नहीं दिया। वह उस काया को ठेलने की कोशिश में लगा रहा, लेकिन प्रयासोपरांत भी वह उसे हटा नहीं पाता था। नीमबेहोशी की स्थिति में पहुँची वह काया नियंत्रण में नहीं थी। उस काया से तीखी दुर्गंध भी आ रही थी। संभव है, आँधी-पानी के दौरान मैदान में फैले कचरे में वह सनी हो। उस काया से मुँह फेरकर उसे धकियाते हुए चंदेल दूरी बनाने की कोशिश में जुटा रहा, पर उस बदबू से निजात नहीं पा सका। अगर उसके अंदर जूही की खुशबू शेष नहीं बची होती तो इस बदबू से वह मर ही जाता।

तूफान जिस रफ्तार से आया था, लोगों पर कहर बरपाकर उसी रफ्तार से चला भी गया। तूफानी आँधी-पानी का रुकना और भोर का होना, दोनों एक साथ हुआ। भूकंप ने स्वयं न आकर अपनी आशंका मात्र से लोगों को तबाह कर दिया था। फिर तो जिनके यहाँ के बच्चे, बीमार या बूढ़े इस कालरात्रि की भेंट चढ़ चुके थे, उनके यहाँ हाहाकार और विलाप तथा जो सपरिवार बच गए थे, उनके चेहरे पर दहशत मिश्रित सुकून ने जीवन की सक्रियता और सजगता को पुनः बहाल कर दिया था।

चंदेल की बहन और माँ-बाप भी बच गए थे, लेकिन इन तमाम स्थितियों से अलग चंदेल के जीवन में ऐसा कुछ घट गया था कि उसकी तो दुनिया ही बदल गई थी। भोर के उजाले में यह देखकर उसे अपनी आँखों पर विश्वास नहीं हुआ कि जो मानवी-काया उसके ऊपर आ गिरी थी और जिसे परे ढकेल उससे आती दुर्गंध से बचने के लिए सारी रात वह उससे दूरी बनाए हुए था, वह कोई और नहीं, उसकी जूही ही थी। कचरे में लिपटी-सनी जूही को देखकर उसे अपनी आँखों पर विश्वास ही नहीं हुआ। उसने अपनी चेतना को झटकना चाहा, यह उसकी जूही नहीं हो सकती। अगर जूही थी तो सारी रात उसकी देह-गंध और उपस्थिति के आभास से वह वंचित क्यों था ? लेकिन यह जूही ही थी, जो भूकंप की भेंट चढ़ गई थी। इस घटना के बाद चंदेल के खुद के अंदर ऐसा

भूकंप आ गया था कि उसे सब कुछ उलट-पुलट गया जान पड़ने लगा था। सामने मृत पड़ी जूही की लाश को भी वह जूही मानने के लिए हर्गिज तैयार नहीं था। मुहल्ले के लोगों के अनुसार उसका माथा फिर गया था। लेकिन उसके अनुसार मुहल्ले के लोग उसे मूर्ख बना रहे। यह हो ही नहीं सकता कि सारी रात जूही उसके पास पड़ी रहे और इसका आभास उसे न हो !

प्लेग

सुबह होते ही यह खबर जंगल की आग की तरह पूरे शहर में फैल गई कि रेलवे स्टेशन के निकट एक भिखारी प्लेग से मर गया। खबर के साथ यह सूचना भी आई कि रात से ही उसे तेज बुखार, जोरों से खाँसी और कँपकँपी थी। प्रह्लाद बाबू के उस छोटे शहर के लिए तो यह सूचना जैसे मौत का पैगाम साबित हुई। जिसने भी, जहाँ और जिस स्थिति में सुना, अपने को भयभीत और असुरक्षित महसूस किया। सबको अपने पाँव की धरती खिसकती जान पड़ी। तो उनके शहर में भी प्लेग आ गया ? अभी पिछले कुछ समय से तो उनका शहर भूकंप के हल्के झटकों से परेशान था, लेकिन प्लेग की इस खबर के समक्ष तो वह पिछली परेशानी एकदम छोटी पड़ गई। प्लेग के सामने भूकंप कुछ नहीं। प्लेग का मतलब साक्षात् मौत ! देखते-ही-देखते शहर-का-शहर और बस्ती-की-बस्ती साफ...

प्रह्लाद बाबू इस छोटे शहर के लेखक और अध्यापक हैं। एक स्थानीय डिग्री कॉलेज में पढ़ाते हैं, लेकिन अपनी कहानियों एवं उपन्यासों के चलते ही जाने जाते हैं। सच तो यह है कि कथा-लेखन की लोकप्रियता के चलते ही उन्हें अध्यापक की नौकरी भी मिली है। अब तो वे शहर के गण्यमान्य व्यक्तियों में से हैं। इस सूचना से अवगत होते ही उनकी भयभीत पत्नी ने उन्हें समझाया—''अब अधिक बाहर निकलना और घूमना बंद कर दो।''

पत्नी की यह भयातुर सजगता देख जवाब में कहा उन्होंने—''यह खबर अफवाह भी तो हो सकती है। तुम बहुत जल्दी अफवाहों की पकड़ में आ जाती हो।''

असल में जिस वक्त यह खबर आई थी, उस वक्त सूरत के प्लेग की खबरों से अखबार रँगे हुए होते थे। विदेशी संचार माध्यम और प्रचार एजेंसियों की मुख्य सूचना यही थी। इसको लक्ष्य कर ही कहा प्रह्लाद बाबू ने, पर पत्नी अपनी धारणा बदलने को तैयार नहीं, ''ऐसी खबर अफवाह नहीं होती और अगर अफवाह हुई भी तो उससे बचकर रहने में क्या नुकसान ?''

वे पत्नी से बहस करना नहीं चाहते। जानते हैं, सच्चाई जब सामने आएगी, पत्नी की धारणा स्वतः बदल जाएगी। लेकिन सच्चाई जानने के लिए उनका सृजेता मन बेचैन

हो उठा। पत्नी से छूटने का तरीका भी वे जानते थे, "आज कॉलेज में प्राचार्य ने एक आवश्यक मीटिंग बुलाई है। फिर छुट्टी की अर्जी भी तो देनी होगी। बगैर अर्जी दिए घर पर तो नहीं बैठा जा सकता।"

अपने तरकश के इस अचूक बाण से मैदान साफ जान प्रह्लाद बाबू तेजी से स्टेशन की ओर चल पड़े। माजरा क्या है, उन्हें जानना चाहिए ? हालाँकि यह आशंका भी उनके अंदर से सिर उठाने लगी थी कि यह खबर अगर सच हो तो ? शहर के अन्य हादसों और घटनाओं की तरह इस घटना के पास उन्हें बेधड़क नहीं पहुँचना चाहिए। प्लेग की बीमारी तो सचमुच संक्रामक बीमारी होती है, लेकिन उनका मन था कि सच्चाई से अवगत होने के लिए उन्हें हाँके ले जा रहा था।

प्रह्लाद बाबू ने वहाँ पहुँचकर पाया उनके जैसे लेखक, पत्रकार तथा जोखिम से खेलनेवाले स्वयंसेवी संगठनों के उत्साही कार्यकर्ता अब तक जुट आए थे और जिला प्रशासन ने भी अपना मोर्चा सँभाल लिया था। उनका शहर जिले का मुख्यालय था। सभी अधिकारी-पदाधिकारी वहीं रहते थे। हालाँकि इससे पहले अपने जिला प्रशासन को उन्होंने कभी इतना चौकस और मुस्तैद नहीं पाया था। वे देख रहे थे, वह भिखारी जहाँ मरा था, उसके आसपास के कुछ फर्लांग तक की दूरी लोगों से बिलकुल खाली कर दी गई थी तथा वहाँ पुलिस की सख्त पहरेदारी कायम हो गई थी। पुलिस के घेरे की भीतर घुसने की इजाजत किसी को नहीं थी।

प्रह्लाद बाबू रेलवे पुल पर चढ़ गए थे, जहाँ पहले से ही कई लोग चढ़े हुए थे। वहाँ से कूड़े के ढेर के पास मरा वह भिखारी साफ-साफ नजर आ रहा था। वह एकदम चित पड़ा था। उसके हाथ-पाँव बेतरतीब ढंग से बिखरे थे तथा मुँह खुला था। उसकी गठरी और ओढ़ने-बिछाने की गुदड़ी उसके पास ही पड़ी थी। वह काला-कलूटा तथा खिचड़ी बालोंवाला अधेड़ उम्र का व्यक्ति जान पड़ता था, जो मरकर और भयावह हो गया था—किसी अधजली लुकाठी की तरह बदशक्ल, रुक्ष और अपशकुन का द्योतक...!

प्रह्लाद बाबू अनुभव कर रहे थे कि उनके साथ के लोग तथा आसपास के घरों एवं दुकानों की छतों से उसे देखनेवाले लोग इस तरह उसे घूर रहे थे, जैसे वह कोई मृतक नहीं, साक्षात् प्लेग हो। उसे घूरने के बाद लोग आतंकित हो भागते जा रहे थे। प्रह्लाद बाबू के परिचितों ने उन्हें भी वहाँ से चले जाने का संकेत दिया, लेकिन आगे की कार्यवाही देखने के लिए उनके रचनाकार ने उन्हें रोके रखा। वहाँ की बातचीत से उन्हें यह ज्ञात हो चुका था कि जिला प्रशासन ने रातोरात यह खबर राज्य प्रशासन को भेज दी है और राज्य प्रशासन ने केंद्र प्रशासन को। बाहर से प्रशिक्षित लोगों की टीम अब आने ही वाली है, जो उस लाश को वहाँ से हटाने तथा जाँच के लिए उसका खून ले जाने का कार्य करेगी। प्रह्लाद बाबू भी जिला प्रशासन के अधिकारियों एवं जवानों की भाँति उस टीम की प्रतीक्षा करने लगे। पर उन्हें देर तक प्रतीक्षा नहीं करनी पड़ी।

जल्द ही वह टीम आ गई।

एक विशेष वाहन में तथा विशेष पहनावे में टीम के लोग घटनास्थल पर पहुँचे। वे नख से शिख तक लिबास में लिपटे थे। सिर्फ चश्मे के भीतर से उनकी आँखें नजर आ रही थीं। विशेष सावधानी और सतर्कता से वे उस भिखारी की लाश तक पहुँचे तथा उसे एक वाहन में रखकर लेते गए। उनके जाने के बाद पूरे क्षेत्र में कीटाणुनाशक घोल और पाउडर का छिड़काव किया गया, तब उस क्षेत्र की घेरेबंदी तोड़ी गई। चूँकि प्लेग के खून की जाँच बाहर होनी थी, इसीलिए रिपोर्ट आने तक दो-तीन दिन का समय तो लगना ही था। इस अवधि में प्रशासन के निर्देश के अनुसार सबको सावधान रहना था।

प्रशासन की इस चौकसी और सजगता-सतर्कता ने लोगों को और अधिक भयभीत तथा चौकन्ना कर दिया था। कान में तेल डालकर पड़ा रहने वाला प्रशासन इस तरह सक्रिय है, इसका मतलब यह कि अवश्य उनके शहर में प्लेग फैल गया है। फिर तो प्रशासन को सहयोग करने और उससे दो कदम आगे बढ़ने की फितरत लोगों में पैदा हो गई। अपने घर के आसपास और गली-मुहल्ले की नालियों एवं कूड़े-कचरे के ढेरों पर कीटनाशक पाउडर और घोल का छिड़काव लोगों ने शुरू कर दिया। प्रह्लाद बाबू ने अपने घर पहुँचने तक उनके आसपास की नालियों एवं सामने के कचरों के ऊपर कीटनाशक पाउडर की सफेद परत बिछ चुकी थी। अपने पड़ोसी जगराम महतो को सड़क बुहारकर सूखे कचरे को जलाते देख तो वह दंग रह गए। यह वही जगराम महतो थे, जिनके यहाँ से सड़क पर बेतरतीब रूप में कचरे फेंके जाने के सवाल पर वे दो-तीन बार उलझ चुके थे। हर बार जगराम महतो का यही तर्क होता था—"सड़क किसी के बाप की नहीं है। जब नगर प्रशासन का ध्यान सफाई की ओर नहीं तो हम क्यों सफाई करें ?"

लेकिन अब वही जगराम महतो सफाई कर रहे थे; कचरा जला रहे थे। उन पर नजर पड़ते ही मुस्कुरा उठे प्रह्लाद बाबू। अच्छा हो कि साल-दो साल पर कुछ समय के लिए इसी तरह प्लेग आ जाए, ताकि ऐसे लोग सफाई से रहना तो सीख जाएँ। उनको आते देख जगराम महतो खड़े हो गए और उनके चेहरे पर आत्मीयता के भाव उभर आए। शायद यह बताने के लिए वे मुखातिब हो गए कि देख लीजिए, आप सड़क साफ करने की बात करते थे न, मैं स्वयं सड़क साफ कर रहा हूँ। लेकिन जगराम महतो को कुछ भी कहने का अवसर दिए बगैर वे अपने घर की ओर मुड़ गए।

प्रह्लाद बाबू के नीचे का कमरा उनकी बैठक था, जिसमें हर शाम उनके दो-तीन रचनाकार-मित्र, उनके परिवारजन तथा एक-दो आत्मीय पड़ोसी आ जुटते थे। फिर साहित्य से लेकर राजनीति और देश-विदेश की खबरों से लेकर शहर की गतिविधियों तक पर बातचीत होती थी। लेकिन इस खबर के बाद पत्नी ने उन्हें साफ-साफ शब्दों

में मना किया—"अब बैठकबाजी बंद कर दो। कौन प्लेग लेकर आए और दे जाए, कुछ कहा नहीं जा सकता। ऐसे समय में लोगों की ज्यादा आवाजाही ठीक नहीं होती।"

जवाब में पत्नी को समझाया उन्होंने—"अपने भाई-भतीजों, घनिष्ठ मित्रों और निकट के पड़ोसियों को कैसे मना कर दूँ ? समयानुसार वे स्वयं आना बंद कर देंगे। इस तरह भयभीत होकर अपने निकटतम लोगों से कटकर और अमानवीय बनकर जीना हर्गिज ठीक नहीं होगा। किसी समस्या का समाधान अकेले नहीं, अपने लोगों के साथ रहकर ही किया जा सकता है। मुझे तो यह खबर सूरत के भयावह समाचारों की प्रतिक्रिया में जन्मी अफवाह भर लगती है। आतंकित और कमजोर लोगों ने ही इस अफवाह को हवा दी है। जाँच-रिपोर्ट आने तक हमें अपना धैर्य बनाए रखना चाहिए।"

लेकिन शाम की उनकी बैठक में ऐसी-ऐसी बातें उभरकर सामने आईं कि प्रह्लाद बाबू का धैर्य भी डगमगाने लगा। बैठक की चर्चा न सिर्फ इसी विषय पर केंद्रित रही, बल्कि अपने-अपने स्रोतों से प्राप्त समाचारों को सभी ने दहशताने अंदाज में व्यक्त किया। उनके छोटे भाई सुरेश्वर ने तो अधिकार सहित बताया—"शहर के काजी टोले में प्लेग फैल गया है।"

वह शहर के एक स्कूल में शिक्षक है। उसके अनुसार—"काजी टोले की सूचना दबाई जा रही है, ताकि शहर के लोग आतंकित न हों।"

उनके भतीजे अमित ने कहा—"शहर के डॉक्टरों ने ऐसे मरीजों को अपने प्राइवेट क्लीनिकों में लेना बंद कर दिया है।"

वह शहर के एक कॉलेज में बी. ए. अंतिम वर्ष का छात्र है। उसके अनुसार—"प्लेग की संभावनावाले मरीजों को उनके कंपाउंडर दूर से ही फुटाने लगे हैं।"

प्रह्लाद बाबू के पड़ोसी उपाध्यायजी की सूचना और हैरतअंगेज थी। उन्होंने बताया, "सूरत से भागकर आए एक व्यक्ति को शहर के कातिरा मुहल्ले में रहनेवाले उसके निकट के रिश्तेदारों ने घर में घुसने तक नहीं दिया। जाँच-पड़ताल के लिए उसे राजधानी भिजवा दिया है।"

उनके रचनाकर मित्र शर्माजी की चिंता शहर की गंदगी को लेकर थी, "मैं तो पहले से ही आशंकित था कि गंदगी के अंबार बने इस शहर में प्लेग जैसी किसी महामारी को आना ही है। सफाई के लिए जिला प्रशासन के खिलाफ आंदोलन की बात मैं करता था तो किसी के कान पर जूँ तक नहीं रेंगती थी। अब सबको पता चलेगा।"

लेकिन उनके दूसरे मित्र रायजी की सूचना बिल्कुल दूसरे ढंग की थी— "मुझे पता चला है कि पड़ोसी देश की यह शत्रुतापूर्ण साजिश है। उसी ने प्लेग के जर्म्स यहाँ छोड़े हैं, अन्यथा प्लेग तो इस देश से मुद्दतों पहले समाप्त हो गया था।"

उधर प्रह्लाद बाबू के निकटतम पड़ोसी तिवारीजी की राय कुछ और थी—"अरे भाई, भूकंप जैसी प्राकृतिक आपदा और प्लेग जैसी महामारी की वापसी धरती पर बढ़ गए पाप की सूचना है...।"

इन प्रतिक्रियाओं से अंदर से विचलित होते हुए भी प्रह्लाद बाबू ने अपनी पत्नी

एवं बच्चों के समक्ष अपने संयम का परिचय दिया, "ऐसे क्षणों में घबराने और भयभीत होने की जरूरत नहीं। अब प्लेग पहले की तरह बेकाबू मर्ज नहीं रहा। एंटीबायटिक दवाओं ने उसे काफी नियंत्रित कर रखा है। ये खबरें अक्सर अफवाहों की उपज होती हैं। हमें अफवाहों एवं दुष्प्रचारों से बचना चाहिए।"

उस शाम जल्द ही प्रह्लाद बाबू की बैठक खत्म हो गई। सब अपने-अपने घर चले गए, पर सबके अंदर अपनी सुरक्षा की चिंता घनीभूत हो उठी थी।

दूसरी सुबह प्रह्लाद बाबू के तैयार होने तक अपने खुद के घर से उन्हें कपूर की गंध आनी शुरू हो गई। ऊपर के कमरे से नीचे आने पर उन्हें पता चला कि छोटा भाई कपूर और लवंग के पैकेट लेकर आ गया है। यह बात वे कल से ही सुन रहे थे कि कपूर और लवंग रखने से प्लेग के कीटाणु निकट नहीं आते। शहर के वैद्यजी ने सरसों के तेल में कपूर मिलाकर नाक में सूँघते रहने की सलाह भी दी है, पर प्रह्लाद बाबू समझ नहीं पा रहे थे कि वैज्ञानिक दृष्टि से ये उपाय कारगर हैं भी या नहीं ? अपने छोटे भाई से उन्हें यह पता चला कि इन चीजों का अंधाधुंध प्रयोग उनके शहर में शुरू हो गया है। अपने शहरियों की इस अनुकरणप्रियता से वे भलीभाँति परिचित थे।

अपनी बैठक की खिड़की खोलते ही बाहर से आती खुशबू से प्रह्लाद बाबू का मन तरोताजा हो गया। उन्हें आश्चर्य भी हुआ कि आज अचानक इतनी अच्छी खुशबू कहाँ से आ रही है ? अक्सर तो उनके पड़ोस से बजबजाती नाली की बदबू आती थी। बस, पत्नी से पूछ ही उठे वे, "आज यह खुशबू कहाँ से आ रही है ?"

जवाब में उनकी लापरवाही को कोसती हुई बोल उठीं पत्नी—"सब तुम्हारी तरह हाथ-पर-हाथ रखकर नहीं बैठे हैं। सबके यहाँ सुगंधित धूप जलाई जाने लगी है।"

अब इस सुगंध के रहस्य से भी वे अवगत हो उठे। एक प्रसिद्ध वैद्य द्वारा समाचार पत्रों एवं दूरदर्शन के माध्यम से ऐसे विषम क्षणों में जड़ी-बूटियों से बनी सुगंधित धूप को उपयोगी बताया गया है। इस तथ्य से अवगत होने के बाद यह सुगंध भी अब उन्हें रहस्यपूर्ण लगने लगी। यहाँ पर यह विचार स्वतः उनके अंदर उभर आया कि कितना अच्छा होता अगर लोग बराबर अपने घरों को इसी तरह सुगंधित रखते, तब यह सुगंध उन्हें कदापि रहस्यपूर्ण नहीं लगती।

प्रह्लाद बाबू आगे की अपनी दिनचर्या के बारे में विचार करने लगे। ऐसे आपद समय में अक्सर उनकी दिनचर्या गड़बड़ा जाती है। लिखने-पढ़ने का काम स्थगित हो जाता है, लेकिन उन्हें इस तरह से कर्म-विमुख नहीं होना चाहिए। इस तरह की सांसारिक विपदाएँ एवं बाधाएँ तो आती ही रहेंगी। उन्हें अपनी अधूरी कहानी पूरी करने में लग जाना चाहिए। और अपने लेखन की मेज पर जाने के लिए वे मन बनाने लगे कि ऐन वक्त बाहर के दरवाजे पर किसी की आवाज सुनाई दी। ऐसे भयावह और आतंक के माहौल में दरवाजे पर यह आवाज ! वे तत्क्षण दरवाजे के पास जा पहुँचे। उनकी पत्नी और बच्चे भी वहाँ आ धमके। उनके मुहल्ले की दाई बिंदा बदहवास हालत में वहाँ खड़ी थी। उन्हें देखते ही कलप उठी—"वे लौंडे हमें खदेड़ रहे हैं। उन मुदइयों ने हमारा जीना

हराम कर दिया है। हमारा साबुत रहना उन छोकरों से देखा नहीं जाता।''

''वे तुम्हें क्यों भगा रहे हैं ?'' जिज्ञासावश पूछ उठे प्रह्लाद बाबू। जवाब में उसी तरह कलपते हुए कहा उसने—''हम का जानें हाकिम ! सब कहत हैं कि दूर हो जाओ इहाँ से...अस्पताल में जाकर मरो !''

अब प्रह्लाद बाबू मामला समझ गए। उन्होंने तत्क्षण कहा—''चलो, मैं आता हूँ।''

बिंदा को प्रह्लाद बाबू अच्छी तरह जानते थे। किसी दूर-दराज के गाँव से शहर आई बूढ़ी बिंदा अपनी परित्यक्ता बेटी के साथ उनके मुहल्ले में एक खोली लेकर रहती थी। मुहल्ले के चार-पाँच घरों में चौका-बर्तन का काम करती थी। उनके घर की दाई भी वही थी, इसीलिए फरियाद लेकर पहुँची थी। पिछले एक सप्ताह से उसकी बेटी बीमार थी। ठंड लग गई थी उसे। सर्दी-बुखार और खाँसी से परेशान थी। उन्हें पता लग गया कि उसकी बेटी की यह परेशानी ही आफत बनी है उसके लिए।

प्रह्लाद बाबू का अनुमान सही साबित हुआ। उसकी बेटी को प्लेग हो गया समझ आसपास के लड़के उसे अस्पताल के बहाने वहाँ से भगा देना चाहते थे। उन लड़कों में एक-दो उनके विद्यार्थी भी थे। वहाँ पहुँचते ही उन छात्रों को उन्होंने प्रेमपूर्ण झिड़की देनी प्रारंभ की—''आप लोग पढ़े-लिखे नौजवान होकर इस तरह के दकियानूसी विचार रखते हैं। यह तो पिछले दस दिनों से बीमार है। मैं जानता हूँ, इसे ठंड लगी है। जाड़े का मौसम है। हर सर्दी, खाँसी, बुखार का मरीज प्लेग का मरीज ही नहीं हो जाता। आप लोगों ने तो प्लेग को हौवा बना दिया है। अब यह मर्ज पहले की भाँति लाइलाज भी नहीं रहा। अगर इसे प्लेग हो भी जाता है तो इसे मुहल्ले से निकालना तो बिल्कुल अमानवीय और अपराधजनक कार्य होगा। हमें तो अपने टोला-पड़ोस के ऐसे संभावित मरीजों की देखभाल और उनके इलाज की समुचित व्यवस्था करनी चाहिए।''

प्रह्लाद बाबू की बात का समर्थन वहाँ उपस्थित अन्य दो पड़ोसियों ने भी किया, जिनके यहाँ बिंदा काम करती थी। उन युवकों पर भी उनकी बात का तल्ख असर हुआ। अब उनकी आवाज बिल्कुल बदल-सी गई—''हम इसे भगा नहीं रहे हैं सर। हम तो यह कह रहे हैं कि इसे अस्पताल जाना और इलाज कराना चाहिए।''

इस बार प्रह्लाद बाबू ने भी उन युवकों की आवाज-में-आवाज मिलाकर कहा—''हाँ बिंदा, तुम्हें इसे अस्पताल ले जाकर दिखाना चाहिए।''

वह पुनः विलाप कर उठी—''इसे अस्पताल में ही तो ले जा रही हूँ।''

वे जानते हैं, ऐसे अवसरों पर समझ और धैर्य के अभाव में ही लोग वहशियाना कार्य कर बैठते हैं। इससे पूर्व कि उन नौजवानों को वे और समझाएँ, लड़के वहाँ से खिसक गए थे। अब वे भी अपने घर लौट आए।

घर आने के बाद कुछ समय तक वे शहर की इन परिवर्तित स्थितियों पर चिंतित रहे। पता नहीं, आतंकित माहौल में लोग कौन-कौन सा गुल खिला दें ? फिर अपने मन को

शांत-सहज बनाते हुए लेखन की मेज के पास आ जुटे। अधूरी कहानी पूरी करने की अपेक्षा इन परिवर्तित स्थितियों पर ही उन्हें कुछ लिखना चाहिए। लोगों को झकझोरना चाहिए। ऐसी अमानवीय एवं वहशी हरकतों के खिलाफ जनमत तैयार करना चाहिए। बाद में पूरी कर लेंगे कहानी। लेकिन पत्नी अपनी आतंकित मुद्रा में पुनः सामने आकर खड़ी हो गई, "तुम अजीब जीव हो। सारा शहर अपनी रक्षा के उपायों में जुटा है और तुम हो कि तुम्हें कहानी लिखने से ही फुर्सत नहीं। तुम्हें पता है, टोला-पड़ोस के सारे घरों में टेट्रासाइक्लिन दवाएँ आ गईं। बाद में लिख लेना जितना लिखना हो। पहले जाकर दवा लेते आओ। न जाने कब जरूरत पड़ जाए।"

उन्होंने पत्नी को पुनः समझाने की कोशिश की—"पहले से लाकर दवा रखना क्या ठीक होगा ? यह अतिरिक्त की चिंता और आतंक तो क़िसी भी दृष्टि से उचित और वाजिब नहीं। जब जरूरत पड़ेगी आ जाएगी दवा। लेकिन ऐसी जरूरत ही नहीं पड़ेगी। अन्य लोगों की तरह हमें भी सिर्फ दूसरों की देखा-देखी नहीं करनी चाहिए।"

जवाब में बरस पड़ीं पत्नी—"एक तुम ही तो काबिल हो पूरे शहर में और सारे लोग मूर्ख हैं। अपनी काबिलियत दूसरे अवसरों पर दिखाना। पहले दवा लाकर घर में रख दो। तुम्हारी जरूरत तक दुकानों में बची नहीं रहेगी दवा। अभी भी तुम्हें मिल जाए, मुझे संदेह ही है।"

प्रह्लाद बाबू, कमजोर हृदय अपनी पत्नी की चिंता जानते थे। न चाहते हुए भी उसे शांत-सहज बनाने के लिए उन्हें दवा लाकर रखनी ही थी। पत्नी के चिकित्सक से उन्हें यह ज्ञात हो चुका था कि उसके दिमाग पर अधिक जोर डालना उचित नहीं।

अब बिना कोई वाद-विवाद बढ़ाए कैमिस्ट तक जाने के लिए वे घर से निकल पड़े, पर गली में आते ही उनका माथा ठनक गया, गली के किनारे, नाली के पास दो मरे हुए चूहे पड़े थे। तो क्या सचमुच उनके शहर में प्लेग आ गया ? एक क्षण के लिए सिर चकरा गया उनका। उनके अंदर का संचित धैर्य भी जाता रहा। लेकिन जल्द ही उन्होंने अपने को नियंत्रित कर लिया। जहाँ चूहे पड़े थे, उसके सामने के घर के पड़ोसी से कल दोपहर में ही उनकी बातचीत हुई थी, वे पूछ रहे थे कि चूहों को भागने के लिए क्या किया जाए ? जवाब में चूहेदान रखने की सलाह उन्होंने दी थी। लेकिन उनका कहना था कि चूहेदान में फँसाकर छोड़े चूहे फिर वापस आ जाते हैं। दवा देकर उन्हें मारने के बारे में वे उनकी राय जानना चाह रहे थे। लेकिन प्रह्लाद बाबू ने चिकित्सकों की राय को ही अपने शब्दों में व्यक्त किया था, 'मेरे विचार से ऐसे वक्त में दवा से चूहों को मारना हर्गिज मुनासिब नहीं। तब यह जानना मुश्किल हो जाएगा कि चूहों की मृत्यु का कारण प्लेग है या दवा ?'

अब उन्हें साफ महसूस हुआ कि अवश्य उनके इस पड़ोसी ने ही उनके सुझाव को दरकिनार कर दवा दी होगी। ये दवा से मरे हुए ही चूहे हो सकते हैं, अन्यथा इस पूछने वाले पड़ोसी के घर के पास ही क्यों पड़े मिलते ?

गली से निकलकर सड़क पर पहुँचते ही प्रह्लाद बाबू के कुछ परिचित नजर आ

गए। उनको देखते ही वे उनके करीब पहुँच भयातुर आवाज में कह उठे—"अब तो शहर में मरे हुए चूहे भी दिखने लगे ! न जाने कहाँ की आफत आ गई है इस शहर पर ?"

प्रह्लाद बाबू को लग गया कि अवश्य उनकी गली में पड़े चूहों को देखकर ही ये आ रहे हैं। फिर भी अनजान बनते हुए पूछ उठे वे—"कहाँ नजर आए मरे चूहे ?"

जवाब में तपाक् से बोल पड़े थे—"अभी आपकी गली से ही तो देखकर हम आ रहे हैं।"

"अरे, वे चूहे प्लेग से नहीं मरे, दवा से मरे हैं। मेरे पड़ोसी ने दवा दे रखी है। मैं वापस लौटते ही जाँच के लिए उन्हें अस्पताल भिजवा दूँगा," प्रह्लाद बाबू इस घटना को अफवाह बनने से रोकना चाहते थे। हालाँकि वे जानते थे, कहाँ-कहाँ रोक पाएँगे ऐसी चर्चाओं को ? उनके पड़ोसी की तरह अनेक लोग हैं, जो मनाही के बावजूद दवा देंगे। प्लेग के संवाहक चूहे उनके घर से मर जाएँ, वे बस इतना ही चाहते हैं। मरे हुए चूहों से शहरवासियों के मन पर चढ़ते खौफ और आतंक की उन्हें कोई परवाह नहीं होती।

जवाब में प्रह्लाद बाबू ने अपने पड़ोसी की तरह इन परिचितों को भी धैर्य से काम लेने और चूहों को न मारने की सलाह दी। जंगली चूहों की अपेक्षा बस्ती और शहरों के इन घरेलू चूहों को उन्होंने बिलकुल प्लेग रहित बताया। वैसे वे जानते थे, उनकी बात को इस कान से सुनकर उस कान से निकाल देने की भाँति उनके ये परिचित भी अधिकतर वही करेंगे, जो उनके पड़ोसी ने किया है।

अपने इन परिचितों से निकल कैमिस्ट तक पहुँचने पर उन्हें पत्नी की आशंका सही साबित हुई। टेट्रासाइक्लिन ग्रुप की सभी दवाएँ दुकान से गायब थीं। पूछने पर दुकानदार ने उन्हें बताया कि सूरत की खबरों के बाद से ही इन दवाओं की बेहिसाब बिक्री जारी है। जब उस दुकान से अलग अन्य दुकानों पर भी दरियाफ्त करने की बात उन्होंने की तो दुकानदार ने उन्हें रोक दिया। वह उनका छात्र था—"अभी किसी दुकान पर भी ये दवाएँ आपको नहीं मिलेंगी सर। अगर कोई देगा भी तो चौगुने दामों पर। अपने लोगों के लिए गोदाम में मैंने कुछ बचाकर रखी हैं। कल सुबह निश्चय ही आपको दे दूँगा।"

अपने उस शिष्य-दुकानदार से ही उन्हें पता चला कि भयभीत नागरिकों से मुँहमाँगे दाम में ये दवाएँ बेचकर कई दुकानदार मालामाल हो गए। हालाँकि उनके उस शिष्य-दुकानदार ने अपने को रिटेल भाव में बेचनेवाला दुकानदार बताया। उनके द्वारा यह पूछे जाने पर कि इन दवाओं के वास्तविक ग्राहक और प्लेग से आतंकित ग्राहक को वे कैसे पहचान पाते हैं तो उसने हँसकर कहा, "एक ही नजर में लोग पहचान में आ जाते हैं सर ! टेट्रासाइक्लिन ग्रुप की दवाएँ अनेक नामों से बिकती हैं, सिर्फ टेट्रासाइक्लिन नाम से ही नहीं।"

उस दुकान पर प्रह्लाद बाबू को यह भी सूचना मिली कि साधन-संपन्न कुछ लोगों

ने भागना भी प्रारंभ कर दिया है। दूसरे निरापद शहरों में जहाँ उनके और घर हैं या रहने की सामर्थ्य हैं, वे जा रहे हैं।

उस दुकान पर खड़े-खड़े प्रह्लाद बाबू ने सामने के चौराहे से अपने मुँह पर रुमाल रखकर गुजरते कुछ लोगों को देखकर भयमिश्रित आश्चर्य से सिहर गए। तो क्या सचमुच प्लेग फैल गया है उनके शहर में ? कहीं ऐसा तो नहीं कि धैर्य और संयम के नाम पर वे मुगालते में हों और यथार्थ कुछ और हो। उन्होंने अपने शिष्य-दुकानदार से ही पूछा—''क्या वास्तव में हमारा शहर प्लेग की गिरफ्त में आ गया है ?''

''कुछ भी नहीं कहा जा सकता सर। ऐसे समय में तो लोग सही सूचनाओं को भी दबा देते हैं और गलत सूचनाएँ भी प्रचारित हो जाती हैं। जब तक उस भिखारी की जाँच-रिपोर्ट नहीं आ जाती, प्रामाणिक रूप से कुछ भी नहीं कहा जा सकता।''

''उसकी जाँच-रिपोर्ट कब तक आ जाएगी ?''

''अबे आनी ही चाहिए सर ।''

प्रह्लाद बाबू अब और देर तक वहाँ नहीं रुक सके। कहीं-न-कहीं अंदर से उनका मन भी भयभीत और आतंकित हो उठा था। वे घर की ओर वापस लौट चले।

तीसरी सुबह उनके तैयार होकर बैठक में आते ही पत्नी ने उन्हें स्मरण दिलाया—''अब बिना देर किए दवा ले आओ। पता नहीं, आज भी तुम्हें दवा मिलेगी या नहीं ?''

''क्यों नहीं मिलेगी ? तुम बराबर अस्वीकार और नकार में ही क्यों जीती हो ? वह मेरा विद्यार्थी है। उसने दवा लाकर दुकान में रख दी होगी।''

घर से निकल प्रह्लाद बाबू कैमिस्ट की ओर बढ़ चले। अपनी गली को पार कर सड़क पर आ गए। सड़क पर पुनः अपने कुछ परिचित उन्हें नजर आए। लेकिन इस बार किसी के चेहरे पर भय और आतंक नहीं था। सब सहज और स्वाभाविक थे तथा आपस में हँस-बोल रहे थे। पिछली बार की तरह आतुर और जिज्ञासु हो वे उनके करीब भी नहीं आए। उनकी बातचीत के कुछ अंश उन्हें साफ सुनाई पड़े—''अच्छा हुआ संकट टल गया।''

प्रह्लाद बाबू के कदम ठिठक गए। तो संकट टल गया ? कैसे ? किस तरह ? इससे पहले कि उन परिचितों के करीब जाकर वे पूछें, जिला प्रशासन की गुजरती हुई प्रचार जीप की तेज आवाज उनके कानों में सुनाई पड़ने लगी—''अब किसी को भी घबराने और शहर से भागने की जरूरत नहीं। उस भिखारी की जाँच-रिपोर्ट आ गई है। उसकी मृत्यु प्लेग से नहीं, भूख से हुई। यहाँ प्लेग का एक भी मरीज नहीं।''

प्रह्लाद बाबू के कदम अब घर की ओर मुड़ गए। लेकिन वे समझ नहीं पा रहे थे कि क्या सचमुच संकट टल गया ? जिला प्रशासन की सूचना लगातार उनके कानों में गूँज रही थी, ''उस भिखारी की मृत्यु प्लेग से नहीं, भूख से हुई है, भूख से...!''

दुर्घटना

रामसेवक बाबू सुबह की नित्यक्रिया से अभी निबट भी नहीं पाए थे कि उनके साले का पूरा परिवार आ पहुँचा। उनसे मिलते ही साले के मुँह से जैसे रटे-रटाए जुमले फूट पड़े—"यह सब क्या हो गया भाई साहब ? यह किस हालत में आपको देख रहा हूँ। आपके एक्सीडेंट की सूचना जब से मिली, यहाँ आने के लिए बेचैन हो गया। लेकिन सी.एम. के यहाँ जाने वाली कुछ फाइलें बहुत जरूरी थीं। साहब के कहने पर रुक जाना पड़ा। आज जैसे ही उनसे फारिग हुआ, भागा चला आ रहा हूँ। यह सब कैसे हो गया ? आप तो बहुत सावधानी से रहते थे। सड़क-दुर्घटना का शिकार तो हम लोग जैसे व्यस्त जीव होते हैं...! आप किसी काम से जा रहे थे या ऐसे ही तफरीह में निकले थे ? गलती टैंपूवाले की थी या स्कूटरवाले की ? दोनों के टकराने से आप घायल हुए या सड़क बदलने से...?"

रामसेवक बाबू जानते थे, अब तक उनके साले को सारी बातों की जानकारी हो गई होगी। लेकिन उनके मुँह से सुने बगैर पुछारो में आने की अपनी भूमिका को वह सार्थक कैसे बना पाएगा ? उनकी इच्छा इस वक्त कुछ भी कहने की नहीं थी। यह उनके नित्यक्रिया का समय था। लेकिन बिना कहे छुटकारा भी तो नहीं। अंततः न चाहते हुए भी अन्य लोगों के समक्ष व्यक्त हादसे के उस विवरण को अत्यंत संक्षेप में उन्होंने कह सुनाया—"बंधन टोला के सामने की सड़क से गुजर रहा था। गुमटी उस पार पावरगंज मुहल्ले में जानकी (अपनी ब्याहता पोती) के यहाँ मुझे जाना था। लेकिन मोड़ पर उधर से आ रहे एक टैंपू और इधर से जा रहे एक स्कूटर ने सड़क पार कर रहे एक छोटे बच्चे को बचाने के लिए ऐसा टर्न लिया कि दोनों एक-दूसरे से जा टकराए। मैं तो किनारे था। वहाँ की सड़क बहुत ऊबड़-खाबड़ है। शहर की सबसे रद्दी सड़क है। दुर्भाग्य से दोनों सवारियाँ मुझ पर ही आ गिरीं...!"

दरअसल, उस विवरण को रामसेवक बाबू इतनी बार व्यक्त कर चुके थे कि अब वह जैसे कंठस्थ-सा हो गया था। लेकिन उनके मुँह से उक्त विवरण सुनते ही इस बार उनके साले की पत्नी कराह उठी—"ओह ! ओह ! वह टैंपूवाला और स्कूटरवाला कैसे कसाई थे, आप जैसे संत आदमी को उन्होंने दुःख दिया है...! उनका कभी भला नहीं

होगा। हमें जिस दिन यह खबर मिली, हमसे कुछ भी खाया-पीया नहीं गया। बच्चे भी ऐसे ही सो गए। बच्चे तो उसी दिन से अपने फूफाजी को देखने के लिए जिद किए बैठे थे। सौरभ और सुरभि (दोनों बड़े बच्चे) तो फ्लू से बीमार हैं। हमने मना भी किया तुम दोनों रुक जाओ। पर वे कहाँ माननेवाले ? सब साथ चले आए...!"

किंतु रामसेवक बाबू अनुभव तो इनके विपरीत कर रहे थे। उनके साले के चारों बच्चे उनसे मिलने की अपेक्षा उनके घर के अपने हमउम्र बच्चों से मिलने-जुलने तथा उनकी बागवानी में धमाचौकड़ी करने में जा जुटे थे। अब उनके साले दंपति ने अपने पहुँचने के उद्‌देश्य की अगली कड़ी के रूप में रामसेवक बाबू की टूटी हुई जाँघ देखना प्रारंभ किया। रामसेवक बाबू को न चाहते हुए भी अपने शरीर से कंबल हटाना पड़ा। जाड़े में कंबल हटाना उन्हें बहुत ही नागवार लगता था। ट्रैक्शन से पाँव के बँधे होने की वजह से वे तो ऐसे ही परेशान थे, नित्यक्रिया में अनावश्यक विलंब से उन्हें और कष्ट तथा खीज का अनुभव हो रहा था। लेकिन वे विवश थे। एकाएक सामने उपस्थित साले-परिवार को थोड़ी देर बाद आने को कैसे कहें ? अपनी दिनचर्या ही थोड़ी देर बाद शुरू कर लेंगे।

अब उनके साले-परिवार ने अपने पहुँचने के उद्‌देश्य का अंतिम वक्तव्य भी देना शुरू कर दिया। साले के अनुसार—"कुछ दिन आराम के बाद आप एकदम ठीक हो जाइएगा भाई साहब। सिर्फ करवट बदलते रहिएगा, ताकि बेडसोर न होने पाए अंदर की टूटी हड्डी अपने आप जुट जाती है। मेरे दफ्तर के सिन्हा साहब के पेलविस में जबर्दस्त फ्रेक्चर था। लगता था, कभी खड़े नहीं होंगे। लेकिन दो महीने के बाद ही एकदम ठीक हो गए...!"

उनकी सरहज के अनुसार—"सर्जन का इलाज तो चल ही रहा है। आपके सर्जन ने सब इंतजाम कर भी दिया है। लेकिन मेरी राय है कि आप किसी अच्छे होम्योपैथिक डॉक्टर की दवा भी साथ-साथ चलाएँ, हड्डी जोड़ने में होम्योपैथिक दवा का असर मैंने जादू की तरह देखा है। मेरी चाची की बाँह टूटकर एकदम लटक गई थी। एलोपैथिक सर्जन ने पाँच माह में जुटने की बात कही थी। उन्होंने प्लास्तर भी कर दिया था। लेकिन चाचाजी ने हमारे शहर के एक प्रसिद्ध होम्योपैथिक डॉक्टर की दवा भी शुरू कर दी थी। अब आपको क्या बताऊँ भाई साहब ! पाँच महीने की जगह तीन महीने में ही उनकी बाँह की हड्डी जुट गई...!"

अपने इस समापन वक्तव्य के बाद वे जैसे ही रामसेवक बाबू की पत्नी के साथ बैठकवाले कमरे में गए, उन्होंने अपने नौकर भगीरथ से कहकर अपने कमरे का दरवाजा जल्दी से बंद करा दिया। पता नहीं, फिर कोई देखवइया न आ जाए! वे जब से दुर्घटनाग्रस्त होकर बिस्तरे पर पड़े हैं, इन देखवइयों ने तो उनका जीना हराम कर दिया है। बिस्तरे पर आने के बाद तो उनकी दिनचर्या ऐसे ही बदल गई है। सारे क्रिया-कलाप एक बिस्तरे की परिधि में आ सिमटे हैं। अपने स्वभाव के मुताबिक इस परिधि में भी अपनी दिनचर्या को उन्होंने नियत और नियमबद्ध करने की हर संभव कोशिश की है।

लेकिन देखवइयों के द्वारा उनकी यह कोशिश लगातार भंग की जाती रही है। कुछ लोग तो ऐसी जल्दबाजी में आते हैं जैसे गाड़ी छूट रही हो—''कहाँ हैं रामसेवक बाबू ? अरे भाई, कैसे हो गया यह सब ? मुझे तो अभी-अभी यह सूचना मिली है...!''

जवाब में उनके नौकर भगीरथ के यह कहने पर कि मालिक सो रहे हैं, तो तपाक् से बोल उठते—''तो इससे क्या है, मैं उन्हें तनिक भी डिस्टर्ब नहीं करूँगा। सिर्फ एक नजर देखकर चला जाऊँगा...! मुझे आज ही दूसरी जगह जाना है...!''

रामसेवक बाबू के मन में आता कि कहें—''इस एक नजर देख लेने की ही क्या जरूरत, जब मरीज की सुविधा और सहूलियत का कोई खयाल ही नहीं।''

लेकिन चाहते हुए भी वे कह नहीं पाते। ऐसा कहना तो अपने परिचितों और हितु-मित्रों की नाराजगी मोल लेना है। उन्हें तो उन आगंतुकों का आभार मानना है जो अपने व्यस्त कार्यक्रम में से समय निकालकर उन्हें देखने आते हैं। देखवइयों के प्रति यही परंपरा भी रही है। लेकिन न चाहते हुए भी इस परंपरा के खिलाफ उनका अंतर्मन जैसे फट पड़ना चाहता था।

कभी रामसेवक बाबू इस बात को लेकर अपने को बहुत खुशकिस्मत महसूस करते थे कि आरा नामक इस छोटे शहर में उनके परिचितों, शुभचिंतकों और रिश्तेदारों की भरमार है। राँची विश्वविद्यालय से स्थानांतरण कराकर वीर कुँवरसिंह विश्वविद्यालय, आरा आने और इस शहर के महाराजा हाता मुहल्ले में जमीन लेकर मकान बनाने के पीछे उनका यही दृष्टिकोण काम कर रहा था कि यहाँ अपने लोगों की संख्या ज्यादा है। यहाँ वे सुख से रह सकेंगे। कष्ट और विपत्ति के दिनों में जितनी सहायता उन्हें यहाँ प्राप्त होगी, उतनी सहायता बाहर नहीं मिल सकती। लेकिन खाटशायी होने के बाद अपनी इस सोच और दृष्टिकोण को वे बिल्कुल विपरीत स्थिति में पा रहे थे। कथ्य और तथ्य में इतना अंतर हो सकता है, उन्होंने पहले नहीं जाना था।

यहाँ के एक प्रमुख कॉलेज में प्रोफेसर के पद से वे सेवानिवृत्त हुए थे। उनके दोनों भाइयों और तीनों बहनों के घर भी इसी शहर में बन गए थे। अपने दोनों बड़े बेटों और दोनों बड़ी बेटियों की शादियाँ भी उन्होंने इसी शहर में की हैं। उनकी अपनी ससुराल भी यहीं है, इस स्थिति में उनके एक्सीडेंट की सूचना पर उनसे मिलनेवालों का ताँता बीस दिन बीत जाने के बाद भी थमने वाला नहीं था। इस दौरान कई ऐसे लोग भी आए जिन्हें रामसेवक बाबू जानते-पहचानते तक न थे। उनमें से कुछ तो उनके ससुरालवालों के परिचित थे तो कुछ उनके बेटे-बेटियों और भाई-बहनों के परिचित और संबंधी।

रामसेवक बाबू लिखने-पढ़नेवाले गंभीर प्रकृति के व्यक्ति थे, इसीलिए जीवन में अधिकतर रिजर्व ही रहते थे। उनके परिचितों और कुटुंबियों को ऐसा अवसर ही नहीं मिलता था कि वे गाहे-ब-गाहे उन्हें पा सकें और अपने मन की भड़ास उनके समक्ष व्यक्त कर सकें, शायद इसीलिए अवसर को अनुकूल समझ वे बाढ़ के पानी की तरह उमड़ आए थे। इस गँवई शहर की संस्कृति के अनुसार उनके आगमन का कोई निश्चित और निर्धारित समय भी तो नहीं था। जिसे जब इच्छा होती पहुँच आता। किसी-किसी

दिन तो दिन-भर देखवइयों का क्रम जारी रहता। एक जाता तो दूसरा आता। कई बार तो दवा खाने का उनका समय भी गुजर जाता। उनकी शांति और स्वाभाविकता तो खत्म हो गई थी, वे अंदर से बौखलाते भी जा रहे थे। वे जानते थे, उनके इन शहरवासियों के पास समय की कोई कमी नहीं। उन्हें तो ऐसे अवसरों की प्रतीक्षा रहती है जो समय व्यतीत करने का उपयुक्त बहाना हो सके।

नित्यक्रिया से निबटते हुए रामसेवक बाबू को घर के अंदर अपने साले-परिवार के आगमन से पैदा हुई चहल-पहल तथा अपने परिवारजनों की बातें साफ सुनाई पड़ रही थीं। उनकी पत्नी छोटे बेटे राकेश को बाजार भेज रही थीं—''तुम्हारे मामा-मामी बहुत दिनों के बाद आए हैं। तुम्हारे मामा को यहाँ की रेहू मछली बहुत पसंद है। कटरा जाकर जल्दी से ताजा मछली लेते आ...!''

रामसेवक बाबू ने पत्नी और बच्चों को समझाया था कि देखवइया के रूप में आने वालों के लिए अधिक 'तूल-तपाट' करने की कोई जरूरत नहीं। लेकिन पत्नी और बच्चों पर उनकी इस बात का कोई असर नहीं हुआ। उलटे उन्होंने ही रामसेवक बाबू को जवाबी समझ प्रदान किया—''अब कोई किसी के यहाँ शादी-ब्याह और रोग-बीमारी में ही आता-जाता है। ऐसे आने-जाने की किसे फुरसत ? आने वाले को आप नहीं पूछिएगा तो फिर आप भी किसी के यहाँ जाइएगा तो कोई आपको नहीं पूछेगा। हम व्यवहार और लोकाचार में किसी से छोटा क्यों पड़ें ? ईश्वर ने हमें इस लायक रखा है कि अपनी प्रतिष्ठा के अनुसार व्यवहार और लोकाचार निभा सकें...!''

और इस व्यवहार और लोकाचार के नाम पर आगंतुकों की पूछ देखते रहे हैं रामसेवक बाबू। मरीज के रूप में उनकी देखभाल में भले ही ढील पड़ जाए, लेकिन क्या मजाल कि आगंतुकों की पूछ में कोई ढील हो। साले के परिवार से पहले उनके मौसेरे भाई का परिवार आया था, जो अभी तक डटा हुआ था। उनके घर की इस पूछ को छोड़कर जाने का नाम तक नहीं ले रहा था। रामसेवक बाबू को विश्वास था, उनके साले का परिवार भी जल्द नहीं जाने वाला। खैर, ये तो उनके संबंधी हैं। इन्हें रहने और खाने का पूरा हक है। यहाँ तो स्थिति यह है कि उन्हें देखने आने वाले सामान्य परिचितों को भी बिना चाय पिलाए नहीं जाने दिया जाता। यह उनके घर और इस शहर की विशिष्ट परंपरा जो है...!

रामसेवक बाबू को यह याद नहीं कि वे जब से खाटशायी हुए हैं, उनको देखने के लिए आने वाला कोई आगंतुक डॉक्टर लेकर आया हो या आने के बाद उनकी सहायता और सेवा का कोई कार्य ही किया हो। आगंतुकों के असमय और औपचारिक आगमन से उनकी परेशानी और बढ़ी ही है। वे समझ नहीं पाते हैं कि दुर्घटनाग्रस्त व्यक्ति को देखने के पीछे परिचितों और संबंधियों का भाव क्या होता है ? रामसेवक बाबू परंपराओं के अंध समर्थक नहीं, लेकिन उनकी विशेषताओं को वे नजरअंदाज करना भी नहीं चाहते। उन्हें लगता है, अवश्य देखवइया के रूप में आने वाले लोग पहले सहयोगी की भूमिका में आते होंगे, जिसने परिवर्तित समय में उनकी भूमिका को

देखवइया तक ही सीमित कर दिया। लेकिन इन कोरे देखवइया के प्रति उनकी बढ़ती चिढ़ तो अब नफरत में तब्दील होने लगी थी। यह कार्य अब उन्हें सीधे-सीधे दुर्घटना जान पड़ने लगी थी—सड़क दुर्घटना के बाद एक और दुर्घटना...!

इस खाटशायी स्थिति ने रामसेवक बाबू को कई नए अनुभव प्रदान किए थे। अपने परिवारजनों के बारे में पहले कभी ऐसा नहीं सोचा था जैसा सोचने के लिए अब वे बाध्य हो गए थे। उनके दुर्घटनाग्रस्त होने के दो-तीन दिनों तक तो परिवारजन और कुटुंबी उन्हें घेरे रहे। लेकिन चिकित्सक द्वारा लंबी अवधि की उनकी सुश्रूषा और देखभाल की बात सुन धीरे-धीरे सब अलग होते गए। इस संबंध में सबकी दलीलें पृथक् थीं। उनकी पत्नी उच्च रक्तचाप की पुरानी मरीज हैं। रात में उनका जागना उनके खुद के स्वास्थ्य के लिए हानिकारक है। हालाँकि रामसेवक बाबू महसूस करते थे कि अस्वस्थ होने से अधिक आगंतुकों की देखरेख ने उनकी पत्नी को उनसे विमुख किया था। घर में उनके बाद वे ही स्वामिनी हैं, इस नाते आगंतुकों के ठहरने और खाने-पीने की सीधी जिम्मेवारी और जवाबदेही उन पर ही है। उनकी ब्याहता बेटियों के बच्चे नादान हैं। अपने नादान बच्चों को छोड़कर वे मरीज में कैसे लगी रहें। शादीशुदा बहुएँ और बेटे ऊपर से उनकी देखभाल के लिए तैयार हैं। लेकिन उनके पास सेवा में मुस्तैद रहने की कहाँ फुर्सत ? रामसेवक बाबू भी गउदा (मंदबुद्धि) आदमी नहीं। इन तर्कों के पीछे का सच वे साफ-साफ देख रहे थे। उनके मल-मूत्र त्याग की व्यवस्था बिस्तरे पर ही की गई थी। इस व्यवस्था में सहायक बनना किसी को गवारा नहीं था। अंततः गाँव के पुराने नौकर भगीरथ के खाते में उन्हें डाल दिया गया। उनके परिवारजन कभी-कभार घूम-फिरकर उन्हें देख लेने की औपचारिकता निबाहने लगे। लेकिन दुःख-तकलीफ का सच्चा साथी भगीरथ ही बना। वही उनकी नींद सोता उनकी नींद जागता। परिवारजनों के लिए तो यह खुशी का विषय है कि भगीरथ ने जिम्मेवारी ले ली है।

इससे पूर्व रामसेवक बाबू ने भगीरथ को अपना और अपने परिवारजनों को गैर कभी नहीं समझा था। उनकी दृष्टि में तो खून का संबंध ही अपना था। इस खूनी संबंध के लिए ही वे जीवन-भर कमाते और बटोरते रहे। भगीरथ उनकी नजर में बेहद नगण्य प्राणी था। पर वह नगण्य प्राणी ही अब अनिवार्य और आत्मीय प्राणी बन गया था। काश ! भगीरथ के बारे में पहले उन्हें यह ज्ञात होता। अब तो मन-ही-मन उन्होंने यह निश्चय कर लिया कि इस ज्ञात सत्य की कभी उपेक्षा नहीं होने देंगे तथा इस सत्य को उसके वाजिब खाने में प्रतिष्ठित करेंगे। अब कोई उन्हें मुगालते में नहीं रख सकता। इस दुर्घटना से उनकी आँखें खुल गई हैं।

रामसेवक बाबू अपनी पत्नी का यह अनुग्रह और कृपा मानते थे कि दोनों जून आकर वे उन्हें खाना खिला जाती थीं। साले-परिवार के आगमन से दिन का खाना तो उन्हें विलंब से मिला ही था, रात का खाना और देर से प्राप्त हुआ। रात के खाने के साथ पत्नी और दो नई सूचनाएँ भी लेकर आईं। उसकी पहली सूचना के अनुसार—"बिन्नी की लंबी चिट्ठी आई है। आपको देखने के लिए वह बोकारो से सपरिवार आ रही है।

उसने लिखा है कि आरा आने की उसकी योजना हर बार टलती जा रही थी। लेकिन आपकी सूचना के बाद अब वह रुकनेवाली नहीं...''

बिन्नी उनकी फुआ की इकलौती बेटी थी। फूफा और फुआ की मृत्यु के बाद नैहर आने की साध वह उनके यहाँ आकर ही पूरा करती थी।

पत्नी की दूसरी सूचना के अनुसार—''विमलेश (उनके बड़े बेटे) के साहब बाहर से लौट आए हैं, वे भी कल आपको देखने आ रहे हैं। उनके साथ दफ्तर के अन्य लोग भी रहेंगे। विमलेश के कहे अनुसार मीठा और नमकीन मँगवा लिया है। उसके साहब पहली बार अपने घर आ रहे हैं...।''

पत्नी की इन दोनों सूचनाओं से रामसेवक बाबू के मुँह का स्वाद कसैला हो गया। उन्हें खाना खिलाने के बाद पत्नी को ये सूचनाएँ देनी चाहिए थीं। कसैले मुँह से वे अच्छी तरह खा भी नहीं सके। आसन्न परेशानियों की इस तूफानी सूचना ने जैसे उनकी जठराग्नि को बुझा दिया। अब और बर्दाश्त करने की उनकी क्षमता जाती रही। पत्नी के हटते ही भगीरथ से एक तख्ती और स्कैच पेन माँग अपना निर्णय उन्होंने मोटे-मोटे शब्दों में अंकित कर दिया। अब और झाँसे में रहना उन्हें कतई स्वीकार्य नहीं था।

सुबह उनके दरवाजे पर टँगी तख्ती और उस पर अंकित मोटे शब्दों को देख सब चौंक गए। उन्होंने स्पष्ट शब्दों में लिखा था—''कृपया पुछारों के लिए ! अनावश्यक रूप से आकर मुझे और परेशान न करें। जिनके अंदर सेवा और सहयोग का आत्मीय भाव हो, मुझे सिर्फ वैसे ही लोगों की जरूरत है...!''

उनकी इस तख्ती के पास किसी अजूबी घटना की तरह उनके सारे परिवारजन आ जुटे। अपने कमरे के भीतर से रामसेवक बाबू को वहाँ जुटे अपने परिवारजन और उनकी प्रतिक्रियाएँ साफ-साफ सुनाई पड़ रही थीं। उनके साले का कहना था—''यह भाई साहब की पुरानी आदत है। वे ऐसे अजूबे कारनामे पहले भी करते रहे हैं...।''

उनका बड़ा बेटा विमलेश तो आक्रोश उगल रहा था, ''ये अपने आगे किसी को लगाते ही नहीं। आखिर अपने को समझ क्या रखा है ? एक रिटायर्ड प्रोफेसर को अब कौन पूछता है ? इनकी इन हरकतों से कोई यहाँ झाँकने भी नहीं आएगा। मैं अपने साहब को किसी बहाने से मना कर दूँगा...''

उनकी बड़ी बहू अलग 'लाल-पियर' हो रही थी—''मैं अपने मायके आज ही खबर भेज दूँगी। अब यहाँ आने की किसी को जरूरत नहीं...।''

उनकी ब्याहता बेटियों का दुखड़ा अलग था—''पिताजी की इन्हीं आदतों से हमारे ससुरालवाले रंज रहते हैं। कहते हैं, उनकी बातें सदा ऊटपटाँग ही होती हैं।''

उनकी पत्नी उन्हें कोसते हुए सबों को समझा रही थी—''ये सठिया गए हैं। जैसे-जैसे इनकी उम्र बढ़ती जा रही है, इनका दिमाग भी फिरता जा रहा है...।''

लेकिन रामसेवक बाबू को इन आलोचनाओं से अब कोई दुःख नहीं। अब उन्हें सिरफिरा कहाना मंजूर है, लेकिन विकृत लोकाचार के नाम पर अपनी सहज-स्वाभाविक शांति गँवानी नहीं...।

गूँगा गंगू

सिताबगंज के रज्जू बाबा को सभी जानते थे। पूरे इलाके में वे मशहूर हो गए थे। यह वही थे जिनके चलते सिताबगंज गाँव भी चर्चाओं में आ गया था। दूर-दराज के गाँवों, कस्बों और शहरों के लोग भी उनका नाम सुनकर जुटने लगे थे। ऐसा कोई दिन नहीं गुजरता जब गाँव-जवार या बाहर के लोग अपनी समस्या लेकर उनके यहाँ न आते। ज्योतिष के तो वे जानकार थे ही, सगुन-विचार करने और चोरी तथा खोए माल का पता बताने में उन्हें महारत हासिल थी। लोगों के अनुसार वे पहुँचे हुए सगुनिया और अगमजानी थे।

रज्जू बाबा का पूरा नाम पंडित रजुनाथ आनंद था। शुरू में लोग उन्हें रजुनाथ बाबा ही कहते। फिर पंडितजी कहने लगे। फिर आनंदजी। उसके बाद वे रज्जू बाबा बन गए। यह नाम उनसे ऐसे आकर जुड़ा कि वह रज्जू बाबा होकर ही रह गए। उसके बाद फिर कभी पंडित रजुनाथ मिश्र का नाम लेकर किसी ने उन्हें संबोधित नहीं किया। अपने जाननेवालों के बीच रज्जू बाबा के नाम से ही वह प्रसिद्ध हो गए।

रज्जू बाबा सिताबगंज गाँव के मूल निवासी नहीं थे। यह गाँव तो उनकी कर्मभूमि था। उनकी जन्मभूमि का गाँव तो 'हेंठार' के एक 'दियर' में पड़ता था। यहाँ वे अकेले रहते थे। उनका परिवार उनके जन्मभूमिवाले गाँव में ही रहता था। अपनी जन्मभूमिवाले गाँव की अपेक्षा अपनी कर्मभूमिवाले इस गाँव को ही उन्होंने चर्चित और महान् बनाया था। महीने में एक बार अपनी कर्मभूमिवाले इस गाँव की आय से वे अपनी जन्मभूमिवाले गाँव में जाते थे। आय अपने परिवारजनों को सौंप और उनके साथ दो-चार दिन रह वे पुनः लौट आते थे।

सिताबगंज गाँव कैसे उनकी कर्मभूमि बना, इसकी घटना भी उनके सगुन-विचार से ही जुड़ी थी। वर्षों पहले जेठ की एक शाम वे अभिजित सिंह के नौकर के साथ इस गाँव में पहुँचे थे। गौर वर्ण। लंबी कद-काठी। माथे के पीछे बँधी हुई चोटी। ललाट पर चंदन और रोरी की चटक रेखाएँ। बदन पर सूती कुर्ता-धोती। पाँवों में कपड़े के जूते। कंधे से एक ओर लटकता कंबल व दूसरी ओर उनका झोला। हाथ में ताँबे का लोटा। अपने नौकर के साथ अचानक इस तरह उनका पहुँचना देख अभिजित सिंह, दोनों

पति-पत्नी का मन सुखद आश्चर्य से भर गया था। उन्होंने तो अपने नौकर को पंडितजी से समय लेने के लिए भेजा था कि वे कब उनसे मिलने आएँ ? लेकिन पंडितजी स्वयं आ गए थे...।

"आप स्वयं आ गए पंडितजी। हमारा अहोभाग्य...!"—और उनका उचित सत्कार कर अभिजित सिंह ने अपनी दालान में उनका आसन लगा दिया था।

अभिजित सिंह सिताबगंज गाँव के सबसे अमीर किसान थे। उनके पुरखे जमींदार थे। जमींदारी समाप्त होने के बाद भी एक बड़े जोतदार के रूप में वे बने हुए थे। उतने खेत गाँव में किसी और के पास नहीं थे। लेकिन अधिक खेत होने का अभिमान और रोब-दाब से उन्होंने अपने को बचा रखा था। बदलते समय के अनुसार सबको मिला-जुलाकर चलने में ही वे विश्वास करते थे। अपने इस प्रभाव के चलते ही वे गाँव के मुखिया भी थे। हर बार उनके गाँववाले उन्हें निर्विवाद रूप से मुखिया बना देते थे।

उन्हीं अभिजित सिंह का छोटा बेटा मिठू पिछले चार दिनों से अचानक लापता हो गया था। उसकी उम्र लगभग दस वर्ष के आसपास थी। वह शरारती लड़का था। पढ़ने में उसका मन नहीं लगता था। अभिजित सिंह ने एक दिन उसे मारकर पढ़ने के लिए बैठाया था। उसे पढ़ने के लिए बैठाकर कृषि से संबंधित एक जरूरी काम में वे लग गए थे, बस गफलत मिलते ही जाने वह कहाँ गायब हो गया था ? उसकी खोज में उनका पूरा परिवार बेचैन और परेशान था। इसी समय उन्हें पता चला कि बगल के गाँव में कोई सगुनिया और अगमजानी पंडितजी आए हैं। बस, उन्होंने अपने नौकर को दौड़ा दिया था, लेकिन संदेश के स्थान पर खुद पंडितजी आ गए थे। असल में जब उनका नौकर पहुँचा था, पंडितजी उस गाँव से जाने की तैयारी में थे। वहाँ ठहरने लायक काम उन्हें नहीं मिला था। वे इसी तरह गाँव-गाँव घूमकर पतरा देखते और सगुन-विचार करते थे। अभिजित सिंह का संवाद सुन उनके नौकर के साथ तत्क्षण सिताबगंज चले आए थे।

अभिजित सिंह दोनों पति-पत्नी ने निवेदन किया—"चाहे जैसे हो, हमारे बेटे का पता लगवा दीजिए बाबा। उसे बुलवा दीजिए। आप जो कहेंगे, हम करेंगे। आपको आँख की पुतरी बनाकर रखेंगे। आपके उपकार से कभी उऋण नहीं होंगे...!"

बाबा ने ध्यान लगाकर बताया था—"आपका लड़का सही-सलामत है। वह भटक रहा है। कष्ट में भी है। उसकी वापसी के लिए अनुष्ठान जरूरी है...।"

फिर क्या था? बाबा के कहे अनुसार अनुष्ठान का इंतजाम कर दिया था अभिजित सिंह ने। बाबा अनुष्ठान पर बैठ गए थे। अनुष्ठान की अवधि में अन्न न खाकर वे सिर्फ काजू, किशमिश, दूध और फल पर रहने लगे थे। अनुष्ठान के ठीक पाँचवें दिन बाद मिठू लौट आया। उसने बताया कि पिता की मार से नाराज होकर वह मामा के घर जा रहा था, लेकिन रास्ता भूलकर शहर में पहुँच गया था। वहाँ एक राशन दुकानदार की नजर उस पर पड़ी थी। उसका नाम-ग्राम पूछ वह उसे अपने घर लेते गया था। अपने साथ रोज वह उसे दुकान पर बैठाता था और दुकानदारी का काम सिखाता था।

वहीं से भागकर वह आ रहा है।

पर अभिजित सिंह दोनों पति-पत्नी और गाँव के अधिकांश लोगों का मानना था कि बाबा के अनुष्ठान के बाद ही वह वापस आया है। अपने अनुष्ठान से ही बाबा ने घर-वापसी के लिए उसका मन बदला है, इस घटना के बाद रज्जू बाबा के पाँव उस गाँव में जम गए थे। अभिजित सिंह के परिवार के लिए तो वे परम पूज्य बन ही गए थे, गाँव के लोगों की श्रद्धा-दृष्टि भी उन पर आ टिकी थी।

रज्जू बाबा को किसी के घर रहना पसंद नहीं था। उनकी इच्छा को ध्यान में रखकर उनके स्वतंत्र निवास का इंतजाम भी अभिजित सिंह ने कर दिया। अपने मकान से अलग उनके कुछ पुश्तैनी कमरे थे, जिसमें जमींदारी के दौरान उनके पुरखे अपने अमले आदमियों को रखते थे। बाद में वे कमरे घर के कबाड़ और मवेशियों के भूसे से भरते चले गए। उन्हीं में से सबसे बड़े कमरे को साफ-सुथरा कराकर उन्होंने रज्जू बाबा को दे दिया। रज्जू बाबा का कारोबार चल निकला।

मिठू की घटना के बाद गाँव के लोग शादी-ब्याह से लेकर कहीं यात्रा पर निकलने और कार्य शुरू करने के शुभ समय से उसकी सफलता जानने तक के लिए रज्जू बाबा से सगुन-विचार अवश्य कराते। अनहोनी की घटनाओं पर तो सिर्फ उन्हीं की राय ली जाती। अपनी भविष्यवाणी और सगुन-विचार की सफलता और विफलता की पड़ताल का अवसर रज्जू बाबा गाँव के लोगों को नहीं देते। असफल कार्यों को वे आगंतुकों द्वारा सही समय और सही स्थिति में न पूछा गया कार्य बताते। उनकी स्पष्ट मान्यता थी—"मैं कोई सिद्ध संत और चमत्कारिक पुरुष नहीं। मेरी भविष्यवाणी और सगुन-विचार का संबंध इस बात पर निर्भर करता है कि पूछनेवाला किस दिशा से आया है और कब आया है ? उस समय मैं क्या कर रहा होता हूँ और किस दिशा में मुँह कर बैठा होता हूँ ? जब तक आगंतुक सही समय और सही स्थिति में नहीं आएँगे, मेरी भविष्यवाणी और सगुन-विचार सही नहीं होगा।"

उनकी इस मान्यता के तहत उनसे लाभान्वित उनके प्रशंसकों और समर्थकों ने उनकी असफल घोषणाओं को आगंतुकों के खाते में डाल, सिर्फ उनकी सफल घोषणाओं की ही गिनती उनके नाम के साथ शुरू की थी, जिससे उनका पताका शीघ्र ही गाँव की सीमाओं को लाँघकर पूरे इलाके में फहरा उठा था। अब रज्जू बाबा को गाँव-गाँव घूमने की जरूरत नहीं थी। यह गाँव उनका सिद्धस्थल बन गया था।

रज्जू बाबा को किसी के घर का बना खाना पसंद नहीं था। दोनों जून अपना खाना वे स्वयं बना लेते थे। आचरण और आहार की पवित्रता के वे पक्के हिमायती थे। इस बारे में वे साफ कहते थे—"नेत-धरम बचाकर रखने पर ही सगुन करने और आग-पाछ जानने का सत बना रहता है। नेत-धरम छूटते ही सत गायब हो जाता है...।"

गंगू को नौकर रखने के बाद तो गाँववालों की नजर में रज्जू बाबा की महानता और बढ़ गई थी। वैसे तो अपना भोजन वे स्वयं बना लेते थे। लेकिन पानी भरकर उन्हें स्नान कराने, उनके कपड़े साफ करने, जूठे बर्तनों को धोने, घर में झाड़ू लगाने

आदि कार्यों के लिए उन्हें एक सेवक की जरूरत थी। गाँव में अच्छे-अच्छे सेवक थे। वे जिसे चाहते, वह तैयार हो जाता। उनकी आय अच्छी हो गई थी और गाँववालों पर उनका प्रभाव भी खासा था। लेकिन सभी अच्छे सेवकों को छोड़, उन्होंने गंगू को अपना सेवक नियुक्त किया जन्मजात गूँगे और बेसहारे गंगू को। लोगों को लगा, रज्जू बाबा सिर्फ सगुनिया और अगमजानी ही नहीं, गरीबों पर विशेष दया रखनेवाले महान् पुरुष हैं। भटकते गंगू का दुःख उनसे देखा नहीं गया। उसे अपनी छत्रच्छाया में बुला लिया।

गंगू, पराहू रजवार का बेटा था। जन्मते ही उसकी माँ मर गई थी। पराहू उसका पालन-पोषण करने लगा था। नई उम्र के पराहू ने दूसरी शादी भी कर ली थी। उसकी दूसरी पत्नी गंगू को फूटी आँखों देखना नहीं चाहती थी। छोटी उम्र में ही वह उससे बड़े-बड़े काम लेती थी। नहीं करने पर उसे बेरहमी से मारती और भूखा रखती। बोलने और सुनने से लाचार वह अपनी तकलीफ किसी से कह भी नहीं पाता। सिर्फ आँऊ-आँऊ करके रह जाता।

पराहू की दूसरी पत्नी के मायकेवाले कलकत्ता चटकल और इटागढ़ में काम करते थे। गाँव में कभी मजदूरी मिलती थी, कभी नहीं। पराहू की आय एकदम कम थी। झोंपड़ीनुमा घर के सिवाय गाँव में उसकी और कोई संपत्ति भी नहीं थी। कलकत्ता में कामों की कमी नहीं और आय भी मेहनत के अनुसार अच्छी थी। उसकी पत्नी उसे कलकत्ता लेकर चल पड़ी। पराहू, गंगू को भी साथ ले जाना चाहता था, लेकिन उसकी पत्नी तैयार नहीं हुई—"इस गूंगे-बलाय को हम कहाँ-कहाँ ढोते चलेंगे ? यहाँ गाँव में इसका गुजर-बसर हो जाएगा, कलकत्ता में इसका वास नहीं। यहाँ पवितरी काकी सँभाल लेंगी इसे...।"

बस, एक रात गंगू को सोता छोड़ दोनों पति-पत्नी निकल गए थे। उस वक्त गंगू की उम्र दस-ग्यारह वर्ष की थी। अपने पेट की भूख को शांत करने के लिए वह गाँव की झाड़ियों से वनबेर तोड़कर खाता। कट चुके खेतों से अनाज के दाने चुन लाता। गाँव के गड्ढों और पोखरों से मछलियाँ पकड़ लाता। कोई छोटा-मोटा काम कराने के लिए कभी कोई पकड़कर ले जाता तो वही खिला देता। कभी कुछ नहीं मिलता तो पवितरी के दरवाजे पर जा बैठता। वह उसे अवश्य खिलाती। पूरे गाँव में एक पवितरी ही थी जो उस पर स्नेह रखती थी। गूँगे गंगू को भी यह लखते देर नहीं लगी थी। शायद यही कारण था कि अस्वस्थ होने पर या कहीं से भी हारने-थकने और निराश होने पर वह पवितरी के ही दरवाजे जाकर पड़ जाता था।

पवितरी सिताबगंज गाँव की कहारिन थी। कुछ वर्ष पूर्व पति का निधन हो गया था। उसे दो बेटियाँ थीं। दोनों की शादी कर वह मुक्त हो गई थी। अब वह अकेले रहती थी। उसका घर भी अन्य कहारों की अपेक्षा अच्छा था। उसकी स्थिति भी ठीक थी। चाँदी की हँसुली, चाँदी के कंगन आदि कुछ पुराने जेवर भी उसके बदन पर बने हुए थे। वह दुबली-पतली और अधेड़ उम्र की हो गई थी। लेकिन काम करने में बहुत फुर्तीबाज थी। अभिजित सिंह के यहाँ चौका-बर्तन वही करती थी। अपने दरवाजे गंगू

को पड़ा देख उसके अंदर मातृत्व उमड़ आता था—"मेरा गंगू बेटा, अब तक तू कहाँ था रे ? चल, हाथ-मुँह धोकर खा ले। कैसे कसाई माँ-बाप थे कि तुझे छोड़कर भाग गए ? भगवान ने तेरा मुँह चीरा है तो आहार भी देंगे...।"

पवितरी की बात तो वह नहीं सुन पाता। पर उसका संकेत समझ हाथ-मुँह धो, खाने को चट साफ कर जाता। उसने अपनी माँ को नहीं देखा था। लेकिन पवितरी के प्रति उसकी आँखों में माँ जैसी ही श्रद्धा और सम्मान के भाव छलकते नजर आते। पवितरी के पास बैठा वह दुलार जताता, लेकिन रज्जू बाबा के सेवक होने के बाद उसकी सारी समस्या खत्म हो गई थी। उसे भरपेट खाना मिलने लगा था। वह शीघ्र ही चिकना हो गया था। रज्जू बाबा ने उसे नए कपड़े भी बनवा दिए थे। रज्जू बाबा की बात तो वह नहीं सुन पाता था। लेकिन उनका संकेत जान जाता था। उन्होंने संकेत से जो काम समझा दिया था, उसे वह बिना नागा करता जाता था। रज्जू बाबा उसकी श्रम शक्ति और निष्ठा देख खुश रहते थे। उन्हें एक ऐसे ही नौकर की जरूरत थी। सब कुछ इसी तरह ठीक-ठाक ढंग से चल रहा था कि वह घटना घट गई। वह घटना भी कोई खास नहीं थी। आम घटना ही थी। वैसी घटनाएँ आए दिन घटती रहती थीं। लेकिन उस घटना की परिणति ने तो जैसे विस्फोट का काम किया। एक बँधी हुई जिंदगी और कायम हो चली व्यवस्था को उलटकर उसे एकदम तहस-नहस कर दिया।

हुआ यह कि पूस की एक ठिठुरती शाम अभिजित सिंह की पत्नी ने बावेला मचाया कि सोने का उसका हार गायब हो गया। हार गायब हो जाने की सूचना से अभिजित सिंह और उनका पूरा परिवार चिंतित हो गया। उनकी पत्नी का वह हार बहुत कीमती था। जब वह बहू बनकर आई थी तो अभिजित सिंह की माँ ने उसे भेंट किया था। ससुराल की ओर से बहू को दिया गया एक नायाब तोहफा...!

अभिजित सिंह की पत्नी का कहना था कि स्नान से पूर्व हार निकालकर उसने अपने कमरे में रख दिया था। फिर स्नान के बाद उसे हार पहनने की याद नहीं रही। वह कुछ जरूरी कामों में लग गई थी। शाम को जब हार की याद आई और उसे पहनने के लिए वह पहुँची तो हार गायब। घर में हर जगह हार की खोज की गई, लेकिन कहीं उपलब्ध नहीं। बस, अभिजित सिंह अपने परिवारजनों के साथ तत्क्षण रज्जू बाबा के पास जा धमके। वे पहुँचते ही बेचैनी में कह उठे—"मेरी पत्नी का हार गायब हो गया बाबा। जल्दी बताइए, किसने चुराया है ? किसका है यह काम ? मैं उसे छोड़ूँगा नहीं। वह हमारे परिवार का पुश्तैनी हार है...!"

अभिजित सिंह जब रज्जू बाबा के पास पहुँचे थे, वे अपने आसन पर विराजमान थे। वे अक्सर अपने आसन पर ही रहते थे। आसन पर ही सोते थे। उसी पर बैठकर आग-पाछ बताते और सगुन-विचार करते। आसन के साथ उनका संबंध चोली-दामन का था। उनके आसन पर किसी और के चढ़ने तथा बैठने की इजाजत नहीं थी। गंगू को भी आसन से दूर रहने का संकेत वे कर चुके थे। कमरे के बीच एक बड़ी सी चौकी पर सफेद मोटे गद्दे का उनका आसन था। आसन पर सफेद चादर बिछी रहती थी

और एक मसनद पड़ा रहता था। कमरे से बाहर निकलने पर गंगू को दरवाजे पर बैठा वे ताला लगा देते थे। फिर लौटने पर ताला खोलते थे। उनके आसन की पवित्रता के प्रति गाँव के लोग भी नतमस्तक रहते थे। कुछ लोगों के अनुसार तो बाबा के व्यक्तित्व के चमत्कार के पीछे उनके आसन की ही भूमिका थी। उनका आसन सिद्ध आसन था, शायद इसीलिए उस पर बैठकर ही वे सगुन-विचार और भविष्यवाणी करते थे। बराबर की तरह अपने आसन से ही मुस्कुराते हुए उन्होंने अभिजित सिंह को जवाब दिया—"आप ठीक समय पर आए हैं जजमान...और ठीक दिशा में खड़ा होकर आपने प्रश्न किया है। प्रश्नकर्ता और सगुन-विचारक अगर आमने-सामने हों और शाम का समय हो तो सच का खुलासा होकर रहता है...!"

उसके बाद आँख मूँदकर कुछ क्षण के लिए वे ध्यानमग्न हो गए थे। फिर आँख खोलकर किसी गोपन रहस्य के उद्घाटन की भाँति धीरे-धीरे कहने लगे थे—"आपके यहाँ तो अनेक लोग आते-जाते हैं। आपका बनिहार भी है। चरवाह भी है। लेकिन यह काम आपकी दाई पवितरी का है...।"

यह सुनते ही पवितरी को लोग पकड़ लाए बाबा के यहाँ। बाबा की बात उन्हें विश्वसनीय लगी। अन्य कहारिन से पवितरी अच्छा खाती-पहनती है। अवश्य यह चोरिन है। घर में छोटी-मोटी चीजों की कोई गिनती नहीं, इसीलिए कभी पकड़ में नहीं आई। इस बार भी हार नहीं चुराती तो पकड़ी नहीं जाती। हार ने इसका भंडाफोड़ कर दिया।

लेकिन वहाँ आते ही पवितरी रोने-कलपने लगी—"आप यह क्या कह रहे हैं बाबा ? ऐसा अछरंग मुझ पर मत लगाइए। मैं तो मालकिन के कमरे में आज गई भी नहीं। मैं ऐसा कर ही नहीं सकती," और वह रो-रोकर किरिया खाने लगी—"हे भगवान् ! हे सुरूज देव ! अगर मैंने हार लिया हो तो मुझे उठा लेना। मुझे कोढ़ी बना देना। मुझे कहीं का नहीं रहने देना...।"

इस पर उसे समझाते हुए कहा रज्जू बाबा ने—"देख पवितरी ! तुझसे मेरा कोई वैर नहीं। मेरी नजर में जैसे गाँव के सब, वैसी ही तू ! लेकिन तेरे रोने-चिल्लाने से मेरा गणित तो नहीं बदल जाएगा। मैंने दो-दो बार हिसाब लगाकर देखा है, सिर्फ तेरा ही नाम आता है तो मैं किसका नाम बताऊँ...?"

इस पर क्रोध में बिफरते हुए पवितरी ने कहा—"आप झूठ बोल रहे हैं। झूठा कलंक लगा रहे हैं...।"

लेकिन अभिजित सिंह के छोटे भाई ने बीच में ही उसे रोक दिया—"खबरदार जो बाबा को झूठा कहा। अगर दोबारा यह लफ्ज निकाला तो मारकर तेरा मुँह तोड़ दूँगा...।"

इस बीच गंगू पवितरी को रोते-कलपते देखा तो जैसे एकदम बेचैन हो गया। वह दौड़-दौड़कर पवितरी के पास आ जाता। 'आऊँ-आऊँ' करते हुए कुछ कहना चाहता। लेकिन रज्जू बाबा ने उसे डाँटकर पवितरी से अलग कर दिया। पर गाँव के लोगों का ध्यान उसकी ओर चला ही गया। इससे पहले उन्होंने गंगू को ऐसा बेचैन और परेशान

कभी नहीं देखा था।

अभिजित सिंह के घर के लोगों ने पवितरी को पहले शांति से समझाया—"चुपचाप हार लौटा दे पवितरी। हम तुझे छोड़ देंगे। कह देंगे कि घर में ही गिरा था, मिल गया। तेरा नाम भी नहीं उड़ाएँगे। भूल-चूक किससे नहीं होती...!"

लेकिन वह पूर्ववत् रोती-कलपती रही। इसके बाद लोगों ने उसे डराया-धमकाया। यहाँ तक कहा कि हार न लौटाने पर घर से उसे निकालकर घर दखलिया लेंगे। गाँव से विचार-विमर्श के बाद सिर्फ तीन दिन का समय उसे दिया गया। इन तीन दिन के अंदर अगर वह हार या पंचायत से तय हार की अनुमानित राशि नौ हजार रुपए नहीं देगी, तो उसके सारे सामान को छीनकर घर से बेघर कर उसे गाँव से निकाल दिया जाएगा। इन तीन दिन के अंदर वह गाँव से भागने न पाए, उसके लिए उसके घर पर पंचायत के लोगों की कड़ी निगरानी कायम कर दी गई।

इससे पहले भी रज्जू बाबा ने गाँव की कुछ चोरियों में जिसे कसूरवार ठहराया था, उसे दंड दिया गया था। चोरी गई वस्तु के अनुमानित मूल्य की भरपाई का दंड। बाबा ने जो नाम निकाल दिया, वह गलत हो ही नहीं सकता। आखिर वे गलत नाम क्यों निकालेंगे ? वे इस गाँव के तो हैं नहीं। यहाँ तो सब उनकी नजर में एक हैं। वे तो सिर्फ दूध-का-दूध पानी-का-पानी करना जानते हैं।

जैसे-जैसे समय व्यतीत होने लगा, पवितरी की बेचैनी और गाँव की सुगबुगाहट बढ़ने लगी। पवितरी के सामने वह संकट नाचने लगा था कि तीसरे दिन की समाप्ति के बाद अभिजित सिंह उसे बेदीन करके बेघर कर देगा। फिर उसकी एक नहीं सुनेगा। दूसरी तरफ गाँव में यह चर्चा थी कि तीसरे दिन तक पवितरी हार दे देगी। और अगर हार बेच दिया हो या किसी को दे दिया हो तो हरजाना चुका देगी। लेकिन तीसरे दिन ऐसा कुछ भी नहीं हुआ। उस दिन तो चमत्कार जैसा घट गया। कभी किसी ने सोचा भी नहीं था कि ऐसा भी हो जाएगा।

तीसरे दिन के अपराह्न तीसरे पहर रज्जू बाबा पूर्ववत् अपने आसन पर विराजमान थे। उसी वक्त अभिजित सिंह अपने मामा के साथ वहाँ पहुँचे थे। बगल के गाँव में रहनेवाले उनके मामा के खलिहान से अनाज की चोरी हो गई थी। वे चोरों का नाम निकलवाने आए थे। जिज्ञासावश गाँव के कुछ लोग भी उनके साथ लग गए थे। ऐसा अक्सर होता था कि रज्जू बाबा के पास नाम निकलवाने जब भी कोई आता था, जिज्ञासु दर्शक के रूप में गाँव के लोग भी साथ हो जाते थे। रज्जू बाबा अखाड़िया-पंडित थे। गोपनीय घोषणाओं में उनका विश्वास नहीं था। उन्हें जो कुछ भी कहना होता था, सबके सामने कहते थे।

रज्जू बाबा सिताबगंज गाँव को छोड़कर बाहर के आगंतुकों से पहले यही पूछते थे कि उसे किस-किस पर संदेह है और उसके परिचय के दायरे में कौन-कौन लोग हैं ? फिर उन्हीं नामों में से आवश्यकतानुसार किसी एक का नाम या दो-चार नामों की घोषणा वे कर देते थे। अभिजित सिंह के मामा से भी ऐसे ही नामों की सूची की माँग

उन्होंने की। लेकिन ठीक इसी वक्त गंगू ने जोर-जोर से 'आँऊ-आँऊ' चिल्लाते हुए रज्जू बाबा के आसन के दक्खिनी छोर की ओर हाथ का इशारा कर सबका ध्यान उधर आकृष्ट कर दिया। लोगों ने देखा, सचमुच रज्जू बाबा के आसन के दक्खिनी छोर के नीचे से साँप की पूँछ लटक रही थी। उसे देखते ही लोग चिल्ला पड़े—"साँप...साँप !"

रज्जू बाबा भी आसन से उछलकर नीचे आ गए। लोगों ने रज्जू बाबा को साँप की पूँछ दिखाते हुए कहा—"आपके आसन के नीचे साँप घुस गया है बाबा। ठहरिए, हम अभी इसका काम तमाम कर देते हैं...।"

साँप मारने के अभ्यस्त गाँववालों ने अपनी लाठी-डंडे सँभाल तत्क्षण मोर्चा ले लिया। रज्जू बाबा रोकने लगे। अपनी दयालुता का परिचय देते हुए साँप को जीवित भगाने की फिराक में लग गए। एक ग्रामीण का डंडा ले दूर से ही अपने आसन को ठोंकने लगे कि साँप निकलकर भाग जाए। लेकिन साँप पर इसका कोई असर नहीं। इसके बाद रज्जू बाबा के लाख रोकने और ना-ना करने के बावजूद साँप को मारने के लिए गाँव के लोगों ने आसन के गद्दे को उलट दिया। कोई और अवसर होता तो वे रज्जू बाबा की इच्छा के विरुद्ध ऐसा कदापि नहीं करते। लेकिन यह आपात्स्थिति थी। रज्जू बाबा की रक्षा के लिए ही वे ऐसा कर रहे थे। लेकिन यह क्या ? गद्दा हटते ही लोगों ने देखा कि आसन के नीचे पड़ा वह साँप मरा हुआ था। उससे कुछ ही दूर पर अभिजित सिंह की पत्नी का वह गायब हुआ हार पड़ा था। अभी हाल ही में शिवेंदु की चोरी हुई विदेशी घड़ी तथा गोबरधन की बेटी के चोरी गए जेवर भी पड़े थे। अब लोगों को यह समझते देर नहीं लगी कि बाबा क्यों आसन नहीं उलटने देना चाहता था और क्यों आसन पर ही सदैव मौजूद रहता था ? आसन के पास किसी और को न जाने देने के पीछे भी उसकी मंशा क्या थी ?

अभिजित सिंह या किसी और के कुछ भी कहने से पूर्व ही बाबा ने चौंकते हुए कहना प्रारंभ किया—"अरे, साले चोरों ने तो गजब कर दिया ? मेरे आसन के नीचे ही यह सब छिपा रखा है ! सोचा है कि बाबा के आंसन के नीचे कोई नहीं खोजेगा...।"

पर अभिजित सिंह और गाँव के लोगों पर इसका कोई असर नहीं हुआ। अभिजित सिंह ने कड़कते हुए बाबा को बीच में ही रोक दिया—"अब हमें और मूर्ख न बनाओ पंडित ! आज रँगे हाथों तेरी करतूत पकड़ ली गई है। सिर्फ मेरी पत्नी का हार रहता तो मैं तेरी बात मान भी लेता। गाँव के सारे चोर तुम्हारे आसन के नीचे ही रखने आते हैं और वह भी जबकि तुम आसन के पास किसी को फटकने तक नहीं देते...।"

अभिजित सिंह को पिछले कुछ समय से ही बाबा के रंग-रवैए पर सुबहा होने लगा था। बाबा के पाखंडी और चालबाज होने का आभास उन्हें होने लगा था। लेकिन ठोस सबूत के अभाव में वे चुप थे। आज उन्हें वह ठोस सबूत भी मिल गया था, इसीलिए उनका क्रोध फट पड़ा था—"आल-जाल छोड़कर अब सच-सच बता दो पंडित कि यह हार तुम्हें कैसे मिला ? अगर फिर झूठ बोलने की कोशिश की तो जिन हाथों से तुझे बसाया है, उन्हीं हाथों से तुम्हारी ऐसी दुर्गति करूँगा कि सात जन्म तक याद

रखोगे...।''

बाबा का चेहरा स्याह पड़ गया था। वह अपने पक्ष में कोई अनुकूल बात कहने ही जा रहा था कि अभिजित सिंह ने उसकी बोलती बंद कर दी। चालबाजी के अपने सारे मार्ग उसे उसी तरह बंद नजर आए, जैसे चूहों को मारने के लिए आदिवासी बच्चे उनके सामने के बिल को छोड़कर शेष बिलों को बंद कर देते हैं तथा सामने के बिल में पानी डालना शुरू करते हैं। पानी में उजबुजाकर निकले चूहे की भाँति प्राण रक्षा के लिए वे भी बोल पड़े—''आपके बनिहार जियावन ने दिया है।''

यह सुनते ही बगल में खड़े जियावन ने उछलकर एक लात बाबा पर जमा दिया—''साला चोट्टा ! सच बात क्यों नहीं कहता ? तूने मुझसे नहीं कहा था कि हार देने पर काफी रुपए देगा और दूसरे का नाम बता देगा...!''

इसके बाद अभिजित सिंह के पैरों पर गिर गया जियावन—''मैं इसके कहे में आ गया मलिकार ! यह ससुरा रोज मुझे सिखाता था। मुझसे गलती हो गई। माफ कर दें...!''

अभिजित सिंह ने उसे परे हटाते हुए कहा—''ठीक है, तुमने गलती स्वीकार कर ली। भूल स्वीकार के लिए तुम्हें कड़ा दंड नहीं दिया जाएगा। लेकिन इसका निर्णय पंचायत करेगी।''

यह खबर जंगल की आग की तरह क्षण-भर में ही पूरे गाँव में फैल गई थी। इधर जियावन की लात खाकर बाबा भहरा गया था। अभी वह उठकर खड़ा ही हुआ था कि अपनी विदेशी घड़ीवाले शिवेंदु तथा अपनी बेटी के जेवरवाले गोबरधन आ धमके थे। बनिहारी करनेवाले नकटू और बिगन भी पहुँच गए थे, जिन्हें घड़ी और जेवर चुराने का कसूरवार बाबा ने ठहराया था। घड़ी और जेवर के अनुमानित मूल्य का हरजाना अपने सामान बेच और कर्ज ले उन्हें चुकाना पड़ा था। वहाँ पहुँचने और सत्य से अवगत होने पर वे सब टूट पड़े थे बाबा पर—''मारो साले को...मारो साले को...।''

फिर हाथ से, मुक्के से, घूसे से, जूते से, लात से, डंडे से, जिसे जैसे संभव हो सका, बाबा को मारना प्रारंभ कर दिया। बाबा को लगा कि अब वह बचेगा नहीं। उसने बेचैनी में गिरते-पड़ते अभिजित सिंह के दोनों पाँव छान लिये—''जान बकस दीजिए मुखियाजी। जीवन में फिर ऐसी गलती मैं कभी नहीं करूँगा। आजीवन आपके इस एहसान से उऋण नहीं हूँगा। हाथ में गंगाजल देकर और मंदिर के चबूतरे पर बैठाकर मुझसे कसम खिलवा लीजिए। अगर फिर ऐसा किया तो मुझसे बढ़कर पापी, कमीना और नीच इस संसार में और कोई दूसरा नहीं...!''

अभिजित सिंह ने लोगों का मारना रुकवा दिया। विचार होने लगा कि इस मार के अतिरिक्त और दूसरा दंड क्या दिया जाए ? कुछ लोगों ने सुझाव दिया कि इसे पुलिस के हवाले कर दिया जाए। लेकिन कुछ दूसरे लोगों की राय थी कि इसका माथा मुड़वाकर, चूने और काजल का टीका कर तथा गधे पर चढ़ा गाँव में घुमाया जाए।

यह सब सुन अभिजित सिंह के पाँव पकड़ वह पुनः गिड़गिड़ाने लगा। तरह-तरह

की क्षमा-याचना करने लगा। फिर कभी सपने में भी इस गाँव की ओर न आने का वादा किया। अन्य किसी दूसरे गाँव में भी ऐसा न करने की हजार-हजार कसमें खाईं। अभिजित सिंह की पत्नी और गाँव की अन्य औरतों को उस पर दया आ गई। अंततः यह निर्णय हुआ कि अभी और इसी क्षण इस गाँव को छोड़कर उसे भाग जाना है। बस, यह निर्णय होते ही तत्क्षण भीगी बिल्ली की तरह दुम दबाकर वह भाग निकला।

उसके जाते ही सब लोगों का ध्यान अब गंगू की ओर चला गया। उसी के चलते इस पाखंडी का भंडाफोड़ हुआ था। लोगों को अब इस सत्य का पता भी चल गया कि अन्य लड़कों को छोड़कर उसने गूँगे गंगू को ही अपना नौकर क्यों रखा था ? लेकिन उनका गंगू तो हीरा साबित हुआ।

महावीर महतो की बात सुनकर तो सब दंग रह गए। उन्होंने बताया—"सुबह मैं अपने खेतों से लौट रहा था तो देखा कि गंगू एक झाड़ी में साँप मार रहा है। मैंने उसे डाँटा भी कि भाग जा नहीं तो साँप काट लेगा। लेकिन वह नहीं माना। उसे सुनाई तो पड़ता नहीं।"

अब लोगों को लग गया कि गंगू बाबा के कारनामों से अवगत था। उसी ने साँप मारकर उसके आसन के नीचे छिपा दिया था। गंगू के प्रति लोगों का मन श्रद्धा से भर गया। सब उसे ढूँढ़ने लगे। अभिजित सिंह ने तो घोषणा भी की कि जियावन की जगह वे गंगू को ही रखेंगे। उस जैसे ईमानदार लड़के की ही उन्हें जरूरत है...।

लेकिन गंगू वहाँ नहीं था। किसी ने कहा कि संभव है, वह पवितरी के यहाँ गया हो ! इस बीच सचमुच वह पवितरी के यहाँ चला गया था। उसे पुनः भर नजर देखने तथा शाबासी देने के लिए सब पवितरी के यहाँ चल पड़े। वहाँ पहुँचकर लोगों ने देखा कि पवितरी गंगू को अपनी गोद में लेकर बैठी थी। दोनों की आँखें बह रही थीं। गंगू, पवितरी के आँसू पोंछ रहा था और पवितरी, गंगू के..!

बैराडीह की चंद्रावती

अपने पति अनूप के साथ राँची पहुँचकर चंद्रावती को बहुत अच्छा लगा। उसके दोनों बच्चों ने भी खुशी व्यक्त की। हालाँकि छः वर्षीय बेटा गौरव और तीन वर्षीय बेटी गरिमा को स्थान विशेष की कोई जानकारी नहीं। उनके मम्मी-डैडी जहाँ हैं, वही जगह उनके लिए स्वर्गोपम है। लेकिन जलवायु का परिवर्तन तो वे महसूस कर ही लेते हैं। उन्होंने भी अपना हर्ष एवं उल्लास व्यक्त करते हुए कहा—"यहाँ मुजफ्फरपुर की तरह तेज गर्मी नहीं मम्मी...। खेलते हुए भी अधिक पसीना नहीं आता है। हवा भी ठंडी-ठंडी चलती है। यहाँ की बारिश तो और अच्छी लगती है...।"

चंद्रावती के पति अनूप शेखर एक अच्छे इंजीनियर हैं—अपने विभाग के तेज-तर्रार और लोकप्रिय व्यक्ति। मुजफ्फरपुर से जब राँची के लिए उनका स्थानांतरण हुआ तो उनके सारे सहयोगी रास्ता रोककर खड़े हो गए। वे उन्हें जाने देने को तैयार नहीं। सब उनके प्रशंसक और उनके व्यक्तित्व की आत्मीयता-सहृदयता के कायल। लेकिन सबों को समझाकर मना लिया उन्होंने। दरअसल, उनका यह स्थानांतरण उनकी मर्जी के खिलाफ और प्रशासनिक दबाव के तहत नहीं, उनकी इच्छा पर किया गया था। मुजफ्फरपुर जैसे बेमौसम का शहर उन्हें पसंद नहीं। अनुकूल माहौल और अनुकूल परिस्थिति की तरह अनुकूल जलवायु भी उन्हें विशेष प्रिय है। वे उन इंजीनियरों में नहीं जो धन कमाकर सिर्फ अट्टालिका खड़ी करना जानते हैं। वे तो जिंदगी को उसके असली जायकों के साथ जीने में विश्वास करते हैं। अगर कभी बिहार से बाहर के राज्यों में उनकी सेवाएँ ली गईं तो वे उन स्थानों पर ही रहना पसंद करेंगे जहाँ हर साल गर्मियों में वे अपनी छुट्टियाँ बिताने जाते हैं। उनके साथ ऐसा होना कोई अजूबा और गैरवाजिब प्रसंग भी नहीं। ईश्वर ने उन्हें दिया भी खूब है। जिसकी कामना हर किसी को रहती है, वह सब उन्हें सहज रूप में उपलब्ध है। अच्छी नौकरी, स्वयं एक खूबसूरत और जिंदादिल नौजवान। चंद्रावती जैसी हजारों में एक रूपवती और प्यारी पत्नी। इसके अतिरिक्त फूल जैसे दो मासूम बच्चे...। यह सब पाकर कौन खुशगवार जीवन जीना नहीं चाहेगा...।

राँची आने के बाद स्थान परिवर्तन से उपजी नई जगह की नई समस्याओं ने प्रारंभ

में उन्हें कुछ व्यस्त रखा। लेकिन चंद्रावती ने दो सप्ताह के अंदर ही अपने नए आवास और पारिवारिक गृहस्थी को पुनः मुजफ्फरपुर की तरह ही व्यवस्थित कर लिया। पर इस दौरान राँची में घूमने और अपने परिचितों से मिलने तक के लिए भी समय नहीं निकाल सकी वह। उसके लिए यह सुखद संयोग साबित हुआ कि अपने नए आवास को व्यवस्थित कर वह जैसे ही इत्मिनान हुई, उसका प्रिय त्योहार तीज आ गया। बस, एक शाम अपने पति के साथ तीज की खरीदारी के लिए राँची शहर में निकल पड़ी वह। इसी बहाने राँची में घूमने की उसकी शुरुआत भी हो गई। लाल रंग की एक बेहद खूबसूरत मारुति कार उसकी पसंद पर ही उसके पति ने ली थी। अपनी उसी कार में अपने पति की बगल में बैठी वह राँची की सजी दुकानों को देखती और खरीदारी करती मेन रोड पर घूमती रही। यहाँ की जलवायु की भाँति यह शहर भी उसे कम प्यारा नहीं लगा।

कपड़ों की खरीदारी के बाद अपेक्षित सिलाई के लिए उन्हें किसी अच्छे टेलर मास्टर की आवश्यकता महसूस हुई। मुजफ्फरपुर में भी चंद्रावती एवं अनूप के कपड़ों की सिलाई वहाँ के सबसे अच्छे टेलर मास्टर के यहाँ ही होती थी। यहाँ भी अनूप ने अपने कार्यालय के सहयोगियों से यह ज्ञात कर लिया था कि मेन रोड का 'प्रभु टेलर्स' यहाँ का बेस्ट टेलर मास्टर है। बस, वे दोनों 'प्रभु टेलर्स' की ओर चल पड़े। 'प्रभु टेलर्स' तक पहुँचने के लिए उन्हें अधिक पूछताछ भी नहीं करनी पड़ी। जिस दुकान पर उन्होंने कपड़ों की खरीदारी की थी, वहाँ के सेल्स ब्वाय ने ही सड़क पर आकर 'प्रभु टेलर्स' की ओर संकेत कर दिया। फिर आगे बढ़ते ही 'प्रभु टेलर्स' का बड़ा सा बोर्ड देख वे सीधे वहाँ जा पहुँचे। सचमुच वह एक अच्छी-खासी दुकान थी। सिले हुए कपड़ों की सजी-टँगी कतारें और कलात्मक सिलाई-कटाई से ही अन्य टेलर मास्टरों की अपेक्षा यहाँ के टेलर मास्टर की विशिष्टता और सुरुचि संपन्नता का पता चलता था। साथ ही अपने विशिष्ट पहनावे और उच्चस्तरीय वाहनों में वहाँ पहुँचे खास और गण्यमान्य लोगों को देखकर भी...।

अपने पति के साथ चंद्रावती कार से उतर जब दुकान के अंदर पहुँची तो दुकान मालिक के रूप में प्रभुनाथ को देख जैसे उसे अपनी आँखों पर विश्वास ही नहीं हुआ। अंदर-ही-अंदर तिलमिला उठी वह ? उसके चेहरे का भाव एकाएक परिवर्तित हो गया। यह कहाँ चली आई वह ? प्रभुनाथ से कैसे आमना-सामना हो गया ? तो प्रभु टेलर्स प्रभुनाथ की ही दुकान है ! वही यहाँ आकर इतना बड़ा टेलर मास्टर बन गया है। काश ! उसे पहले पता होता... !

इससे पहले कि पति उसके परिवर्तित मनोभावों को लख पाते, नारी-जनित विवेक और प्रत्युत्पन्नमतित्व से उसने तत्क्षण अपने को सहज-सामान्य बना लिया। पर प्रभुनाथ की नजर उस पर पड़ते ही वह अपनी कुर्सी से उछलते हुए चौंक पड़ा—"आप ?" और वह इस तरह टकटकी लगाए उसे देखने लगा, जैसे वर्षों की प्रतीक्षित उसकी आँखें उस पर आ टिकी हों...। इस स्थिति में अनूप को कुछ और सोचने का अवसर न मिले,

इसीलिए चंद्रावती ने बिना विलंब किए प्रभुनाथ से उसका परिचय कराया—"यह प्रभुनाथ हैं...। मेरे गाँव के दर्जी। पहले हमारे घर में ही एक कमरा लेकर रहते और सिलाई का काम करते थे...।"

इसके बाद वह अनूप का परिचय भी प्रभुनाथ से देने ही जा रही थी कि प्रभुनाथ बीच में ही हाथ जोड़कर बोल उठा—"तो आप ही अनूपजी हैं, इंजीनियर साहब...।"

इस पर कुछ आश्चर्य व्यक्त करते हुए कहा अनूप ने—"तो आप मुझे जानते हैं...।"

जवाब में अपनी प्रसन्नता व्यक्त करते हुए उसी तरह गर्मजोशी से कहा उसने—"भला क्यों नहीं जानूँगा आपको ? आप चंद्राजी के पति हैं। पहले आप लोग गया में थे, फिर पटना गए, फिर मुजफ्फरपुर, लेकिन यहाँ कब आ गए...?"

"अभी दो सप्ताह पहले ही यहाँ आए हैं हम," यह कहते हुए अनूप ने अपना सुखद आश्चर्य भी व्यक्त किया—"आप तो पूरी जानकारी रखते हैं हमारे बारे में...।"

इस बार पुनः बोल उठी चंद्रावती—"ये बिल्कुल हमारे परिवार के सदस्य की तरह ही हैं। लंबे समय तक हमारे परिवार के साथ रह चुके हैं, इसी से हमारे बारे में इनसे कुछ भी छिपा नहीं है।"

"तो इनके बारे में तुमने मुझे पहले कभी नहीं बताया था...?"—पूछ दिया अनूप ने।

"मुझे इनके यहाँ होने की कोई जानकारी नहीं थी," सफाई दी चंद्रावती ने—"मेरी शादी से पहले ही ये मेरे यहाँ से जा चुके थे...।"

अब प्रभुनाथ अन्य ग्राहकों को अपने अन्य कर्मचारियों के हवाले कर अनूप और चंद्रावती को ले अपने उस शोरूम के किनारे चला आया, जहाँ कोने में एक खूबसूरत सोफा और दो-चार कुर्सियाँ लगी थीं। उन दोनों को वहाँ आदर से बैठा उनके लाख मना करने के बावजूद अपने एक कर्मचारी से उसने तत्क्षण उनके लिए चाय-नाश्ता भी मँगवा लिया। नाश्ते में पर्याप्त अच्छी मिठाइयाँ और खस्ते नमकीन से भरा प्लेट। शायद प्रभु टेलर्स की बगलवाली दुकान मिठाइयों की ही दुकान थी।

अब उनकी बातचीत शुरू हो गई। प्रभुनाथ ने अपनापन जताते हुए पूछा—"गाँव पर चाचा-चाची सब ठीक हैं न ?"

वह चंद्रावती के माँ-बाप को चाचा-चाची ही कहता था। चंद्रावती ने जवाब दिया—"हाँ, वे लोग ठीक हैं...।"

इस पर अनूप पूछ उठे प्रभुनाथ से—"आप इधर गाँव नहीं गए क्या...?"

उसने छूटते ही जवाब दिया—"लंबे समय से मैं उधर नहीं जा सका। यहाँ की व्यस्तता देख ही रहे हैं आप...। एक दिन के लिए भी यहाँ से निकलना मुश्किल है...।"

इस बीच अनूप से नजरें बचाकर लगातार उसकी आँखें चंद्रावती का जायजा लेती रहीं। फिर उसके मन की बात आ ही गई उसके होंठों पर—"आप तनिक भी नहीं बदली

हैं चंद्राजी ! बिलकुल वैसी ही हैं। आपकी मिट्टी एकदम बँधी हुई है...।''

इस बात का कोई और अर्थ न लगाए अनूप, इसीलिए गंभीर न होकर हँसते हुए ही कहा चंद्रावती ने–''आप भी तो बिलकुल वैसे ही हैं...। आपकी मिट्टी क्या कम बँधी है ?''

इस पर अपने ससुराल को लक्ष्य कर मजाकिया लहजे में कहा अनूप ने–''वह गाँव ही ऐसा है...। उस गाँव की ही मिट्टी बँधी हुई है...।''

अनूप की इस बात पर सब हँस पड़े। उनकी उन्मुक्त हँसी से गूँज उठा वह शोरूम।

अब काम की बातें शुरू हो गईं। सिलाई के कपड़े और उनके नाप दे दिए गए। लेकिन रसीद में सिलाई का कोई चार्ज अंकित नहीं किया प्रभुनाथ ने। इस संबंध में अनूप के जोरदार आग्रह पर हाथ जोड़कर खड़ा हो गया वह–''अगली बार से चाहे जो इच्छा हो दे दीजिएगा...। इस पहली सिलाई का चार्ज मैं नहीं लूँगा। मैं शादी में भी नहीं था। अब इतना तो मेरा अधिकार बनता है...।''

उसके इस हार्दिक और आत्मीय निवेदन के बाद चार्ज अंकित करने के लिए अनूप उससे कुछ और नहीं कह सके। उसकी सहृदयता और आत्मीयता ने तो उनका दिल जीत लिया था। उसके इस व्यवहार से अंदर तक द्रवित हो उठे। अपनी ससुराल पर फख्र हुआ उन्हें। सचमुच कितने अच्छे हैं उनके ससुराल के लोग। अपने आवास का पता प्रभुनाथ को थमाते हुए स्नेह सिक्त वाणी में बोल उठे वे–''कभी आइए हमारे निवास। बहुत अच्छा रहेगा। आपसे मिलकर बेहद प्रसन्नता हुई...।''

इस पर तत्क्षण कहा उसने–''अभी कल ही आऊँगा। बच्चों से मिलना तो अभी बाकी ही है...। आप लोगों का आवास भी देख लूँगा और बच्चों से मिलना भी हो जाएगा। फिर तो बराबर आना-जाना लगा रहेगा...।''

चंद्रावती और अनूप को छोड़ने के लिए प्रभुनाथ अपनी दुकान से निकलकर उनकी गाड़ी तक बाहर आया। गाड़ी में उन दोनों को बैठाते हुए उसने पुनः आत्मीय लहजे में कहा–''आप लोगों के लिए तो यह नई जगह है, पर मेरे लिए पुरानी हो गई है। यहाँ किसी चीज की आवश्यकता पड़े या कोई कठिनाई महसूस हो तो सूचित कीजिएगा। मैं तत्काल हाजिर हो जाऊँगा...।''

आवश्यक खरीदारी और प्रभुनाथ से मुलाकात के बाद अपने घर लौटने तक बच्चों एवं अनूप के साथ खाना खाकर बिस्तरे पर आने तक चंद्रावती के अंदर हलचल मची रही, जैसे उसके अंतरमन में भूचाल आ गया हो...। हालाँकि अनूप की उपस्थिति और संग-साथ में जाने ऐसा क्या होता कि मन की सारी बातें अवचेतन में जा छिपती हैं। अनूप का व्यक्तित्व इतना हृदयग्राही, प्यारा और मोहक है कि चंद्रावती के तन-मन पर अनायास छा जाता है। उसकी उपस्थिति और संग-साथ के दौरान कोई और विचार उसके मन में आ ही नहीं पाता। लेकिन अब जबकि अनूप और बच्चे सो गए हैं, चाहते हुए भी वह सो नहीं सकी है। प्रभुनाथ की यादों का सिलसिला उमड़ आया है उसके अंदर से। शायद एकांत और इत्मिनान पाने पर ही अतीत की यादें सजीव हो पाती हैं।

चंद्रावती को अच्छी तरह याद है, प्रभुनाथ के संपर्क में जब वह आई थी, उसकी उम्र लगभग अठारह साल की थी। लेकिन खाने-पीने की सुविधा और सुख-चैन से रहने के कारण अठारह साल की उम्र में ही वह भरी-पूरी औरत हो गई थी। अपना रूप और अपनी जवानी उसे खुद मोहित करने लगी थी। पिता ने भी उसका यह परिवर्तन लक्ष्य कर उसकी शादी के लिए प्रयास शुरू कर दिया था।

उसके पिता उस वक्त बैराडीह गाँव के सबसे धनी गृहस्थ थे और आज भी हैं। उनके अस्सी बीघे खेत हैं। वह अपने पिता की सबसे बड़ी संतान है, उसके बाद और दो छोटे भाई हैं। चूँकि उसकी पीठ पर भाइयों का जन्म हुआ, इसीलिए माँ-बाप उसे 'लछनवती' बेटी समझते थे। घर में उसका खूब दुलार-प्यार था। छोटे भाइयों की भले ही कोई जिद पूरी न हो, लेकिन उसकी तो हर जिद पूरी की जाती थी। गाँव की अन्य लड़कियाँ उसका यह मान देख दाँतों तले अँगुली दबाती थीं। किसी को यह सुख नसीब नहीं था। चंद्रावती की माँ कहती कि खोजबीन कर अपनी चंद्रा के लिए ऐसा दूल्हा उतारूँगी कि अँधेरे घर में वह घुसे तो उजाला कर दे। चंद्रावती के पिता कहते कि चंद्रावती की शादी में इतना खर्च करूँगा कि गाँव के लोग देखकर दंग रह जाएँगे। यह एक ही तो बेटी है। इसे जितना भी दिया जाए, कम ही होगा।

लेकिन चंद्रावती के लिए कोई लड़का उन्हें पसंद ही नहीं आता था। अपनी अकेली बिटिया के लिए खूब योग्य वर और अपने जैसे संपन्न घर की तलाश में थे, इसीलिए प्रयासोपरांत उसकी शादी कहीं तय नहीं हो पा रही थी। इस दौरान माध्यमिक विद्यालय की पढ़ाई समाप्त किए हुए भी चंद्रावती को कुछ समय हो गए थे। उसके गाँव में सिर्फ माध्यमिक विद्यालय तक ही पढ़ाई की व्यवस्था थी। आगे की पढ़ाई के लिए कस्बे में जाना पड़ता था। गाँव के लड़के जाते थे। लेकिन लड़कियों को पढ़ाने के पक्ष में उस वक्त गाँव के अधिकांश लोग नहीं थे। उनकी मान्यता थी कि लड़कियाँ पढ़-लिखकर क्या करेंगी ? नौकरी तो उन्हें करनी है नहीं ! चिट्ठी-पत्री लिखना-बाँचना जान गईं, बस काफी है। इसलिए सामर्थ्य होते हुए भी चंद्रावती को आगे नहीं पढ़ाया जा सका।

इस स्थिति में अच्छी-अच्छी चीजें खाने और सहेलियों के बीच मौज मनाने के सिवा उसके जिम्मे कोई काम नहीं था, क्योंकि काम के लिए कई दाई-नौकर उसके यहाँ मौजूद थे। लेकिन बचपन की समाप्ति के बाद युवावस्था के जिस मोड़ पर वह पहुँची थी, वहाँ अब सहेलियों के बीच उसका आकर्षण जाता रहा था। वह एकांत खोजने लगी थी। उसके शरीर के उभार वस्त्रों को फाड़कर बाहर निकल जाना चाहते थे। उसके मन और तन में आकस्मिक रूप से परिवर्तन होने लगे थे। आईने में देखती तो अपना रूप पहले से अधिक निखरा नजर आता। एक अदृश्य कामना उसके अंदर जागने लगी थी। एक अदृश्य उमंग से उसका तन-मन आंदोलित होने लगा था। कमरे में बैठती तो लगता, कमरा छोटा हो गया है। इसमें अब नहीं आ सकेगी वह। फिर आँगन में निकल आती। लेकिन आँगन का दायरा भी उसे सिकुड़ गया जान पड़ता। तब छत पर चढ़ जाती। छत पर चढ़कर वह आकाश को अपनी बाँहों में भर लेने के लिए अँगड़ाइयाँ

लेती रहती...।

उन्हीं दिनों अनायास उसका ध्यान पुरुष युवाओं की ओर जाने लगा था। पुरुष जाति के प्रति उसके मन में आकर्षण पैदा होने लगा था। वह अपने दरवाजे पर खड़ी गली से गुजरते गाँव के युवकों को निहारने लगी थी। कभी किसी युवक की नजर भी उस पर आ पड़ती तो वह अजीब सिहरन महसूस करती। फिर लजाकर आँगन में भाग आती और आँगन के कोने में खड़े अमरूद-वृक्ष को कसकर बाँहों में भर लेती। अपने आलिंगन में लेते-लेते अमरूद-वृक्ष की रुक्षता उसने खत्म कर दी थी। वह चिकना और सलोना हो गया था। ऐसे ही समय में प्रभुनाथ आया था...।

प्रभुनाथ का घर निकट के कस्बे में था। मैट्रिक फेल हो जाने के बाद उसने पढ़ाई छोड़ दी थी। अपने एक मुसलमान मित्र की राय पर हिंदू होते हुए भी उसने दर्जी का काम सीखना शुरू किया था। कार्य की जानकारी के बाद उसने कस्बे में अपनी दुकान कायम नहीं की थी। कस्बे में अनेक दर्जी थे—नामी और लोगों के परिचित। प्रभुनाथ जैसे नए दर्जी के पास बहुत कम ही ग्राहक आते, इसीलिए कस्बे से नजदीक पड़ने वाले चंद्रावती के गाँव बैराडीह को ही उसने अपना कार्यक्षेत्र बनाया।

तब चंद्रावती के गाँव में कोई दर्जी नहीं था। गाँव के लोग अपने कपड़ों की सिलाई के लिए कस्बे जाते थे, जहाँ महँगे दरों पर उनके कपड़े सिले जाते थे। शायद इसीलिए प्रभुनाथ के आगमन पर उसके गाँव के लोग हर्षित हुए। लोगों ने उसे हर संभव सहयोग प्रदान करने का वचन दिया। बजरंगी मिसिर ने तो बरगद के नीचे अपने दालान के ओसारे में काम करने की अनुमति भी उसे दे दी। बस, प्रभुनाथ की मशीन हरहराने लगी। जहाँ कस्बे में काम की प्रतीक्षा में प्रभुनाथ जैसे नए दर्जी को पूरा दिन फाकामस्ती में गुजारना पड़ता, वहाँ इस गाँव में अब उसे एक क्षण के लिए भी फुर्सत नहीं थी। वह अच्छा-खासा कमाने लगा था। मर्दों की अपेक्षा औरतों की ओर से उसे अधिक काम मिलते थे। गाँव की लड़कियाँ और बूढ़ी औरतें तो बरगद के पास आकर उसे काम दे जाती थीं। लेकिन नई आई बहुरियों के बुलावे पर उसे दरवाजे पर जाना पड़ता था, जहाँ किवाड़ की ओट से उसे काम सौंप और समझाए जाते थे। अपने पेशे के हिसाब से प्रभुनाथ के लिए उसका गाँव बहुत अनुकूल साबित हुआ था। लेकिन उसे काम करने लायक अच्छी जगह नहीं मिली थी।

बरगद के नीचे बजरंगी मिसिर के दालान का ओसारा उसके काम के लिए प्रतिकूल था। वह ओसारा गाँव के गप्पबाजों का एक प्रमुख अड्डा था। जहाँ पाँच-सात गप्पबाज बराबर जुटे ही रहते थे, जिनके चलते गाँव की अधिकांश औरतें वहाँ आकर काम देने में संकोच महसूस करती थीं। इन्हीं दिनों चंद्रावती के पिता अपने लिए एक नई कमीज बनवाने प्रभुनाथ के पास पहुँचे थे। प्रभुनाथ ने अपनी समस्या उनसे भी बताई थी। प्रभुनाथ के व्यवहार और विचार से तो वे पहले से ही प्रभावित थे। बस, अपनी दालान की कोठरी में उसे रहने और काम करने की अनुमति दे दी।

चंद्रावती को वह दिन अभी भी याद है, जिस दिन पहली बार प्रभुनाथ को उसने

देखा था। वैसे प्रभुनाथ जब से उसके गाँव में आया था, चंद्रावती को उसके आगमन की सूचना मिल चुकी थी। पर प्रभुनाथ को वह देख नहीं पाई थी। उसने सोचा कि लुंगी-बनियान में दर्जी जैसा कोई सामान्य और श्रीहीन छोकरा होगा। लेकिन उसे देखने के बाद तो वह देखती ही रह गई। बीस-बाईस साल का खूबसूरत नौजवान। कसी हुई देह। गोरा चेहरा। घुँघराले बाल। पतली मूँछें। अपने दरवाजे पर खड़ी चंद्रावती दालान की कोठरी में डेरा जमाते प्रभुनाथ को देर तक निहारती रही—अपलक, तन्मय, बेसुध ! आजीविका व्यक्ति से चाहे जो न करा दे। भला ऐसा सुदर्शन युवक दर्जी बनने लायक है। उस प्रथम दर्शन में ही प्रभुनाथ पर फिदा हो उठी वह। उसे समय का खयाल भी नहीं रहा। जब खाना खाने के लिए माँ ने आवाज लगाई, तब उसकी तंद्रा भंग हुई।

उस दिन के बाद अब प्रायः रोज ही प्रभुनाथ और चंद्रावती के बीच ताका-झाँकी शुरू हो गई थी। दोनों एक-दूसरे को चोर-दृष्टि से देखने लगे थे। प्रभुनाथ ने भी चंद्रावती जैसी बाँकी लड़की शायद पहले नहीं देखी थी। सींक से खोद दो तो खून आ जाए, ऐसा बदन और सामने बैठा दो तो सब कुछ विस्मृत हो जाए, ऐसा रूप। प्रथम दृष्टि में ही चंद्रावती के इस रूप-लावण्य ने उसे इस कदर प्रभावित किया कि वह बराबर उसे लुक-छिपकर देखते रहने का लोभ संवरण नहीं कर पाता। चंद्रावती की तरह वह भी अभी कुँवारा था। चँद्रावती को यह समझते देर नहीं लगी कि उसके सान्निध्य में आने के लिए ही प्रभुनाथ उसके परिवार का आत्मीय एवं निकटस्थ बना था। उसकी दालानवाली कोठरी में आने के बाद उसके घर के कपड़ों की सिलाई का पारिश्रमिक तो वह लेता ही नहीं था, उसके पिता की आज्ञा का पालन करना भी अपना पुनीत कर्तव्य मानता था।

उस वक्त चंद्रावती के यहाँ घर-परिवार और खेती-गृहस्थी से संबंधित आवश्यक चीजों की खरीदारी कस्बे में ही की जाती थी। चूँकि प्रभुनाथ कस्बे का निवासी था, इसीलिए उसके आ जाने के बाद चंद्रावती के पिता को किसी चीज की खरीदारी के लिए कस्बे जाने की जरूरत नहीं रह गई थी। खरीदारी का सारा दायित्व प्रभुनाथ ने अपने ऊपर ले लिया था। इस तरह अल्पावधि में ही उसके परिवार से वह ऐसा घुल-मिल गया था कि उसके माँ-बाप का सहज ही विश्वासपात्र बन गया था। परिणामतः उसको लेकर उनके मन में शक-सुबहा की कोई गुंजाइश नहीं रह गई थी...।

प्रारंभ में प्रभुनाथ जब बरगद के नीचे बजरंगी मिसिर के ओसारे में काम करता था तब दिन-भर काम करने के बाद शाम को कस्बे लौट जाया करता था। लेकिन चंद्रावती के यहाँ आने के बाद अब रात भी वहीं गुजारने लगा था। लगभग दस बजे रात तक वह काम करता था। हफ्ते में सिर्फ एक दिन ही कस्बे जाता था।

चंद्रावती के परिवार में सिर्फ चंद्रावती और उसके पिता ही मांसाहारी थे, शेष सभी निरामिष। इस स्थिति में उसके यहाँ मांस-मछली के अलग बर्तन निकाले गए थे। चूँकि चंद्रावती की माँ ने घर के वातावरण को पूजा-पाठ से युक्त देवोपम बना रखा था, इसीलिए मांस-मछली का आना भी बहुत कम ही होता था—कभी-कभार ही। किंतु

प्रभुनाथ मांस-मछली का शौकीन था। वह दालान की कोठरी में अक्सर मांस-मछली पकाया करता था। फिर नियमतः उसका आधा हिस्सा चंद्रा और उसके पिता के लिए भेज देता। जाने क्यों, उसका पकाया मांस उसे बहुत अच्छा लगता। वह जायका ले-लेकर खाती। बदले में उसके लिए भी कभी खीर, तो कभी हलवा, तो कभी मिठाइयाँ भेज देती।

उन दिनों चंद्रावती के दिमाग पर प्रभुनाथ छाने लगा था। उठते-बैठते, सोते-जागते वह प्रभुनाथ के बारे में ही सोचती रहती थी। पता नहीं क्यों, उसका ध्यान प्रभुनाथ से अलग हट ही नहीं पाता था। वह एक मामूली दर्जी है और वह एक बड़े घर की बेटी, उस वक्त ऐसा खयाल उसके मन में कभी आता ही नहीं था। उसे तो प्रभुनाथ बेहद प्यारा लगता था। उसकी निकटता के लिए अपने अंदर एक अनाम-सी बेचैनी वह महसूस करती।

उसे भलीभाँति याद है, प्रभुनाथ से उसका प्रथम स्पर्श जेठ की एक चिलचिलाती दोपहरी में हुआ था। प्रभुनाथ को जी भरकर देखने और लुक-छिपकर बतियाने के बाद उसके स्पर्श में आने की चाह अब वह रोक नहीं पा रही थी।

वैसे तो चंद्रावती बचपन से ही समीज-सलवार पहनती आ रही थी। पर जब से सयानी हुई थी, गाँव की रीति के अनुसार उसने साड़ी-ब्लाउज पहनना भी शुरू कर दिया था। माँ ने उसे समझाया भी था—"अभी से साड़ी बाँधना सीख ले, नहीं तो शादी के बाद कमर से खुल-खुलकर तेरी साड़ी गिरती जाएगी और तेरी सास-ननद मुझे दोष देंगी कि इसकी माँ ने इसे साड़ी पहनना भी नहीं सिखाया...।"

माँ की इस सीख के बाद माँ की अच्छी और धराऊ साड़ियाँ उसके जिम्मे आ गई थीं। उसे सिर्फ अपने नाप के ब्लाउज बनवाने भर पड़े थे। उसने अनेक ब्लाउज बनवा लिये थे। लेकिन उस दोपहरी में भी एक ब्लाउज बनवाने के बहाने ही वह प्रभुनाथ की कोठरी में जा पहुँची। उस वक्त माँ-पिताजी सभी आराम कर रहे थे। दुपहरिया तप रही थी और लू सन-सन कर बह रही थी। आस-पड़ोस के लोग भी अपने घरों में बंद थे। लेकिन प्रभुनाथ लुंगी और बनियान पहने अपने काम में तन्मय था। उसके माथे के बाल उसके चौड़े ललाट पर झूल रहे थे, जो खासे प्यारे लगते थे। वह कैंची से कपड़ों को काट-छाँट रहा था। अचानक अपनी कोठरी में चंद्रावती को आया देख अवाक् रह गया। एक क्षण के लिए तो सौंदर्य-मूर्ति चंद्रावती को वह अपलक देखता रहा। फिर यथार्थ स्थिति का बोध होते ही अत्यंत मधुर शब्दों में पूछ उठा—"चंद्राजी, मुझसे कुछ काम है क्या?"

चंद्रावती को प्रभुनाथ के मुँह से अपने नाम चंद्रा का यह आत्मीय उच्चारण बहुत भला लगा। इस मधुर उच्चारण ने कहीं गहरे में उसके मन को गुदगुदा दिया। उसके माँ-बाप दुलार से उसे चंद्रा ही कहते थे, इसलिए प्रभुनाथ ने भी इसी नाम से उसे संबोधित किया था। प्रभुनाथ को चाह-भरी निगाहों से देखते हुए चंद्रावती ने जवाब दिया—"एक और ब्लाउज बनवाना है...," और नए कपड़े का एक टुकड़ा उसने सामने

रख दिया। उस टुकड़े की लंबाई-चौड़ाई नापने के बाद प्रभुनाथ ने कहा—"कोई नाप दे दीजिए। उसी के अनुसार बना दूँगा।"

असल में गाँव की बहू-बेटियों के ब्लाउज, पुराने ब्लाउज के नाप से ही वह बनाता था। किसी बहू-बेटी के ब्लाउज के लिए वह स्वयं नाप ले, ऐसा कभी नहीं हुआ था। यह गाँव की प्रकृति और संस्कृति के खिलाफ भी था। लेकिन चंद्रावती के मधुर आग्रह ने उसे असमंजस और धर्मसंकट में डाल दिया—"सभी पुराने ब्लाउज छोटे हो गए हैं...नया नाप ले लीजिए...।"

एक क्षण के लिए तो उसे अपने कानों पर विश्वास ही नहीं हुआ। वह अचंभित दृष्टि से चंद्रावती की ओर ताकने लगा। लेकिन उससे आँख मिलते ही चंद्रावती का पूरा चेहरा रक्तिम हो उठा—सूर्य के डूबते चक्के की तरह एकदम सुर्ख लाल। अब वह अपने को रोक नहीं सका। उसने चंद्रावती की नाप लेना शुरू कर दिया। उसके हाथ की अँगुलियाँ तो जैसे स्प्रिंग बन गईं। उसके व्यक्तित्व में अतिरिक्त चपलता और उत्साह आ गया।

अब चंद्रावती मुड़कर वहाँ से जाने को हुई। लेकिन अभी दरवाजे को लाँघ भी न पाई थी कि प्रभुनाथ की स्नेहिल आवाज उसके कानों में आ पड़ी—"चंद्राजी, आपके लिए एक रुमाल तैयार किया है मैंने...!"

प्रभुनाथ की यह आवाज सुनकर वह पलटकर पुनः उसके सामने खड़ी हो गई। उसने देखा, प्रभुनाथ अपने हाथ में एक खूबसूरत रुमाल लिये खड़ा है। एक क्षण के लिए दोनों की आँखें एक बार फिर जा टकराईं। विद्युत् की कौंध से जैसे अंदर तक सिहर गए दोनों। फिर आगे बढ़कर प्रभुनाथ ने रुमाल चंद्रावती को थमा दिया। इस क्रम में चंद्रावती की हथेली उसने हलके से दबा भी थी। प्रभुनाथ के उस दबाव के अनिर्वचनीय सुख और आनंद में हफ्तों डूबी रही चंद्रावती। उसे लग गया, प्रभुनाथ के लिए जितनी व्यग्र है वह, उससे कम व्यग्र प्रभुनाथ नहीं है।

उस प्रथम स्पर्श के बाद चंद्रावती की नींद तो जैसे हराम हो गई थी। सारी-सारी रात वह जगी रह जाती। प्रभुनाथ के उस स्पर्श को स्मरण कर अंदर-ही-अंदर आनंद विह्वल और उन्मत्त बनी रहती तथा सुखद संयोग की कल्पनाओं में खो जाती। उसे खाने-पीने की सुध भी नहीं रहती। प्रभुनाथ जहाँ नजर आता, इच्छा-भरी निगाहों से उसे देखती रहती। अनेक झूठे बहाने बना उसकी कोठरी में पहुँच जाती। फिर बातें शुरू हो जातीं। प्रभुनाथ भी जैसे उसी की टोह में रहने लगा था। एकांत पाते ही ऐसी-ऐसी बातें करता कि वह भाव-विभोर हो जाती। उसकी दीवानगी और बढ़ जाती। अनूप को पाने के बाद चंद्रावती ने 'उस रात' को तो जैसे भुला ही दिया था। लेकिन यहाँ राँची में प्रभुनाथ से मुलाकात ने उस रात की याद को पुनः ताजा कर दिया था, जिस रात अपने को नहीं रोक सकी थी वह। कुछ भी सोचने-समझने का विचार नहीं रहा था उस रात। जैसे आँधी के प्रबल वेग में जड़ समेत उखड़ जाते हैं वृक्ष, उसी तरह उखड़ गई थी वह...।

वह आषाढ़ की एक उमस-भरी रात थी। समय आधी रात के पहले का था। जाने किस आवेग और उन्माद के वशीभूत चंद्रावती के पैर चल पड़े थे प्रभुनाथ की कोठरी की ओर। घर के सभी लोग गाढ़ी नींद सोए थे। लेकिन उसके अंदर तो एक अजीब तरह की ज्वालामुखी भड़क उठी थी, जिसे रोकना या जिस पर काबू पाना अब उसके वश से बाहर की बात थी। वह किसी अज्ञात निमंत्रण के वशीभूत प्रभुनाथ के दरवाजे जा पहुँची थी। उसे यह देखकर सुखद आश्चर्य हुआ था कि प्रभुनाथ भी अब तक सोया नहीं था। अपने कमरे में जगा शायद वह भी उसकी ही प्रतीक्षा कर रहा था। फिर तो उसे आते देख उसका चेहरा खिल उठा, जैसे मनचाही वस्तु उसे घर बैठे ही प्राप्त हो गई हो...। इसके बाद आंतरिक साम्य और आंतरिक खिंचाव के तहत अपनी दोनों बाँहें फैलाए वह तेजी से चंद्रावती की ओर बढ़ चला। इससे पहले कि खींचकर वह चंद्रावती को अपने सीने से लगा ले, चंद्रावती स्वयं उसकी बाँहों में जा समाई...!

रात के तीसरे पहर चंद्रावती जब अपने बिस्तरे पर वापस लौटी तो शांत, सहज और संतुष्ट ! जैसे उसकी सारी पीड़ा किसी ने हर ली हो। जैसे उसकी वर्षों की बेचैनी, व्यग्रता और उद्विग्नता समाप्त हो गई हो। अपने तन और मन के अंदर अपूर्व शीतलता का एहसास उसे हुआ। उस शीतलता के स्वर्गीय सुख में वह देर तक खोई रही...।

सुबह बिस्तरे से उठने के बाद अपने अंदर गजब की ताजगी और स्फूर्ति का उसने अनुभव किया। आलस और भारीपन का कहीं कोई नामोनिशान नहीं। स्नान कर वह माँ के साथ घर के कामों में रुचि लेने लगी। एक लंबे समय बाद अपने घर के प्रत्येक कमरों में जाकर वह चीजों को झाड़ने-पोंछने और सजाने लगी। बैठक की अस्त-व्यस्त और बिखरी स्थिति को भी उसने नियंत्रित किया। काफी समय बाद आज बैठक को उसने नए सिरे से सजाया। उसके अंदर आए इस परिवर्तन को घर के लोगों ने भी लक्ष्य किया। पिताजी ने तो उसकी पीठ ठोकते हुए शाबासी भी दी—"वाह बेटी ! आज तो तूने पूरे घर को चमका दिया...।"

चंद्रावती दिन-भर घर को साफ करती रही। इस बीच कभी माँ के पास जाकर बैठ जाती तो कभी पिताजी के सामने जा खड़ी होती। उस दिन वह अपने अंदर चुस्ती महसूस कर रही थी। उसकी फुर्ती देखते ही बनती थी। लेकिन रात में पुनः बिस्तरे पर आने के बाद कसमसाहट और बेचैनी। अँगड़ाइयाँ लेता बदन और टूटते हाथ-पाँव। अज्ञात निमंत्रण का जोरदार बुलावा। पिछली रात की सुखद याद का मोहक आकर्षण। फिर उसके बढ़ते हुए पाँव। प्रभुनाथ को फिर अपनी प्रतीक्षा में खड़े पाना। फिर एक-दूसरे की बाँहों में समा जाना। फिर आधी रात के बाद उसकी वापसी। उसके बाद की अगली रात फिर वही। फिर उसके बाद की रात भी...! अनेक रातों का अनवरत, क्रमबद्ध और अटूट सिलसिला...।

"तुम अब तक सो नहीं सकीं चंद्रा !" अचानक अनूप की पहली नींद टूट गई थी।

चंद्रावती की यादों का सिलसिला एकाएक थम गया। फिर जैसी की अनूप की रात्रिचर्या थी, सोने से पहले चंद्रावती को वह जी भरकर प्यार करता था और पहली नींद टूटने के बाद भी उसे अपने प्यार में डुबो देता था। वह पलटकर चंद्रावती की ओर मुखातिब हो गया—"मेरी जान ! प्राण ! तुम्हें अब तक क्यों नींद नहीं आई ? मुझे जगाया क्यों नहीं ?"—और अपनी भुजाओं में उसे समेटते हुए उसके चेहरे पर चुंबनों की झड़ी लगा दी। फिर तो चंद्रावती के मस्तिष्क से जैसे अतीत का सब कुछ विस्मृत होता चला गया। अनूप के प्यार में जाने ऐसा क्या होता है कि उस वक्त अतीत का कोई भी क्षण जीवित नहीं रह पाता है। वह सिर्फ अनूप की होकर रह जाती है। बराबर की भाँति पुनः अनूप के प्यार में खोई, अनूपमय बनी रही वह। उसकी बाँहों में समाती-सिमटती चली गई। फिर जाने कब अनूप की भुजाओं में ही सो गई।

दूसरे दिन पूर्वाह्न बारह बजे के आसपास ही आ धमका प्रभुनाथ। अपने कहे अनुसार पहुँच आया उसके निवास। लेकिन उसे तो सुबह या शाम में आना था। यहाँ चंद्रावती को सहज ही इस बात का भान हो गया कि अनूप को अपने दफ्तर तथा बच्चों को स्कूल गया समझ एकांत लाभ के उद्देश्य से ही पहुँचा है प्रभुनाथ। लेकिन उसका अनुमान गलत साबित हुआ। अनूप दफ्तर नहीं जा सके थे। उनके दफ्तर के एक बीमार चल रहे कर्मचारी के निधन के चलते दफ्तर बंद कर दिया गया था तथा गौरव और गरिमा भी घर पर ही थे। अभी किसी स्कूल में उनका नाम नहीं लिखाया था। अच्छे स्कूल की प्रत्याशा में सामान्य स्कूल में उन्हें डालना चंद्रावती पति-पत्नी ने उचित नहीं समझा था।

चंद्रावती ने लक्ष्य किया, अनूप एवं बच्चों की उपस्थिति प्रभुनाथ को खल गई। उसके चेहरे पर अन्यमनस्कता के हलके भाव प्रकट उभर आए। लेकिन चतुर-चालाक प्रभुनाथ ने उन्हें प्रकट होने नहीं दिया। वह इस तरह गर्मजोशी और उत्साह से अनूप एवं बच्चों से मिला, जैसे उनसे मिलने ही आया हो...।

अपने साथ प्रभुनाथ राँची की प्रसिद्ध मिठाइयाँ, फल और खिलौने लेते आया था। उसका यह अतिरिक्त उत्साह अनूप को शंकित न करे, इसीलिए पहले ही कह उठी चंद्रावती—"हमारे घर से ही इन्हें सफलता मिली है...मेरे माँ-पिताजी ने तो इनके लिए बहुत कुछ किया है...उस संबंध को आज निभा रहे हैं ये...।"

यह सुन बोल उठे अनूप भी—"इन सबकी क्या जरूरत थी ? यहाँ परदेश में आप जैसे अपने लोग मिल गए, यह क्या कम है...!"

"मिलने की खुशी तो बहुत है भाई साहब, लेकिन बच्चों से बगैर मिठाइयों और खिलौनों के मिला भी तो नहीं जाता...।"

अब ड्राइंगरूम में सोफे पर इत्मिनान से जमे अनूप और प्रभुनाथ की बातचीत शुरू हो गई। विषय के अभाव में मौसम और राँची शहर के परिवर्तित यथार्थ पर वे बतियाने लगे। इस बीच बच्चे प्रभुनाथ के खिलौनों और मिठाइयों में मस्त, उत्सव मनाते रहे। अल्पावधि में ही वे प्रभुनाथ से इस तरह घुल-मिल गए कि लगता ही नहीं था कि

प्रभुनाथ से यह उनकी पहली मुलाकात हो। अपने नाना-मामा के आगमन पर भी जितना खुश नहीं होते थे ये, उससे अधिक खुश प्रभुनाथ के आगमन पर हो गए थे। उनकी मनचाही चीजें प्रचुर मात्रा में मिल गई थीं।

चाय-नाश्ते के बाद दोपहर के भोजन का समय भी हो गया। प्रभुनाथ को खाने की मेज पर ले चले वे। औपचारिकतावश ना-नुकुर करता रहा वह। लेकिन अनूप कब छोड़नेवाला था...।

खाना खाने के बाद चंद्रावती की शादी के तमाम फोटोग्राफ्स देखे प्रभुनाथ ने। इस बीच अनूप के साथ उसकी बातें भी होती रहीं। बीच-बीच में चंद्रावती भी हाँ-ना करती रही। लेकिन अपने जिस्म पर रेंगती प्रभुनाथ की आँखों की चुभन वह शुरू से अंत तक महसूस करती रही। अपने आगमन से लेकर साथ-साथ खाना खाने, अनूप से बातचीत करने तथा सबसे विदा ले जाने तक प्रभुनाथ नजर बचा-बचाकर उसे निहारता रहा। अतीत को ताजा करता रहा।

प्रभुनाथ के जाने के बाद अनूप भी अपने इक्जक्यूटिव इंजीनियर के यहाँ चल पड़ा। किसी विभागीय मसले पर उनके यहाँ मीटिंग थी। उसने जाते हुए कहा चंद्रावती से—"दो-तीन घंटों के अंदर लौट आऊँगा। लेकिन अगर विलंब भी हो तो घबराना मत। फोन कर लेना। वहाँ से छूटते ही सीधे आ जाऊँगा।"

इसके बाद बच्चों को खिलौनों में मशगूल छोड़ चंद्रावती खिड़की के समीप बैठ अनूप का जाना देखती रही। अनूप जब भी कार से बाहर निकलता है, वह अपलक नेत्रों से तब तक उसे निहारती रहती है जब तक उसकी आँखों से वह ओझल नहीं हो जाता। अब यहीं बैठकर अनूप के आने तक प्रतीक्षा करेगी वह। जाने क्यों, अनूप की कुछ घंटों की जुदाई भी उसे बेचैन बना देती है।

आज रात का खाना भी उसे अधिक नहीं बनाना। दिन की बची हुई सब्जियाँ, मछलियाँ और दलिया उसने फ्रिज में रख दिया है। अनूप के आने पर बस दो-चार रोटियाँ सेंक लेगी। अनूप भी नहीं चाहता कि वह रसोई आदि के झंझट में अधिक व्यस्त रहे। रेडिमेड व्यंजनों से उसने फ्रिज भर रखा है। उसके अतिरिक्त बच्चों के साथ उसे लेकर अक्सर होटलों में चला जाता है। कहता है—"तुम्हारी जैसी चहेती पत्नी रसोई में खटने के लिए नहीं होती !" और गाहे-ब-गाहे उसे भुजाओं में भर अपना प्यार उड़ेलने लगता है। अब तो स्थिति यह है कि चंद्रावती भी उसकी भुजाओं से अलग होना नहीं चाहती।

चंद्रावती के साथ यह अजीब संयोग घटित हुआ कि मारुति में बैठकर अनूप का दरवाजे से जाना और उसके मन के अवचेतन से प्रभुनाथ की यादों का सजीव होना, दोनों लगभग एक साथ हुआ।

प्रभुनाथ के साथ कई रातें गुजारने के बाद पारिवारिक कारणों से बीच-बीच में पड़नेवाले

अवरोध चंद्रावती के लिए असह्य होते जा रहे थे। उसकी बेचैनी बढ़ती जा रही थी। अपने जीवन के लिए प्रभुनाथ उसे आवश्यक लगने लगा था। उससे अलग हटकर जीने की कल्पना से वह विह्वल हो जाती। उसे लगता, प्रभुनाथ ही उसकी दुनिया है, उसकी खुशी है, उसका सब कुछ है। गाँव के अपने जैसे खेतिहरों और अपनी बिरादरी के सुंदर-सुडौल युवक भी उस वक्त उसे प्रभुनाथ की तुलना में तुच्छ और हेय नजर आते। उसके पिताजी वर-खोज अभियान से वापस आते तो संबंधित लड़कों के बारे में उसकी माँ से विस्तार से बताते। कमरे के भीतर से वह सब कुछ सुनती। अपने भावी पति की रूपरेखा से अवगत होती। लेकिन उसके मन में प्रभुनाथ के अतिरिक्त किसी और युवक की तस्वीर उभर ही नहीं पाती।

उन्हीं दिनों प्रभुनाथ से शादी की बात भी उसके मन में उठने लगी थी। उसकी इच्छा होती कि माँ-पिताजी से वह कहे। फिर यह सोचकर उसका अंतर् काँप उठता कि पिताजी उसकी शादी में बेशुमार खर्च करने को तैयार हैं और उसके लिए योग्य वर की तलाश में एड़ी-चोटी का पसीना एक किए हुए हैं, वे एक मामूली दर्जी से उसकी शादी की बात क्या सह पाएँगे ? कदापि नहीं। वे उसे जिंदा जला देंगे। इसीलिए इस विषय में किसी से कुछ न कह, प्रभुनाथ के साथ ही वह रास्ते तलाशती रही। अंततः प्रभुनाथ के साथ घर छोड़कर भागने का विचार भी उसके मन में उठ आया, जिसे प्रभुनाथ ने शब्द दे दिया। प्रभुनाथ भी चंद्रावती के बिना अब रह नहीं पाता था। लुक-छिपकर आधे-अधूरे मिलना उसे भा नहीं रहा था। चंद्रावती जैसी बाँकी लड़की को पाकर खोना उसे कतई गवारा नहीं था, इसीलिए चंद्रावती के मन की बात ताड़ उसके साथ भाग चलने की पूरी योजना उसने बनाई। फिर एक रात घर के रुपए और जेवरों को ले वे दोनों भाग चले थे। वे कहाँ जाएँगे ? क्या करेंगे ? कैसे रहेंगे ? इसकी कोई चिंता उन्हें नहीं। वे अब सदा एक साथ रहेंगे, इस खुशी और नशे ने उन्हें उन्मत्त बना दिया था।

प्रभुनाथ के साथ जिस समय घर से भागी थी चंद्रावती, वह आधी रात का समय था। घर के सभी लोग गहरी नींद सोए थे। चंद्रावती की इच्छा घर से कुछ लेकर भागने की नहीं थी। जब प्रभुनाथ उसके साथ है तो उसके पास सब कुछ है। लेकिन प्रभुनाथ ने रुपए और जेवर ले लेने के लिए प्रेरित किया। चूँकि वह प्रभुनाथ को अपना सर्वस्व मानने लगी थी, इसीलिए उसके कहे अनुसार माँ के बक्से से प्राप्त रुपए और जेवर लाकर उसके हवाले कर दिया था।

अब दोनों दबे पाँव घर से निकल गाँव की गली में आ गए थे। भादो की अँधेरी रात। सुनसान और भयावह वातावरण। कीचड़ से भरी गलियाँ। पाँक-पानी का मौसम। कीचड़ में पाँव धँसने और निकलने की आवाज। वे दोनों इस बात की भरसक कोशिश करते कि उनके चलने की आवाज तनिक भी न हो। लेकिन आवाज हो ही जाती। एक जगह दो कुत्ते उन्हें अस्वाभाविक ढंग से जाते देख भूँकने लगे। चंद्रावती के हृदय की धड़कनें तेज हो गईं। लेकिन समीप आने पर उन्हें पहचान वे दोनों कुत्ते मौन हो गए। वे चंद्रावती के मुहल्ले के ही कुत्ते थे। उनके माथे पर प्यार से हाथ फिरा वह पुनः

प्रभुनाथ के साथ बढ़ चली।

गाँव से बाहर निकल वे खेतों में आ गए। यहाँ से एक पगडंडी हसन बाजार कस्बे को जाती थी। चंद्रावती के गाँव बैराडीह से चार किलोमीटर दूर है हसन बाजार। पक्की सड़कों का सिलसिला वहीं से शुरू होता है और बस-पड़ाव भी वहीं है। चंद्रावती और उसके आसपास के गाँवों के लोगों को आरा, सासाराम, पटना आदि शहरों में जाने के लिए वहीं से बस पकड़ना पड़ता है। भोर होने से पहले ही प्रभुनाथ और चंद्रावती को भी वहाँ पहुँच, बस पकड़, कहीं चले जाना था, ताकि वे किसी की पकड़ में न आ सकें। लेकिन अँधेरी रात और पाँक-पानी के मौसम की वजह से अपने गाँव से हसन बाजार पहुँचना भी चंद्रावती के लिए एक समस्या थी। उस साल बरसात खूब जमकर हुई थी। बाढ़ का-सा दृश्य उपस्थित हो गया था। नदी, नाले, गड्ढे, तालाब—सब भर गए थे। खेत डूब चुके थे। जो पगडंडी हसन बाजार को जाती थी, उसका कुछ अता-पता नहीं था। चारों तरफ सिर्फ पानी-ही-पानी। पानी में घुसकर रास्ता तय करने के अतिरिक्त और कोई दूसरा मार्ग भी नहीं।

चंद्रावती को पाँक-पानी में चलने का कोई अनुभव नहीं। उसका लालन-पालन राजकुमारियों की तरह हुआ था। अगर घर से कभी हसन बाजार जाने की जरूरत भी होती थी तो तत्काल बैलगाड़ी, पालकी या कोई अन्य सवारी दरवाजे आ लगती थी। पैदल तो गाँव से बाहर की यात्रा उसने कभी की ही नहीं थी। लेकिन उस दिन जाने कहाँ की शक्ति उसके अंदर आ गई थी। जाने किस उत्साह और उमंग से वह प्रेरित थी कि प्रभुनाथ के साथ पानी में घुसकर हसन बाजार की ओर चल पड़ी थी। अँधेरे में पानी के भीतर उसके पाँव किसी गड्ढे या कुएँ में भी पड़ सकते थे या बाढ़ के पानी में बहकर आ रहे किसी विषैले जीव-जंतु की शिकार भी वह हो सकती थी। लेकिन इसकी उसे तनिक भी परवाह नहीं थी। उस दिन तो उसके ऊपर एक अजीब-सा नशा सवार था।

रात का सन्नाटा गहराता जा रहा था। चारों ओर जल का लहराता साम्राज्य। रह-रह पानी में छपाक्-छपाक् की आवाजें आतीं। शायद पानी में चलने और कूदनेवाले जलचरों की आवाजें थीं। साथ ही वृक्षों से झिंगुरों की आती भयावह आवाजें।

चंद्रावती के पाँव पानी के अंदर कहीं ऊँच-नीच या गड्ढे में पड़ते तो वह गिरने-गिरने को हो जाती। लेकिन लपककर प्रभुनाथ उसे थाम लेता। प्रभुनाथ के स्पर्श से उसका मन आनंदित हो जाता। उसके तन और मन में पुनः एक नई स्फूर्ति का संचार हो जाता।

प्रभुनाथ चाहता था कि शीघ्र ही वे दोनों हसन बाजार बस स्टैंड पहुँच जाएँ। चंद्रावती का हाथ पकड़े वह तेजी से आगे बढ़ने की कोशिश करता। लेकिन उसके मुकाबले चंद्रावती पीछे छूट जाती। पानी के भीतर उसके पाँव या तो साड़ी में बँध जाते या पाँक में धँस जाते। वह तेज चलने की लाख कोशिश करती। लेकिन चल नहीं पाती। पानी कहीं घुटनों-भर होता तो कहीं कमर-भर। चंद्रावती को अपने गाँव की मजदूर

औरतें याद आ जातीं। वह अपनी छत से देखती थी, बरसात के दिनों में रोपनी के लिए जाती मजदूर औरतें कमर में कसकर साड़ी बाँधे पाँक-पानी में दौड़ते हुए चलती थीं। उस वक्त चंद्रावती की इच्छा होती थी कि वह भी पाँक-पानी में दौड़ लगा दे। लेकिन बड़े घर में पैदा होने के चलते उसके लिए वह संभव नहीं था। अगर यह संभव होता तो आज उसके पाँव इस तरह नहीं बँधते। तब उसके कदम भी प्रभुनाथ के साथ होड़ लगा देते।

चंद्रावती जल्दी ही थक गई। अभी आधी दूर ही वह चल पाई थी कि उसके पाँव भर चले थे। बस, वह पानी के बीच ही एक जगह खड़ी हो गई। यह देख प्रभुनाथ ने उसे सचेत करते हुए कहा—"रुको मत चंद्रा, घर के लोग जगेंगे तो ढूँढ़ने के लिए तेजी से इधर-उधर निकलेंगे।"

पर चंद्रावती चुपचाप खड़ी रही। प्रभुनाथ उसके करीब सट प्यार से उसका माथा सहलाने लगा—"थोड़ा और साहस करो चंद्रा ! हसन बाजार के बाद फिर एक कदम पैदल नहीं चलना। वहाँ से अनेक सवारियाँ मिलेंगी।"

चंद्रावती प्रभुनाथ के सीने से अपना माथा टिका उसके ऊपर उठंग-सी गई। प्रभुनाथ ने उसे बाँहों में भर लिया। पानी में अस्त-पस्त खड़ी और थकी चंद्रावती के मादक स्पर्श ने यहाँ पुनः प्रभुनाथ के अंदर एक नई शक्ति का संचार कर दिया। उसने चंद्रावती को बाँहों में उठा अपने कंधे पर रख लिया तथा आगे बढ़ चला। लेकिन प्यार के क्षणों में किसी को दो-चार मिनट के लिए बाँहों में उठा लेना दूसरी बात है और उसे कंधे पर लेकर पानी से भरे रास्ते में चलना और बात। थोड़ी दूर चलने पर ही वह थक गया। उसने चंद्रावती को पुनः नीचे उतार दिया। लेकिन प्रभुनाथ के बदन की ऊष्मा और स्पर्श ने इस बार चंद्रावती को एकदम तरोताजा कर दिया था। उसकी सारी थकान जैसे जाती रही थी। वह पहले की तरह पुनः आगे बढ़ चली थी।

रात के तीसरे पहर वे दोनों हसन बाजार पहुँचे थे। कीचड़-पानी से निकल अब वे पक्की सड़क पर आ गए थे। पक्की सड़क पर आने के बाद उन्होंने राहत की साँस ली। चंद्रावती की साड़ी काफी भीग चुकी थी। उसकी तुलना में प्रभुनाथ के कपड़े कम भीगे थे। दोनों सड़क के किनारे खड़े होकर अपने कपड़ों से पानी निचोड़ने लगे। इसी समय एक ट्रक सड़क से होकर गुजरा। ट्रक की तेज रोशनी उन दोनों पर पड़ी। रोशनी में चंद्रावती ने प्रभुनाथ को देखा और प्रभुनाथ ने चंद्रावती को। दोनों के अधर मुस्कुरा उठे। फिर वे एक-दूसरे का हाथ पकड़े बस स्टैंड की ओर चल पड़े।

प्रभुनाथ के साथ चंद्रावती कैसे बस स्टैंड पहुँची ? वहाँ कस्बे के गुंडे बद्री सिंह की नजर कैसे उस पर पड़ी ? बद्री सिंह से छिपकर कैसे प्रभुनाथ उसे लेकर भागा और ट्रक में सवार होकर वे दोनों कैसे आरा पहुँचे, यह याद आते ही किसी दुःस्वप्न से जागने की भाँति अब वह सिहर उठती है। उसे सब कुछ रहस्यपूर्ण और आश्चर्यजनक लगता है ! कैसे यह सब घटित हो गया था उसके साथ ?

उसे याद है, रात के एकांत में हसन बाजार बस-पड़ाव पर बद्री सिंह ने जब उसे

देखा था तो क्षण-भर के लिए देखता ही रह गया था। फिर प्रभुनाथ को डरा-धमकाकर उसे अपने कब्जे में लेना चाहा था। लेकिन अकेले समर्थ न होने के चलते वह ऐसा नहीं कर सका था। फिर तत्क्षण अपने साथियों को जुटाने चला गया था। इस अवसर का फायदा उठा प्रभुनाथ उसे लेकर भाग खड़ा हुआ था। रात के अँधेरे में उसकी बाँहें थामे प्रभुनाथ हसन बाजार कस्बे से आगे आरा जानेवाले मार्ग पर बढ़ आया था और सड़क के किनारे बगीचे में एक घने वृक्ष के पीछे उसे लेकर छिप गया था। उन दोनों का पीछा करते हुए बद्री सिंह भी अपने साथियों के साथ वहाँ तक आया था। लेकिन उन्हें न पा लौट गया था।

उसके जाने के बाद प्रभुनाथ के कहे अनुसार वह सड़क के किनारे आ खड़ी हुई थी और सड़क से गुजरनेवाली सवारियों को रोकने के लिए हाथ हिलाने लगी थी। प्रभुनाथ का अनुमान सही साबित हुआ था। एक ट्रक रुक गया था और उन्हें चढ़ा लिया था। जब स्वयं के हाथ हिलने पर किसी सवारी को रुकते हुए प्रभुनाथ ने नहीं पाया था तो अंतिम विकल्प के रूप में उसे सामने किया था। उसका यह अंतिम प्रयास अचूक रहा था।

लेकिन ट्रक में सवार होने के बाद चंद्रावती ने अनुभव किया कि ट्रक ड्राइवर और खलासी भी बद्री सिंह की तरह ही रास्ते-भर उसे घूरते रहे। वह प्रभुनाथ के बताए अनुसार रास्ते-भर पेट दर्द का बहाना बना कराहती रही। ट्रक ड्राइवर और खलासी से उन दोनों ने अपना संबंध भाई-बहन का बताया था तथा इलाज के लिए आरा पहुँचने की बात कही थी। आज उसे लगता है कि बीमारी और इलाज के नाम पर ही वह ट्रक में बच गई थी, अन्यथा ड्राइवर और खलासी की खूँखार आँखों का भाव पढ़ते उसे देर नहीं लगी थी। प्रभुनाथ की सूझ-बूझ और समझ ने उस वक्त उसके प्रति उसे और विगलित कर दिया था।

आरा पहुँचकर प्रभुनाथ ने अपने एक दर्जी मित्र के यहाँ उसे ठहराया था। वह उसका विश्वासी और पुराना मित्र था। उसने अपने घर में ही एक कमरा उन दोनों के लिए दे दिया था। इस शहर में या किसी दूसरे शहर में दर्जी बनकर आजीविका चलाने की सलाह भी उसने दी थी। लेकिन उसकी सलाह प्रभुनाथ ने आगे के लिए टाल दी थी। घर से भागकर आने और एकांत कमरा पाने की स्वतंत्रता ने एक-दूसरे से खुलकर मिलने के लिए उन्हें उन्मुक्त कर दिया था। आजीविका चलाने और काम-धाम करने की बात वे बाद में सोचेंगे। फिलहाल तो पूरे समय वे खुलकर एक-दूसरे को पाने और एक-दूसरे से एकाकार होने में लगे रहे। सिर्फ रात गहराने पर ही खाने-पीने की आवश्यक चीजें खरीदने वे शहर निकलते थे।

इसी दौरान एक रात प्रभुनाथ के साथ आरण्य देवी के दर्शन के लिए वह पहुँची थी कि उसकी टोह में आरा आए सिताबचंद्र चाचा एवं बलेसर चाचा ने उन दोनों को धर दबोचा। घर से भागने के पाँचवें दिन ही वे पकड़ में आ गए थे। फिर बिना शोरगुल मचाए और उन्हें दंडित किए उसके चाचा रातोरात उन्हें गाँव लेते आए। यहाँ गाँव में

चंद्रावती को अपने ममहर और प्रभुनाथ को आरा शहर गया हुआ वे बता चुके थे।

उन दोनों को गाँव लाने के बाद रातोरात उन्हें घटिया देने (एक लाठी गर्दन के नीचे तथा दूसरी गर्दन के ऊपर रख दबाकर हत्या कर देने) और लाश बोरे में डाल किसी कुएँ में फेंक देने या खेतों में गाड़ देने का निर्णय ले लिया। लेकिन अकेली पुत्री होने के चलते चंद्रावती की माँ रोते-बिलखते सामने आ गई। बस, चंद्रावती को छोड़ दिया उन्होंने। फिर न जाने उनके मन में ऐसा क्या आया कि घटियाने की तैयारी करके भी प्रभुनाथ को नहीं घटियाया। लेकिन उसे ऐसा भीतर मार मारा वह हफ्तों खून की उलटी करता खाटशायी बना रहा था। बाद में उसे टी. बी. का मरीज घोषित कर उसे गाँव से निकाल दिया था उसके चाचाओं ने...।

इसके बाद अच्छे लड़कों की खोज में चिंतित उसके पिता को लड़की बेहया हो गई बताकर जल्दबाजी में उसी साल अनूप से उसकी शादी कर दी थी चाचाओं ने। तब अनूप की पढ़ाई चल रही थी। अनूप के घरवालों की माली हालत देख और लड़के को विद्यार्थी जानकर एक बार उसे देखकर छोड़ चुके थे उसके पिता। लेकिन अब चाचाओं के दबाव में दोबारा वहीं शादी करनी पड़ी उन्हें।

उस वक्त प्रभुनाथ से सदा के लिए जुदाई और दूसरे लड़के से शादी की बात ने उसे बेहद चिंतित और उदास बना दिया था। तब वह चाहकर भी प्रभुनाथ को भूल नहीं पाती थी। प्रभुनाथ की जुदाई उसके लिए इस कदर असह्य होती गई थी कि जहर खाकर शादी से पहले ही अपने को खत्म कर देने के लिए भी उद्यत हो गई थी। लेकिन उसके ऊपर ऐसी कड़ी पहरेदारी थी कि चाहते हुए भी वह ऐसा नहीं कर सकी।

लेकिन अनूप की दुलहिन बनकर उसके यहाँ पहुँचने और अनूप का प्यार पाने के बाद तो अपनी पिछली सोच उसे एकदम बचकानी लगने लगी थी। उसका तो जैसे कायापलट ही हो गया था। उस प्रथम रात से लेकर आज तक अनूप के प्यार की थाह नहीं पा सकी वह। उस अथाह गहराई में समाती चली गई है। पति का प्यार प्रेमी से भी अधिक असरदार हो सकता है, यह उसने अनूप से मिलने के बाद ही जाना था। फिर तो उसके मानस पटल से न सिर्फ प्रभुनाथ विस्मृत होता चला गया, बल्कि उसके साथ का सारा अतीत उसे भुलावा, झूठ और धोखा जान पड़ने लगा था। लेकिन उस अतीत पर पछताने का समय भी उसे कहाँ था ! उसका अंतर् और बाहर तो अनूप के प्यार में सराबोर हो गया था। जैसे बाहर उसे सिर्फ अनूप ही नजर आता था। उसी तरह उसके अंतर्मन में भी वही आ बसा था। अगर राँची में इस तरह प्रभुनाथ अचानक न मिलता तो उसके मन में अतीत की वे यादें शायद सजीव भी न हो पातीं।

लेकिन अनूप की याद आते ही वे यादें फिर अतीत के गह्वर में लौटने लगी थीं। अनूप की याद के साथ ही चंद्रावती की नजर सहसा दीवार घड़ी की ओर चली गई। पूरे चार घंटे हो गए ! अब तो आना चाहिए अनूप को। वह बेसब्री से सड़क की ओर निहारने लगी। अनूप की प्रतीक्षा में उसकी व्यग्रता और विकलता बढ़ती चली गई। फिर अचानक दूर से आती अनूप की मारुति देख वह खुशी से खिल उठी। उसके साथ ऐसा

कई बार हो चुका है कि अनूप की प्रतीक्षा में जब उसकी बेचैनी और विकलता अधिक बढ़ी है तो अचानक आ टपका है अनूप। उसने अनूप से अपने मन के इस गोपन रहस्य का जिक्र भी किया है तो अनूप ने कहा है कि उसके प्रबल आंतरिक खिंचाव का ही परिणाम है यह।

अब ड्राइंगरूम से तत्क्षण निकल दरवाजे पर आ खड़ी हुई वह। कहीं भी बाहर से आने पर उसे अपनी प्रतीक्षा में दरवाजे पर खड़ी पा खुशी में झूम उठता है अनूप। फिर वहीं से उस पर प्यार की वर्षा करते हुए उसके साथ घर में प्रवेश करता है। वह नजदीक आते अनूप को प्रेमविह्वल नजरों से अपलक निहारती खड़ी रही, जब तक मारुति से उतरकर अनूप ने उसे अपनी भुजाओं में नहीं ले लिया।

चंद्रावती के यहाँ उस प्रथम आगमन के बाद प्रभुनाथ का आना अब अक्सर होने लगा था। कभी किसी त्योहार के बहाने, तो कभी बच्चों की याद आने पर, तो कभी उस रास्ते से गुजरने के बहाने। वह अक्सर चंद्रावती के बच्चों के नाम पर फल और मिठाइयाँ भी लेते आता था। हालाँकि फल और मिठाइयों की मात्रा सिर्फ बच्चों तक ही सीमित नहीं होती थी। उसने जल्द ही अनूप से दोस्ती गाँठ ली थी। अनूप और चंद्रावती के लिए तो वह सब कुछ करने को तैयार रहने लगा था। नगर के प्रसिद्ध टेलर मास्टर होने के चलते उसके संपर्क अच्छे थे। उसके सहयोग से ही चंद्रावती के बच्चों का नामांकन अच्छे स्कूल में हो सका। उनके घर आवश्यक वस्तुओं की खरीदारी भी उसके माध्यम से ही की जाने लगी। नई जगह की अजनबीयत और समस्याओं से उसने अनूप और चंद्रावती को बिलकुल बचा लिया। उसकी वजह से राँची का नयापन उनके लिए कतई असुविधाजनक नहीं रहा। अनूप से तो वह इस कदर घुल-मिल गया और उनका ऐसा विश्वासपात्र बन गया कि वे रोज उसकी प्रतीक्षा करने लगे और उससे सलाह-मशविरा के बिना कोई भी नया काम करना उन्होंने बंद ही कर दिया। अपनी उपस्थिति और उपयोगिता को प्रभुनाथ ने अनूप के घर की अनिवार्यता बना दिया था।

लेकिन चंद्रावती को यह समझते देर नहीं लगी कि यह सब प्रभुनाथ पुनः उसके समीप पहुँचने के लिए ही कर रहा था। अपनी उपस्थिति और अपने सहयोग का परिणाम वह सिर्फ चंद्रावती के चेहरे पर ही देखना चाहता था। अनूप और बच्चों की खुशी से कभी वह वैसा प्रसन्न नहीं होता, जैसा अपने सहयोग से चंद्रावती की खुशी देख होता था। उसकी नजरें न सिर्फ चंद्रावती का पीछा कर रही होती थीं, बल्कि चंद्रावती से एकांत में मिलने के लिए वह समय बदल-बदलकर आता था। पर यह उसका दुर्भाग्य कि कभी बच्चों की, तो कभी अनूप की, तो कभी अनूप के टपक पड़े रिश्तेदारों की, तो कभी पड़ोस की महिलाओं की उपस्थिति उसे एकांत लाभ से वंचित कर देती थी।

लेकिन जैसा कि होता है, प्रयास और फिराक में रहनेवाले व्यक्ति को कभी-न-कभी अनुकूल अवसर हाथ आ ही जाता है। प्रभुनाथ के साथ भी ऐसा ही हुआ। अचानक विभागीय कार्य से अनूप को अपने इक्जक्यूटिव इंजीनियर के साथ दूर-दराज के एक

डैम के निरीक्षण के लिए राँची से बाहर जाना पड़ा। वहीं गेस्ट हाउस में उनके ठहरने की व्यवस्था थी। एक दिन के बाद भी वे लौट सकते थे और दो-तीन दिन भी लग सकते थे। इस स्थिति में चंद्रावती और बच्चों को अकेले न छोड़, अपने घर प्रभुनाथ को रखने का उन्होंने निर्णय किया। वे चाहते तो अपने दफ्तर के चपरासी को भी रख सकते थे। लेकिन नई जगह के अनपहचाने चपरासी की अपेक्षा प्रभुनाथ उन्हें हर दृष्टि से अपना विश्वासपात्र जान पड़ा।

और प्रभुनाथ के लिए तो जैसे बिल्ली के भाग से सिकहर टूटा हो। यह सुनकर कि अपने बीवी-बच्चों को उसके हवाले कर अनूप बाहर जा रहे हैं, वह आंतरिक खुशी से विह्वल-सा हो गया। लेकिन चतुर-चालाक भी तो वह कम नहीं था। भीतर से फूटती अपनी खुशी को ऊपर से रोकते हुए वह संयत बना रहा, ताकि अनूप लख न सकें। पर चंद्रावती से उसकी आँखों की चमक और चेहरे की दमक छिप नहीं सकी। वह देख रही थी, अनूप की यात्रा की तैयारी में लगा प्रभुनाथ, विभागीय मारुति वैन में आवश्यक सामानों के साथ अनूप को बैठाने तथा चंद्रावती द्वारा हाथ हिलाकर उन्हें विदा करने तक वह भी तत्पर और सक्रिय रहा। जाते हुए अनूप को उसने दृढ़ स्वरों में आश्वस्त भी किया–"भाई साहब, यहाँ की चिंता आप तनिक भी नहीं कीजिएगा। यहाँ मेरे रहते कोई समस्या आनेवाली नहीं। राँची शहर का चप्पा-चप्पा मेरा जाना-पहचाना है। जब तक आप लौट नहीं आएँगे, मैं यहाँ से सरकनेवाला नहीं... ।"

अनूप के जाने के बाद प्रभुनाथ की दबी खुशी अब उसके चेहरे पर लौटने लगी थी। लुक-छिपकर चंद्रावती को देखनेवाली उसकी नजरें अब स्वतंत्र थीं। उसका उत्साह देखते ही बनता था। बच्चों की उपस्थिति के चलते चंद्रावती से खुलकर और सीधे-सीधे तो वह कुछ नहीं कह पाया था। लेकिन उसकी आँखें सब कुछ कहने लगी थीं। अपने अभीष्ट की पूर्ति के लिए प्रयास भी उसने शुरू कर दिया था। बच्चों के बहाने राँची के प्रसिद्ध होटल से छेना पाइस, मुर्ग-मुसल्लम, केक, पाव रोटी, काजू-किसमिस का हलवा आदि वह लेते आया। उसने आते ही चंद्रावती से कहा भी–"रात के लिए खाना बनाने की जरूरत नहीं। मैं सब लेता आया हूँ।"

इस पर स्वाभाविक रूप से पूछ उठी चंद्रावती–"ऐसा आपने क्यों किया ?"

जवाब में चट बोल पड़ा वह–"बच्चों के साथ बिना मिठाइयों के खाना भी तो नहीं होता। सोचा, आज उन्हें नई चीजें खिलाऊँ।"

दरअसल, बच्चों के बहाने पूर्व की भाँति वह चंद्रावती को अच्छी-अच्छी चीजें खिलाना और उसके साथ खाना चाहता था। अपने उस मधुर अतीत को ताजा करने में जुट गया था वह।

अनूप का जाना दोपहर के वक्त हुआ था। रात आने में अभी देर थी। इस स्थिति में बचे हुए दिन को गुजारने के लिए प्रभुनाथ बच्चों को लेकर ड्राइंगरूम में बैठ गया और उन्हें मीठी-मीठी कहानियाँ और प्यारी-प्यारी बातें सुनाने लगा। बच्चों का तो प्रिय पात्र अपने प्रथम आगमन से ही वह बन गया था। जाने बच्चों पर उसने कौन सा जादू

चला दिया था कि वे उसके पास से हटने का नाम तक नहीं लेते थे। बराबर की भाँति उसके समीप सटकर ही वे मंत्रमुग्ध बने उसकी बातें सुनते रहे। चंद्रावती जानती थी, प्रभुनाथ बच्चों की उपस्थिति में इसीलिए अपने मन की बात उससे नहीं कह पा रहा था कि उसके बच्चों की तेजस्विता और अपने पापा से रिपोर्टिंग करने की आदत की जानकारी थी। वह ऐसा कोई भी कार्य करना नहीं चाहता था, जिसको लेकर अनूप के मन में उसके प्रति सुबहा पैदा हो। लेकिन ऊपर से ओढ़ी हुई सायास चतुरता और अतिरिक्त की उसकी सजगता को लक्ष्य कर चंद्रावती को मन-ही-मन हँसी भी आ रही थी।

कुछ रोचक लोककथाएँ सुनाने के बाद प्रभुनाथ अब बच्चों को उसके गाँव के बारे में बताने लगा, क्योंकि अपने गाँव के बारे में उन्हें कोई खास जानकारी नहीं थी। वे शहर में ही पैदा हुए थे और शहर में ही पल-बढ़ रहे थे। यहाँ भी चंद्रावती ने अनुभव किया कि बच्चों को सुनाने के बहाने उसको सुनाकर ही प्रभुनाथ उसके गाँव के जिस बरसाती मौसम का जिक्र करते हुए गाँव से हसन बाजार जाने के पाँक-पानी से भरे जिस जलमार्ग का रोमांचक वर्णन कर रहा था, उसके माध्यम से घर से भागने की उसकी उस घटना को ही स्मरण दिलाना चाह रहा था।

दिन की समाप्ति और शाम के आगमन पर प्रभुनाथ अब क्वार्टर के लान में बच्चों के साथ खेलने लग गया। फिर स्टडी में लाकर उन्हें पढ़ाने जुट गया। तत्पश्चात् दूरदर्शन पर स्थानीय कार्यक्रमों को दिखाते हुए उन्हें सुलाने की कोशिश करने लगा। उसने चंद्रावती से कहा भी—"बच्चे थके हुए हैं। उन्हें खिलाकर सुला दिया जाए।"

जवाब में बोल उठी चंद्रावती—"बिना हमारे खाए ये अकेले खाने वाले भी तो नहीं। इनके डैडी ने इनकी आदत जो बिगाड़ दी है।"

इस पर बिना कुछ सोचे तत्क्षण कह उठा प्रभुनाथ—"तो हम भी खा लेंगे।"

चंद्रावती जानती थी, यह खाने का समय नहीं। इतना पहले तो वह कभी नहीं खाती थी। लेकिन प्रभुनाथ की उतावली को लक्ष्य कर वह तैयार हो गई। प्रभुनाथ द्वारा लाई खाद्य-सामग्री के साथ अब वे डाइनिंग टेबल पर आ जमे। अपने मनमाफिक खाना देख बच्चे तो खुशी में मचल उठे। वे रोज की अपेक्षा अधिक चाव से खाने लगे। उनकी प्लेटों में और मिठाइयाँ तथा चिकेन पीस डालने के बहाने प्रभुनाथ ने चंद्रावती की प्लेट में भी और चिकेन पीस तथा मिठाइयाँ डाल दीं। उसे खुशी हुई, चंद्रावती ने इनकार नहीं किया।

खाना खाने के बाद बच्चे अपनी माँ के साथ सोने चले गए और प्रभुनाथ ड्राइंगरूम में आ गया। उसका बिस्तर ड्राइंगरूम में ही लगा दिया गया था। ड्राइंगरूम से सटा हुआ कमरा ही चंद्रावती का बेडरूम था। चंद्रावती के बेड से बच्चों के साथ उसकी बातचीत प्रभुनाथ को साफ सुनाई पड़ रही थी। शायद बच्चों को नींद नहीं आ रही थी, इसलिए कभी उसके बारे में, तो कभी अपने पापा के बारे में, तो कभी राँची के आसपास के जंगलों और पहाड़ों के बारे में वे चंद्रावती से पूछते जा रहे थे।

अपने बिस्तरे पर पड़ा प्रभुनाथ बच्चों के सो जाने की प्रतीक्षा बेसब्री से कर रहा था। स्थूल में उसका शरीर ड्राइंगरूम में अवश्य था, लेकिन उसका मन तो चंद्रावती में लगा था और उसके कान चंद्रावती के कमरे की टोह में खड़े थे। बच्चों के सो जाने की कामना में उसका मन अधीर होता जा रहा था। कुछ देर की प्रतीक्षा के बाद भी जब चंद्रावती के कमरे से बच्चों की आवाजें शांत नहीं हुईं, तो पूछ बैठा वह—"बच्चे अभी नहीं सोए क्या ?"

जवाब में अपने कमरे से ही आवाज दी चंद्रावती ने—"देर से सोने की इनकी आदत पड़ गई है।"

इस पर चट बोल पड़ा प्रभुनाथ—"बच्चों को तो सवेरे ही सो जाना चाहिए—रात में सवेरे सोने और सुबह को तड़के उठने को हर दृष्टि से उत्तम माना गया है।"

फिर तत्क्षण ही कुछ सोचकर बच्चों को पुकार उठा वह—"गौरव, गरिमा ! आ जाओ मेरे पास। मैं फिर तुम्हें कुछ नई कहानियाँ सुनाता हूँ।"

बस, उसकी आवाज सुनते ही गौरव और गरिमा आ धमके उसके पास। उससे कहानी सुनने का सम्मोहन तो नशे की तरह छाया रहता था उन पर। उनके पीछे-पीछे चंद्रावती भी आ गई। बच्चों के पास ही ड्राइंगरूम के सोफे पर बैठ गई। चंद्रावती का आना बहुत अच्छा लगा प्रभुनाथ को। वह पुनः तन्मय हो बच्चों को कहानियाँ सुनाने लगा। चंद्रावती सुन रही थी, इस बार प्रभुनाथ भूत-प्रेत और भयानक दैत्यों की कुछ ऐसी दहशतजदा कहानियाँ सुना रहा था कि जल्द ही बच्चे भयभीत हो चंद्रावती की गोद में आ दुबके। चंद्रावती को उन्हें लेकर अपने कमरे में आना पड़ा। इस बार चंद्रावती से बिना सवाल-जवाब किए वे उससे चिपककर सो गए। चंद्रावती को यह लखते देर नहीं हुई कि उन्हें सुलाने के लिए ही प्रभुनाथ ने ऐसी भयावह कहानियाँ सुनाई थीं। प्रभुनाथ की इस चतुरता पर यहाँ फिर उसे मन-ही-मन हँसी आ गई। अपने तन से लिपटे बच्चों को चूमते-सहलाते हुए वह भी उनके साथ सोने का उपक्रम करने लगी। बच्चों की नर्म भुजाओं की मीठी जकड़न उसे सुकून दे रही थी। उनके बदन की प्यारी-प्यारी ऊष्मा उसे अच्छी लग रही थी। इस जकड़न और ऊष्मा के बीच जाने कब उसकी आँख लग गई, उसे पता भी नहीं चला।

इधर चौकन्ना बना प्रभुनाथ चंद्रावती के कमरे की आहट लेता रहा। बच्चों के सो जाने का आभास तो उसे पहले ही हो गया था। लेकिन चंद्रावती भी सो गई, इसे मानने के लिए उसका मन नहीं हो पा रहा था। क्या चंद्रावती को अपना वह मधुर अतीत याद नहीं ? क्या इस अवसर का फायदा उठाते हुए उस अतीत को ताजा करना वह नहीं चाहेगी ? प्रथम प्यार का असर तो बेशुमार होता है। जीवन-भर उस असर से आदमी मुक्त नहीं होता है। जब उस तूफानी असर से आज तक वह बेचैन है तो चंद्रावती उससे कदापि बरी नहीं हुई होगी। बच्चों के जग जाने के अंदेशे से ही वह महटियाई है। गाढ़ी नींद में उनके जाते ही वह अवश्य बाहर निकल आएगी ? क्या यह बात उससे छिपी है कि अब तक उसके लिए ही तो वह इस घर में आता-जाता और

इस घर के लिए सब कुछ करता रहा है।

लेकिन जब देर तक प्रतीक्षा करने के बाद भी चंद्रावती नहीं आई तो प्रभुनाथ की बेकरारी और बढ़ गई। शायद शादी और बच्चों के बाद अब संकोच आ रहा हो चंद्रावती को ! शायद लंबे गैप के बाद उसकी तरह पहले पहल न कर, उसकी पहल की ही प्रतीक्षा कर रही हो वह। अक्सर महिलाएँ अपनी जातिगत विलक्षणता के तहत प्रथम पहल की अपेक्षा पुरुष से ही करती हैं।

प्रभुनाथ से अब और नहीं रहा गया। गहराती रात का अंदाज कर स्नेह-सिक्त वाणी में पुकार उठा वह—"चंद्राजी...चंद्राजी!"

उसने अपनी आवाज धीमी ही रखी, ताकि सिर्फ चंद्रावती ही सुन सके, बच्चों को इसका आभास तक न हो। और ऐसा ही हुआ। बच्चों की गाढ़ी नींद में खलल नहीं बन सकी उसकी आवाज। सिर्फ चंद्रावती ही सुन सकी। उसकी शहद-मिश्रित पुकार अपने कानों में पड़ते ही उठ बैठी वह। फिर एक क्षण तक उस पुकार को अनसुनी किए वह बैठी ही रही। लेकिन जब उस पुकार के द्वारा प्रभुनाथ के अंतरमन की बढ़ती विकलता और सघन बेचैनी का आभास होना उसे शुरू हुआ तो वह अपने को रोक नहीं सकी। अलसाई स्थिति में ही बच्चों के बीच से निकल ड्राइंगरूम की ओर बढ़ चली।

उसे अपनी ओर आते देख प्रभुनाथ का हृदय तो जैसे खुशी से बल्लियों उछलने लगा। उसे विश्वास था, उसकी आवाज सुन नहीं रुकेगी चंद्रावती ! इस सुनहरे अवसर को कभी खोना नहीं चाहेगी। इस अलसाई स्थिति में तो वह और अच्छी लगती है, बिखरे बाल, बेतरतीब साड़ी-ब्लाउज, लेकिन विद्युत् की तरह कौंधता बदन और चाँदनी बिखेरता मुखड़ा। पत्नी और माँ बनने के बाद तो और सुंदर हो गई चंद्रावती। भरा बदन और निखरा रूप। तब वह इकहरी पतली लतर थी, अब डाल-पात से कचनार, भरी-पूरी लहलहाती फसल। तब वह किसी वृक्ष की कोमल टहनी थी, अब तो फल-फूल से लदी मस्त डाली। चंद्रावती का यह रूप-यौवन उसे हजारों गुना बढ़ गया लगा था।

इससे पहले कि ड्राइंगरूम के दरवाजे तक आई चंद्रावती का उठकर वह स्वागत करे और आगे बढ़कर भुजाओं में ले ले, वह पहले ही पूछ उठी—"आपने मुझे बुलाया क्या ?"

चंद्रावती की आवाज बेहद संयत थी। उस आवाज में अपनी तरह आकुलता, व्याकुलता न पा प्रभुनाथ का आगे बढ़ा मन कुछ थम-सा गया। उसके मुँह से सिर्फ इतना ही निकल पाया—"हाँ।"

इस पर उसी गंभीरता से पूछ उठी वह—"क्या कोई काम पड़ गया है ? आपकी तबीयत तो ठीक है न ? आप अब तक सो नहीं पाए क्या ?"

चंद्रावती की यह तटस्थता और गंभीरता देख क्षण-भर के लिए हतप्रभ रह गया प्रभुनाथ। क्या उसकी मनःस्थिति और इस प्राप्त अवसर के सदुपयोग की योजना से अनभिज्ञ है वह ? फिर तत्क्षण ही उसके प्रश्न के उत्तर में प्रतिप्रश्न करते हुए पूछ उठा वह—"तो क्या आप सो गई थीं ?"

चंद्रावती ने उसी स्थिरता के साथ जवाब दिया—"हाँ, मैं तो बच्चों के साथ गहरी नींद सो गई थी। आपकी आवाज कान में न पड़ी होती तो अभी मैं उठ भी नहीं पाती।"

प्रभुनाथ को समझ में नहीं आया कि अब वह क्या करे ? इसने तो प्रारंभ में ही अपना बदन झाड़ दिया, जैसे उससे कभी का कोई संबंध ही न हो। अपनी सारी योजना पर उसे पानी फिर गया जान पड़ने लगा। तो क्या चंद्रावती के मन में उस प्रथम प्यार की आग और खिंचाव नहीं ? क्या इस अवसर विशेष का फायदा उठाना वह नहीं चाहती ? प्रभुनाथ अब अपने को रोक नहीं सका। अत्यंत आत्मीय लहजे में बोल उठा उससे—"लंबे समय के बाद तो यह अवसर मिला है। इस अवसर के लिए ही तो मैं वर्षों से बेचैन था।" यह सुन प्रभुनाथ की बात बीच में ही रोकते हुए पूछ उठी वह—"कैसा अवसर ?"

उसके इस प्रश्न पर क्षण-भर के लिए फिर बोलती बंद हो गई प्रभुनाथ की। वह भौंचक हो एकटक चंद्रावती को देखने लगा। उसके इस देखने के अंदाज से चंद्रावती को लगा कि प्रभुनाथ बहुत कुछ कहना चाह रहा है। उसके अंतर् में मची हलचल को लक्ष्य कर वह सोफे पर बैठ गई और तनिक स्निग्ध स्वर में बोल उठी—"शायद आप कुछ कहना चाहते हैं ?"

उसकी इस हल्की स्निग्धता पर ही फट पड़ा प्रभुनाथ—"हाँ चंद्रा, मैं बहुत कुछ कहना चाहता हूँ।"

वह पूरे उत्साह के साथ बिस्तरे से उठ चंद्रावती के ठीक सामने आ बैठा। इस अवसर को अब वह खोना नहीं चाहता था। अपने को व्यक्त करने के आंतरिक आवेग की प्रबलता में चंद्रावती को आप कहने की औपचारिकता का निर्वाह भी नहीं कर सका वह। पूर्व की भाँति उसे 'तुम' और 'चंद्रा' संबोधन से संबोधित करते हुए बोलता रहा—"तुम्हारे लिए वर्षों से बेचैन हूँ चंद्रा। जब से तुमसे अलग हुआ, एक क्षण के लिए भी तुम्हें भुला नहीं सका। मेरे मन में तुम्हारी मूरत ज्यों-की-त्यों बनी रही। तुम्हारे प्यार के क्षणों को स्मरण कर, उसी के सहारे जीता रहा। तुम कहाँ हो और कैसी हो, इसकी खबर लेता रहा। अपने मन को लगातार यह समझाता रहा कि कभी-न-कभी अपनी चंद्रा से भेंट तो होगी ही। अगर इस जन्म में भेंट न हो सकी और हमारा प्यार सच्चा रहा तो अगले जन्म में हमारा मिलना कोई रोक ही नहीं सकता। लेकिन भगवान ने मेरी सुन ली, तुम्हें राँची भेज दिया। अपनी दुकान में जिस दिन तुम्हें पहली बार देखा, उस दिन से मेरी खुशी की कोई सीमा नहीं। उस दिन को अपनी डायरी में मैंने लाल स्याही से घेर दिया है। अपने जीवन के सबसे यादगार दिन की भाँति उसे त्योहार की तरह सदैव मनाऊँगा। तुमसे जी भरकर बातें करने और मिलने के लिए जिस अवसर की प्रतीक्षा में मैं विह्वल था, आज मेरे भाग्य से वह अवसर भी प्राप्त हो गया है।"

इस बार चंद्रावती हस्तक्षेप का अनुभव करती हुई भी प्रभुनाथ को बीच में नहीं रोक सकी। उसे अब तक यह ज्ञात हो गया था कि प्रभुनाथ अपने मन की सारी बेचैनी, सारी उद्विग्नता, सारा तूफान जब तक उसके सामने प्रकट नहीं कर देगा, शांत-सहज

नहीं हो पाएगा। इसी से धैर्य बनाए, एकाग्र हो वह उसकी बात सुनती रही। लेकिन उसकी चुप्पी को मौन-स्वीकृति समझ "मेरी चंद्रा ! मेरी जान ! अब देर किस बात की," कहते हुए प्रभुनाथ उसे अपनी भुजाओं में ले लेने के लिए जब उद्यत हो गया तो चंद्रावती ने कड़े शब्दों में उसे रोक दिया :

"प्रभुनाथ ! लगता है, तुम होश में नहीं हो ? तुमने ऐसा सोच कैसे लिया ? तुम्हें जानना चाहिए कि अब मैं किसी की पत्नी और अपने पति के बच्चों की माँ हूँ। क्या मेरे पति ने इसी भरोसे तुम्हें यहाँ ठहराया है ? तुमसे ऐसी ओछी हरकत की अपेक्षा मुझे भी नहीं थी।"

चंद्रावती की यह सख्ती और कड़ी उक्ति ने कटे पक्षी की तरह उसे घायल और धराशायी कर दिया। अपनी योजनाओं का सारा मोहक संसार उसे बिखरता जान पड़ा। लेकिन इतनी आसानी से अपने मन के संचित प्यार और मिलन के तूफानी आवेग को वह गँवाना भी नहीं चाहता था। उसने सँभलते हुए पूछा चंद्रावती से—"तो क्या हमारे बीच प्यार नहीं था ? क्या एक-दूसरे को पाने के लिए हम घर से नहीं भागे थे ? क्या वह सब झूठ था ?"

चंद्रावती को लगा कि सिर्फ झटक देने-भर से ही प्रभुनाथ की उद्विग्नता शांत होनेवाली नहीं। जब तक अपने सवालों का सही जवाब उसे नहीं मिल जाता। बस, प्रभुनाथ को शांत-स्थिर करते हुए बेहद संयत और संजीदा वाणी में बोल उठी वह—"मुझे घोर आश्चर्य है प्रभुनाथ कि अब तक तुम तनिक भी नहीं बदले, जबकि इस बीच समय कितना बदल गया। जो समय को पकड़कर बैठे रहना चाहता है, वह पिछड़ जाता है। समय को उसकी परवाह नहीं होती। मैं तो वह सब कुछ बिलकुल भूल चुकी थी। अपने पति और बच्चों के प्यार के समक्ष कभी उसकी याद भी मुझे नहीं आई। अगर इस राँची में तुमसे भेंट नहीं होती तो वह याद शायद मेरे मन में ही दफन हो जाती। लेकिन वह याद आई भी तो किसी दुःस्वप्न की तरह। छुटपन की किसी भूलभुलैया की बिसरी, भटकी त्याज्य याद की तरह।"

प्रभुनाथ अब चुप रहनेवाला नहीं था। पूरा हिसाब-किताब कर लेना चाहता था :

"तो क्या पत्नी होने का अर्थ प्रेमी को खोना, उसे बिलकुल बिसार देना होता है ? कहने के लिए घर पर मेरी भी तो पत्नी पड़ी है। लेकिन मैं तो तुम्हें कभी बिसार नहीं सका। पत्नी के साथ रहते हुए भी तुम्हारी कामना में जलता-तपता रहा।"

"यही तो मैं भी कह रही हूँ प्रभुनाथ कि तुम्हारे पाँवों से होकर कितना पानी बह चुका। लेकिन नदी को अपनी मुट्ठियों में बाँध रखने का भ्रम अभी तक तुम जी रहे हो। जिसे तुम अपने हिस्से का जल समझ रहे थे, वह नदी के प्रवाह का हिस्सा मात्र था।"

"तो क्या हमारे बीच प्रेम नहीं था ? क्या इस सच को भी अब झुठला दोगी तुम ?"

"मैं किसी भी सच को नहीं झुठला सकती प्रभुनाथ। हमारे बीच प्रेम अवश्य था।

लेकिन वह तब का सच था, अब का सच नहीं। वह जीवन की एक अवस्था विशेष का सच था, एक खंड विशेष, संपूर्ण जीवन का नहीं।"

प्रभुनाथ अनुभव कर रहा था, चंद्रावती अपने तर्कों से उसे पराजित करती ज़ा रही है। इस पर हारे हुए जुआरी की तरह अपना अंतिम दाँव लगाते हुए बोल उठा वह—"तो क्या सच भी अलग-अलग होता है ? सच तो सच होता है, चाहे वह तब का हो या अब का ! अनुकूल घर-वर पा तुम अब उस सच को नकारना चाहती हो, लेकिन यह मेरे सच्चे प्यार के साथ तुम्हारी ना-इनसाफी है।"

इस बार चंद्रावती भी गंभीर और सख्त हो गई तथा प्रभुनाथ के भेजे में अपनी बात पहुँचाने के लिए जोर देकर कह उठी—"मैं कैसे तुम्हें समझाऊँ कि बेमौसम की बारिश प्रकृति की स्वाभाविकता नहीं, संयोग मात्र होती है। मौसमी फल साल-भर नहीं मिलते। एक मौसम विशेष में ही उपलब्ध होते हैं। उनकी कामना सदैव के लिए करना अज्ञान में रहना नहीं तो और क्या है ? जीवन में हम अनेक जगहों पर ठहरते और अनेक होटलों में खाते-पीते हैं, तो क्या वह सब हमारा घर-द्वार बन जाता है ? हमारे पास जो वर्तमान है, वही हमारे जीवन का सच है। अतीत को खींचकर भविष्य से जोड़ना हमारी भावुकता और खयाली पुलाव के सिवा और कुछ भी नहीं।"

चंद्रावती की इस बात में जाने क्या था कि प्रभुनाथ का सारा उन्माद, उसकी सारी व्यग्रता-विह्वलता जैसे खत्म हो गई। कभी अपने साथ बहा ले जाने वाली धार ने उसे पार फेंक दिया था। उसे लग रहा था, जैसे वह सातवें आसमान से ठोस धरती पर आ गया हो। अपने पूर्व के व्यवहार और संवाद पर अब खुद झेंप उठा वह। चंद्रावती पर टिकी उसकी नजरें अब स्वतः झुक गईं। अब और कुछ भी कहने की उसकी इच्छा जाती रही, जैसे ठोस और संतुलित जवाब मिल गया हो उसे।

प्रभुनाथ की वह परिवर्तित स्थिति लक्ष्य कर अपने कमरे में लौटते हुए चंद्रावती उसी विश्वास और स्थिरता से पुनः कह उठी—"अब फिर अपने दिमाग में कोई फितूर न पालना। चुपचाप जाकर सो रहो। जवानी में बचपन की वापसी और बुढ़ापे में जवानी की चाह हमारी मूर्खता नहीं तो और क्या हो सकती है।"

अपने कमरे में वापस आ चंद्रावती बच्चों के बीच पुनः लेट गई। प्रभुनाथ से हुई बातचीत को स्मरण कर कुछ समय तक वह जगी ही रही। लेकिन बाद में फिर कुनमुनाते गौरव को अपनी गोद में लेने और प्यार करने के बाद फिर उसकी आँख लग गई। पर इधर ड्राइंगरूम में प्रभुनाथ जगा ही रहा। चंद्रावती की बातों ने उसे एक नई दुनिया में पहुँचा दिया था। उसे ऐसा लग रहा था, जैसे अँधेरे से वह उजाले में आ गया हो। जैसे धुंध और कोहरे के बीच भटकते उसके लिए किसी ने मार्ग आलोकित कर दिया हो। जैसे उसके डावाँडोल और अस्थिर मन को किसी ने स्थिरता प्रदान कर दी हो। चंद्रावती की बातें उसके मानस में अब भी लगातार गूँज रही थीं—'बेमौसम की बारिश प्रकृति की स्वाभाविकता नहीं, संयोग मात्र होता है। मौसमी फल साल-भर नहीं मिलते। जवानी में बचपन की वापसी और बुढ़ापे में जवानी की चाह हमारी मूर्खता नहीं तो और क्या

हो सकती है ?'

सुबह एकदम तड़के अचानक अनूप भी आ धमके। रास्ते में इक्जीक्यूटिव इंजीनियर की तबीयत खराब हो जाने के चलते बीच में ही उन्हें लौट आना पड़ा था। चूँकि प्रभुनाथ जगा था, इसीलिए बाहर का दरवाज़ा खोलकर उसी ने अनूप को घर के अंदर प्रवेश कराया। चंद्रावती की नींद तो तब खुली जब अनूप घर के अंदर आ गया था।

अचानक इस तरह निर्धारित समय से पहले ही अनूप का आ जाना चंद्रावती को बहुत अच्छा लगा। लेकिन उसके आने के बाद और देर तक प्रभुनाथ वहाँ रुक नहीं सका। अनूप कहता रहा कि नाश्ता करके जाइएगा। अभी इतनी जल्दी क्या है ? अभी तो आपसे मैंने कोई बातचीत भी नहीं की। लेकिन यह कहते हुए प्रभुनाथ जाने के लिए तैयार हो गया कि दुकान पर आज कोई नहीं है, दुकान की चाबी भी उसी के पास है, उसका इसी वक्त जाना जरूरी है।

अनूप और चंद्रावती प्रभुनाथ को छोड़ने दरवाजे पर आए और क्षण-भर तक वहाँ खड़े रहकर उसका जाना देखते रहे। अनूप के आने से जितनी खुशी चंद्रावती को हुई थी, उससे कम खुशी उसे इस बात को लेकर नहीं थी कि प्रभुनाथ आवेग-उन्माद और आसक्ति से रहित पूरे मन से अपने घर की ओर लौट रहा व्यक्ति जान पड़ रहा था।

●●●